不良人

傅羽

貳

泣血屠龍

目次

第十三回　行舟

三保未與韓待雪道別，被迫就此離去，頓覺心如刀剜，失魂落魄。他這段日子與她朝夕相處，患難與共，對她已然情深愛重，才剛拋開諸多顧忌，坦然接受她的柔情密意，內心深處更是早就將她視為母親、姊妹和豹子雪兒的共同化身，亦為殘破心靈唯一的慰藉，當年辜負父親的託付，沒能保護好母親與姊妹們，又拋棄了相依為命的雪豹，這些年來深自怨責，但畢竟那時年幼，力有未逮，情非得已，如今武功稍有小成，卻依舊身不由己，更何況才將好好對待韓待雪，視為真主交付的使命，也是自己存活於世的一大意義，哪裡曉得，甚麼使命，甚麼意義，甚麼化身，甚麼慰藉，皆於瞬間化為烏有。

他歷經數次摧心裂肝的死別，但身旁總有人相伴，從未品嚐到孤獨滋味，而這回與摯愛生離，好似一對連體嬰孩慘遭硬生生撕裂開來，還落入形單影隻的田地，倒是生平頭一遭，只感到六神無主，三魂去了兩魂半，五臟六腑空蕩蕩，唯有沉沉悲痛橫塞胸臆，難過至極，亂步到了長江邊，淒淒惶惶追隨嗚咽流水前行，打算永不停歇，倘若走到應天時還有一口氣在，便殺進皇宮，讓朱元璋的親軍衛士砍成肉醬，無論如何，就是不想活了，至於甚麼報仇雪恨，保衛聖教，光宗耀祖，復興明教，全都無所謂了。

他並未運功，拖著沉重的身子與狼伉的巨劍，不知走了多久多遠，隱隱約約聽見韓待雪叫喚：「三保，三保，你怎不理我了呢？」他以為自己因思念她過甚，起了幻聽，但那銀鈴般的美妙聲音如此真切，聲聲摧人心，字字斷人腸，卻又十足地勾魂攝魄，在迷離恍惚間，忍不住高喊：「雪兒，雪兒，妳在哪裡？我馬上去和妳相會。」那聲音喚道：「我在船上，你快轉頭看看我呀！」三保望向江心，赫然見到一艘厤秧子船，船上俏立著一條娉婷人影，若非韓待雪，那還會是誰？他重傷初癒，大悲之餘乍受驚喜，感到一陣天旋地轉，再度昏厥，待悠悠醒轉，韓待雪清麗絕俗的臉龐立時占滿眼簾，此時此刻除了她的絕世芳容外，他已瞧不見天地間其他事物了。

原來韓待雪一得悉三保離去，便執意要鄭莫睬帶她去尋三保，並以死相脅。鄭莫睬不敢不遵，也不得不從，況且跪地求饒一事委實喪盡顏面，巴不得快快遁走。二人偷偷離寺，鄭莫睬估量三保應會前往應天，於是乘船追趕，果然見到他沿江踽踽獨行。三保昏厥後，鄭莫睬靠岸將他背負上船。

韓待雪盈盈珠淚滴在三保臉上，怨道：「三保，你怎忍心拋下我一個人，獨自離去呢？」三保道：「我也是百般不捨啊！然而此行千難萬險，料是有死無生，我縱使心碎，卻更加不願意讓妳身涉絕地。」他心地善良，替方丈遮掩，不提受逼離寺之事。韓待雪道：「有你為伴，縱千難萬險，甘之如飴，無你在側，雖生猶死。」三保道：「唉，跟妳別後，一路行來，正有此感。」他想起戴天仇提過的金沙江姑娘為愛遠走萬里的故事，說給韓待雪聽，她聽得入迷，兩人顧不得鄭莫睬就在艙外，緊緊依偎著，不覺日已將暮。

鄭莫睬從三保無鬚及在船上的解手聲響，約略猜到他已淨身，在寺裡幫他更衣敷藥時，雖在韓待雪的要求下留著他的褻褲未換，還是趁機摸了他的胯下一把，證實自己所料無誤，此時也就由著他倆，卻暗自思量：「到底甚麼是貞潔呢？船艙中的小倆口愛得死去活來，摟得嚴絲合縫，只差少了根玩意兒，才沒能當真幹起那檔子事，這麼一來，聖姑還能算是聖姑嗎？我將來娶的老婆要是一心只想著別人，即便未曾當真偷漢，我受得了嗎？換過來設想，我若是別人老婆一心思念的人，縱使從無肌膚之親，難道不會沾沾自喜嗎？」驀然想起與自己訂有婚姻之約、恐怕早已琵琶別抱的表妹，不禁愁悶上心，待日沉西嶺，月上東山，將船泊岸，喊道：「二位客倌，我匆匆離寺，僅帶了些乾糧，請將就著用吧！」

二人出艙，三保向鄭莫睬致謝。鄭莫睬笑道：「甭謝了，今晨你幫我擋了一劍，咱們已互不相欠……不不不，你還欠我十五兩船資，不能讓你就這麼算了。」三保尷尬萬分，道：「我新換過衣衫，離寺時一物未取，目下可是身無分文，隨身只有一把巨劍，還是你給的。」鄭莫睬板起臉孔，道：「難不成你要搭霸王船？這我可不依，除非……除非……」三保看他翻臉，囁嚅問道：「除非如何？」鄭莫睬嘻嘻笑道：「你若係一般船客，船資自然一文都不能少，然而我倆倘若結為異姓兄弟，自己人犯不著那麼計較。」三保面露難色，支支吾吾道：「這個，這個……」鄭莫睬道：「怎麼，難道你見我本領低微，貪生怕死，因而心生鄙夷嗎？」三保急道：「快別這麼說，絕無此事。」他嘆了口氣，續道：「三保乃不祥之人，凡愛我、助我、親近我者，都會受到拖累而遭遇不幸。」

鄭莫睬道：「所謂『好事不出門，壞事傳千里』，我也曾耳聞你的事，不過我與旁人不同，對你可係既欽佩又憐惜。要知道我教自創始以來，便屢遭橫禍，受盡欺壓，哪能將近來的一些災殃全歸咎於你。三十多年前，我教經營百餘年的總壇遭元軍重砲轟毀，那時你爹大概還不認識你娘哩，你更未出世，該件天大禍事自然與你無關，先教主小明王遭奸人害死的慘案也是這般。朱明偽朝廷及所謂名門正派追殺戴法王已久，當年他身受重傷，若非得你相助，恐怕無法生還滇西北的明教新總壇，而他飲服毒湯，係他跟死不了之間的恩怨，全然怪你不得。朱明大軍進攻雲南，明的是要掃除蒙古殘部，其實更著意於滅絕我教，否則也不用在這節骨眼兒上成立錦衣衛，我教新總壇遭查獲攻破，不過是遲早的事。再說兵凶戰危，大軍所至，家家不幸，人人悲哀，遭殃的可不僅僅你一家一村而已。總而言之，言而總之，你日後千萬別再以為自己係不祥之人了。」

這番言詞直說進三保的心坎裡，他感動得說不出話來，不禁紅了眼眶，韓待雪陪著垂泣。三保待情緒平復，道：「哥哥既不嫌棄，我倆即指月為誓，義結金蘭，並有明教龍鳳姑婆為證。」二人歡歡喜喜八拜為交，韓待雪也覺得有趣。鄭莫睬道：「三保，你係人中龍鳳，誰見了都免不了要自慚形穢，哥哥厚顏跟你結拜，其實另有計較。」他頓了頓，續道：「龍鳳姑婆係我教極為要緊的人物，更係朱明偽朝廷頭號欽犯，你們偏要往龍潭虎穴裡去闖，不知打哈主意。哥哥係個小腳色，不配問也不該多問，這會兒只想說，兄弟啊，你在應天要幹啥大事，儘管放手去做，不如抵達應天後，咱們分道揚鑣，讓龍鳳姑婆隨哥哥回鄉，跟外人講她係我義弟之妻，有了這個名分，日後好照料，不致太過惹人非議。」三保覺得他盤算得十分周延，正想答應，韓待雪搶先道：「哥哥所言雖是，然而先父遭奸賊所害，船沉瓜步，迄今屍骨未獲，孤魂寂寞，沉冤未雪，妹子打算前往弔祭，方是為人子女之道。」她隨三保改稱鄭莫睬為哥哥。

鄭莫睬道：「龍鳳姑婆有此孝心，本屬人倫之常，不過瓜步在應天下游，兩地相去甚近，您要前往弔祭韓先教主，委實太過於冒險。」韓待雪道：「妹子心意已決，請哥哥莫再多言。」她雖自稱妹子，畢竟是明教地位極為尊崇的聖姑，連眾長老在面子上都要讓她幾分，哪裡容得了鄭莫睬囉嗦。鄭莫睬明白她弔祭先父僅屬託詞，其實是想跟三保多些相處時刻，也就順風使帆道：「莫若如此，往後這些日子，三保加緊練武，咱們船過應天不停，直達瓜步，待祭拜過韓先教主後，三保自行前往應天幹事，我則護送龍鳳姑婆至泉州舍下，那裡我教徒眾甚多，可撿選些牢靠的暗中保護。」三保這回不等韓待雪回答，即道：「如此大妙，就這麼辦吧！」韓待雪縱使百般不願與三保分離，再無推託之詞，默然以對。三人胡亂用過晚膳，鄭莫睬道：「明日要通過三峽天險，水流湍急，險灘處處，暗礁滿布，須打起全副精神應付，咱們早些安歇吧！」三人分別睡下，各懷心事，久久才入眠。

次日，當三人所乘的麻秧子船方進入瞿塘峽夔門雄關時，韓待雪心有所感，低吟起李白的〈長干行〉：

妾髮初覆額，折花門前劇。郎騎竹馬來，遶床弄青梅。
同居長干里，兩小無嫌猜。十四為君婦，羞顏未嘗開。
低頭向暗壁，千喚不一回。十五始展眉，願同塵與灰。
常存抱柱信，豈上望夫臺。十六君遠行，瞿塘灩澦堆。
五月不可觸，猿聲天上哀。門前遲行跡，一一生綠苔。
苔深不能掃，落葉秋風早。八月蝴蝶黃，雙飛西園草。
感此傷妾心，坐愁紅顏老。早晚下三巴，預將書報家。
相迎不道遠，直至長風沙。

鄭莫睬知她因將與三保分離而傷懷，不免受到感染，這對於行船來說，甚不吉利，有意轉移情緒，道：「前頭便係惡名昭彰、令所有航行江川的船伕心驚膽戰的灩澦堆，我走船這些年，學了一首曲子，此刻獻醜，唱給二位品鑑品鑑。」他不等二人答應，清了清喉嚨，引吭高唱：「灩澦大如象，瞿塘不可上。灩澦大如牛，瞿塘不可留。灩澦大如馬，瞿塘不可下。灩澦大如袱，瞿塘不可觸。灩澦大如龜，瞿塘不可窺。灩澦大如鱉，瞿塘……」他唱到此處，船行突然加速，飛快奔往矗立於江心的一塊巨石，那正是殺人如麻的灩澦堆，此時江水水位低，那灩澦堆看起來何止大如象，簡直如同一座小山。麻秧子船陷入強大的暗流之中，任鄭莫睬如何拚命操舵，也無法掌控航向。鄭莫睬喊道：「二位坐穩了，接下來只能聽天由命。結識二位，我鄭莫睬當真三生有幸……哇，駛恁（你的）娘咧！」他驚呼失聲，忍不住說了句閩南粗話。

眼看船隻就要撞得粉碎，三保從艙裡取出巨劍，紮穩馬步，立於船的一側，一手緊攀船身，運足十成內勁，在千鈞一髮之際，將巨劍猛力刺向巨石，居然讓船隻轉了方向，與巨石擦身而過。三人逃出生天，回頭望去，巨劍劍身有半截沒入巨石中，三保內力固然驚世駭俗，也虧得是如此厚重之劍，若換成尋常刀劍，勢必從中斷折，三人難逃撞船厄運。三保驚魂甫定，問道：「失卻哥哥所贈之劍，須費幾兩銀子？」鄭莫睬臉色慘白，顫聲答道：「本船招待，完全免費。」三人都笑了出來。經此一事，彼此更加深幾分生死與共的患難情誼。

過了灩澦堆，水流稍緩，船速亦然，當穿行於巫峽時，所見景象當真如北魏酈道元所描述：「兩岸連山，略無闕處。重岩疊嶂，隱天蔽日，自非亭午夜分，不見曦月……素湍綠潭，迴清倒影。絕巘多生檉柏，懸泉瀑布，飛漱其間。清榮峻茂，良多趣味。」三保見過「萬里長江第一峽」，又曾來回藏地，對於眼前奇景，頗有「曾經滄海難為水，除卻巫山不是雲」之感。鄭莫睬死裡逃生，興致甚高，他雙手掌舵，眼望江北的神女峰，加油添醋地大談巫山雲雨的典故。所謂「言者無心，聽者有意」，韓待雪聽得面紅耳赤，心旌動搖，邏些喇嘛廟石室中歡喜佛的繪像頓時湧現腦海，不由得含情脈脈瞅著三保，對他色授魂與。三保暗自慚愧，無言以對，儘瞧著岫中迷霧，嶺上閒雲，實則視而不見。這時從夾岸高處傳來滄涼淒絕的猿啼聲，迴盪在幽谷之間，如泣如訴，不絕如縷，硬生生打斷韓待雪的綺思。鄭莫睬止住言語，唱道：「巴東三峽巫峽長，猿鳴一聲淚沾裳，二聲摧心肺，三聲斷人腸……」歌聲哀婉，百轉千折，與猿啼若合符節。

　　進入西陵峽未久，三保仰見不少看似棺木的物事，以木樁懸掛於陡峭直立的崖壁上，有些距離水面十餘丈，另有些高達數十丈，煞是奇詭，還頗具風剝雨蝕之狀，料想已然日久年深。他在瞿塘峽也有瞧見這樣的物事，但因當時聆聽韓、鄭二人吟唱，不忍打斷，旋即遭遇湍流之險，命在俄頃，未及詢問，此時再度見到，便問鄭莫睬那些是甚麼，誰放置的，又為何如此大費周章。鄭莫睬道：「說實在話，哥哥也不明白，倒係聽說過這段的西陵峽另外有個名堂，稱為兵書寶劍峽。」三保知道他喜歡人家應和他說話，湊趣問道：「此處為何有這麼一個奇特的別名呢？」鄭莫睬道：「『功蓋三分國，名成八陣圖，江流石不轉，遺恨失吞吳。』大名垂宇宙的蜀漢武侯諸葛亮，二位都聽說過吧？」他都說諸葛大名垂宇宙了，三保與韓待雪能自承沒聽說過嗎？二人都點了點頭。

鄭莫睬道：「想那大耳長手的劉備，原本只係一個賣草鞋、織草蓆的潦倒漢，後來三分天下，割據一方，成為蜀漢之帝，諸葛亮可謂居功厥偉，而蜀漢偏處西南，地小民寡，諸葛亮竟然還能六出祁山，討伐曹魏，他本事之高，那係沒話說的了，連大詩人杜甫都不由得寫了好些詩來讚嘆他。傳說諸葛亮死前，將自己滿腹的兵韜武略寫了下來，藏於這裡的一副懸棺之中，再以寶劍鎮守，留待後世有勇力才學者前來獲取，因此這裡別稱兵書寶劍峽。」韓待雪道：「咱們何不去取出藏於此峽中的兵書與寶劍，那麼三保便可用諸葛寶劍刺殺朱元璋，明教也可藉武侯兵書復興光大。」鄭莫睬呵呵笑道：「所謂諸葛亮留藏兵書寶劍，多半只係江上過客杜撰出來的鄉野奇譚罷了，藉以排遣旅途寂寞，假若真有，留傳至今已過千餘年，早就教人給取走了，還能輪到咱們嗎？更何況……」他止住不言。

三保問道：「更何況甚麼？」鄭莫睬道：「想當年荊軻刺秦王，用的難道不係寶劍嗎？非但係絕世寶劍，還淬了見血封喉的劇毒哩！不過荊軻這位仁兄只會耍嘴皮子，武功倒跟哥哥我一般稀鬆平常，因此功敗垂成，連陶淵明都笑話他說：『惜哉劍術疏，奇功遂不成。』所以啊，靠寶劍還不如靠真功夫。再者咱們中華神州，自古以來戰亂頻仍，太平歲月幾稀，傳世的兵法韜略難道還少了嗎？舉凡《孫子兵法》、《尉繚子兵法》、《吳子兵法》、《孫臏兵法》、《六韜》、《三略》、《司馬法》、《唐太宗李衛公問對》等等，多不勝讀，結果如何呢？北宋亡於女真，南宋滅於蒙古，而蒙古本無文字，蒙古人絕多目不識丁，其鐵騎橫掃天下，靠的豈係死板板的兵書？諸葛亮六出祁山，也非攻無不克，戰無不勝，最終出師未捷，病死五丈原。所以啊，盡信書而光紙上談兵，還不如無書哩！」

三保道：「哥哥所言，確是高見，三保得加緊練武才對，免得讓後世也笑話我『惜哉劍術疏，奇功遂不成』。」鄭莫睬點頭道：「正係這個道理，這才不枉……唔，不枉哥哥我的一番苦心。你得勤加練劍，勿要『半暝這欲出月』。」三保問道：「這是甚麼意思？」鄭莫睬道：「這係閩南俗諺，半暝即夜半，整句的意思差不多等同於臨時抱佛腳，換句話說，別等屎塞屁眼了，才要挖……」他驚覺此話過於粗俗，萬萬不能當著龍鳳姑婆面說出，硬生生止住，但她已雙頰飛紅了。

船行又東，三人閒談間已過牛肝馬肺峽、黃牛峽、燈影峽，如此即出西陵峽，地勢漸平，水流趨緩，長江三峽算是走到了盡頭。鄭莫睬道：「詩仙李白有詩云：『朝辭白帝彩雲間，千里江陵一日還。』雨季水深流急，船快如風，一日之內，要由白帝城直達江陵，倒也不無可能，此時卻辦不到。前頭係『水至此而夷，山至此而陵』的夷陵，乃三國時代東吳大將陸遜大敗西蜀皇帝劉備之處，並非江陵。我得上岸採買些食物用品，二位且在船上安歇。過了夷陵，咱們靠岸須避開大城鎮，以免錦衣衛耳目眾多，無端招惹風波。」馬、韓二人點頭稱善。

將近子夜，鄭莫睬還未回來，三保與韓待雪飢腸轆轆不說，更覺憂心忡忡，百無聊賴，相擁坐於月下，靜待其歸。直到丑正，鄭莫睬哼著閩南小曲兒，搖搖晃晃走至船邊。他滿身酒氣，先將幾袋糧食用品及一包壓得粉碎的茯苓糕遞給三保，再從背上解下一把長劍交給他，道：「『無魚，蝦也好。』這把也算大劍，雖比不上原先的好大一把劍，你將就著用吧！」這才在三保的攙扶下上了船。那柄插於灩澦堆的巨劍當真名為「好大一把」，目前這把則叫「也算大」，雖然庸俗，倒也傳神。

三保看他臉上帶傷，問道：「哥哥，你怎麼了？」鄭莫睬大著舌頭道：「沒啥，哥哥多喝了幾杯，『踣一倒，撿到一塊寶』。呵呵。」他用閩南俗諺來自我解嘲。三保道：「哥哥酒量甚宏，怎會喝醉跌傷呢？」鄭莫睬道：「別提了，有啥事，明日再說吧，哥哥累了，欲睏乎伊飽。」馬、韓二人無可奈何，吃了鄭莫睬攜回的豆腐渣、涼拌魚腥草與油炸蘿蔔餃子，都是當地著名小點。

鄭莫睬這一覺，直睡到豔陽高照，醒來見三保正在掌舵，船行倒也平穩。韓待雪看他起身，喚道：「哥哥，吃粥。」鄭莫睬惶恐道：「這豈非折煞小的！」韓待雪含笑道：「妹子是你的弟媳，弟媳侍奉大伯，有何不對？」鄭莫睬道：「那係等回到我老家後，在人前做做樣子的，小的可不敢趁機擺譜端架子。」三保道：「記得我初至明教總壇那年除夕，蘇日使親自為我洗腳，意思是要教眾學習謙卑與忍辱，因此龍鳳姑婆以明教聖姑之尊，為教徒親奉羹湯，也並無不妥。」鄭莫睬笑道：「我辯不過你們，樂得有現成的粥吃，操舟的活兒也有人擔待，有這等便宜事，早該跟三保結拜了。」韓待雪被侍奉慣了，僅在梅朵家中烹飪過幾次耍著玩兒，這粥放在爐銚上煨得久了，已有點兒焦苦，配菜也只是麵筋、腐皮、鹹菜之類，鄭莫睬哪敢挑剔，勉為其難一掃而空，假裝吃得稱心滿意，心想：「美貌聖潔還真不能當飯吃，以後娶家後（妻子），要選顧胃腸的，毋通（不可）只顧目睭（眼珠）。」

三保待他食罷，問道：「昨晚哥哥發生甚麼事，且說分明，省得我與韓姊姊瞎費疑猜。」鄭莫睬用衣袖抹了抹嘴，道：「昨晚我買完糧食用品後，又去買劍，找遍整個夷陵，最重的一把才四十多斤，比好大一把劍輕了不少，但也算相當難得的巨劍了。劍鋪旁正好有間酒館，我肚裡酒蟲騷動，忍不住喝了幾杯，不意在回程路上，撞見幾個潑皮正在欺侮一位年輕姑娘，我路見不平，便拔……拔……」「拔刀相助，是吧？」三保聽他一直拔不出來，接口說道。鄭莫睬臉有愧色，道：「不，是拔腿就跑。怎知我身負糧食用品和也算大劍，還帶著幾分酒意，竟然摔了個狗吃屎，半晌爬不起身來，連要孝敬給龍鳳姑婆打牙祭的糕餅，也摔得粉碎。」他嘆口氣，續道：「哥哥要係有三保的三成本事，不至於如此不濟，準打得那幾個潑皮跪地求饒。我想自己已屆而立之齡，卻一事無成，簡直係個窩囊廢，而返鄉在即，心情著實鬱悶得慌，轉回去那間酒館，直喝得酩酊大醉，這才勉強尋路回到船上，卻累得二位擔心挨餓了。」

三保見他的傷勢不像是一般摔跤造成，他既不願吐實，也就不便追問，道：「原來如此。彭法王引述過《道德經》云：『勇於敢則殺，勇於不敢則活。』有時勇於不敢可比勇於敢更加難為，武林中人尤其如此。」鄭莫睬一拍自己大腿，道：「瞧你這話說的。唉，我初出道時，可也係個拚命三郎，一味勇於敢，等到失了鏢，同行鏢師死得一個不剩，自己也受了重傷，從此只勇於不敢了。」三保道：「『此兩者，或利或害。』敢與不敢，利弊得失可難說得緊。不過有一事，三保不知該不該問。」鄭莫睬道：「有話儘管問吧，憋著話不說，比憋著屁不放還難過百倍。」三保道：「哥哥曾指點我劍法，顯現見識非凡，倘非絕頂高手，必定無法如此三言兩語便切中要害，但哥哥又說自己武藝平平，這事誠令三保費解。」鄭莫睬道：「哥哥哪有本事指點你劍法，那係……」他止住話，眼珠子滴溜溜掃視四周，彷彿擔心有人窺伺在側，然而此時舟行大江之上，方圓一里之內，哪裡有半條人影。

他又道：「那係哥哥瞎貓碰上死耗子的。唔，哥哥年輕時，曾跟隨泉州南少林寺可慈法師學了幾年武功，爭奈資質平庸，學習又不精勤，武功苦不甚高，卻自以為了不得，日跟家兄賭氣，想趕緊闖蕩江湖，一展身手，於是不顧恩師勸誡，離開南少林，幹起保鑣的營生。起初運氣亨通，碰到幾起小毛賊滋事，一出手便打發掉他們，年紀輕輕，很快便升任鏢頭，卻在四川栽了個大觔斗，無顏回見江東父老，後來的事，你們全都知道，就甭再提了。總之我要說的係，哥哥武功雖不濟，卻跟過高人學藝，也走南闖北過，總還有那麼一丁點兒見識。」他頓了頓，續道：「三保，說實在話，你的劍法原就不頂高明，要指出缺漏疏失之處，並不困難，不過你如今已非吳下阿蒙，今後可要換你指點哥哥了。」三保道：「豈敢，兄弟過過招，彼此切磋。」他知鄭莫睬有所隱瞞，但看來絕無惡意，也就不予揭穿，接著向他討教閩南方言。鄭莫睬言語便給，嘴功遠高於武功，又曾於年長後才學習別種方言，深明其中訣竅，是以教導起來甚是麻俐。

接連經過江陵、岳陽、赤壁、武漢，眼看距離應天愈來愈近，三人益發惴慄難安，船行也就愈來愈緩，總能找到理由停歇，不過這當中另有個因由——等待小明王韓林兒的忌日。所謂「臨陣磨槍，不亮也光」，這段時日，三保天未亮便下船尋找林深幽僻處練劍，當日與孤松子一戰，印證所悟劍道，此時再練，體驗更深，自覺進展極速，倘若再度遭逢孤松子，應該無須利用對方的輕敵來取勝了。

這日清晨，船泊九江附近。三保照常起了個大早，走進茂林深處，眼見清流激湍，耳聽蟲鳴鳥叫，鼻聞草木幽香，口嚐甘甜湧泉，身沐徐徐涼風，心感舒適愉悅，調神理氣片刻後練起劍法，直練了個把時辰，一時興起，挺起也算大劍，刺穿一株大樹的樹幹，不意枝葉間滾落下一條人影，摔得甚是狼狽，半晌才拄著枴杖，費力至極地爬起身來，顯得全然不會武功。

以三保耳力之利，竟不知有人藏身樹上如此之久，那人的武功應是奇高才對，是以三保並未上前攙扶，只目不轉睛地打量對方，見那人滿頭蓬鬆捲髮，額頭至下頷極短，蒜頭鼻子一丁點兒，鼻下一叢亂鬚，鬚中闊厚的歪嘴欲蓋彌彰，掩不住滿口參差的大黃牙，臉甚寬，雙耳幾乎垂肩，眉目細長，目光迷離呆滯，嘴角淌著涎液，面貌著實形容不出地醜怪。如今已是臘月，他身上僅著一件既像道袍又似僧服的破爛單衣，前襟大敞，露出嶙峋瘦骨，肚腹卻大得仿如臨盆之婦，腰間別了個碩大的酒葫蘆，赤著腳，全身髒汙不堪。

三保將也算大劍自樹幹中拔出，還入劍鞘，表示毫無敵意，拱手問道：「敢問前輩是誰？在下魯莽，若有得罪，祈請見諒。」那怪人道：「你問我是誰，呵呵。」接著搖頭晃腦吟道：「有腹皤然，有髮捲然。鬚蕭蕭而如戟，口瀝瀝而流涎。下溷犬豕，上友聖賢。心炯炯兮常靈，是欺顛也而猶仙。」他細目突然圓睜，暴射出燦燦精光，道：「我是誰，無關緊要，緊要的是，你可知自己是誰？」

三保心受觸動，臉上不動聲色，又問：「前輩語含深意，但瞧您的裝扮，不知究竟是僧是道？」那怪人吟道：「道即僧來僧即道，孔丘盜跖俱微塵，狂歌痛飲七十載，只問蒼牛不問神。儒釋道匪，全都是屁，臭響一時，終歸空寂，何須強加區分呢？」三保知他是個世外高人，禮多人不怪，再恭敬一揖，問道：「小子愚魯無知，敢問前輩來此，有何見教？」那怪人眼中精光收斂，恢復曖曖不明，道：「你根骨清奇，而且早去妻子之想，素乏名利之念，只是深情重義，難免牽纏受苦，不如屏除世情，殲滅凡心，隨我隱逸山林，修習神仙之道，方為正途。正是：借問林間舞劍客，何如此處學長生？」

三保一驚，忖道：「這人與我萍水相逢，怎對我瞭解得如此透澈？倘若如他所言，確是逍遙自在，不過我怎能捨棄雪兒、放過朱元璋呢？」遂道：「小子乃凡夫俗子，塵緣未了，須辜負前輩一番盛情美意了。」那怪人嘆道：「冤孽！冤孽！」從腰間取下葫蘆，鯨吸一大口，居然將碩大葫蘆裡滿滿的醇酒給喝得涓滴無剩，其氣息之悠長，胃納之廣闊，當真匪夷所思。他舔嘴咂舌，道：「你滿心殺人之念，劍氣縱橫，看似凌厲非常，其實劍法已走入偏鋒，再練也是徒然，更可能反噬自身，所謂『損人不利己』，說的正是你這種人。」

三保曾拿孤松子試驗過的得意自創劍法，竟被批評得一無是處，不免動氣，冷笑道：「練劍本就為了殺人，不然是要用來砍柴切菜嗎？」那怪人道：「老子曰：『兵者，不祥之器，非君子之器，不得已而用之，恬淡為上。勝而不美，而美之者，是樂殺人。夫樂殺人者，則不可得志於天下矣。』兵事如此，劍法亦然，須以恬淡為上，方能登峰造極，你要是不信，不妨刺我一劍看看。」臉現鄙夷之色。三保雖然氣憤，倒也無意傷他，道：「前輩一番好意，小子心領了，刀劍無眼，不宜輕試其鋒。」那怪人哈哈笑道：「你當真自以為劍術通神，可以刺得中我？」三保畢竟年輕氣盛，按捺不住，道：「這可是你自找的！有僭了。」他挺劍刺去，但劍未出鞘，而且只用了三成力道，招式也平平無奇，只聽得咚咚兩聲悶響，劍鞘尖刺在酒葫蘆上，滑了開去，腦袋隨即給酒葫蘆狠狠敲了一記，好不疼痛，至於對方是怎麼出手的，根本沒瞧清楚。那怪人道：「敲醒你這執迷不悟的傻小子。拔劍，使盡看家本領吧！」

三保拔劍出鞘，運起神功，劍光霍霍，去勢如電，本以為對方武功深不可測，這劍定然刺他不著，可趁機看他如何應付，以讓自己的劍法更為精進，哪知對方不擋不格不閃不避，反而和身往劍尖撞來，急忙收劍，已然不及，也算大劍穿胸而過，心裡又驚又悲，但劍身傳來的感覺甚怪，低頭一看，劍上掛了件汙穢破爛的單衣，抬眼轉頭，瞥見那怪人全身精赤條條，只用酒葫蘆遮掩臂部，背影隱沒於密林中，又聽得那怪人吟道：「劍客多情劍絕情，天涯浪蕩意何寧，一朝力助北來燕，從此神州失太平，失太平兮，顛仙濁酒喝不停。」聲音漸遠，到了「喝不停」三字時，似乎已是從數里之外傳來，其身法之快，迴非人力所能及。

三保惘然，也大為氣沮，此地相去應天不遠，自己苦思所創的劍法居然全無用處，怎殺得了受到嚴密保衛的朱元璋呢？還劍入鞘，將那怪人所遺單衣折疊好，置於樹下，再對那件單衣拜了三拜，起身緩步走回舟中。韓待雪與鄭莫睬已備好早膳，正等他回來一同進食。韓待雪看三保的神色有異，問是怎麼回事，他說出方才遭遇。

鄭莫睬道：「那位奇人姓周，不知其名，因自年少起即瘋瘋顛顛，常與豬狗廝混，老是胡言亂語，人稱周顛。在天下尚稱太平時，他便時常唱著〈告太平〉歌，預言大亂將起，但天下終歸太平。官府以他瘋顛愚痴，沒治他妖言惑眾、鼓亂人心之罪。沒幾年，我教韓先教主山童公果真起義抗元，其後各路豪傑並起，應驗了周顛的預言，開始有人尊稱他為『顛仙』。」韓待雪道：「我先祖父上承天命，竟連這姓周的顛子也能預知。」三保卻暗忖：「周顛能夠審度時勢，見識超卓，委實不下於姜太公、諸葛亮之流，韓山童教主若能得其輔佐，必不至於這麼快便兵敗身亡，顯然周顛未曾力助明教，如此定然有其深意。」

鄭莫睬果真說道：「誠如龍鳳姑婆所言，韓先教主山童公上承天命，下恤民情，不過周顛倒沒投靠山童公，後來卻去攔住朱元璋，反覆高唱〈告太平〉歌。朱元璋原本不予理會，但周顛緊纏不休，朱元璋勃然大怒，將周顛丟入缸裡煮，拋下河底淹，關在房中餓，怎麼都弄他不死，知道這個人很有本事，這才好生款待他，好酒好肉源源不絕，周顛便出言指點，朱元璋因而力排眾議，定下先攻陳友諒、後打張士誠的方略，待奪得天下，創建偽朝，周顛飄然遠去，隱居於這附近的廬山山中，朱元璋屢傳不應。」

韓待雪道：「這顛子當初不助我父祖，反倒去幫朱元璋那奸賊，如今又來阻撓三保向朱元璋報仇，看來絕非良善之輩，幸好三保未受他蠱惑。」三保道：「不知為何周顛對我知之甚詳，而他所謂的『北來燕』究竟何指？」鄭莫睬道：「燕王朱棣坐鎮北方，可他係朱元璋的兒子，怎會起兵造老子的反呢？再說三保八竿子跟燕王打不到一塊兒去，哪會力助予他？唔，龍鳳姑婆祖籍河北，人又生得窈窕，身輕如燕，要說係『北來燕』，似乎也說得過去。這個周顛一心一意要為朱元璋保有江山，故大力勸說三保不要協助明教起義抗朱。」他如此解釋流於牽強，馬、韓都不採信，鄭莫睬也不著惱，反正是隨口胡謅。三人滿腹狐疑，百思不得其解，只得暫時放下，繼續順流而東。

未幾，忽見煙波浩渺，一碧萬頃，水天相連，上下天光，不禁胸懷一闊，又聞清風颯颯，流水淙淙，雁叫鷗鳴，漁歌互答，好一幅恬適景象，而江水黃濁，湖水澄碧，濁者自濁，清者自清，壁壘分明，互不相混，更是一奇。鄭莫睬道：「眼前便係大名頂頂的鄱陽湖，古稱彭蠡澤，又名彭澤，唐代大詩人王勃的『漁舟唱晚，響窮彭蠡之濱』，說的正係此湖。別看此湖景色美麗，一派安詳，湖中其實埋藏了數十萬軍魂。」三保大奇，問道：「這話從何說起？」鄭莫睬道：「遠的不提，光說近的，元末群雄並起，陳友諒這背骨囡仔的勢力一度最為強大，他卻在這座湖上栽了個大跟頭，損兵折將不說，連命也沒了，這才讓朱元璋一統江南，進而揮軍北上。」

三保又問：「甚麼是『背骨囡仔』？」鄭莫睬道：「那係閩南方言，指的係身具反骨、背叛恩人的臭小子。陳友諒家世代打魚為生，祖上原本姓謝，祖父入贅陳家，父親以降才都改姓陳。陳友諒本來也係個打魚郎，卻不安分，在地方弄了個小吏之職，不甘心就此埋沒，屈居人下，在我教大舉起義時，投效時任妙火使、統領西路紅巾軍的徐壽輝。徐壽輝秉持我教教義，嚴飭軍紀，所到之處，秋毫無犯，獲得萬民爭相歸順，勢力也就愈來愈大。元軍軍紀廢弛，欺軟怕硬，老拿無辜百姓開刀，根本打不過徐軍。然而陳友諒野心勃勃，在龍鳳六年，也就係元至正二十年，收買死士刺殺徐壽輝，反出明教，自立為帝，以漢為國號，建元大義。這實在好笑，難道他以為自己係大義滅親嗎？陳友諒的窩裡反，不但讓元朝多苟延殘喘了幾年，百姓跟著多受了幾年苦，更讓朱元璋坐收漁利，不少徐壽輝的舊部投效朱元璋，朱元璋的勢力因此壯大了起來，在江南與陳友諒、張士誠鼎足而三。三年後，陳友諒統率水陸大軍計六十萬，又有數百艘巨型樓船、數千艘中小型戰船助威，相連為陣，展開竟長達數十里，跟朱元璋在鄱陽湖決一死戰。

「當時朱元璋的兵力不過才二十萬，船隻不但少得可憐，還大多很小條，只能仰視敵艦，一時不知如何攻起，被居高臨下的敵艦以重砲轟得毫無招架之力，但他採行『高築牆、廣積糧、緩稱王』之策，野心未露，並將船隻塗成白色，以表示尊奉明尊，得到明教教眾出死力挺住，且在一場激戰當中，風向突然一轉，朱元璋趁機使用火攻，燒毀了陳軍數百艘戰艦，氣勢此消彼長。接著雙方對峙月餘，互有勝負，傷亡均極慘重，後來陳軍因艦隻龐大，吃水較深，在退潮時擱淺，朱軍趁機發動猛攻，陳友諒在突圍時中箭落水身亡，但兩軍都不知他已經死了，兀自交戰不休，周顛[1]神通廣大，居然得悉陳友諒的死訊，告知朱元璋，還勸朱元璋念在曾經同為明教教友之情，為陳友諒寫篇祭文，在陳軍中傳誦，因而瓦解了陳軍士氣，朱軍終於大獲全勝。總之，朱元璋若非憑藉明教之力，哪能在鄱陽湖大戰中取勝，後來又豈能一統江山呢？」鄭莫睬往來長江上、下游多次，熟知沿途掌故，而他口才便給，娓娓道來，雖不盡不實，頗為浮誇，也對明教不無溢美之詞，又隱匿其內鬨情事，卻煞是動聽，三保與韓待雪都聽得聚精會神，時光彈指即過，船行已至應天。

應天，這六朝名都，大明的京師，為當時天下最碩大繁華的城市。該城之建，始於春秋時代，越國大夫范蠡率先在長干里與雨花臺之間築城，俗稱越臺，後來三國東吳、東晉與南朝的宋、齊、梁、陳合稱為六朝，全定都於此，繁華富麗冠絕東南，在梁武帝時，戶數達二十八萬，人口逾百萬，可惜被隋朝大軍夷為平地，六朝煙雲，盡如一夢。五代時，此地再興，南唐亦建都

[1] 通說為鐵冠道人張中，本書改為周顛。

於此，不過眼前之城卻是朱元璋所構築，分為外城[2]、京城（內城）、皇城與宮城四重。京城有十三座城門[3]，周長達一萬七百三十四丈二尺，真有氣吞萬里如虎之氣概，而北依玄武湖，南偎秦淮河，不失溫柔嫵媚之情態。放眼而望，只見龍蟠虎踞，山環水抱，果具帝都氣象，歷代詩家詞人多所讚嘆，以謝朓的「江南佳麗地，金陵帝王州」，描摹得最為傳神。

三保與韓待雪知道自己個人與明教共同的死仇朱元璋，就在應天城裡作威作福，宰制天下，心情忍不住激動起來，然而此城固若金湯，常備二、三十萬虎賁，另有親軍十二衛拱護皇宮，大內高手如雲，連要遠遠見上朱元璋一面都難如登天，更何況要取其性命，不免黯然。鄭莫睬為提振士氣，道：「相傳在戰國時期，一個風水先生途經此處，斷言五百年後將有帝王在此建都。秦始皇一統天下，獲悉這個傳言，便派人斬斷這裡的龍脈。後來東吳的孫權果真在這裡稱帝，離那風水先生的斷言，恰係五百年，不過由於龍脈已斷，國祚就只有區區數十年，其後建都於此的東晉與南朝的宋、齊、梁、陳，乃至五代的南唐，全都係短命的王朝。朱元璋占有此城迄今已歷三十幾個年頭，看來朱明偽朝的氣數將盡，我教興復，指日可待。」三保與韓待雪都明白鄭莫睬這

2 外城要等到洪武二十三年才開始構築，結合了土牆與天然的丘陵崗阜，綿延百里，馬和等人初過應天時尚未興建，時至今日則早已崩壞。

3 據說這十三座城門中的通濟、正陽、朝陽、太平、神策、金川、鍾阜等七門象徵北斗七星，而儀鳳、定淮、清涼、石城、三山、聚寶等六門代表南斗六星。皇宮偏東，位於通濟、正陽、朝陽、太平這「北斗斗杓」所夾區域內。

番話純屬安慰之詞，勉強笑了笑，無言以對，三人陷於沉默。

船過應天，一陣子後鄭莫睬忽道：「前頭便係瓜步，咱們停船靠岸，下船祭拜韓先教主。這裡離京師甚近，朝廷鷹犬不時出沒，須格外小心。」他頗細心，事先備妥香燭紙錢、素果素齋，還有香案香爐，與三保合力搬下船，擺設停當。三保是穆斯林，忌諱捻香膜拜，獨自去登瓜步山，好居高臨下為他們警戒。他輕功了得，頃刻間來到山上一座荒廢的祠堂，門上懸著一塊牌匾，寫著「佛狸祠」三個斗大的字，書法飄逸遒勁，饒有古意。北魏太武帝曾率兵追敵至此，後來建了座行宮，以自己的小字佛狸為名，行宮早已傾圮，牌匾仍舊留存。此時祠內杳無人蹤，烏鴉卻多，三保不知此祠來由，亦無心遊賞，只凝神往山下眺望，注意是否有人靠近韓待雪、鄭莫睬所在江岸。

韓待雪立於江邊，放眼望去，唯見江水奔流，不捨晝夜，哪看得出何處是亡父韓林兒溺斃埋身之所。她想起這些年來明教風雨飄搖，危如累卵，自己身世浮沉，朝不慮夕，四個最親密友愛的好姊妹皆已慘死，且與三保勢必無法終老一生，思也悠悠，恨也悠悠，江水滔滔，終將入海，而此恨綿綿，何時才是盡頭呢？不禁悲從中來，紅了眼眶，低下頭去，燃起馨香，焚燒紙錢，片片紙灰化作款款白蝶，隨著冷冽的朔風漫天飛舞，有些落入江中，給江水吞沒，有些隨風遠颺，不知所終。她心亂如麻，喃喃誦起摩尼經偈：

懇切悲嗥誠心啟，滿面慈悲真實父；願捨所造諸愆咎，令離魔家詐親厚。
無上明尊力中力，無上甘露智中王；普施眾生如意寶，接引離斯深火海。
懇切悲嗥誠心啟，美業具智大醫王；善知識者逢瘳癒，善慈惘者遇歡樂。
有礙無礙諸身性，久已傷沉生死海；肢節四散三界中，請聚還升超萬有。
更勿斷絕正法流，更勿抛擲諸魔口；降大方便慈悲力，請蘇普厄諸明性。
莫被魔軍卻抄將，莫被怨家重來殺；以光明翅慈悲覆，捨我雨般身性罪。
唯願降大慈悲手，按我三種淨法身；除蕩曠劫諸纏縛，沐浴曠劫諸塵垢。
開我法性光明眼，無礙得睹四處身；無礙得睹四處身，遂免四種多辛苦。
開我法性光明耳，無礙得聞妙法音；無礙得聞妙法音，遂免萬般虛妄曲。
開我法性光明口，具嘆三常四法身；具嘆三常四法身，遂免渾合迷心贊。
開我法性光明手，遍觸如如四寂身；遍觸如如四寂身，遂免沉於四大厄。
解我多年羈絆足，得履三常正法路；得履三常正法路，速即到於安樂國。
令我復本真如心，清淨光明常閒寂；清淨光明常閒寂，永離迷妄諸顛倒。
願我常見慈悲父，更勿輪迴生死苦；諸根已淨心開悟，更勿昏痴無省覺。
我今依止大聖尊，更勿沉迷生死道。

她誦著誦著，念及自身雖名為明教龍鳳姑婆，實則深陷生死纏綿，沉迷難脫，不覺嚶嚶啜泣了起來。鄭莫睬勸也不是，不勸也不是，正感為難之際，忽聽得半山腰響起胡哨，知是三保出聲示警，趕緊將岸邊祭奠物事都推入江中，護著韓待雪上船，等待三保回返。片刻後三保火速奔來，離岸邊尚有數十丈遠，即高喊：「快快起錨開船。」鄭莫睬拉起船錨，將船緩緩駛離。三保飛身上船，堪堪站定，回見五騎已來到江邊。為首之人年約花甲，頭戴烏紗折角向上巾，身著黃綢盤領窄袖袍，腰束珠玉琥珀金犀帶，胯坐捲毛照夜玉獅馬，額頭高高隆起，下頷長長突出，耳大鼻闊，橫眉豎目，滿臉疙瘩，生得凶醜異常，然而威儀肅穆，氣魄非凡，目光仿如冷箭，正逼射過來。三保與他對視，心裡突地一陣狂跳，因那人的長相與戴天仇形容的朱元璋一般無二，不禁熱血上湧，要拔劍躍下船去殺他，給鄭莫睬牢牢抱住，耳邊輕響：「謀大事不急於一時，你劍法尚未練成，不如先跟我們走吧！」

三保寧定下來，見那五騎之後，有大隊金盔金甲、負弓執戟的錦衣衛天武將軍正逼近江岸，再看朱元璋身邊的四個侍衛，個個頭骨豐隆，太陽穴高高凸起，目光晶瑩，背厚肩圓，氣息若有似無，內功修為都已登峰造極，自己內功、劍法皆未臻圓滿，非但連一個也對付不了，恐怕還會枉送己方三人性命，也就按劍不動，與朱元璋一在船上，一在岸邊，隔著江水默默相望，漸離漸遠，直至彼此身影在對方眼裡都成為一個小黑點。韓待雪心裡有數，緊緊攬住三保的胳膊，身子不住發顫。

鄭莫睬道：「瞧岸上那老頭子的模樣與氣派，應該就係朱元璋。這廝生性狐疑，嗜血好殺，只怕放咱們不過，咱們快快遠避才好，三保先到泉州舍下，練武有成後再來殺他不遲。」韓待雪欣然同意。三保大感氣餒，不得不接受，提議道：「南下福建，取海路如何？」鄭莫睬答道：「冬季風強浪高，若要靠這艘破船取海路到福建，比在千軍萬馬中刺殺皇帝還要危險百倍。」三保不禁大失所望。鄭莫睬頓了頓，續道：「反正回鄉後，我勢必得改行，不當舟子了，不如把這艘船賣掉，咱們改搭海船。」三保大喜道：「如此妙極，多謝哥哥成全。」他自幼最大的心願即是乘風破浪，揚帆海上，且如父祖一般，前往聖城默加朝聖，自己也能被尊稱為「馬哈只」，代表家族精神永續，光榮長傳，如今這願望萬難實現，若能搭船出海，也算聊過乾癮。鄭莫睬道：「只要龍鳳姑婆不畏風浪顛簸之苦，就這麼辦吧！」韓待雪道：「取海路快些，且能避開朝廷鷹犬追緝，不失為良策。」

船行原就甚為迅速，三保與鄭莫睬為了趕路，輪流操舟，夜裡也不停歇，次日未至午時即來到海口。鄭莫睬只用上個把時辰，便將近年來賴以為生的麻秧子船給變賣掉，還買了三個船位。臨上船前，鄭莫睬遞給三保一個沉甸甸的包袱，道：「三保，你的銀子跟寶鈔，哥哥幫你拾掇回來，先前藏在船裡，如今船已換了主人，銀子、寶鈔也就交還給你吧！」三保推辭道：「這些錢財來路不正，丟棄後，我反而舒了口氣，而且是哥哥撿回來的，還是歸哥哥吧！」韓待雪道：「是啊！哥哥離家多年，如今也該衣錦還鄉，有錢才挺得直脊梁骨。」鄭莫睬道：「說實話，我已扣除船資，買了幾套光鮮亮麗的衣裳，好穿回家風光風光。」三人都笑著上船。

這艘三桅福船長逾十丈，可容百餘人，停泊在岸邊時，看似高大如樓，當航行於海上，卻顯得渺小如豆，又顛簸得很，韓待雪鬧暈船，一直待在船艙裡歇息，三保與鄭莫睬輪流看護她。此時正當旭日初升，霞光滿天，三保無畏風寒，獨自佇立於甲板上，看大海如此遼闊，莽莽蒼蒼，橫無際涯，雄心頓起，設想自己刺殺朱元璋後倘若僥倖不死，當遠涉重洋，揚帆海上，以探天地之闊，訪造化之奇，才不枉此生，不墮聖教先知穆罕默德之家風。他在彩雲中隱約看見父親壯碩頎長的身影，其影像愈來愈鮮活，父子倆在夜裡講述、聆聽航行大海故事的情景，依稀在目，不知不覺中已然熱淚盈眶，忽聽得鄭莫睬的聲音在背後響起：「三保，她醒了，在找你呢！」

三保連忙抹去淚水，回道：「我這就去。」抬眼眺望，只見彩雲麗天，群鷗翔集，卻哪裡還有父親的蹤影，輕嘆口氣，也就走下船艙，去尋韓待雪。

第十四回　泉州

值此季節南下，適為順風，福船滿帆，一晝夜可航行四、五百里，但三人所乘這艘，途中停靠了幾處，以上下旅客、貨物，五日後才抵達福建泉州，饒是如此，依舊遠遠快過搭乘馬車。

泉州乃海上絲綢之路的起點，曾為天下第一大港，百國貨物齊備，各色人種麇集，北宋書法名家蔡襄讚曰：「素馨出南海，萬里來商舶。」南宋時期，其人口逾百萬，還多過都城臨安，繁華富庶甲於當代。在蒙元治下，泉州商貿躋於顛峰，桅檣森列，叢聚如林，貨物堆積，綿延似山，任誰看了，都要舌撟不下。可惜元末當地有波斯人僱兵為亂，繼而漢人起兵反抗蒙元，連年征戰，遂陷於凋敝殘破。大明肇建，朱元璋既因重農賤商思想作祟，先在洪武三年罷太倉黃渡市舶司，復於洪武七年裁撤泉州、廣州、明州市舶司，又以杜絕倭患為藉口，嚴禁濱海人民私自與外國交通，泉州商貿一蹶不振，昔日榮景不再，或論中國之滯後，始於明太祖朱元璋，不無道理。然而瘦死的駱駝比馬大，泉州轄三灣十二港，仍是氣魄雄渾，遠遠即可瞧見聳立於濱海金釵山上的六勝塔，南來北往的船隻依舊多不勝數。

福船靠了岸，鄭莫睬近鄉情怯，竟不願下船，三保哄了他老半天，待其他船客都已走光，他才勉為其難出艙，身上穿戴得簇然一新。韓待雪笑道：「哥哥這不是回鄉，倒像是要去迎娶新娘子。」鄭莫睬道：「我這次回返故鄉，確實想趕緊成家，如此一來，與龍鳳姑婆同住，才不致引人物議，況且總不能當真讓龍鳳姑婆侍奉我吧！」二人都覺得他心思縝密，深明人情世故。

鄭莫睬一方面要榮顯自己，另方面不願韓待雪拋頭露面，以免多生事端，於是先僱輛馬車馳騁一陣子，再換乘三頂大轎，直抬至家門口才放下。他出轎一看，不覺一怔，大門竟然深鎖，還滿布蛛網，看似已多時未有人居住，愣愣呆站著。一個好管閒事的老蒼頭趨來瞧熱鬧，操閩南方言道：「這敢毋係（豈不是）阿睬仔？幾冬無看著，汝大發財囉！」說話時雙眼直勾勾凝視著轎子，恨不得看穿幕簾。鄭莫睬道：「旺伯，這爾（這麼）久不見，汝的身體看起來閣（還）真勇健，真係好。請問阮（我的）阿兄去佗位（哪裡），厝門哪會鎖著著（深鎖著）？」旺伯是當地里長，嘆口氣道：「令兄武雄真係將才，我自伊小漢時（他小時候）就已經看出來矣。伊幾年前升任千戶，去年閣（又）立下汗馬功勞，剿滅魔教逆匪彭玉琳，眼看前程大好，誰知影（知道）伊奉命出征雲南，拄著（遇上）盜匪，竟然全軍覆沒，到現此時閣找無著（還找不著）屍體。」

當真無巧不成書，在烏魯雪山上攔路擋道的明軍千戶鄭武雄，正是鄭莫睬的兄長。三保在轎內聽得分明，內心惴慄難安，鄭武雄縱非自己親手所殺，畢竟是因己而死，這如何向鄭莫睬交代呢？此外，鄭武雄既是討伐明教的軍官，鄭莫睬怎又會是忠誠的明教徒呢？自己與韓待雪已全然信任鄭莫睬，此時竟落入如此窘境，往後該如何是好？最妥當的處置應是立即殺了鄭莫睬，但二人已經結拜，而且他救助過自己，自己如何下得了手？若不殺他，處境卻又凶險萬分，如何才能顧全大局而兩全其美呢？三保天資再高，畢竟不是「寧教我負天下人，休教天下人負我」之流，是以內心交戰不休。

鄭莫睬打發掉旺伯，撬開門鎖，請三保與韓待雪出轎入內，遣走轎班，隨即關上大門，跪倒在地，對韓待雪叩首顫聲道：「家兄為虎作倀，害死彭法王，雖已身殞，然而罪愆重大，萬死莫贖，鄭莫睬願代家兄接受嚴懲。」韓待雪問道：「你兄弟二人為一母所生，一父所養，怎會分屬敵對陣營呢？」鄭莫睬道：「自北宋起，明教勢力在閩南一帶便已根深柢固，家家戶戶多多少少與明教有些干係。蒙古入主中土後，待南宋遺民比牲口還不如，明教時常仗義紓困，頗獲民心，我鄭家世代屢受明教厚恩，個個都是明教徒。元末天下大亂，民不聊生，餓殍枕藉，明教率先起義抗暴，待紅巾軍興，驅除韃虜，解民於倒懸，民眾爭相投靠，明教聲勢如日中天。然而朱元璋謀害韓先教主，竊占大位，以大明為國號，獲混淆視聽之效，又輕役薄賦，予民休養生息，得收攬人心之功，許多教眾從此反出明教，投靠朱明偽朝廷，家兄便係其一。我父母早亡，由家兄辛苦帶大，不忍拂逆之，因此投入南少林習藝，繼而走鏢天涯，其後客居他鄉，皆不無躲避家兄之意。」

他其實沒道出最關鍵之處。他母親本育有一子武雄，在丈夫過世後雖未改嫁，但與自己父族中遠房堂兄私通，藍田種玉，頗受街坊非議，於是將新生兒命名為莫睬，要旁人莫理睬她家閒事，但閭里間的三姑六婆、七叔八伯們哪會放過她母子倆，極盡戲謔挖苦之能事，且隨鄭莫睬日益長大而變本加厲，她終究在鄭莫睬七歲時受不了冷嘲熱諷，懸梁自盡。其後鄭武雄一方面負起照顧幼弟之責，另方面將母親之死歸咎於他，原先對他百般苛待，後來乾脆視而不見，也因鄙視生母，進而鄙視全天下女子，未曾婚娶，只一味藉逞慾來洩恨，鄭莫睬長大後，對這位同母異父兄長也就敬而遠之。這件事極不光彩，鄭莫睬不便和盤托出。

韓待雪道：「你既知胞兄反出明教，投靠朱賊，為何讓我與三保涉險？」鄭莫睬道：「家兄生性孤傲，眼高於頂，雖與我同居一屋，平時罕相聞問，經常對我視若無睹，對他人也是如此，他不見得會識破你們的身分，況且他投身軍旅，報效朱明偽朝廷，任誰也料想不到，明教龍鳳姑婆竟會藏身於此。」韓待雪道：「我暫且相信你，你起來吧！」鄭莫睬剛站起身，三保朝他跪伏在地，他慌了手腳，連忙要扶起三保，卻哪裡移得動半分，只得也跪下問道：「這又係為哪樁？」三保將鄭武雄如何被馬幫殺死一事大略說了。

鄭莫睬年少時備受長兄苛待漠視，但畢竟是血濃於水的同乳兄弟，方才強抑悲傷，此刻垂淚道：「人各有志，禍福自招，此事須怪你不得，日後切莫再提起。我雖失去一位親胞兄，卻得到一個好義弟，正所謂『失之東隅，收之桑榆』。」他頓了頓又道：「這屋子閒置已久，灰塵滿布，我得趕緊打掃打掃，才好招待貴客，不至於太過失禮。」他想藉由打掃屋子來撫平情緒，三保與韓待雪皆能體會，任憑他去。

不數日後便是過年，鄭莫睬忙著採辦年貨。左鄰右舍看他衣飾光鮮，出手闊綽，且探知他尚未婚娶，哪還在乎他是私生子，登門做媒的絡繹不絕，幾教戶限為穿，他卻來者皆拒。三保忍不住問道：「哥哥不是說要趕緊討房媳婦兒嗎，怎把前來說媒的全都打發掉了呢？」鄭莫睬道：「如今哥哥係家中獨子，媳婦得精挑細選，可千萬馬虎不得。」三保又問：「哥哥壓根兒連一個也沒考慮過，怎說是精挑細選呢？」鄭莫睬道：「嘿，這你不懂。所謂『好兔不吃窩邊草』，上門的這些，全係受街坊鄰居請託，倘若哥哥當真迎娶其中一戶的姑娘進門，到時候若有啥事惹她不順心，她出門幾步路便可回到娘家，肯定不會忍氣吞聲，逆來順受，甘心服侍冒充我弟媳的龍鳳姑婆。況且這些人家多半以為哥哥在外發了跡，財源滾滾，倘若知曉哥哥其實係個空心大佬倌，人言可畏，哥哥日後要如何在此地立足呢？」三保讚道：「哥哥真是高瞻遠矚，深謀遠慮，三保要向你多多學習。」鄭莫睬得意道：「論起武功，哥哥對你望塵莫及，但談到人情世故，哥哥可比你通達些。對了，今日恰係除夕，夜裡我帶二位去一個地方轉轉，二位係神仙一般的人物，得喬裝打扮一番，以免引人側目，因而洩漏了身分。」

未待入夜，鄭莫睬已然備妥素齋，飯菜中卻無油炸餅子饆饠，三保跟韓待雪都不在意明教此一陳規舊俗。匆匆食罷，三保喬裝成年邁的莊稼漢，韓待雪扮作老農婦，隨鄭莫睬出門，行往西南，渡過晉江，又走了約莫三十里路，來到一座山的山腳下。那山毫不奇偉險峻，但與一旁的靈源山相連，雙峰角立，有如華表，故名華表山，且因亂石甚多，別號萬石山。三保攙扶著韓待雪上山，韓待雪依偎著他，二人緩步而行，不時四目交接，因覺扮作老夫老妻頗新鮮有趣，始終笑意盎然，關懷之情卻是自然流露，羨煞從身旁走過的青年男女們，紛紛回頭痴望他倆，揣度自己年老時，是否還能跟另外一口子如此濃情密意，畢竟世間伴侶多不勝數，當真恩愛到白頭的卻寥寥無幾。

上山眾人為隱匿行跡，滅了燈籠，熄了火把，只藉星輝辨路。三保與韓待雪故作行動遲緩，才不致露出破綻，且要避開人群，屢屢假裝停下歇喘，他們三人遠遠落在人流的後頭，早已不見前人的背影，身後也全無來者。山徑迂曲，有許多分岔，還有人故布疑陣，鄭莫睬卻是熟門熟路，領著三保與韓待雪前行。三保暗笑，鄭莫睬離鄉多年，居然能夠輕易找到路徑，可見隱匿行跡、故布疑陣之舉，純屬多餘，看來當地官府尚且無意盡殲轄內明教徒。三人繞至華表山南麓，到了一座池畔，池上有條木板橋，十來個漢子執刀持槍，立於橋這頭，攔住去路，為首一位英氣勃勃的青年用火把照看來人，喝道：「慢且（且慢）！令號雷五。」

鄭莫睬瞪視來人，罵道：「莊震彥，汝這個猴囝仔，幾年無看著，已經生作這爾（這麼）高強大漢，卻係無生目晭仁（眼珠子），竟然連我也無熟悉。」莊震彥道：「汝係鄭二哥，誰人會無熟悉呢？抑毋過（不過）公事公辦，今夜就算天王老子降臨，也必須講出口令，我才會使

（可以）放行。」鄭莫䀹道：「也罷！我就不為難汝矣，汝聽清楚，口令係『寶淨明聖』。」三保一想，便知這口令是將「五雷號令，聖明淨寶」顛倒過來。鄭莫䀹又道：「這兩位係偕（跟）我做夥（結伴）來的善友。」當地明教徒將教友稱為善友，馬、韓同時打出明教徒的暗號。莊震彥含笑道：「口令正確無誤，請。鄭二哥另日來敝莊呷茶，我向汝賠罪。」邊說邊讓到一旁。鄭莫䀹道：「好啊，等有閒就去拜會。」

三人過橋去，七轉八拐，通過幾處暗哨，忽見一個廣場，場中燃燒著一團不大不小的火堆，周遭圍坐數百人，皆面向山壁，緊捱著山壁有個丈餘高的石砌臺座，上頭建有一間小廟，廟前平臺插著十來枝火把，與臺下火堆相互輝映，其規模氣勢，遠遜於明教總壇除夕夜裡的盛況。三保眼力甚佳，雖隔得大老遠，還是瞧見廟門上的牌匾寫著「草庵」兩個大字，詢問鄭莫䀹這間廟的來歷。鄭莫䀹道：「故老相傳，明教係唐武宗會昌法難後，由呼祿法師傳進閩南的。南宋高宗紹興年間，明教幾個長老為了躲避朝廷追緝及各門派獵殺，來此以茅草結庵隱居。元朝本未查禁明教，約莫五十年前，當地信士陳真澤出資興建此廟，用草庵為名，以表不忘其本來面目。哥哥年幼時，明教在泉州好生興旺，信徒少說也有數萬之眾，每到除夕夜，華表山上滿是人群，擠得水洩不通，而今卻零落如此，當真可嘆！」三保聞言默然，韓待雪則是感慨萬千，低迴不已。

鄭莫䀹續道：「泉州明教徒中有陳、林、李、張、莊等五大氏族，原以陳姓的勢力最大，這十幾年來莊姓後來居上，目前由其第五代族長莊震遠擔任泉州一地的法堂主，直轄於總壇的三際師，職司當地的傳法、教化、濟助、賞罰等事務，方才見過的莊震彥，便係莊震遠的堂弟，兩人的年紀卻相差三十來歲。」他壓低聲音道：「擔任這裡的法堂主還有個意外的好處，那就係掌管草庵石室的鑰匙。」他說到這兒，打住不言。

三保明白他的性子，也十分好奇，便問：「草庵石室裡有甚麼名堂？」鄭莫睬道：「南宋高宗時，初建草庵的那幾位明教長老，先隨王宗石教主起義失敗，繼而與大內及各門派頂尖高手惡鬥了上百場，終究寡不敵眾，全都身負重傷，來此躲藏，一邊養傷，同時研擬破解對手武功之法，窮盡多年智力，挖空畢生心思，終於有了豐碩成果，將所得刻於草庵之下的石室壁上，不意下了山後才知，竟然已經過了三十多個年頭，早就物換星移，人事全非，當年的仇家非死即老，報仇已屬無謂，由是大澈大悟，從此一心修持傳法，不再過問江湖中事。五十多年前，有個教友無意間發現石室，事跡不密，傳揚出去，五大氏族都來爭搶，自相殘殺，死傷慘重，最後議定由泉州法堂主掌管進入石室的鑰匙，而法堂主每三年一任，由武功最高者充當，其後首任的法堂主陳真澤將草庵改建為廟，還在佛像旁刻了些建廟因由來加以掩飾[4]，算來今夜正好又係三年期滿……」

[4] 所刻文字為：「謝店市信士陳真澤立寺，喜捨本師聖像，祈薦考妣早生佛地者。至元五年戊月四日記。」另外一石上的「勸念：光明清淨，大力智慧，無上至真，摩尼光佛」等字，則是明英宗正統十年（一四四五年）所刻，此時尚無，而這也顯示明教在閩南續有傳承，至於門、柱上的題聯，應是出自民國時期弘一法師的手筆。

三保道：「哥哥之意莫非是……」鄭莫睬點了點頭，道：「沒錯，哥哥正係要你憑藉武藝，奪取泉州法堂主之位。」三保道：「我不是明教徒，更非當地人，此舉恐怕大大不妥。」鄭莫睬道：「你練成上乘武功，才好刺殺朱元璋，不能太過於拘泥。」韓待雪也道：「是啊，三保，我教存亡興覆，全繫於你身上，豈會捨不得區區泉州法堂主一位呢？況且你不是說劍法受挫於周顛，正不知如何是好嗎？」三保仍有顧慮，道：「當地人探得該石室之祕已歷五十年之久，武功應已極高才對，我學藝不精，劍法更加不行，如何是他們的對手？」鄭莫睬道：「各人悟性有高低，習練有勤惰，就拿哥哥來說吧，即便讓我待在那石室裡一百年，三腳貓也練不成四腿虎。」

三保心想：「這泉州法堂主之位既是比武得來，勝者的武藝本已不低，其後又習練石室內的武功至少三年，若還讓他人奪去法堂主之位，石室內的武功應該不怎麼樣才對，或許有甚麼古怪，練之恐怕有害無益。唔，不妨先試試再說，反正我也不見得能夠力敗群雄。」遂用閩南方言道：「我就試看覓（試看看），只不過這法堂主之位，我實在做袂來（做不來）。」鄭莫睬笑道：「放心，一切日常瑣事，哥哥會幫你設法打理，你專心練武便係了。」言下之意，這泉州法堂主之位已是三保囊中之物。

他們言談間，身著白袍、頭戴烏冠的莊震遠，已帶領在場明教徒眾完成儀式，但遭宰殺血祭的並非是頭大牯牛，而是隻瘦弱的小黑羊，全體徒眾也未繞行火堆、唱誦至天明，只一同唸了三遍「光明清淨破黑暗，大力智慧蕩妖氛，無上至真護明教，摩尼光佛祐世人」，即草草了事，三保未免再次暗自興嘆。

莊震遠挺立於廟前的臺座上，朗聲道：「各位鄉親，震遠擔任泉州法堂主十二冬矣，這期間領導無方，少有建樹，而且已經到了含飴弄孫的歲數，這個位應當要讓賢才對……」臺下有人叫道：「我講老莊啊，汝仗義疏財，處事公正，武功高強，這個位非汝莫屬，若係有人欲偕（跟）汝搶，我陳雷恭頭一個不服。」他嗓門奇大，其他人聽得一清二楚，紛紛附和，現場鬧哄哄一片。莊震遠舉起雙手，止住眾人發言，道：「承蒙各位鄉親無棄嫌，震遠原該鞠躬盡瘁，死而後已，才會使（可以）答謝各位的深情厚愛，抑毋過（不過）祖公仔（祖宗）既然立下成規，咱就要遵守，千萬袂使（不可）違背，今夜震遠猶原（依然）要遵照往例，詢問在場各位，有人欲上臺挑戰無？」

風聲忽響，有條細長人影竄上石臺，向莊震遠抱拳道：「丁善不自量力，欲向震遠兄請教幾招。」那人四十多歲年紀，眉粗眼細，鼻扁脣薄，蓄有兩撇鼠鬚，樣貌生得有些兒猥瑣。陳雷恭叫道：「喂，丁善，汝這枝爛釘仔，莫佇遐（別在那）數想（妄想）要釘穿銅牆鐵壁，敢毋驚（豈不怕）弄斷汝的瘦排骨枝？」許多人聞得此言，俱發出訕笑。丁善道：「可惜這法堂主之位是靠比武取得，若係靠鬥嘴鼓，肯定非雷恭兄莫屬，小弟萬萬不敵。」

陳雷恭怒道：「汝竟然敢看我無起（不起），我就來拆散汝的瘦排骨枝。」他身材胖大，輕功不佳，走階梯上了臺座，還沒站定，被丁善一腳踢得滾了下來，幸好僅受皮肉傷，氣得哇哇大叫：「姓丁的，汝卑鄙無恥，竟然偷襲恁（你的）爸。」丁善冷哼一聲，道：「汝技不如人，就乖乖倒乎好，莫閣（別再）丟人現眼。」陳雷恭忍耐不住，又衝上臺去，再次被踢下來，這回摔得不輕，仰天而臥，兀自唧唧噥噥罵個不休，但聽不明白他罵的究竟是甚麼。莊震遠躍下臺座，查看陳雷恭的傷勢，發現他斷了幾根肋骨，卻是遭踢斷的，並非摔落所致，命家丁將他抬去療傷，然後飄身上臺，皺眉道：「逐家（大家）攏係家己人（都是自己人），比武點到為止，丁兄何必下此重手咧？」丁善道：「拳腳無眼，不管輕重，不認六親，惟求爭勝，而且我是出腳，毋是下手。」莊震遠微現慍色，道：「若係按爾（這樣），便請丁兄賜招！」

丁善也不跟他客氣，身子忽然扭擺如蛇，輕步似貓，縱躍若貍，使出潭腿連環拳的「鐵鎖鍊孤舟」，腿中夾拳，柔中帶剛，攻勢一波接著一波，莊震遠則以尋常至極、流傳甚廣的太祖長拳應對。潭腿創自五代後周的一員猛將，同在一朝為臣的殿前都檢點趙匡胤陳橋兵變、黃袍加身後，這員猛將憾恨護主無功，天下異姓，於是遁入山東臨清龍潭寺出家，人稱崑崙大師，傳下十路潭腿與二十餘路拳法，武功與他在伯仲之間的宋太祖趙匡胤，也有太祖長拳傳世。事隔四百餘年，這兩種武功再度遭遇上了，爭的卻非花花江山，而是明教泉州法堂主之位。

三保凝神觀看，覺得莊震遠縱使技高一籌，然而招式勁道皆平平無奇，或許是他深藏不露吧，卻又不像，因閩南冬季雖不甚冷，但畢竟此刻是除夕深夜，山上風寒露重，而莊震遠額頭見汗，當是拚盡全力了。

二人於頃刻間攻守了百餘招，丁善忽然一招用老，露出破綻，莊震遠竄進其防守圈，一招「拍案齊掌」，雙掌在丁善胸前各輕按一下，隨即退後半步，含笑道：「承讓……」三保忍不住站起大喊：「小心！」語音未收，丁善一個箭步上前，一記「擦步穿山掌」，紮紮實實擊中莊震遠的胸口。莊震遠人如其名，被震出老遠，撞在圍欄上，堪堪站定，臉色慘白，張口吐出一灘鮮血，雙腿發軟，幾乎癱倒，其長子莊嗣祖及幾個莊客、家丁搶上臺去扶住。臺下有人失聲驚呼，有人破口大罵：「丁善，汝烏心肝，袂見笑（不知羞恥）。」丁善臉露不屑神色，道：「比武場中，既可鬥力，也可鬥智，成王敗寇，道理就這爾簡單，知無？戇頭（笨蛋）。」

莊嗣祖上前道：「換我來領教高招。」他不齒丁善的為人，連聲「阿叔」也不願意再叫。丁善冷笑道：「恁（你們）若係欲車輪戰，丁某也毋驚。」莊震遠摀著胸口，勉強說道：「嗣祖退下，咱莊家認輸矣。」莊嗣祖不甘心，急道：「阿爹，咱毋通（不可）……」莊震遠喝道：「住口，退下！」他知道兒子的武功及心計都不及丁善，若鼓血氣之勇與戰，肯定要吃大虧。莊嗣祖躬身道：「係，阿爹。」狠瞪丁善一眼，氣呼呼地退了開去。

莊震遠勉力走到丁善面前，道：「丁兄，莊某懇望汝接下泉州法堂主之位後，得要體恤鄉親，濟弱扶貧，戮力振興我教。」丁善道：「依丁某淺見，大明朝廷之所以厲行海禁，偕（跟）欲鏟除沿海明教勢力不無關係，如今明教已經窮途末路矣，投效朝廷才係保境安民、重振泉州富庶繁榮的上上之策。」莊震遠道：「咱逐家（大家）世代久受明教重恩，哪通（怎可）為著苟且偷安，貪圖富貴，就忘恩背義咧？」丁善道：「識時務者為俊傑，這係千古不易之理。在汝主掌法堂主職位這幾年中間，明教與泉州親像（好像）江河日下，蕭條破敗，家家戶戶的生活，可講係一冬不如一冬，唯有不靠海吃穿的莊家愈來愈興旺。一年外（多）前，智慧金剛法王彭玉琳來福建舉事，汝毋聽我的苦勸，執意率領本地善友參與，結果如何？有幾家幾戶安然無損呢？」

臺下眾人原本要斥責丁善，但一細想，覺得他所言不無道理，也就噤聲不語。丁善見狀，打蛇隨棍上，續道：「我今仔日出頭，並非為著家己（自己），實在是容不得汝一意孤行，假興復明教之名，行中飽自肥之實。反正今仔日係我獲勝，汝就交出法堂主一職吧！」莊震遠急怒攻心，方才盡力調勻的氣息又走岔了，「哇」地張口再吐出一大灘鮮血。這時有個蒼老聲音道：「慢且（且慢）！泉州法堂主閣輪袂著（還輪不著）汝這個姓丁的猴囡仔來做。」

丁善見一白髮蒼蒼的老農從人群後頭緩步走向前來，認出他便是方才出聲提醒莊震遠者，心裡有氣，但不敢怠慢，抱拳問道：「這位老先生未曾看過，請問尊姓大名，係佗（哪）一莊的？」那老者正是三保假扮，咳了幾聲，粗啞著嗓子道：「老大人我姓溫，名叫祖恭。」丁善道：「原來係溫祖恭……」三保道：「乖孫，閣叫幾聲予我聽看覓。」臺下爆出鬨笑，因「溫祖恭」以閩南方言唸來，近似「我祖宗」。丁善醒悟，怒道：「汝到底係何人？又閣為何欲戲弄我咧？」三保原想出言訓斥他幾句，但因自己粗通閩南方言，很難說得流利，恐怕自曝其短，復覺對丁善這種人多言無益，呵呵笑了幾聲，佝僂著背，顫巍巍地拾級步上臺座，才站到邊緣，立足未穩，丁善起腳猛力踢來，莊震遠驚呼：「前輩小心！」已是不及，這一腳正中三保胸膛，接連發出砰隆、喀啦、哎喲、咕咚連串響聲，卻是丁善腿斷慘呼，倒臥在地，抱著斷腿，冷汗涔涔，咬牙強忍。

三保搖頭道：「汝這個毋成囝（不像樣的小子），踢恁（你的）祖公這腳，對我來講，親像蚊子叮牛角，啊汝就知疼，乖乖倒咧，莫閣厚話（別再多話）。」繼而踱到莊震遠身旁，道：「汝這個戇直（憨直）囡仔，予老大人看覓一下。」伸手在他背心揉了揉，灌注進內力。須臾，莊震遠嘔出一口黑色淤血，氣息頓暢，臉轉紅潤，抱拳躬身道：「多謝前輩相助，大恩大德，震遠沒齒難忘。」三保指著丁善，道：「這個毋成囝，就交予汝處置。」莊震遠心地仁慈，不念舊惡，命家丁將丁善抬下去治療腿傷，免得他瘸了而廢了辛辛苦苦練成的潭腿武藝。三保道：「其實我毋係在地人，閩南話實在講袂輪軫（說不流利），法堂主更係做袂來，抑係汝繼續做吧！」他轉向臺下眾人，直起偉岸身軀，氣沉丹田，朗聲道：「如此安排，有誰不服？」他神威凜凜，方才又露了一手驚人武藝，臺下誰敢吭聲？況且莊震遠頗孚人望，原本受丁善巧舌蠱惑之人，想起莊震遠平素為人，已暗自慚愧，皆心悅誠服。

莊震遠卻道：「這千萬袂使，祖公仔定有成規……」三保改用官話接口道：「這項成規不過才五十年，而且當初設下，純是為了避免紛爭。據我所知，明教法堂主一職，若非是由總壇任命，便是由當地教眾推舉，如今總壇已經陷落，莊先生眾望所歸，勿再推辭。」底下眾人也都鼓譟叫好，他們著實不願意讓不知打哪兒冒出來的外地人擔任法堂主，只有鄭莫睬急得乾瞪眼。莊震遠也改用官話道：「既然如此，震遠卻之不恭，惟請前輩至舍下頤養天年，以讓震遠還報大恩，俾便隨時請益。」他當真以為三保年事已高，三保對自己的易容術不免感到得意，哈哈一笑，道：「老夫閒雲野鶴慣了，住不得高堂大屋，更受不了後生晚輩竟日價囉嗦，倒是有一不情之請。」莊震遠道：「前輩但有所命，震遠必當戮力為之。」三保壓低聲音，道：「廟下石室，請容老夫一窺堂奧。」

莊震遠遲疑了下，心想：「他武功如此之高，或許能勘破其中奧祕，進而發揚明教武學，重振摩尼聲威。」欣然道：「遵命。」隨即遣散眾人，現場只留下兒子與幾個親信，以及韓待雪、鄭莫睬。

在這當兒，三保打量廟內的摩尼光佛像，與明教總壇所見到的差相彷彿，同樣趺坐蓮座，散髮披肩，兩綹長鬚，背放光芒，形似佛而實非佛，也是鑿山壁而成，但小了許多，不過五尺來高罷了，然後隨莊震遠步下臺座，走至石室前。那石室入口極低矮狹窄，莊震遠蹲下，打開石室之門，站起身道：「必須委屈前輩鑽進，裡頭備有火石、蠟燭。」

三保手腳並用，鑽了進去，果然摸著火石、蠟燭，點亮了起身巡看，竟是偌大一間石室，方正平整，闊約三丈，深近四丈、高逾八尺，內有石床、石凳各六張，石床靠牆，石凳居於室中，在石凳之間有張石桌，別無他物，這應是當年明教六位長老的起居室，三保不禁想起死不了隱居之處。石室之內則是一個天然生成的山洞，比外間為窄，但要來得高深，山洞與石室間原本設置的障蔽，早已清除殆盡，入內再無阻隔。洞壁上刻滿圖形，或是雙人對打，或是一對多廝殺，或是徒手，或是使用諸般兵器，其中有些奇門兵器，三保從未見過，根本叫不出名稱，遑論明白用法。他以手指觸摸圖形，感覺到線條靈動，轉折處絕無阻滯，筆劃入壁三分，應是手持尖石刻出的，刻者的內力當真非同小可，令他自嘆弗如。韓待雪關心三保的安危，在門口喊道：「老伴，裡頭如何？你還好吧？」三保道：「我還好，只是恐怕要在裡頭待上好一陣子。」韓待雪道：「好，我等你。」若非莊震遠以祖宗成規力阻，她早已鑽進石室裡了。

三保凝神觀看洞壁上的圖形，因無任何文字說明，看了一會兒，不甚了了，忖道：「有圖無文，難明招式要旨，等於徒具其形，而無神魂，比看真人比武還來得無用，難怪莊法堂主這十二年來無法受益，武功依舊平平。」轉念又想：「我初得明教神功祕笈時，也誤以為是無用之物，後來破解其中之祕，勤加習練，內功才大有長進，明教這六位前輩耗盡數十年心力所精研出的絕學，既已刻下，豈會甘於失傳，遮莫也有甚麼機關？」

他來回觀看圖形，東摸西碰，一無所獲，不願就此放棄，忽見壁上的圖形晃動，似乎所刻劃的人物活了過來似地，不免心驚，隨即察覺那是燭火搖曳所致，暗笑自己大驚小怪，驀然記起一事：「當我行走於明教總壇祕道內時，甚為氣悶，此洞頗深，開口狹小，身處其中，卻毫無窒息之感，且燭火搖曳不定，莫非洞內另有通氣孔，而跟破解圖形武功有關？」他探勘了下，果然在深處感受到有股氣流自洞頂徐徐灌下，遂高舉蠟燭，仰頭瞧去，赫然見到一張老臉，正張大雙眼瞪視自己。

三保這一驚非同小可，隨即寧定下來，再仔細觀瞧，那張臉雖然皺紋滿布，白鬚垂胸，卻隱約看得出劍眉星目，高鼻端口，甚為俊朗，正是自己喬裝改扮後的面容，立足之處的洞頂竟被磨得平滑如鏡。這時聽到幾聲雞鳴，須臾，有道光束由上往下射入，洞內頓時明亮了起來。這洞設計得精巧無比，非但有通風暗道，還鑿壁引進天光，連外頭的動靜也能聽得一清二楚。三保忖道：「明教徒歷來飽受迫害，為求生存，自多異能奇才之士，只可惜不能為朝廷所用，以利益眾生，反倒更加招惹忌憚，他們也就反抗得更為厲害。」他再看山壁，不禁詫異得合不攏嘴，圖形邊居然浮現出密密麻麻的文字，而且全是安息文，靠近一覽，立刻明白是怎麼回事：圖形是運用陰刻，燭光一照，即能看得分明；文字則採極淺的陽刻，上面稍微凸出，須有較強光線由上往下照，才會顯現，而這意謂洞內極為堅硬的石壁被磨掉一層，當時耗費的精神力氣，委實無法量度。

過去這五十年間，歷任泉州法堂主皆未於大年初一的破曉時分待在洞內，也就不曾見過隱藏的文字，縱使見到，因不識安息文，亦屬徒然。這些文字倒是十分直白，並非密語，三保一讀，再對照圖形，便瞭然於胸，頗有撥開雲霧見青天之感，心想：「若非我學過安息文，而且曾經苦苦思索武學之道，否則眼前這些圖文，我怎能在片刻之間便心領神會呢？原本看似無用之學與白耗的心力，終究起了絕大作用，人生於世，若想要有所開創，當須發憤向學，又不宜急功近利。」

他嗟嘆一陣子，繼而讚嘆起洞壁武學的精妙絕倫，畢竟是幾位前輩耆宿，歷上百場浴血苦戰、積數十年殫精竭慮之所得，遠非見識淺陋的自己一人，於短時間內向壁虛構可比，不過問題正也出在這裡：各大門派頂尖高手的絕招都經過千捶百鍊，一舉一動無不精深奧妙，威力無窮，哪是輕易可以破得！洞壁上的武功固然神奇，倘無極高造詣，卻也使不出來，這正是為何當年這幾位明教長老在此處一待就是三十幾年，實因起初功力不足，自然破解不了強敵絕招，後來臻於化境，也就迎刃而解了。此外，這幾位長老所使，乃是失傳百餘年的明教固有武藝，與中土武學大異其趣，中土一般武師礙難接受。

三保自知功力還遠遠不及，不敢冒然強練，只用心記憶。一來他稟賦過人，記心極佳，再者身為回漢混血，武學博雜，能夠捐棄門戶成見，不著重形式，虛心探求精義要旨，得魚而忘筌，得蹄而忘兔，得意而忘言，而且創明教護教神功的魚令徽精通明教固有武藝，其內功心法與之相得益彰，三保對於這些招式如何發功運勁，自然一點就通，如此一來，並不難記憶。過了半個多時辰，室外陽光偏移，洞內天光隱沒，他已記得差不多了，趺坐在地，閉目暝想，一招一式都如在目前，內息隨之流轉，蘊而未發，精氣神益發暢旺，待出到石室之外，又已是長河在天，星輝燦爛，韓待雪等人都還在，但地上多了條氈條，上頭擺了幾個食籃，其旁另有一張竹凳，應是莊震遠命人取來的。

韓待雪離凳趨前，埋怨道：「看看你，每回一沾上武功，便廢寢忘食，也不知愛惜身子。」三保因與韓待雪扮作老夫妻，原想跟她調笑一番，忽見莊震遠的神色極為恭謹，料是韓待雪已跟他透露她自己的身分，因此不敢放肆，只淡然道：「有勞關懷，我日後自當多加注意，免致掛心。」韓待雪喬裝未除，但看得出神情似瞋還喜，膩聲道：「你啊，只會拿好聽話哄人家，下回還不是老樣子。」她在人前不避嫌疑，真情流露，三保既覺感動，也不免尷尬，接不下話去。

莊震遠這時捧來一隻瓷碗，道：「馬大俠，先喝些茶水。」三保年紀尚輕，生平首次讓人稱呼為「大俠」，有些飄飄然，如在雲端，道了謝，接過卻見瓷碗內壁刻了「明教會」三字，在明教總壇不曾見過，不覺一怔，隨即一飲而盡，頓覺舌底生津，口齒間香氣瀰漫，不知那茶是名聞遐邇的極品鐵觀音，如此牛飲，未免顯得焚琴煮鶴，不過當場無人在意。他飲罷遞還瓷碗，莊震遠接過，轉交給長子莊嗣祖，道：「馬大俠應該餓了，吃些東西果腹吧！」三保道：「在下無妨，暫不勞煩。」他雖這麼說，但拗不過韓待雪，還是吃了些，無外乎菜頭粿、素麵線糊之類，當然還有明教徒過年必吃的油炸餅子餺饠，因放得久了，滋味未盡失，口感卻已變差，餺饠還有些膩口哩！

等他食罷，莊震遠道：「震遠斗膽動問馬大俠，裡頭情形如何？」三保沉吟了會兒，道：「洞內武功雖妙不可言說，卻也奧不可盡識，高不可強練。」接著簡略說明。莊震遠大失所望，道：「看來要靠草庵武學重振明教榮光，終屬渺茫。」三保突然想起錦衣衛所使用的火銃，暗自思索：「火銃的威力尚不及弓箭，但平庸之輩只需十天半個月即可上手；若要嫻熟弓箭，中等之材得費三年五載之功；至於武學一道，縱然是上上之資，獲天大難得的機緣，也願意勤學苦練，卻未知何年何月才能有所小成。何況人力有時而窮，火器無可限量，明教高手如雲，兩個總壇竟先後慘遭元、明軍隊以火器轟毀。朱元璋早明此理，故多造火器，使庸材亦能發揮大用，而且民間武人難調難伏，火器為朝廷專有，朝廷戮力打壓武人，武學勢必式微。明教徒故步自封，一味耽於武藝，終究是禍非福，我是刺客，則須另當別論。」

他一念至此，道：「在下有一妄言，還請莊先生考量則個。」莊震遠道：「但請馬大俠見告。」三保道：「依在下愚見，這山洞還不如封了吧！」大致解釋一番。莊震遠沉吟道：「馬大俠所言確屬高見，祖宗遺物無論再如何寶貴珍奇，倘若成了後代的累贅，還不如沒有來得好。」對於老把「祖宗成規」掛在嘴上的他來說，居然如此看得開，大出三保意表。其實莊震遠這幾年隱有類似體悟，只是一直拿不定主意，既然泉州明教會從未蒙受洞壁武學之益，反倒飽受其害，自己昨夜還因之而遭丁善打傷，此刻蒙三保告知該武學極難練成，殘存的一絲指望遂告全然破滅，不得不狠下心來予以捨棄。

莊震遠續道：「不過此事過於重大，實非震遠一人可以做主。」邊說邊望向韓待雪，畢竟她是明教地位尊崇的龍鳳姑婆。韓待雪道：「此洞歷來由泉州明教會保管，還是你們自行決定吧！」她把問題推回給莊震遠。莊震遠道：「是的，屬下擇期與另外四個家族的族長共同商議。」然後他力邀韓待雪與三保至他莊內盤桓數日，韓待雪堅辭，莊震遠無奈，與長了嗣祖親送他們三人返回鄭宅，再自行打道回府。

三保受挫於周顛在先，見到草庵洞壁武學於後，反覆思量，覺得內力是根本，招式為枝葉，雖然枝葉也會汲取養分來滋養根本，但根本穩固了，才能枝繁葉茂，正所謂「君子務本，本立而道生」，自創劍法既已困頓不前，還是得從明教神功著手，而要解譯全部神功祕笈內容，須加緊學習閩南方言，另也摭拾草庵洞壁上一些目前力所能及的劍招來練，只是依舊不敢與韓待雪同練刺在她頸下胸上的雙人合抱式。

剛過完元宵的一個午後，三保在大廳裡向鄭莫睬學習閩南方言，韓待雪做些針黹活兒以打發時間，忽然聽到有人拍門甚力，顯現來意非善，與薩噶達瓦節當日在梅朵家中的情景如出一轍，三保油然生出不祥之感，急急護著韓待雪進入內室。然而這會兒的不速之客並非衝著他倆而來，且僅孤身一人，鄭莫睬一開門，見著來者，一顆心直墜深淵，卻滿臉堆歡，道：「陳總鏢頭，幾年不見，您老還係英姿煥發，一點兒都沒變。」陳總鏢頭道：「拜你失鏢之賜，聲遠鏢局的金字招牌給砸得粉碎，賣了還不夠賠人家，老朽跟妻兒子女從此流落他鄉，以賣藝為生，身子骨必須十分硬朗，否則一日不上街頭耍猴戲，當日全家便得喝西北風。」鄭莫睬呵呵乾笑道：「陳總鏢頭上街賣甚麼藝？難道是講笑話嗎？您武藝超群，光開館授徒，所收束脩也儘夠生活了，再不濟還能充當護院武師，哪須拋頭露面呀！」

陳總鏢頭道：「正因你那次失鏢，老朽聲名掃地，還有誰敢聘僱我呢？」鄭莫睬道：「嘿嘿，當年聲遠鏢局顯然不夠聲名遠播，才教路上盜匪起了覬覦之心給劫了鏢，幾位鏢師還因此命喪異鄉，曝屍荒野，景況可比你有壞無好哩！」陳總鏢頭道：「那你怎麼沒死呢？難不成你私通劫匪，生活才得以如此闊綽？你衣錦還鄉的聲名倒是傳得夠遠，連我在他鄉也耳聞了。」他邊說邊打量周遭。其實鄭宅雖非簡陋，跟奢華全然沾不上邊，宅中物事若非前人遺留，便是鄭武雄購置的。明朝的俸祿原就苦不甚豐，鄭武雄好色而不貪財，家居算是普通，鄭莫睬返回後，錢財花在吃、穿上頭絲毫不手軟，才予人出手闊綽、生活優渥之感。

鄭莫睬解開上衣，露出滿身傷疤，道：「俗話說：『話三尖六角，角角會傷人。』當年我可係拚了命護鏢，怎奈學藝不精，寡不敵眾，身受重傷，僥倖不死，卻無顏返鄉，留在四川辛勤工作，省吃儉用，才攢下一丁點兒積蓄。」陳總鏢頭冷哼了聲，道：「誰知道這些傷疤是何時留下、怎麼留下的！」鄭莫睬忍住氣，穿好衣服，道：「你且稍待片刻。」轉身奔回房內點了一百張面額一貫的寶鈔，出來遞給陳總鏢頭，道：「這一百貫原本係我討媳婦的本錢，全給了你，聊表微薄心意，算是彌補你的損失。」陳總鏢頭數也不數，將那疊寶鈔塞進衣襟裡，道：「你害老朽身敗名裂，靠這幾張不值錢的破鈔便想把老朽給打發走，天底下哪有這麼便宜的事！」鄭莫睬道：「你寶鈔都已收下了，還要如何？」陳總鏢頭取下負於身後的九環刀，手腕一震，刀子噹啷作響，道：「我要一千兩銀子，少一兩，你便挨一刀，那幾張破鈔只當得利息錢。」鄭莫睬氣極，咬牙切齒道：「好，你等著，有種別走。」進屋取出那把也算大劍，罵道：「我駛恁娘，你才係殺千刀的老不死，有本事的話，儘管放馬過來。」

陳總鏢頭看他所用之劍，比自己手上的九環刀還長闊厚重許多，不禁倒抽一口涼氣，以為他這幾年功力大進，但實在不肯善罷干休，猱身而上，將九環刀舞得虎虎生風，潑水不入。鄭莫睬身材魁梧，孔武有力，要掄起四十多斤的重劍揮擊，倒也不甚費事，然而才抵擋數招，便感左支右絀，屈居下風，險象環生。陳總鏢頭見他僅是力氣大，劍法依舊稀鬆平常，故意賣了個破綻，鄭莫睬果然上當，使盡吃奶力氣揮劍砍去。陳總鏢頭冷笑在心，身子一側，還了招「欲拒還迎」，借力使力，刀尖順勢一撥，鄭莫睬一個踉蹌，也算大劍脫手飛出，砸在一顆石頭上，磕出個缺口，他還被陳總鏢頭一腳蹬在屁股上，摔了個五體投地，一時爬不起身來。

陳總鏢頭縱躍至鄭莫睬身邊，「嘿嘿」兩聲，九環刀往他身上招呼去，打算劃出幾道不深不淺的口子，聊以洩恨，豈料手上忽受劇震，刀子無論如何拿捏不住，匡啷啷掉落地上，心裡一驚，急忙後躍，背脊猛撞在一株刺桐樹上，葉子簌簌落下。陳總鏢頭舉袖揮拂去落葉，定睛一瞧，眼前站立個長身少年，手裡拿著的正是那把巨劍，急迫間管不著對方究竟是用甚麼暗器擊落自己手上兵刃，俯身拾起九環刀，認為對方手勁雖然奇大，但畢竟是個未冠少年，諒跟鄭莫睬一般，並無多大本事，喝道：「小子，滾一邊去，別充英雄找死，老朽雖不願濫殺無辜，逼急了也得破例。」那少年正是三保，哂道：「殺得了再說。」他有意立威，並拿陳總鏢頭試招，倏然趨前，手腕一抖，挽起九朵劍花。這是草庵洞壁上的無名劍招，他剛練成，再予以變化，才一出手，旋即退後收劍，拱手道：「承讓。」

陳總鏢頭猝不及防，適巧一陣風來，碎布如青蝶紛飛，低頭一瞧，赫然見到前襟上九個排列整齊的小圓孔，不禁大驚失色，自己跑江湖賣藝，最擅長耍花槍，然而即使是用輕薄靈動的利劍，也絕無可能一劍挽出九朵劍花，何況是用如此一把厚重巨劍。此外，劍花通常虛多實少，眩人眼目的作用還多過實際，眼前少年所挽劍花卻朵朵屬實，每朵皆能刺穿自己，其劍術之精，實令人咋舌，顫聲道：「你……你是甚麼人？使的是甚麼……甚麼劍法？」三保看著如同好大一把劍般也磕缺了的也算大劍，忖道：「國破家毀，劍缺身殘，武功未成，無一完全，倘若來日當真自創出一套劍法，不如以此為名吧！」抱拳道：「在下馬和，使的是『不全劍法』，不到之處，還請前輩指點一二。」

陳總鏢頭慨然道：「好好好，好一個不全劍法，當真是英雄出少年。老朽不是你的對手，今日認栽了，山不轉路轉，咱們後會有期。」他狠狠瞪了鄭莫睬一眼，轉身要走。三保喚道：「前輩，且慢。」陳總鏢頭怒道：「老朽已認輸罷手了，你還想怎樣？」三保道：「前輩千萬別誤會，在下並無惡意。」他轉向鄭莫睬道：「哥哥，權借一百兩銀子贈予這位前輩，希望二位從此一笑泯恩仇。」陳總鏢頭不敢置信，疑道：「你可是在戲耍老朽？」三保道：「萬萬不敢。」他催促鄭莫睬去取銀子，鄭莫睬道：「哥哥方才已給這個老不死一百貫寶鈔了，難道當真還要再給他一百兩銀子？」三保道：「哥哥都說寶鈔印行浮濫，愈來愈不值錢，這些且是割破的了，到底能不能使，還說不準哩，不如銀子實惠。」鄭莫睬道：「好吧，反正銀子係你的，你愛怎麼花用，就怎麼花用。」進去取了一百兩銀子出來，老大不情願地交給陳總鏢頭。

陳總鏢頭年輕時闖蕩江湖，四十歲才娶妻，生了一子一女，不免溺愛有加。寶貝兒子陳大少不事生產不說，還吃喝嫖賭樣樣都來，敗光家產，欠下不少債務。起初債主們賣陳總鏢頭面子，沒怎麼追討，但在聲遠鏢局失鏢散夥後，將欠債不還的陳大少打成重殘，並擄走陳小姐，逼墮煙花柳巷。陳總鏢頭打傷幾個債主，搶回因悲憤及驚嚇過度而變得痴呆的女兒，舉家避走他鄉，自己一大把年紀，上街賣藝倒也罷了，竟然還得為成年子女把屎把尿，當真情何以堪，於是怨怪起失鏢的鄭莫睬來，當年正是自己體恤年輕人，刻意拔擢他當上鏢頭的。陳總鏢頭此刻捧著白花花銀子，回憶過去種種，心想日後可以做個小買賣，生活總算有所著落，不禁感激涕零，對三保道：「馬少俠不但武藝出神入化，為人更是義薄雲天，老朽交定你這個朋友了。」泯去恩仇的並非一笑，而是百兩銀子。三保道：「能與前輩結交，那才是晚輩的福分，唯適才之事，懇請前輩切勿向任何人提起，即便是您的至親好友。」陳總鏢頭：「這個不消馬少俠吩咐，老朽自然省得。」

送走陳總鏢頭後，鄭莫睬對三保嘖嘖稱奇道：「不只語言和劍法，你連人情世故也學得很快，『市義』這一招用得不慍不火，恰到好處，居然讓哥哥積恨多年的仇家，感動萬分地離去。」三保道：「我非市義，而是真心誠意想幫助他，並化解你們之間的恩怨，誠如閩南俗諺所說，『人情留一線，日後好相看』。」鄭莫睬豎起大拇指，用四川話道：「硬是要得。」二人相對大笑，韓待雪正好走出，問起緣由，鄭莫睬簡略說了，韓待雪也讚許三保，唯鄭莫睬兀自心疼那一百兩銀子。

次日午後，三保在院子裡用也算大劍演練草庵洞壁上的劍招，鄭莫睬從外頭走進，喝止道：「停，別練了！」三保奇道：「又怎麼了？」鄭莫睬道：「你用巨劍習練劍法，算係有所小成，但你畢竟要成為刺客，哪有刺客使用這麼巨大惹眼的兵器，又不係刺殺秦始皇的大鐵椎，何況大鐵椎也沒刺殺成，不是嗎？」他態度反覆，三保早習以為常，淡然問道：「敢問哥哥有何良策？」鄭莫睬遞出一把竹劍，正色道：「你試試這把。」三保接過，只覺輕飄飄地無甚分量，看鄭莫睬的模樣不像是在開玩笑，遲疑道：「這麼輕，要怎麼使？」鄭莫睬道：「用巨劍殺人，力氣大些便能做到，無需精深功夫，光用砸的都能把人砸爛，但要以竹劍取人性命，那就得靠真本領，無高強內力莫辦。其實你到時候碰上正主兒時，拿著甚麼，甚麼便係殺人利器，不能太過講究，難不成要朱元璋耐著性子等你挑選兵器？」三保道：「哥哥教訓得極是。」若非已十分熟悉鄭莫睬，否則真會懷疑他是戴天仇喬裝改扮的。

鄭莫琛指著院子中鄭武雄生父幼年種植的一株樹，道：「這係刺桐，並非柳樹，不過你還係試著用竹劍將樹幹刺穿吧！」接著又從袍內取出幾把竹劍，擺在地上，道：「假若這些還不夠，我再去張羅。」三保道：「哥哥用心良苦，三保銘感五內，必當勤加練習，不負哥哥殷望。」鄭莫琛點點頭，「嗯」了聲，轉身出門去。

三保屏氣凝神，將竹劍刺在刺桐樹幹上，只聽得啪一聲脆響，劍身從中斷折，拾起另一把，將真氣貫注在竹劍上，再度刺出，竟把竹劍震得碎裂。三保心想：「竹劍如此輕薄脆弱，如何能刺穿樹幹呢？」他一試再試，不到一盞茶的工夫，所有竹劍非折即碎。他毫不氣餒，撿起尚堪使用的斷劍再練，情況依然。過了一個多時辰，鄭莫琛扛著兩大捆竹劍回來，笑道：「路上有人以為我家裡孩子眾多，要這麼多把竹劍耍著玩哩！」三保既感激又慚愧，道：「三保實在太蠢，還找不著竅門。」鄭莫琛道：「當真難為你了，這比使用巨劍可要難上百倍。不過還好，這些竹片可當柴燒，火力頗旺，不算白費。」

接下來的日子，三保除了學習閩南方言及練功外，日夜晨昏不停練劍，鄭莫琛不知從何處源源不絕帶回竹劍。轉眼到了春暖花開時節，泉州滿城紅豔似火，晚唐詩人王轂的〈刺桐花〉，描繪的便是如此美景，詩云：「南國清和煙雨辰，刺桐夾道花開新。林梢簇簇紅霞爛，暑天別覺生精神。穠英鬥火欺朱槿，棲鶴驚飛翅憂燼。直疑青帝去匆匆，收拾春風渾不盡。」三保無心賞花，解譯出的明教神功除了雙人合抱式外，都已修練完了，因一心一意學習跟練劍，不免冷落了韓待雪，隨著內力益發精強，竹劍碎裂得更加厲害，把一株刺桐樹的樹皮戳得斑斑駁駁，滿是坑洞，但了不起僅能刺入四、五寸深，說要刺穿徑逾二尺的樹幹，那還差得大老遠哩！

三月三日是上巳節，這天風和日麗，本該出遊踏青，臨水飲宴，杜甫詩云：「三月三日天氣新，長江水邊多麗人」，說的正是這個自古傳承下來的習俗，王羲之的〈蘭亭集序〉，也是作於暮春之初。三保自草庵返回後，足不出戶，悶得發慌，加上他接連幾夜因貓兒叫春終宵而沒睡好，大感心浮氣燥，愈練竹劍，愈是覺得受到鄭莫睬欺誑——縱然沒有刺客會用重兵器行刺，但說甚麼也絕不會提著竹劍上陣，否則「工欲善其事，必先利其器」這句話豈非妄言，況且鄭莫睬本身武藝低微之至，如何能夠教導自己呢？三保年少氣盛，一股無名火起，拿著竹劍狂揮，登時滿庭紅花紛飛，綠葉飄散，煞是好看，他鼓足全力刺向樹幹，手中竹劍竟化為齏粉，要當柴燒，萬不能夠。

「三保，你有甚麼不快活的事兒，儘管跟雪兒說吧！」韓待雪斜倚門扉，歪著頭道。她平素脂粉不施，今兒不甘寂寞，刻意打扮一番，淡掃蛾眉，輕點絳唇，薄敷粉面，微抹胭脂，當真是麗色無雙，三保看得痴了。韓待雪芳心竊喜，輕聲問道：「你說人家美嗎？」三保喃喃道：「是的，美，真是美啊！」韓待雪道：「是嗎？那麼你為何許久都沒跟人家研讀祕笈了呢？」她巧笑嫣然，美目流盼，紅暈上臉，聲細如蚊。三保練習竹劍無甚進展，正感愁悶，漫應道：「也好，我這就來。」二人進房，韓待雪飛快褪盡衣衫，仰臥在床，又羞又喜，心裡麻癢，骨軟筋酥。三保坐在床沿，愣愣看著她的玉體，苦苦思索，忽見其羞處毛髮中有圖文若隱若現，要是不仔細看，真會錯失，道：「妳稍待一會兒，我去去便回。」須臾，他手持一把剃刀走進。韓待雪嚇了一大跳，急忙縮進被褥裡，慌道：「三保，你要做甚麼？我是明教的龍鳳姑婆，清淨聖潔，你可別胡來啊！」

三保啼笑皆非，道：「雪兒莫慌，妳身上的刺青我差不多都已看遍，但有些圖文隱藏在毛髮裡，我過去未曾注意到，須得剃淨，才看得明白。」韓待雪道：「這未免太古怪了，我可不依。」三保道：「我為練神功，甘願自宮，從此斷根，還請雪兒暫捨些許毛髮，日後自會長出，一無所損。」韓待雪想想也是，這才勉為其難應允。所謂「一法通，萬法通」，三保劍術不同凡響，剃刀也使得圓轉如意，只差沒挽起九朵刀花。他放下剃刀，仔細端詳新顯露出的皮膚上的圖文好一會兒，閉目沉思，韓待雪則是心醉神馳，迷迷糊糊。半晌過後，三保忽然星目圓睜，雙眸燦然生輝，隨即奔出房外。韓待雪回過神來，雖覺慵懶倦怠，還是穿好衣服跟隨而出，見到地上滿布著碎裂的竹片、竹粉，而三保喜逐顏開，指著那株刺桐樹，說道：「妳瞧。」韓待雪這才注意到樹上插著半截竹劍，劍身穿透樹幹。

三保歡聲道：「我已可用竹劍刺穿樹幹，只是內力尚未精純，然而假以時日，應該就能刺穿樹幹而竹劍不斷。」他奇經八脈中的帶脈月餘前已通，如今又掌握打通聯繫陰陽經絡、主管表裡的陰維脈與陽維脈的祕訣，八脈中僅餘總領調節十二正經脈氣血的衝脈尚未破解通法。韓待雪勉強一笑，眉宇間浮現憂色。三保問道：「雪兒，妳怎麼了，似乎不大為我感到歡喜？」韓待雪道：「你練功有成，辛苦有了回報，我自然歡喜，但如此一來，正也意謂著我倆分別在即，今生恐怕再無……再無……」她哽咽不語，三保亦知此去刺殺朱元璋，無論成敗，勢難生還，二人恐怕再無相見之日，亦覺傷感，走去將她緊緊擁入懷中。

良久，韓待雪忽然抬起頭，道：「我有個想法，不知合不合適？」三保道：「甚麼想法？」韓待雪道：「我教神功祕笈已流傳數百年，卻從未發揮絲毫護教之功，直到如今你將用以刺殺朱元璋。然而當今天下除了你之外，大概再也無人能夠兼曉安息語及唐朝官話，而且在目前處境下，我也極難再覓得新任龍鳳姑婆來傳承祕笈，我教神功恐將亡失，因此你行前何不予以筆錄，免致湮滅。」三保道：「如此豈非大違祖公仔所定的成規！」想起莊震遠一板一眼的模樣，臉上忍不住露出笑意。韓待雪薄發嬌嗔，道：「人家都快難過死了，你竟然還笑得出來！」伸手用力擰捏他的耳朵。三保吃痛，急道：「我也是心痛得厲害，不過想到能多跟妳相處一段時日，不禁感到十分快活，這才發笑。」

韓待雪縮手啐道：「你這死沒良心的，跟你義兄學得油嘴滑舌。唔，所以你也覺得可以如此做？」三保正色道：「我是清真教徒，對明教事務自無置喙餘地。」韓待雪道：「自先父遇害以來，我教教主一位虛懸二十餘年，日月二使及四大法王或已身故，或者失蹤，目下再無人可以商量，我想與其讓祕笈失傳，還不如予以著錄，後世或許有機會藉以光耀我教。」三保道：「倘若落入敵人之手呢？」韓待雪道：「那麼明教將另有一番劫數！唉，反正我教從來多災多難，也不差這麼一樁，更何況敵人要練此神功，必須付出極慘重的代價。」她眼裡情意綿綿，卻又淒苦無限，三保感動，不忍與之驟離，而且再多些時日練功也好，更多了分把握，遂道：「好，那麼我便筆錄祕笈，完成後再藏在極隱密之處，以待有緣人。」他即刻著手將韓待雪身上的完整安息文祕笈抄錄一份，另將解譯出的約莫八成以漢文記下。由於做這件事必須避開鄭莫睬，進展得甚為緩慢，直至過了端午，才堪堪寫就，距他自宮之日，已歷經整整七個年頭了，回首往事，感慨萬千。

這一日，三保趁鄭莫睬不在，將漢文殘缺版本從頭至尾細細閱讀一遍，覺得暫時無可再增改甚麼，揮筆在首頁落下「欲練此功必先自宮」八字，又自忖：「修練此功，須斷滅夫妻之想，永絕子孫之念，不如將此祕笈命名為『斷絕』，以警惕意欲修習者。」在封面恭恭整整寫了「斷絕祕笈」四字。三保將祕笈遞給韓待雪，並向她說明為何如此命名。她接過後並不翻閱，擱在桌上，道：「三保，安息文的明教神功祕笈，你可得貼身收藏，無論去到天涯海角，即有如我伴隨左右，始終與你緊緊依偎，漢文的《斷絕祕笈》則要想個妥善地方保存，但有甚麼地方合適呢？」這時鄭莫睬正好回來，三保道：「那地方得著落在此君身上。」韓待雪道：「究竟是哪裡？」三保在她耳邊低語，韓待雪道：「這地方倒也頗為合適，但是他牢靠嗎？」三保道：「事到如今，也別無他處可想。」韓待雪點頭稱是。三保將漢文的《斷絕祕笈》包裹得嚴嚴實實，滴上火蠟，按下指印，這才走出房去。

鄭莫睬見到他，嘻嘻笑道：「原來你在這裡，哥哥還以為你今日偷懶，學宰予晝寢哩！」三保不接他的玩笑話，道：「三保首途在即，有一事相託，務請哥哥幫忙。」鄭莫睬道：「自己兄弟，何須如此客氣，只要不跟哥哥借錢，啥都好商量。」三保揚揚手中的祕笈，道：「這物事煩請哥哥送交給南少林寺的可慈法師保管，聽說他不但武功高強，為人還甚是公義，即便在佛門中，也算相當稀有難得。」莊震遠前來拜會過幾次，三保曾私下向他打探可慈法師，也經由他得知潔兒與蘇天贊等諸位長老的悲慘下場。鄭莫睬道：「係啊，然而也正因如此，他老人家身為南少林寺可字輩首徒，才無法晉升，反而被派去看守藏經閣哩！在他老人家所收的僧俗弟子中，哥哥係最不中用的一個，當年不聽他的勸誡，提早離開師門，此時可不怎麼好意思去求見他。」

三保道：「這物事極為要緊，請哥哥務必親手交給可慈法師。」鄭莫睬道：「你都如此說了，哥哥能不走這一趟嗎？你如此鄭重其事，又神祕兮兮，這到底係啥東西？」三保正色道：「哥哥，三保有一不情之請，懇望哥哥體諒。」鄭莫睬道：「你就說吧！」三保道：「須請哥哥立下毒誓，保證絕不看內容物一眼，否則我寧可毀去，也不願託付哥哥。」鄭莫睬吐吐舌頭，道：「這麼嚴重啊！唔，好吧，鄭莫睬對天發誓，倘若我偷瞧內容物一眼，便教我鄭家禍延子孫，永絕後代。」三保心想這物事的確會使人絕後，鄭莫睬發的誓言歪打正著，也算是個重誓了，卻不知鄭莫睬的生父根本不姓鄭，鄭家絕不絕後其實與他毫不相干，放心地將祕笈交予他，道：「有勞哥哥了。切記，務必親手交給可慈法師，絕不可透過他人轉交，倘若途中有人想要奪取，請立即焚毀，萬萬不可流出。」鄭莫睬道：「我辦事，你放心，哥哥幾時誤過事了？對了，我正好有件要緊事想跟你商量商量。」

三保看他眉開眼笑的，問道：「甚麼要緊事？」鄭莫睬道：「哥哥有個遠房表妹住在福州，幼時跟我訂有婚姻之約，雖然比我年輕幾歲，算來也老大不小了，我原本以為她早已出閣，幾經打聽，才知她雲英未嫁，因此我打算前去福州提親。」他說到後來，竟有幾分忸怩，臉也紅了。三保樂道：「太好了，當真可喜可賀！」韓待雪這時出來，問道：「瞧你哥倆這麼開心，甚麼事可喜可賀？」三保搶著說了，韓待雪也為鄭莫睬歡喜，卻暗暗替自己感傷。鄭莫睬道：「二位先別幫我高興，成或不成還不知道哩！對了，三保，你看見哥哥的剃刀了嗎？哥哥想刮刮鬍子，看起來年輕些。」三保忍住笑，入內取出剃刀來。鄭莫睬看到刀鋒上有些體毛，暗怪：「你不是自宮了嗎，難道還有鬍子可刮？」

次日清早，莊震遠騎著駿馬前來，另牽三匹，其中兩匹馱負著不少禮物。原來鄭莫睬央請莊震遠充當媒人，與他前去福州提親，莊震遠欣然應允，還幫鄭莫睬籌辦納采之禮。泉、福二州相距三百多里，其間頗多丘山，不過若騎馬趕路，停留福州一日夜，五日內應可來回，但鄭莫睬這一去，直至十二日後的半夜三更，方才酩酊大醉歸來，入門把帶回的一袋福橘餅往几上一擺，便進房呼呼大睡，直至次日日上三竿才醒轉。三保憂心如焚，待他起身出房，急問他事情辦得如何。

鄭莫睬得意道：「哥哥的樣貌雖比不上你，也算一表人才，我那表妹幼時才見過我一面，便非我不嫁，這些年多少好人家上門提親，她都堅拒，如今我親自登門，自然一拍即合。他們好生熱情，打發走媒人莊震遠，不住挽留我這個嬌客。我盛情難卻，隨著他們日日遊賞，夜夜笙歌，這輩子從未如此逍遙過，當時心想早該回來提親，羈留四川那幾年真係白活了。昨兒回到泉州，先去莊家還馬，順便答謝莊老頭，莊老頭殷勤款待我，我心裡快活，吃了好幾盅酒，又累得二位擔心了。」他忽然握住三保雙手，懇切道：「三保，說句心裡話，哥哥家裡人丁單薄，娶親時希望你待在這裡，好幫哥哥熱鬧熱鬧。」

三保道：「這個自然，反正刺朱不急於一時，哥哥說過的。」鄭莫睬道：「沒錯！打打殺殺之餘也別忘生生不息。哈哈哈……」三保為了刺殺朱元璋早已淨身，聽這話有些尷尬，問道：「那麼哥哥拜見可慈法師之事呢？」鄭莫睬鬆開三保雙手，板起臉道：「為了這件事，你可把我給害慘了。」三保忐忑道：「怎麼了？出了甚麼事？」鄭莫睬噗哧笑道：「啥事也沒出，可他足足訓了我兩個多時辰。恩師他老人家身體依然強健，我瞧著很覺欣喜，不過有負他的殷殷期盼，著實慚愧得很哩！」三保追問：「那個物事呢？」鄭莫睬道：「已交給恩師了。你可否跟哥哥說說，那究竟係啥東西，真教我心癢難搔。」三保聽他如此說，方才放下久懸的一顆心，回道：「請哥哥莫再詢問，不知道較為妥當。」鄭莫睬點了點頭，道：「也罷！」哥倆隨即商議娶親細節。

閩南人娶親的禮俗甚為繁瑣，但鄭莫睬身世特殊，跟鄭氏宗族與母親家族向無來往，況且厝內窩藏著朝廷頭號欽犯龍鳳姑婆，以及將去刺殺大明天子的刺客，故萬萬不敢張揚，過了月餘，便將新婦娶進門，賓客只有莊震遠父子與其親信等寥寥數人，連里長旺伯也沒宴請，讓這老蒼頭屢屢埋怨。女方家道殷實謹嚴，除了滿屋子嫁妝外，另有丫鬟和老媽子各一名當作伴嫁，把每個人都服侍得頗為周到。新娘子也算秀美，唯眇一目，卻是知書達禮，與韓待雪相處得尚稱融洽。

三保放下了心，覺得這樣的悠閒日子再繼續過下去，難免意志消沉，於是毅然決定不日即首途應天。行前一日，鄭莫睬親自下廚，整治了滿滿一桌，他雅好飲饌之道，廚藝別出心裁，兼容閩、川風味，席上眾人卻都食難下嚥，可惜了一整桌好菜。韓待雪深知，縱使吟唱千萬遍陽關曲，也絕計留三保不住。二人離情正苦，偏偏當夜三更雨下，原是淅淅瀝瀝，後來轉為點點滴滴，到了天明，如愁絲雨猶自飄落在似夢飛花上，凝結成離人之淚。韓待雪傷心欲絕，泣血訣別，情致纏綿悱惻，三保自也依依難捨，旁人見了，更加相信他們是對恩愛逾恆的少年夫妻。

鄭莫睬親送三保上船，臨別時找了個僻靜無人處，交給他綠、黃、紅三個錦囊，低聲鄭重道：「開船後你即打開綠色錦囊，進皇宮前打開黃色錦囊，等到徬徨疑惑時打開紅色錦囊，次序絕不可弄亂，否則錦囊非但無用，恐怕還會為你招來禍殃，而且每看完一個錦囊，得立即燒毀。」這船隨即要啟航，三保無暇詢問錦囊細節，目送鄭莫睬下船，二人此番生離恐成死別，三保心痛不已。鄭莫睬呆立岸邊引頸而望，直到偌大海船全然瞧不見了，他才快快離去，喝得大醉方歸。

三保按照鄭莫睬的指示，啟航後打開綠色錦囊，才一見，立墜五里迷霧之中，忖道：「燕王府？朱元璋不是在應天嗎，要我到北平燕王府做啥？」

第十五回　燕王

三保在海津（即今天津）下船，輾轉來到北平燕王府端禮門外，說是要入府充當內侍。一個中年門衛檢查了他的下身，確定空無一物，帶他從偏門進去，走到一間陰暗的房舍前停住，呈報給裡頭一個打著盹兒的年長宦官。老宦官張開睡眼，乾癟的嘴唇動了動，空嚥了幾口，站起身鬆鬆筋骨，慢條斯理地踱方步出來，上下打量三保幾眼，細聲細氣問道：「你個頭這麼大，今年幾歲了？祖籍哪裡？在哪兒淨的身？跟當地官府報備過了嗎？」三保答稱：「我今年十九，祖籍雲南晉寧，在家鄉淨的身，未曾報備。」那老宦官怪目一翻，尖聲斥道：「胡來！朝廷明令，新收的寺人[5]不得逾十四齡，且須先向地方官府報備核准後方得淨身，否則科以重罪，甚至編入

5 宦官又稱寺人、宦侍、宦者、中官、中宦、中貴人、內官、內臣、內侍、黃門、公公、太監等等。太監之職起於遼，本指高階大員，到了明代，則專門用來指稱十二監的各監首領宦官，為正四品，其下設左、右少監各一員，從四品，左、右監丞各一員，正五品，典簿一員，正六品，長隨、奉御無定員，從六品。有清一代，一些人為了討好宦官，就都尊稱他們為太監，不分職銜。

『淨軍』，發配邊疆。唉，你算是白閹了，我看你可憐，模樣生得也好，就不舉報你，你回鄉去吧。」他轉向那門衛抱怨道：「我說老馬啊，你再帶這種不合格的娃兒進來擾我清夢，看我怎麼整治你。」

馬姓門衛陪著笑臉道：「李公公息怒，我知道您老是刀子嘴，豆腐心，嘴巴說得嚴厲無比，心腸可其實比誰都軟。這些娃兒甘願割去寶貝命根子，無非是要掙口飯吃，好保住小命，我儘量予以通融，想必李公公也是一樣的心思。」李公公指著三保道：「你看他生養得牛高馬大，比咱們王府裡任何一個侍衛都還來得精壯結實，像是餓著的嗎？況且國有國法，府有府規，不能亂了規矩，規矩一亂，天下也就跟著大亂。」許多邊疆少年乃是遭官軍強擄，先被胡亂閹割，僥倖存活下來的才向駐地官府報備，燕王府裡就有幾個，李公公對如此胡作非為從未置喙。

馬姓門衛朝三保尷尬笑笑，兩手一攤，道：「既然李公公都這麼說了，小兄弟，我實在幫不了你。」三保道：「馬大叔古道熱腸，在下雖謀事不成，已十分承情了，而李公公奉公守法，也是應該的，在下毫無怨言。」馬姓門衛初見三保相貌堂堂，一表非凡，先萌生三分好感，又聽他談吐不俗，謙和有禮，好感頓時多加了幾成，但礙於律令，只得空自惋惜，道：「好，小兄弟請隨我來吧！」轉身要走，突然颳起一陣怪風，捲落一片屋瓦，直墜李公公的頭頂。李公公抬頭一看，失聲驚呼，嚇得呆若木雞，眼睜睜等著給砸得腦袋開花。

馬姓門衛聽見驚呼聲，回轉過身子來，待要撲上去解救，已是不及，卻見那飛墜而下的瓦片，在李公公頭頂數寸處硬生生止住，定睛一瞧，才看明白眼前的高大少年以單手穩穩握住落瓦，不禁讚道：「小兄弟好俊的身手，你要是身體周全，倒是可以去報考武狀元，只可惜……」他止住不說下去。三保道：「馬大叔過獎了，在下全然不懂武藝，只不過生長於鄉間，時常狩獵，較一般人眼明手快些罷了！」說完將瓦片輕輕放在地上，大踏步往門口走去。李公公喊道：「且慢！」一待三保停步回身，續道：「我們王爺一向最愛惜人才了，你身手如此了得，他必定會破格錄用。」馬姓門衛笑道：「李公公方才不是說『國有國法，府有府規，不能亂了規矩』嗎？」李公公道：「老馬，你就別再調侃我了，一碰到真正的人才，我就去他的規矩。」三人相視哈哈大笑。

笑聲甫歇，三保謝過李公公，馬姓門衛領他入內報到。三保道：「大叔姓馬，與我正是本家。」馬姓門衛喜道：「那敢情好，你該不會跟我一樣也是回族吧？」中原回族姓馬的甚多，有一個說法是，「馬」乃「穆罕默德」的簡化，然而三保的祖父雖為伊斯蘭創教先知穆罕默德的嫡裔，卻是為了避難而跟著妻子姓馬。三保哂道：「在下正是回族。」馬姓門衛更樂，拉著他的手，甚是熱絡，又問：「那你叫甚麼名字啊？」三保略微遲疑，答道：「在下賤名三寶，一二三四的三，寶貝的寶。」他有意隱去本名，故以諧音的「三寶」為名。

馬姓門衛奇道：「你不是回族嗎，名字怎如此具有佛教意味？」三保道：「在下名為三寶，並非要緬記佛法僧，而是因為排行第三，是家裡的第三個寶。在下雖然家貧，兄弟姊妹可都是父母心中的寶啊！」馬姓門衛道：「是啊，天下父母心，大抵都是一樣的。我兒子出生時，我歡天喜地，將他取名為『歡』，他現今年紀尚幼，日後馬兄弟出人頭地了，還請不吝提拔犬子一番。」三保道：「令郎大名馬歡，在下會銘記於心。」後來三寶太監下西洋時，果然著意提攜馬歡，數次選他擔任通譯，馬歡也十分爭氣，不但服膺重任，還寫下《瀛涯勝覽》一書，是研究鄭和航海經歷與所遊區域史地的重要著作。

三保進燕王府後，自有年輕些的寺人招呼，並教導他宦侍禮儀。他一聽就記得，一學就上手，渾沒注意到已因鋒芒太露而犯了忌諱，只暗自尋思：義兄鄭莫睬給的第一個錦囊指示自己投入燕王府，而非逕去應天皇宮，製作錦囊之人早已知曉自己根本不夠格入宮擔任宦侍，去應天皇宮毫無希望，那塊砸往李公公的落瓦，恐怕不是出於機緣巧合，而是有高人出手相助，那人還熟知李公公與馬姓門衛的性子。他背脊忽然生起一股凜冽寒意，感覺到背後似乎有隻巨大黑手，一直在操控著自己的命運，其謀略之深，考慮之遠，算計之精，威力之大，當真匪夷所思，遠遠勝過世間任何武功，自己毫無抵禦之力，只能任憑擺布。

背後這人會是誰呢？錦囊雖是鄭莫睬給的，他也的確有些小聰明，卻缺乏這樣的深謀遠慮，況且他原本流落四川，此時身在閩南，豈能掌握燕王府中情況，更不知明教神功祕笈之事。蘇天贊已亡，就算他曾參與初期的擘畫，那三個錦囊肯定不是他製作的。戴天仇失蹤多年，縱使尚未毒發身亡，但如何能熟知李、馬二人的性子呢？錦囊內的文字秀雅飄逸，又不失遒勁有力，斷非戴天仇用左手殘指所能寫出，而此事甚隱密，必得親力親為，不可假手他人。難道會是周顛？他對自己知之甚詳，還似乎早已預見自己會來燕王府，然而他有必要為了讓自己看破世情，隨他修法，便如此處心積慮嗎？若燕王果是周顛所稱的「北來燕」，自己進燕王府擔任區區宦侍，真會搞得天下失去太平嗎？

一般宦侍地位低下卑賤，工作勞雜繁瑣，生活單調苦悶，不過燕王府對於他們的管控，遠遠不及皇宮大內嚴厲，反而相當鬆散，因此他們時常在夜裡分聚成數堆，肆行玩樂，喧鬧終宵。只聽得划拳行令聲、吆五喝六聲、淫樂嬉戲聲，聲聲入耳；又見到杯觥交錯事、擲骰打牌事、狎虐侍女事[6]，事事開心。三保初來乍到，跟十來個職司最低的少年宦侍同居一間陋室，這些人安分許多，早早便上炕躺平。三保懷著重重心事，躺下好一陣子了，仍未成眠，忽聽得同房宦侍接連下炕，躡手躡足走近，他有意跟他們玩玩，假裝睡熟。那些人當中幾個輕輕爬上炕，將三保的身子抬起，一人迅速替他套上頭罩，他們再將他傳遞給炕下同伴，三保兀自發出如雷鼾聲。一個尖細嗓音低聲道：「這傻大個兒大禍臨頭，竟還睡得如此香甜，待會兒有得他受的了。」其他幾個吃吃而笑。

他們抬著三保出房，東轉西拐來到一個僻靜處，將他的身軀往地上一拋，三保落地後仍是

[6] 清代唐甄《潛書》引述一太監之妾的話：「太監性淫，不勝其擾。交接之際，其陽亦突出將寸。」另有一些宦官以手、口、器具來行房事，至本身汗出為止，或以凌虐對方來獲得自滿。

鼾聲大作。一個宦侍喝道：「別再睡了，快給老子醒過來！」抬腳踹向三保的肚腹，豈知鞋底還沒沾到對方肚皮，腳踝被鐵箍似的東西給牢牢扣住，這一腳怎麼也踹不下去。那宦侍著慌，用力拔腿，腳踝突然一鬆，他往後摔了個倒栽蔥，靠同伴們攙扶才起得了身。其他人在旁看得分明，知是三保搞鬼，但躺在地上的他戴著頭罩，目不視物，居然能夠分毫不差地抓住飛快踹落的腳踝，本事著實令人咋舌。

有個宦侍結巴道：「大……大哥，這傻……傻大個兒當……當真邪……邪門得緊，咱們要……要拿他怎……怎麼辦呢？」一個低沉聲音道：「別慌，你一慌就口吃，會教人看扁的。我來試試這傢伙，看他能變出啥花樣來。」三保聽到後頭這人說話帶著閩南口音，心裡一喜，不再戲耍他們，扯下頭罩，站起身來，面前是位英氣勃勃的少年宦侍，年紀與自己相仿，身量雖不及自己高大，但算得上鶴立雞群，其他幾個的年紀也都在十來歲左右，最年輕的約莫十二、三歲，仍顯稚嫩，一臉驚恐，方才說話結巴的應該就是這位。

三保朝他們拱手為禮，朗聲道：「諸位大哥，在下方才多所得罪，還請見諒，大夥兒同在燕王府為侍，不如交個朋友如何？」一個十五、六歲的少年道：「我們燕雲鐵衛幫只認兄弟，不交朋友，你要嘛加入我們，大夥兒有福同享，有難同當，要嘛光桿一根，自求多福，日後若有甚麼山高水低，我們可就愛莫能助了。」三保暗笑，這幾個不知天高地厚的小宦侍，居然在堂堂燕王府裡搞幫派。

為首的長身少年道：「是啊，我們燕雲鐵衛幫一向見義勇為，濟弱扶傾，看你初來乍到，擔心你受人欺侮，是以有意收你入幫，日後好關照你。」三保道：「諸位大哥夤夜將在下擄來此處，還意欲出腳傷人，不像是要關照在下。」長身少年道：「這是本幫考核兄弟的一項規矩，得先看你耐不耐打，通過考核的才能入幫，成為我們當中一員。」三保哂道：「在下倘若耐得了打，自然不畏欺侮，何必託蔭於貴幫呢？假使經不起揍，那就更需受人關照，卻通不過貴幫的考核。如此看來，貴幫所謂『見義勇為，濟弱扶傾』，似乎不大站得住腳。」長身少年語塞，只一直「這個、這個」沒完，接不下話。其實這群少年宦侍都備受其他宦侍欺凌，不久前琢磨著結成幫派，好互通聲氣，共禦外侮，然而全不管用，反倒被修理得更加淒慘落魄。今日他們見新來的三保身高體壯，想拉他入幫，好鎮懾平素欺凌自己的宦侍，但得先核驗看看這大個兒是否為真材實料，還是虛有其表，不過要是吐露實情，恐怕會讓他看扁，反而遭受他欺侮。

三保瞧他們的神情，已猜出個大概，一來因長身少年乃是閩南人，有意與他結交，好再學習閩南方言，再者自己初來乍到燕王府，府中一些細碎事情尚賴人指點，三來濟弱扶傾的俠義情懷油然而生，加上自遭滅門屠村後，從無年紀相仿的哥兒們，而且他畢竟是少年心性，隱隱覺得結幫成派十分有趣，同時不免有跟蘇俊、趙虎等人一別苗頭的心態，於是俯身從地上拾起一根兒臂粗細的樹枝，朗聲道：「我馬三寶不才，承蒙諸位不棄，願加入燕雲鐵衛幫，自此時此刻起，與諸位結成異姓兄弟，從此同甘共苦，禍福齊享，若生異心，下場便如此木。」說完，以掌緣為刀，將那根樹枝切斷。眾人看他身手如此了得，豈會不肯，歡天喜地與他結拜。

長身少年姓王名景弘，福建龍巖人，原本在這幫人之中歲數最長，敘了年齒後，還小三保一歲，甘願居次，讓三保當大哥，其他依次為楊慶、李興、朱良、周滿、楊真、張達、吳忠、唐觀保、侯顯、羅智。方才起腳踹三保的為楊慶，他是雲南人，在征南大將軍傅友德率兵攻打元梁王時遭擄淨身，與三保談及家鄉舊事，不勝唏噓。侯顯則是藏族，三保跟他用藏語交談了幾句，他備感親切，其他人對三保大表讚佩。大夥兒天南地北、絮絮聒聒一陣子，羅智年紀最幼，倚在三保身上沉沉睡著。不知不覺中已是寅時，離天明僅剩個把時辰，三保抱起羅智，燕雲鐵衛幫眾一同回房安歇。正所謂「悲莫悲兮生別離，樂莫樂兮新相知」，新結識這幾位義弟，固然令三保十分歡快，卻也沖淡不了與韓待雪別離的傷痛，他仰臥炕上，悲欣交集，思潮起伏，暗暗練起神功，進入希夷之境，這才暫拋世情。

天未亮，一個年約二十三、四的中官龍行虎步，長趨直入這間寢室來，逕至三保炕前，抬腳要踹三保，好對新來之人下下馬威，更欲挫折其鋒芒。三保早已察覺，也不避讓，潛運內力，生受這一腳。那中官彷彿踢在堅石上，痛得哇哇大叫，只道這腳踢偏，蹬在炕上，隨即滿口汙言穢語，滔滔如江流不盡。三保聞所未聞，不禁坐起身來，瞠目結舌。那中官以為三保怕了自己，揚揚自得，止住咒罵，高聲吆喝，驅領燕雲鐵衛幫幫眾去到一間庫房前。那中官開啟庫房門，指使他們搬運糧秣至膳房，因蓄意折辱三保，要他獨扛四大麻袋，每袋約莫百斤重。

三保四大麻袋的糧秣壓身，面不改色，依然步履輕健。那中官吃了一驚，不肯善罷甘休，摸出一條鞭子，抽在三保背負的一個麻袋上，袋子破了長長一條口子，內裡的大米汩汩流出，灑落地上。那中官獰笑道：「臭小子，即刻給老子撿乾淨了，少撿一粒，吃老子一鞭。」三保見他如此蠻橫，心想自己倘若忍氣吞聲，他勢必得寸進尺，更加猖狂，燕雲鐵衛幫諸弟們往後日子會很難熬，但要是出手教訓他，恐怕立遭驅逐出燕王府。那中官看他瞪視自己，並不聽命行動，勃然大怒，唰地又是一鞭，這次直取三保顏面。三保側身讓開，拋下麻袋，欺到那中官面前，奪下鞭子，發勁綳斷，扔在地上。那中官大喊：「反了，反了，你這個沒鳥用、只能蹲著撒尿的臭閹貨，竟敢……」後面的話還沒出口，咽喉已被三保單手掐住，作聲不得。

三保忖道：「咱們不都是閹人嗎，難道你那話兒還在？」另隻手往他下體一探，居然觸到一根硬梆梆的物事，暗想：「難道如王叔所說，世上當真有玉莖重生這回事？」不免想起韓待雪，心跳怦怦，掏出一看，是根八、九寸長、瀰漫尿騷味的中空竹管，敢情他正是利用這根竹管站著撒尿，才自覺高於其他宦侍一等，卻不知他還經常藉此物來凌虐失寵無助的侍女。三保大失所望，道：「在下姓馬名三寶，老兄怎麼稱呼？」一掐住對方咽喉的手指略鬆。那中官道：「我叫宋……宋大。」三保道：「好，宋大哥，咱們甘願閹割，入府為侍，都只不過是為了討口飯吃，你若從此不為難我們，我們包管把你交辦的事兒給辦得妥妥當當，讓你好向上頭交差，不然的話，哼哼，我馬三寶孤兒一個，只剩下膽子和力氣，要捏死你，可跟捏碎這根竹管一樣輕易。」

他有意殺殺宋大的銳氣，顧不得髒，將竹管捏得粉碎，掐著宋大咽喉的手指同時加了些許力道。宋大頓感窒息，頭昏眼花，金星亂冒，不住掙扎，卻哪裡掙脫得了。宋大待三保手一鬆，癱軟在地，大口喘息，才回過神來，急急爬到那攤竹屑旁，撈在手裡，捧在胸前，低頭喊道：「我的寶貝命根子啊，你怎變成這副模樣？我活不下去了！嗚嗚嗚……」直哭得死去活來。站著的幾個面面相覷，都想自己遭閹割時，也沒像他現在這樣呼天搶地啊！

三保不再理會宋大，扛起麻袋，領頭往膳房走去，一會兒工夫便全搬完了，緊接著運斤成風，不多時也將木柴砍劈妥當。燕雲鐵衛幫其餘幫眾深深嘆服於他的神力，七嘴八舌，爭著要拜他為師，以學習武藝。三保謙道：「我只不過比常人多幾斤力氣罷了，哪懂甚麼武藝，各位弟弟倘若不嫌棄我粗手笨腳，咱們日後便一起打熬身子，卻再別提『拜師』二字，不然我可要生氣了。」大夥兒聽他口氣鬆動，似乎願意傳授武藝，皆喜出望外，簇擁著他，幾乎就要高呼萬歲。

這時腳步聲雜沓，湧來三十多個手持棍棒的中官，其一惡狠狠罵道：「馬三寶，你這烏龜兒子王八蛋，快滾過來受死。」方才啟釁的宋大也混在這群凶神惡煞當中，卻瑟縮在最後，低垂著頭。三保瞧這陣仗，放下一直七上八下的心，因為他們打算私了，而非呈報上去，自己不至於被逐出燕王府，而且平素作威作福的中官們，應該差不多都已到齊了，正好一勞永逸，省得多費工夫，於是昂然道：「在下正是馬三寶，在動手前，想跟諸位先立個約定……」領頭的中官冷笑道：「笑話，你死到臨頭，還妄想跟我們立啥勞什子約定！」這中官名叫狗兒，頭戴鑲睛綠寶石束髮冠，身著胸背花盤領窄袖衣，腰纏玉色束帶，足蹬粉底皂靴，生得玉面朱脣，杏眼桃腮，嫵媚冶豔還遠勝過尋常女子，此時雖一副狠惡模樣，仍教人心生我見猶憐之感，三保不禁想起神醫死不了的藥童張去病。

三年前燕王朱棣生了場大病，府中正、副良醫診視後，一個說是陽盛陰虛，一個斷為陰盛陽虛，彼此不服，爭論不休，各自開立補益方劑。朱棣爭強好勝，性子急躁，自認體質健壯，內力深厚，聽到「虛」字便受不了，兩種補藥都吃了，還延請內家高手捐輸內力，病情卻急轉直下，癱瘓在床，形同廢人。正、副良醫眼看這位四皇子已經不行了，擔心遭受朱元璋嚴懲，禍及家族，不約而同服毒自盡。左、右長史稟過燕王妃後，飛書上報朝廷，朱元璋詔命御醫戴原禮與兼通醫術的國師道衍前來。戴原禮家學淵源，又跟從大國醫朱震亨學習，盡得其真傳，享譽當世，曾治好三皇子晉王朱棡肢癱之症，獲朱元璋禮聘為御醫，奉詔前來北平診治朱棣，起初同樣束手無策。道衍所學駁雜，醫術不如戴原禮專精，心思卻十分細密，詳察朱棣的生活起居，探悉他嗜食生芹，告知戴原禮，戴原禮恍然大悟，斷為瘕病[7]，因朱棣病程拖延已久，性命垂危，行險開立極為猛烈的峻下逐水藥。

7 所謂瘕病，一般是指下腹部結了硬塊，且會移動，痛無定處，這裡則是指寄生蟲病。

朱棣被灌藥後，大瀉多次，排出許多細蝗（寄生蟲），雖然藥到病除，但久病體虛，又服了苦寒瀉下之劑，癒後內力盡失，這還不打緊，未及而立之齡的他，竟然再也無法人道。他羞憤難當，恥於求醫，且驚疑不定，以為是朱元璋授意戴原禮動手腳，由是性子變得十分抑鬱暴躁。朱棣因有關於自己身世的傳聞紛紛擾擾，是以刻意處處效法朱元璋，而朱元璋直至二十八歲，甫獲長子朱標，到了六十六、七歲，妃子還接連產下一子一女，終身共有二十六子、十六女。朱棣十八歲時即生下長女，起步雖早，但迄今才生育三子五女，那是永遠也追不上老子的播種速度了，更何況再也無法享受魚水歡情。

狗兒身為閹人，居然曾跟花和尚、野頭陀學過房中祕術，自薦枕席，曲意承歡，雖然無法讓朱棣重振雄風，倒也讓他領略到別樣的舒暢快意，更重要的是，朱棣自覺比尋常男子有所不及，不過較諸閹人，倒是比下有餘，也就甚喜親近中官，還收狗兒為徒，傳授他武藝，聊補喪失內力之憾。朱棣在北平時礙著王妃徐氏，不敢明目張膽宣狗兒侍寢，每當領兵出征，天高老婆遠，便帶狗兒隨行。狗兒深得燕王寵愛，年紀輕輕，已成為這夥中官的頭兒，還恃寵而驕，連一些妃嬪也得讓他幾分。

三保不明此中情由，即便曉得，也不至於把狗兒當回事，續道：「不如這樣子吧，在下獨自一人單手領教諸位的高招，不管是生是死，諸位與我這幾個兄弟從此井水不犯河水，各自相安無事，不知尊意如何？」狗兒心想：「天底下怎會有這等便宜事！這小子究竟是傻了，還是瘋了？無論如何，要是連這樣子都整治不了你，往後對你自然避之唯恐不及，哪還敢招惹你。不如今日先將你打死打殘，往後再慢慢收拾這些不中用的窩囊廢不遲。」

狗兒正要答應，王景弘喊道：「這萬萬不可！大哥，咱們才發過誓，要同甘共苦，禍福齊享，你豈能將禍事獨自一人全攬了？」他挺身站在三保身旁，對那群中官道：「我們幾個同生共死，要打一起打，要殺一起殺。你們人多勢眾，手上還有傢伙，已占了莫大便宜，廢話少說，快快動手吧！」燕雲鐵衛幫其他幾個也都圍立在三保身旁，紛道：「是啊，要打一起打，要殺一起殺，快快動手啊！」羅智年幼個頭小，不願落於人後，擔心對方瞧不見他，跳躍著說話，模樣甚是滑稽。

三保看他們的神色滿是驚惶，卻透著堅定，心下大為感動，頓覺有朝一日即便為他們死了也值，朗聲道：「諸位弟弟義氣深重，我甚覺欣慰，然而我自有把握，否則也不敢如此托大，各位若再堅持出頭，便是信不過我，咱們兄弟也做不下去了。」王景弘仍不死心，喚道：「大哥……」三保舉起手，止住他說話，面向那群尋釁的中官，昂首挺胸道：「今日之事就我馬三寶一人擔了，哪位要過來綁縛在下？」狗兒道：「好，咱們就這麼說定了，反正你那幾個不中用的兄弟，我們早已耍弄得煩膩，且放他們一馬。」他使了個眼色，陣中兩條大漢解下腰帶，走去將三保負在身後的一隻手給綁得嚴嚴實實，再使勁扯了幾扯，覺得甚是牢靠，這才放心回陣。

狗兒喊道：「夥計們，別給他的身量唬住，咱們這麼多人，擠都把他擠扁了。動手吧！」

他「吧」字才出口，忽然雙眼一花，眨了眨，定睛瞧去，發現己方其他人全跪倒在地，滿臉茫然，而三保手握一根木棍，瀟灑自若地佇立原處。原來三保以極快身法欺身向前，奪下一棍，並在狗兒除外的對方每人腿彎委中穴都輕敲一記，再迅捷無倫地退回原處。狗兒道：「這個不算，我們還沒準備好，你怎可偷襲？況且你說要用單手的，卻用了木棍，食言而肥，不過我大人大量，不跟你計較，只當沒發生過。」燕雲鐵衛幫眾紛紛罵道：「不要臉，說話不算話，你才食言而肥，肥死你這狗人妖。」狗兒暗恨在心，卻不動聲色。

三保將手中木棍扔還原主，道：「再比過無妨。諸位都準備好了嗎？」對方站定，擺好架勢，彼此看看，都說：「準備好了。」三保道：「那麼有請諸位先動手吧！」對方又彼此看看，沒人敢率先發難。三保哂道：「諸位究竟是打，還是不打？」狗兒大喊：「大夥兒一起上！」一群人掄起棍棒齊往三保身上招呼，卻全打在空處，才要回身，一個個被三保踢得雙膝屈倒。狗兒急道：「這不算數，你……」三保接口道：「只能用手，不准用腳，是吧？」狗兒道：「正是如此。」三保道：「好，那麼我要動手了，諸位請務必留神。」他飛快在對方每人肚腹中脘穴上擊了一拳，饒是輕輕出手，也讓受者痛得倒在地上打滾，抱著肚子哀號不已。三保道：「這回也不算數，是吧？」地上諸人紛道：「算算算，算你贏了，饒了我們吧！」三保哈哈一笑，綳斷綁縛住他一手的腰帶，雙手抱拳道：「得罪了，莫怪！」轉身領著把弟們昂首闊步離去，羅智蹦蹦跳跳，緊緊跟隨。

不消數日，三保的英雄事蹟即已傳遍整個燕王府，有些人加油添醋，把他形容得能夠飛天鑽地，且可隱形分身。狗兒那夥人一見到他，便急忙閃避開去，根本不敢跟他打照面。先前受盡狗兒一夥人欺凌的侍女們，見三保不但英雄了得，技壓群閹，還生得高俊非常，於是對他大送秋波，膽子大些的則往他身上扔擲瓜果，但求他回眸一瞥。三保武功雖高，臉皮卻薄，把扔來的瓜果都接了個著，無一漏失，擺在地上，紅著臉離開，惹得侍女們訕笑不已，一逮著機會便逗弄他，為苦悶至極的王府生活平添些許樂趣。

燕王長女永安郡主朱玉英，正值荳蔻年華，生得花容月貌，體態娉娉嫋嫋，卻甚是好強，酷愛掄刀使槍，頗具乃母徐妃之風，尤其精擅傳承自外公中山王徐達的索魄刀法，自以為除了親娘之外，打遍北平無敵手，一聽說關於三保的傳聞，哪裡按捺得住，逼迫李公公將三保賺至府外一片茂密松林裡，自個兒一身勁裝，提著雙刀去堵他，一見面便問：「小子，知道本姑娘是誰嗎？」三保見來者不善，但只是個小姑娘，答道：「請恕在下眼拙不識。」朱玉英道：「如此最好不過。」扔了把鋼刀給三保，嬌喝道：「看招！」身子如乳燕投林般，輕盈迅捷前欺，一招「驚心動魄」，手中寶刀直取三保心窩。

三保與她萍水相逢，見她非但無禮之至，而且一出手便是要命狠招，不免惱怒，斥道：「好個沒家教的野丫頭。」並不用刀，側過身子，左掌逕來拿她手腕。朱玉英聽他出言指責，還十分輕視自己武藝，這輩子哪曾受過這種惡氣，一招「勾魂攝魄」，迴刀以刀根削他左臂，刀尖同時抹他咽喉。三保見她年幼力弱，刀法卻十分精奇，不敢小覷，縮回左掌，右手反握鋼刀，以刀柄撞開對方寶刀，刀鋒由下往上一撩，退後一步，刀尖朝下，抱拳道：「承讓。」

朱玉英給他這麼一撞，立足不穩，踉蹌幾步，堪堪站定，別在腰間的一塊玉珮掉在地上，俯身拾起，喊道：「你弄壞我的玉，我不管，我不管，你得賠我的玉來。」嘴兒一扁，哭了出來。三保著慌，心想：「我不是只割斷繫帶嗎，怎會弄壞她的玉呢？」趨前查看，哪知她將玉珮朝他顏面用力一擲，同時使出絕招「魂飛魄散」，要將他劈成兩段，反正他只是個命不值幾文錢的宦侍。三保出手撥開玉珮，起腳踢飛寶刀，扔下鋼刀，一手抓住朱玉英的後領，將她的身子拎起，另一手順反掌連打了她十幾個耳光，邊打邊怒斥：「小姑娘長相美麗，心腸卻是如此歹毒，父母不管，我便來好好教訓妳。」接著把她扔進草叢裡。

朱玉英坐起，臉上熱辣辣地，愣怔一會兒，噙淚問道：「你剛說我長相美麗，是嗎？」三保沒想到她會有此一問，頗感啼笑皆非，見她一張春花初綻般的秀麗臉龐，被自己打得仿如閩南人節慶祭祀用的紅龜粿，驀然想起遠在泉州的韓待雪，心裡一痛，魂飛千里，對朱玉英視而不見，喃喃道：「是的，美，真是美啊！」朱玉英展顏甜笑，淚水奪眶而出，終於遇見一位武功強過自己、又能欣賞自己美貌的真正男子漢了。她不知以前狹路相逢的諸多英雄好漢，都是她老子指使府中侍衛喬裝打扮的，也因未解人事，弄不清楚宦侍與一般男人究竟有何不同。

三保回過神來，撿起寶刀、玉珮，把玉珮扔給朱玉英，道：「玉還妳，刀則要勞駕令師長來取。」將刀往上擲去，插進一株高大松樹的樹梢，料想這小姑娘輕功還沒練到家，難以取下。朱玉英膩聲道：「玉跟刀都送你。」將玉珮輕拋向三保，紅著臉一溜煙跑了。三保接住，低頭一瞧，見到玉珮上頭雕滿各種花卉圖案，當中隱現一個小小「英」字，雕工異常精巧，成色極為妍麗，明白價值不斐，卻不知這是朱元璋送給這個孫女的滿月禮，自忖方才掌摑少女，竟還受她如此貴重之物，著實慚惶難安，日後定要物歸原主，只不知今生是否還能再見，覺得女孩子家的心思都難以捉摸，不由得又想起韓待雪與韓宋王朝玉璽，嘆口氣，使出輕功，取下樹梢寶刀，緩步走回燕王府。

這一日午後，李公公氣急敗壞跑來找三保，一見著他，便緊緊抓住他的手腕，一時說不出話來，喘了半晌，才勉強說出：「禍事了！禍事了！」三保問道：「敢問李公公，有何禍事？」李公公邊喘邊道：「王爺……王爺已獲悉你日前聚眾鬥毆之事，下令拿你去問案。」三保眼看東窗事發，心裡反倒篤定，打算要是鬧僵了，便擊斃燕王，再直奔應天，殺入皇宮。他隨李公公去到一間演武廳前，立於門外的宦侍正是狗兒那夥人之一。那宦侍見到三保，一反先前老鼠見到貓般的神態，反而頗有得色，也不理睬李公公，逕自入內通報，須臾，出來傳三保入見。

李公公望著三保，擔心受到牽連，畢竟自己同意收取資格不符的三保入府，滿臉盡是焦急神色。三保安慰他道：「請李公公放心，三寶不會有事的。」然後躬身入內，記起在明教總壇往謁龍鳳姑婆情狀，瞥見偌大廳堂另一端，除了狗兒等內侍外，另有四人，其一中等身材，虎背熊腰，背對外頭，手負身後，頭戴烏紗翼善冠，身著四團滾龍袍，腰繫鑲玉金犀帶，足裹牛皮直縫靴，瞧這裝扮，應該就是燕王朱棣，快步趨前，身如玉柱傾倒，體似金山崩頹，跪下叩首，朗聲道：「奴才馬三寶，叩見王爺千歲千歲千千歲。」

朱棣轉過身來，語氣嚴峻道：「好個馬三寶，才來燕王府沒多久，就搞得無人不知，無人不曉。本王聽說你武功極高，已到了出神入化的地步，是也不是？」三保跪伏回道：「奴才只是比常人個子高些，力氣大些，並不會武功。」朱棣道：「欺矇藩王，該當何罪？」三保道：「視情節輕重而定，輕者杖打，重者凌遲。」朱棣道：「你在燕王府擔任內侍，隱匿身懷高強武功情事，你認為這情節是輕是重？」三保道：「殿下說輕即輕，說重即重。」朱棣道：「本王聽李公公說，你是個來自雲南鄉間的純樸少年，沒想到竟是如此油嘴滑舌。」三保道：「不敢，奴才所說乃肺腑之言。」朱棣道：「好個肺腑之言！遮莫如此吧，本王身旁有三個貼身侍衛，功夫也就馬馬虎虎，你若打他們不過，代表傳聞不實，加上你逾齡淨身，未曾報備地方官府，違反朝廷律令，本王便賜你一個快死，以杜絕惑眾妖言，並明正國法，如何？」三保道：「奴才若打贏他們呢？」

朱棣哈哈大笑，道：「他奶奶的，你這渾小子不是不懂武功嗎？你要是打贏了，本王自然得治你欺罔之罪，至於如何判，還沒個準主意。」他雖貴為藩王，卻不像太子朱標有博學鴻儒教導，反倒自幼即酷愛與武將兵丁為伍，至今猶然，言談舉止間不免透著草莽氣息，說粗話乃事屬平常。三保心想：「輸了是死，贏了有罪，不如先打敗這三個侍衛，再將燕王殺了。」朱棣道：「你起來吧！」三保謝恩，站起身來，瞥見朱棣面容，不禁一怔，這倒不是因其長相有何出奇之處，反而過於尋常，不似朱元璋那般生具異相。朱棣年約三十，面目黝黑，一臉精悍，下頜略顯尖削，五官堪稱俊秀，或許長得像生母多些，哂道：「巴特爾，你先下場玩玩，出手不用留情，生死各憑本事。」

一個身材壯碩的蒙古青年力士向朱棣行禮，走下場來，目露凶光，擺起摔角架式。蒙古人摔角之技天下無雙，巴特爾更是其中佼佼者，三保不熟悉此技，只在幼時跟鄰童胡鬧著玩，泉州草庵洞壁上也全無記載，兀自尋思如何破解，巴特爾已然步步逼近。三保背後彷彿長了眼睛似地，身子不住倒退，巴特爾始終觸不到對手衣角，不禁勃然大怒，勢如瘋虎般狂撲過去。三保見他露出好大一個破綻，發拳朝他門面打去。豈知巴特爾長得粗壯異常，卻最擅長小巧騰挪，矮身避開拳擊，擒抱住三保的下盤，用腦袋頂撞他的胸腹。

三保猝不及防，仰面往後倒下，深知著地後對方即會施展「金蛇纏絲」之類的手法，極難解脫得了，顧不了必須隱藏武功，發掌拍向巴特爾頭頂百會穴，欲逼他撤手。巴特爾的腦袋瓜兒遭拳毆、肘擊、膝頂、腳踹，已無數次了，自以為頭殼堅硬如鐵，哪在乎三保這看似輕描淡寫的一拍，冷笑了聲，非但不閃避，反而迎向前去，生受這一掌。二人同時倒地，巴特爾壓在三保身上，一動也不動。過了半晌，三保掙脫巴特爾的懷抱，起身站立，向朱棣一抱拳。朱棣親自下場查看，發現巴特爾無明顯外傷，但雙目鼓凸而出，雙手猶呈環抱之勢，再探他的鼻息，竟已氣絕。

朱棣折損一名貼身侍衛，毫不傷感惋惜，嘻嘻笑問三保：「他奶奶的，你不是不會武功嗎？只輕輕一掌，便打死將近三百斤重的蒙古力士，你要是會武，豈不三兩下子就把整座長城給唏哩嘩啦震垮了嗎？」三保情知再也抵賴不掉，索性不分辯，只道：「請下一位賜教。」朱棣道：「好，爽快！這回合比的是接發暗器，比試雙方各有十把飛刀，活者為勝。」他望了望三保，心念忽動，續道：「雙方只准使用飛刀，若用拳腳或其他暗器，便算是輸，將遭處死。」接著指示狗兒率內侍們移走巴特爾的屍身，抬來兩張矮几，在大廳兩側相距約莫五丈處擺下，並於几上各放置十把飛刀。

三保心想：「反正已經東窗事發，這些飛刀不如都射向燕王，跟他拚個同歸於盡。」朱棣彷彿看穿他的心思，又命狗兒等人扛來一堵鐵屏風，置於自己身前，如此一來，便無遭受飛刀襲擊之虞，而這屏風留有孔洞，可藉以觀看場中比試。一個瘦削的中年黑衣人下場，冷冷說道：「你挑一邊吧！」三保緩步走到較遠處的矮几後站定，邊走邊想，眼前這位的功力高出馬幫的次仁不知凡幾，自己受過刺客嚴訓，發暗器雖不生疏，接暗器卻甚少習練，如何能與精於此道的頂尖行家以此進行生死相搏呢？

朱棣從鐵屏風的孔洞看見二人皆已就位，便道：「本王一喊『開始』，二位儘管動手，可別心軟。」他頓了頓，大喊：「開始。」三保心頭電閃過朱棣方才震垮長城之言，又憶起在重慶火鍋店內遇襲之事，不伸手取刀，反而起腳奮力踢飛矮几。中年黑衣漢子方取刀在手，正要擲出，驚覺數把飛刀連同矮几撲面而來，敢情對方狗急跳牆，想要放手一搏。他有意在朱棣面前賣弄手段，放下原已握在手裡的刀子，空手去接激射而來的飛刀，總要連一把都沒漏接，方顯本事。他動作奇快，手裡接刀，口中計數，數至九時，眼前再無飛刀，只剩矮几，心下一凜，不及細想，以肘撞開矮几，一團灰影霍地冒了出來，定睛一瞧，只見對方單膝跪地，手裡握著第十把飛刀的刀柄，刀刃則斜插入自己的心窩。黑衣人露出不可置信的表情，手裡的九把刀嗆啷啷墜地，身體逐漸癱軟，三保鬆開手站起。

朱棣從鐵屏風轉出，蹙眉道：「本回合比試的是接發暗器的手段，你使詐，不算數。」三保應道：「殿下有令，活者為勝，而且只准使用飛刀。奴才托殿下洪福，的確是以飛刀刺死對手，僥倖存活下來。」朱棣先是一怔，隨即笑道：「正是，正是。」他頓興愛才之念，這倒不是因為三保武功高強，而是頗具急智，即使以弱搏強，也能在頃刻間想出克敵致勝之道，而且出手絕不猶豫，僅一招便要了對手的性命。朱棣見現場清理完畢，僅剩的貼身侍衛緩步下場，便道：「趙師傅且慢，本王接連折損兩名貼身侍衛，心痛不已，今日比試就到此為止吧！」

其實朱棣擔心的是三保的安危，哪裡在乎這個年近花甲的趙師傅死活，但這話讓趙師傅聽來甚感刺耳，似乎燕王料定自己也將廢在這個毛頭小伙子的手裡，心下不忿，止步向朱棣抱拳道：「啟稟殿下，屬下承蒙殿下賞識，收為貼身侍衛，若連一個娃兒也收拾不了，也只能算浪得虛名，再無面目苟活於世，懇望殿下成全，讓屬下與這娃兒鬥上一鬥。」不管朱棣應不應允，逕自走至場中。朱棣要三保與三大貼身侍衛生死相搏，原是一石二鳥之計，一方面這新來的內侍居心叵測，或將是個禍胎，另方面三大貼身侍衛各懷絕技，失於驕縱，巴特爾三番兩次調戲嬪妃、侍女，趙老頭近來連朱棣也不怎麼放在眼裡，另一位陰陽怪氣，還恐怕是錦衣衛的眼線，他們四人無論誰死誰傷，都正中下懷，此時見趙老頭拚搏之意甚堅，於是順水推舟道：「那麼請趙師傅務必小心，倘若輸在後生晚輩手裡，面子可就掛不住了。」

趙師傅臉罩寒霜道：「多謝王爺關心，屬下若是輸了，不待對方動手，將自行了斷。」他饒富古俠士之風，只不過心高氣傲，不見容於朱棣。三保抱拳問道：「敢問趙前輩要如何比試？」趙師傅道：「你年紀輕輕，內力已有相當造詣，我雖老朽體衰，就跟你比拚內力吧！」三保看他身量矮小，貌不驚人，穿著尋常至極的棉布鞋子，走過的青石磚上竟出現兩排淡淡足跡，顯然是他留下的，自忖也能辦到，但絕對無法像他這般行若無事，其內力之精純深厚，著實令人咋舌，可見世上儘多臥虎藏龍之士，不可小覷任何人，而比拚內力萬分取巧不得，最是凶險無比。

三保尚在沉吟，趙姓老者已然盤腿趺坐，伸出雙掌，面無表情道：「小公公，請了！」三保也坐了下來，卻不盤腿，而是跪坐在小腿上，雙掌甫與對方手掌接觸，便覺兩道若有似無的勁力從掌上傳了過來，連忙運勁抵禦。那兩股勁力驟然加強，三保也立即催勁相應，但對方內力忽然消失無蹤，三保一驚，有些不知所措。趙姓老者等的正是此一良機，強大內力如海濤般一波波湧至，前浪已有裂石崩岸之勢，後浪猶壓過前浪，層層疊疊，相接相續，要讓三保毫無喘息餘地。三保自知內力尚遜對方一籌，勝利須於險中求，否則必敗無疑，重則臟腑碎裂而殞命，輕則肢體痲痺而癱瘓，於是逆運經脈，導引對方沛然莫之能禦的渾厚內力，循手太陰肺經、手陽明大腸經、手少陰心經、手太陽小腸經、手厥陰心包經、手少陽三焦經，散入奇經八脈、左右中脈與上中下丹田裡，欲通未通的陰維脈及陽維脈竟爾順勢打通，也幸虧如此，三保得以多支持一丁點時間，戰局由是大翻轉。

三保敞開空門讓對方的內力長驅直入，再予以導引，但蓄積之量終究有其極限，如此做，形同自殺。趙師傅赫然發覺自己的內力飛快流失，而對方嘴角流露出一抹淺笑，不禁懷疑他能吸人內力，化為己用，否則年紀輕輕，內力怎如此渾厚，自己日夜苦練到年過四十，方有如此成就，況且一般人的經脈應該早已遭到震斷，哪能像他目前這般怡然自得，卻不知三保多了奇經八脈與左右中脈可蓄積外來勁力，又善於控制表情，趙師傅若再繼續催發內勁，三保終將經脈盡斷。就在緊要關頭之際，趙師傅忽然收了內勁，三保趁機直起身子前傾，拚盡內力反擊，一舉得手，震斷趙師傅的手厥陰心包經。趙師傅口噴鮮血，癱軟倒地，氣息微弱，勉強說道：「我好生難受，求求你……求求你快殺了我。」

三保經脈裡充溢著外來內力，該股內力與自己所練的並非一路，一時間化之不去，五臟六腑、四肢百骸脹得厲害，如蟻爬，似火炙，像針刺，彷彿就要爆裂開來，痛苦難受程度不在趙師傅之下，腦袋迷迷糊糊，聽到趙師傅的哀求，不由得扯開前襟，發出淒厲長嘯，雙掌滿蘊內勁，往趙師傅胸口擊去。趙師傅的身子在長嘯聲中往後疾滑數丈，噗地嵌進牆壁裡，腦漿四溢，血液迸濺，當場一片狼藉。朱棣站得雖遠，身上也沾染了些，不禁駭然失色，連連倒退，身子抵在牆上，狗兒等內侍全嚇傻了，沒想到趁機表現盡忠護主的模樣。三保脹痛感略減，腦子清醒了些，止住長嘯，站立起來，滿室疾走，一點一滴化去體內的趙師傅內力。外頭的侍衛們聽見異聲，急忙衝進，看到朱棣面容慘白，身上血跡斑斑，於是手持兵器直盯著他，等他下令。

三保一待氣息稍順，便停步在朱棣身前，跪伏於地，道：「奴才罪該萬死，讓殿下受驚了。」朱棣甚好面子，強作鎮定，勉為一笑，道：「哪裡的話！本王生於兵荒馬亂之際，長於刀光劍影之中，見過的死人比活人還多，豈會如此容易受驚！」他頓了頓，下令道：「本王沒事，眾侍衛退下。」一待侍衛們離去後，朱棣道：「燕雲鐵衛幫，哼！你們好大的狗膽，竟敢在本王眼皮子底下勾串結黨。」

三保心下一驚，若被安個密謀反叛的罪名，那可得抄家滅族，自己縱使不懼，也須考量王景弘等人，本要暴起發難，轉念一想，燕王剛剛目睹自己擊斃三大貼身侍衛的手段，倘要治自己重罪，不會先屏退侍衛。果然，朱棣陰沉的面容隨即轉霽，哂道：「話說回來，本王倒是很喜歡這個名稱，只是要把『幫』改為『營』才像個樣，否則本王豈不成了幫會大頭目了嗎？哈哈哈……」他止住笑，續道：「唔，府中侍衛非但個個帶刀劍，還人人帶把子，不時在燕王府各處穿門踰戶，著實不成體統，不如由你挑選些內侍，組成燕雲鐵衛營，並傳授他們武藝，待訓練有成後，這燕雲鐵衛營便可衛戍燕王府，進而充當本王的親兵隊。」他自從不能人道後，對於其他健全男人大為猜忌。

三保回道：「奴才遵命。」朱棣面容忽然變得凝重，道：「我父皇對宦侍忌憚甚深，鑄了一面鐵牌立於宮門中，上刻『內臣不得干預政事，犯者斬』，因此訓練宦侍、組成燕雲鐵衛營一事，務須隱匿不宣，否則你們都得人頭落地，本王少不了要進京領受責罰。」三保道：「奴才省得。」朱棣趨前將他扶起，溫言道：「三寶，本王知道你並非凡夫俗子，割去命根子與寶貝蛋而淪為宦侍，必定情非得已，本王不想過問其中緣由。你日後對本王自稱屬下，免稱奴才，本王賜你一個獨居房間，你不用再跟其他宦侍同居一室，他們身上的尿騷味可不好聞。」三保心下感激，道：「謝殿下隆恩。」

三保隨即挑選數十名年輕力壯的宦侍，組成燕雲鐵衛營，而他內舉不避親，外舉不避仇，原有的燕雲鐵衛幫幫眾以及向他尋釁的中官全都入選，朱棣另外指派一個名叫洪保的中官，說是要襄助三保。洪保也是雲南人氏，比三保年長一歲，三保知道他是朱棣放在自己身邊的耳目，平常不大搭理他，只虛與委蛇，洪保也未刻意親近三保。三保念及明教與朱明皇室有著不共戴天之仇，萬萬不能將明教武功傳授給朱明的宦官，而草庵洞壁上各門派的絕藝過於高深，也極不適宜。他先教導燕雲鐵衛們打獵健身，苦思多日不得，忽見狗兒與其黨羽鬥雞為樂，仔細觀察雞隻打鬥的姿態情狀，融入現成的入門拳招，創出一套簡單易學而不失威猛實用的拳法，捨去擒拿之術，專務搏擊之技，後來在下西洋時傳入暹羅（即今之泰國），被當地人譽為「不敗之拳」，也就是現今泰拳的前身。

燕雲鐵衛們接連幾個月日夜苦練下來，在三保精心調教下，個個都已非昔日吳下阿蒙，身手比尋常衛士更為矯健。宦官大都皮膚鬆弛，體型矮胖，而且因為尿道變短，不少頗受尿失禁所苦，然而燕雲鐵衛們練得結實精壯，也根除了尿失禁隱疾，重拾些許自尊，算是個意外收穫。朱棣好武，時常親來考校進展，每回都甚滿意，或多或少給予三保賞賜，三保總是轉送給其他宦侍，連不屬於燕雲鐵衛營的中官們也雨露均霑，因此頗受愛戴。李公公深感欣慰，覺得與有榮焉，自傲於知人之明，自認具舉薦之功，老愛拿此事說嘴，朱棣由是打發他回家養老，暗中派狗兒帶人假扮盜匪，在半途殺了他，而馬姓門衛謹言慎行，只調往他處。

不久後，三保施予的訓練成果便要接受一項極其嚴苛的考驗。去年藍玉領軍大破北元主力，北元皇帝（後主）與太子天保奴遁走，其後遭世仇也速迭兒殺害，北元算是滅亡了，但殘餘勢力依舊兵強馬壯，持續威脅北疆，四皇子朱棣在國師道衍的舉薦下奉旨征討，他下令燕雲鐵衛營隨行保駕。

第十六回　北征

洪武二十三年正月，華夏神州各地猶然沉浸於闔家團聚的歡樂氣氛中，北平城裡城外卻籠罩在一股厲兵秣馬的肅殺氛圍下，十數萬明軍駐紮城郊，準備北征。三保隨朱棣登上崇仁門城頭遠眺，心想蒙古人雖然蠻橫凶暴，但自己一家在蒙元治下尚能安居，明軍才進雲南不久，自己便落了個家破人亡的下場，甚至自宮絕後，如今居然要幫死仇朱元璋之子攻打蒙古，不知是何道理！他看著甘冒風雪、練武不輟的燕雲鐵衛們，油然興起無限感慨，只冀求這群弟兄能夠全身而退，損折任一人，都恐怕是自己難以承受之痛，難道真要為朱明拚個馬革裹屍嗎？

朱棣懷有全然不同的想法。他的主戰場不在蒙古大漠中，而在應天皇宮裡，更在世道人心內。關於他的身世，有著許許多多的蜚短流長，竟有傳言指稱，他的生母是蒙古王妃，跟隨朱元璋時已懷有身孕，因此他並非朱元璋的血脈，其實是個蒙古野種。這一戰，朱棣誓言要以血浸大漠來粉碎這些惡毒流言，並證明他自己而非太子朱標，才是朱元璋不折不扣的翻版，更是大明皇朝的中流砥柱，社稷江山的堅實屏障。

元宵剛過，北平城裡名將雲集，包括長興侯耿炳文、南雄侯趙庸、懷遠侯曹興、全寧侯孫恪、定遠侯王弼、雄武侯周武等等，連西路軍主帥、三皇子晉王朱棡也來了，然而最受人矚目敬重的，當屬領有朱元璋欽賜免死鐵券的穎國公傅友德。傅友德騎射精絕，驍勇善戰，屢建奇功，洪武五年北征時，創下七戰七勝的驚人功勳，讓北元精銳雄師要打打不過，想逃逃不了，一聽到他的名字便寢食難安，直如驚弓之鳥。他後來幾次領軍，簡直已臻戰無不勝、攻無不克的境界，洪武十四、五年掃蕩雲南，不過是牛刀小試罷了，兩年多前才又大破盤據遼東的北元雄兵。這回傅友德雖屈居為征虜前將軍，名義上受燕王朱棣節制，不過咸以為他才是真正的主帥。朱棣於洪武十三年就藩北平，戍守北疆迄今正好十載，其間屢跟北元開戰，多屬小打小鬧罷了，不曾經歷過大會戰，更未深入朔漠，朱元璋怎放心讓他承擔此次北征實際統帥的重責大任呢？更何況朱棣的身世與蒙古皇室有點兒不清不楚，北元滅亡不久，誰知道他會不會逮著機會窩裡反，順勢成為蒙古草原的新霸主，畢竟他只是四皇子，在朱元璋採行的嫡長子制之下，大明天子之位，怎麼也著落不到野心勃勃的燕王身上。

三保絲毫不明白這些錯綜複雜的內情，自傅友德出現後，便將一顆心緊緊繫在他身上，居然把朝思暮想的韓待雪給暫拋一旁，只反覆尋思要如何趁兵荒馬亂之際刺殺傅友德。說到底，恨的力量未必大於愛，但至少更令人沉迷。朱棣彷彿看穿三保的心思，私下對三保說道：「穎國公傅友德與涼國公藍玉當年率兵攻打雲南時，軍紀的確太壞，無端造成許多平民百姓受苦受難，又強擄當地不少童男童女入宮服侍，跟你們雲南人結下天大的梁子。不過三寶啊，你得暫時擱下個人恩怨，先打贏這場硬仗再說，等將來本王替你們雲南人討回公道。」三保聽得心頭火熱，卻不知朱棣要怎麼替雲南人討回公道。

未幾，大軍開拔，取古北口出往塞外。這古北口占盡形勢天險，有「地扼襟喉趨朔漠，天留鎖鑰枕雄關」之稱，自古即是兵家必爭之地，攻伐血戰不計其數。楊家將中的楊業有祠在此，號為「楊無敵廟」，相傳是遼聖宗耶律隆緒，為感念楊老令公的忠義所下令興建的。蘇轍〈過楊無敵廟〉詩云：「行祠寂寞寄關門，野草猶知避血痕。一敗可憐非戰罪，太剛嗟獨畏人言。駆馳本為中原用，嘗享能令異域尊。我欲比君周子隱，誅彤聊足慰忠魂。」朱棣書讀得不多，但楊家將的故事流傳甚廣，在中土可說是無人不知，無人不曉，他自然也甚熟稔，驅馬過此天下雄關時，對三保敘說起此一典故，尤其對「太剛嗟獨畏人言」一句感觸甚深，勒馬不前，反覆唸著這句，不住長嗟短嘆。朱棣之所以如此做派，無非是要讓三保以為自己對他推心置腹，因而感恩載德，戮力盡忠，然而三保不知朱棣的身世傳言，根本體會不了，這情況難免有些俏媚眼拋給瞎子看的意味。

討伐蒙古最困難凶險之事，並非與騎射冠絕天下的蒙古鐵騎做正面殊死戰，而是根本尋獲不了其主力部隊，慢慢地在戈壁大漠中耗盡體力與飲食，終至疲累飢渴而死。十數萬明軍目前便陷入此一危境，更糟的是忽然天降大雪，連日不止，不少軍士抵禦不住澈骨奇寒而凍斃於途，後頭的軍士寒累交迫，還深怕耽擱脫隊，那可是必死無疑，因此完全顧不上袍澤之情，默默踩著逝者的屍身前進。大明北征軍行經的雪地上，不時綻放出朵朵豔紅血花，卻只匆匆一現，比曇花還要短暫，片刻即被白雪覆蓋住，了無痕跡，其原本身影，從此只浮現於家中妻子的深閨夢裡。終於歇息了，軍士們融雪為水，因柴火不足，只能渴飲冰水，點滴皆在心頭，又奮力啃嚙著冷硬的乾糧，口口都讓牙齦發疼，竟有年長軍士的牙齒嵌入乾糧裡，再也咀嚼不動。另有些軍士疲憊不堪，無心飲食，趕緊搭起營帳，一頭鑽進倒下，卻一直發著寒顫，根本無法成眠。還有些人的手指、腳趾凍得麻木漆黑，兀自極力掩飾，唯恐遭遺棄在這荒寒遼遠的雪地裡。

屋漏偏逢連夜雨，此時傳來晉王朱棡所統率的西路軍已回撤的消息，東路軍主帥帳內起了激烈爭執。主張立即退兵的是傅友德等一干元勳宿將，執意前行的則是朱能等燕王提攜的年輕一輩將領。朱棣不發一語，默默聆聽兩邊的脣槍舌劍，三保面無表情地立於他身後，心裡的掙扎遠比兩邊的爭辯來得激烈。

傅友德年近六旬，曾是明教徒，少年時先加入當時明教月使劉福通的起義軍，在劉戰敗後投入明玉珍麾下，未獲重用，轉而投靠梟雄陳友諒，復又歸順朱元璋，在朱、陳鄱陽湖大決戰中立下汗馬功勞，協助朱元璋澈底擊潰陳友諒，朱元璋才得以登基稱帝。傅友德後來轉戰南北，立功無數，此刻帳中以他的資歷最深，經驗最豐，其鬚髮雖已斑白，但仍精神矍鑠，雙目炯炯，而他鼻帶鷹勾，嘴角下撇，虬髯戟張，滿臉盡是剽悍乖戾神色，而且刀疤縱橫，尤其臉頰曾受箭穿，留下深深的窟窿，使得面目扭曲變形，異常醜怪，他只要發怒作色，便教一般人驚嚇得不敢害怕。

朱能則是在明朝建立後才出生的弱冠青年，並無任何顯赫勳業，一方面靠著父蔭世襲官位，另方面仰仗朱棣破格拔擢，才得與一代名將同揖讓進退，一帳論兵。傅友德渾不把朱能當回事，甚至對朱棣也不大放在眼裡，只不過皮裡陽秋地虛予應承，這時心裡十分厭煩，逕對朱棣道：「殿下，末將與蒙古韃子血戰凡二十載，託聖上鴻福，未曾遭受一敗，深知韃子誠不足畏，可畏者，天也。而今天時不利，雪滿曠野，冰封千里，且於側翼掠陣的西路軍也已撤退，我軍若再執意前行，徒令軍士涉險，實非用兵之道，懇請殿下即刻收兵，以保留戰力，日後伺機與韃子決一死戰。」

朱棣聽傅友德這麼說，無法再裝聾作啞下去，說道：「穎國公所言甚是，也的確合乎用兵之道，然而此一常理，不但卿知、我知，敵虜亦知之，更賴以苟延殘存。我父皇本淮右一介布衣，蕩平天下，登九五至尊，固因順天應人，仁德廣被，更為他每能不循常理，出奇制勝。以我父皇之英明睿智，豈會不知北胡即使到了開春，依舊雪滿曠野，冰封千里，此時遣大軍入強虜之境，實凶險萬分，恐死多生少，何以仍詔令吾等於此時出擊呢？他即是要趁敵虜倚恃天時，疏於防備，我軍方有可乘之機，否則敵虜一旦探得我軍動向，便逃逸無蹤，朔漠無垠，咱們要到何處去追尋呢？」朱棣深知傅友德生性剛烈驕橫，根本沒把自己放在眼裡，於是抬出老子朱元璋來壓他。

傅友德依舊不服，道：「既然如此，末將斗膽請問殿下，此時韃子的主力何在？若殿下能夠指點迷津，末將雖已年邁體衰，即便風雪再大上十倍，仍願請纓做先鋒。」朱棣道：「本王堅信敵虜主力必在左近，否則再深入北境，他們連屁股都要凍裂，可也存活不了。唔，不如這樣子吧，大軍暫且駐紮此處，若三日之內斥堠不能查探出敵虜主力何在，本王再下令退兵不遲。」傅友德冷笑道：「好，那就一言為定囉！」

朱棣屏退諸將後愀然不樂，思索著要如何探知北元殘部主力藏匿於何處，接連派遣出去的斥堠全都一無所獲，難道這真是天意嗎？三保原本不願介入大明與蒙古的爭戰，但見傅友德倚老賣老、咄咄逼人，況且當年領軍攻打雲南、造成自己家破人亡的主帥，便是這老賊，因此有意幫朱棣出口怨氣，遂道：「殿下，屬下從小有一心願，即是要乘風破浪，航行大海，然而大海一如朔漠，浩無際涯，如何辨別方位，乃第一等要務，先父去過天方，頗知航海辨位之法，曾傳授給屬下，此外，屬下幼時偶隨先父狩獵，略曉如何追蹤獵物，是以斗膽請命，充當斥堠。」朱棣大喜道：「如此甚好。其實如何辨別方位不是問題，每個斥堠都有這等本事，爭奈這鬼天氣委實冷得厲害，連那話兒都恐怕凍掉，斥堠無一禁受得住，因此皆無功而返，而你……」他原本想說「而你沒那話兒，自是不懼」，話到嘴邊，硬生生打住，改口說：「內功深湛，自可抵禦。若你此次立下大功，有朝一日，本王定會助你一了揚帆海上之宏願。」

他急召斥堠們前來，細細詢問當地地形與偵蒐情況。三保天資過人，將斥堠們的稟報對照地圖一看，心裡頭大致有了個譜，忽見帳幕裂開一小條口子，有雙眼睛正往帳內窺視，遂飛身出帳，旋即提著一個身量瘦小的軍士入內，拋在地上，伸腳踏住其胸，但覺腳底所踩十分柔軟，再看那軍士長相，不禁一愕。他還沒回過神，朱棣已搶過來用力推開他，扶起那軍士，連問：「妳怎會在這裡？有無受傷？妳娘知道妳來這嗎？」

那軍士不回話，瞥了三保一眼，霎時紅暈上臉，赫然是朱玉英喬扮的。三保勤練武藝，身高體壯，粗看之下，渾身瀰漫著陽剛氣息，卻是個閹人，兼又知書達禮，舉止合度，隱隱流露出陰柔氣質，如此最能博得少女痴迷。朱玉英自松林一鬥後情竇初開，芳心怦然而動，老是遠遠呆望著三保認真授武的模樣，愈看愈愛，終至不能自持，不顧大漠艱險、兵凶戰危，居然假扮成軍士跟來，只求能夠時常看見意中人，便覺心滿意足，至於將來兩人之間到底會如何，從未設想過，也不在乎。朱棣最疼愛此女，一看嬌縱愛女今生首度展現出的忸怩神情，心中暗罵：「冤孽！冤孽！」一時間不知如何因應。

三保猜出朱玉英與朱棣的關係，因出發在即，而此行凶險無比，不見得可以生還，掏出貼身所藏玉珮，要交還給朱玉英。她輕輕搖了搖頭，問道：「這些日子你都貼身收著啊？」三保答道：「是的。」朱玉英淺淺一笑，道：「那很好呀，你就繼續留著吧！」說著說著，一張俏臉再次紅了，卻是紅在兒臉上，羞在父心中。三保道：「此玉是極金貴之物，在下受之，誠然有愧。」朱玉英佯怒道：「你剛才踩疼了我，難道現在還想氣死我嗎？」三保見她細瘦的胸口印著自己偌大的腳印，想起初遇時她的清麗面孔給自己打得又紅又腫，心下歉疚，不忍再拂逆她的好意，道：「那麼在下暫時替郡主保管，日後再歸還。」說完將玉珮塞回懷中。

朱棣本欲跟北元殘部大戰一場，以便氣蓋滿朝文武，功壓其餘皇子，即使未能盡殲強虜，最起碼能藉兵士的鮮血來洗刷自己身世的不白之冤，哪裡想得到寶貝女兒居然會冒出來攪局。他深知她給自己慣壞了，還生性執拗，鬼靈精怪，說甚麼也勸不回、攆不走、哄不去、騙不離，更不能置之不理，這場硬仗究竟要怎麼個打法，才不至於讓寶貝女兒陷於危殆之中呢？他思索片刻，有了計較，打發三保上路，召來親信，附耳交代如此這般，然後自去討好女兒不提。

卻說三保交還給朱玉英寶刀，懷藏玉珮，身穿白袍、白帽以及特製的雪靴，背負乾糧、羅盤、羊皮地圖，不與燕雲鐵衛營的弟兄們話別，連馬、駝也不騎，昂首闊步邁入風狂雪驟的大漠深處，才走出幾步，便瞧不見蹤影。斥堠們面面相覷，以為他必死無疑，彼此招呼到暖帳裡喝老酒去，等待三日後班師回北平。

三保曾由雲南走到西藏，再從西藏徒步至四川，對於在冰雪中行路，可說是駕輕就熟，也知道如此做，大大有助於內功進境，因為老天爺如同一位極其嚴厲的師父，時時刻刻敦促他運功以抵禦酷寒，況且他陰、陽蹻脈早已打通，在疾風驟雪中奔行，一方面耗損真元，另一方面同時回補，體能消耗得比一般人慢上許多。他料想蒙古人畢竟是肉骨凡胎，無論再如何強悍耐寒，終究無法長時間暴露於狂風暴雪之中，紮營處的迎風面必有高山做為屏障，且須餵養大批人馬牲口，周遭當有草澤，另須避人耳目，不能停駐於一般牧人會去的牧場，因此選擇極其有限，再去除掉眾斥堠先前偵搜過的地方，所剩之處寥寥無幾，只是在此天候下，常人寸步難行，即便是最經驗老到的斥堠，也只能望天興嘆。

然而三保並非常人，他用羅盤辨明方向後，在雙腳特製的雪靴下，各自緊縛一片二尺餘長、近半尺寬、前端翹起的木板，施展輕功，滑雪而馳，竟比駿馬、明駝還來得迅捷。他不稍停歇，餓了便以乾糧果腹，渴了就抓一掌雪含在口中，兩晝夜下來，奔馳了千餘里，一無所獲，不禁大感心焦，明白再拖延下去，即使發現蒙軍蹤跡，也恐怕誤了三日約期，又已察覺所攜地圖繪製得不盡不實，純屬雞肋，目下要到哪兒去尋覓呢？忽於酷寒的狂風中，聞到一股腥羶味道，驚覺那應來自狼群。三保遭遇過狼群，對其氣味並不陌生，忖道：「反正我不知何去何從，去探探也好。」他頗欽佩狼，在這裡遇見，打算再次親近。

他居於下風處，伏低身子前行，上到一個高崗眺望，霎時被眼中景象給震懾住。狼群多半在十隻上下，上回遇見的三、四十隻已相當稀罕，這一群卻足足有兩百多隻，或許是因天候驟變而暫時結成這麼大一群，既可相互保暖，亦能共同獵食，而牠們當中有隻狼王，類似人類幾個部落的共主，只不過狼王是靠打鬥產生的，人類的花樣可就多了。三保雖然了無所懼，但深知一旦給狼群纏上，頗難脫身，正要後退離開，突發奇想，也就收起腳下木板，背負於後，直起身子，昂首闊步，下了高崗，直往狼群走去。

他身量頗高，穿得一身雪白，渾像頭人立起來的大白熊，群狼見到，嚇得紛紛後退，讓開一條通道，有些齜牙咧嘴，有些咆哮不已，以各種手段威嚇著膽大包天的闖入者，卻不敢靠近，等待狼王指示。三保逕自走到狼王身前站住，這隻狼王倒也鎮定，慢悠悠起身，露出一口鋒利至極的白牙，雙眼在黑夜裡彷彿兩團燭焰，任憑風勢再猛再烈也不稍稍閃爍一下，而是一直亮著，為挑戰者照耀出一條明路，一條將慘遭生吞活剝的死路。

牠通體雪白，全身上下無一根雜毛，身軀出奇巨大，怕不有兩百斤重，頭顱寬闊，頸項與前胸布滿濃密鬃毛，看起來不像狼，反而神似猛獅。牠認定三保是隻長相怪異、意圖篡位的孤狼，因其體型壯碩，不下於牠自己，是以不敢大意，繞著對手轉圈子，伺機進攻。與牠關係緊密的幾隻狼在一旁掠陣，要是狼王敗陣，牠們的地位便不保，下場可能十分淒慘。其他的狼圍攏過來看熱鬧，每一隻都興奮異常，相互推擠撕咬，十幾隻野心勃勃的青年狼，趁機挑戰位階較高的老狼，以力爭上游，咬出大好前程來，或許在不久的將來，自己也可成為有權繁衍後代的頭狼。在此風雪夜裡，兩百多隻狼在大漠深處彼此大亂鬥，還有個人類攪和其中，蔚為奇景。

狼王忽然暴起，撲向三保，滿口利牙咬往他的咽喉。三保一個鷂子翻身，避開這雷霆萬鈞的一擊，騎到牠身上去。狼王的身子猛力打著浪，要把三保顛下來，又扭頭往後咬去。三保使出千斤墜身法，雙腳牢牢釘在地上，壓制住狼王的身軀，一手緊抓住牠頸項的鬃毛，將牠偌大一顆腦袋按在雪裡，讓牠咬得滿口是雪。四隻一歲多的少年狼見勢頭不對，繞到三保後頭偷襲他。三保眼觀四面，耳聽八方，另外一隻手用上三成力，掌風一掃，將牠們全打得翻了幾滾，夾著尾巴，發出哀號，再也不敢上前，卻沒受甚麼傷。狼王趁機使勁翻轉身軀，鬃毛脫離三保的掌握，狼腰一挺，利牙咬來，狼后高高躍起，撲往三保後頸，攻勢與狼王配合得天衣無縫。幸好四隻少年狼沉不住氣，已先行發難受挫，否則若在此刻於兩側夾擊，三保倒也頗難應付。

三保暗自慶幸，左腳迅速後移，身子轉了半圈，避開前後的利牙，不過如此一來，將演變成狼王、狼后互咬的局面，亦非他所願。他左掌輕拍狼后腰間，將牠推出至數丈外，右手中指飛快在狼王的鼻端輕彈了下。狼鼻甚脆弱，狼王受這一彈雖未受傷，但又酸又痛，極是難受，顧不得強敵在側，將頭伏下，用前腳摀住鼻端，以緩解酸痛感。三保躍起跨坐在狼王身上，順勢將牠龐大的身軀下壓，左手抓住牠後頸鬃毛，右拳用上四成力擊在狼頭上。狼王鼻子發酸，腦袋發暈，身受重壓，臥倒在地，動彈不得，發出嗚嗚悲鳴，顯是認輸。

狼后緩步接近，用毛絨絨的尾巴輕拂三保的顏面，回眸看了看他，似笑非笑，一臉狐媚。另有十幾隻母狼朝三保簇擁過來，狼后臉色倏變，撲上去狠咬牠們，牠們悲嚎著落荒而逃。狼后威風凜凜地追趕一陣，露齒咆哮幾聲，回到三保身邊，依偎著他，極盡溫柔情態。原來公頭狼對配偶的忠實乃不得不然，因為「嬌娃難過悍婦關」，其他母狼全給母頭狼趕跑了，公頭狼只得專寵原配。母頭狼的態度則是「只准老娘別抱，不許老賊偷腥」，牠為了保護幼狼，會先與公頭狼合力抵禦外敵，一旦公頭狼失勢，牠便使出渾身解數來鞏固本身母頭狼的地位，也就是試圖成為勝利者的配偶。三保弄清楚此一情況後，並未因此而看輕狼，反倒覺得牠們這樣子做，是在確保後代身強體壯，然而自己非但是人，還是個閹人，只能辜負狼后的盛情美意了。

這時有隻公狼掘到一隻肥美的地鼠，銜來獻給三保，率先表示效忠，此舉有助於提升牠自身在狼群中的地位。三保心念電轉，拿起地鼠放在嘴邊，假裝大咬一口，再把整隻地鼠塞進胯下白狼王的嘴裡，然後離開牠的身軀，坐在雪地裡。落敗公頭狼的下場多半是負傷逃離，從此自生自滅，少數戰死當場，小公狼也無一可以倖免，像白狼王這般毫髮無傷地遭挑戰者生擒活捉，當真是開天闢地以來絕無僅有。牠原本悲憤抑鬱，靜候放逐或處死的處置，新狼王的態度教牠大吃一驚，遂用四足站起，俯首貼耳，尾巴下垂，對新狼王表示順從，然而牠自知在此一龐大狼群裡獲得狼王之下、群狼之上的地位，更重要的是，牠幾個年輕兒子的性命皆暫時無虞。

群狼喧鬧一陣、重定高下後，都安靜下來，伏臥在地，以長尾覆面，抵擋風寒，等待天明。在破曉時分，幾隻出外偵察的狼先後回返，初時有些詫異，旋即明白在自己離開的這段期間，狼群已產生新狼王了，紛紛過來表示臣服。其中一隻頗為興奮，雙眼盯視三保，尾巴窮搖，頭顱一直往牠的來向伸展，四足欲行不行，踩踏不停。三保見其情狀，忖道：「難道真給我料中了嗎？」從身後卸下木板穿上，也不管自己叫得對不對，學起狼仰天長嘯，其他兩百多隻狼跟著嗥叫，聲勢十分驚人。叫了一會兒，三保霍地站起，朝那隻偵察狼所指引的方向滑雪而行，群狼隨他奔馳於漫天風雪之中，三保不時放慢步伐，免得群狼跟不上。他所展現出的非凡速度與耐力，教群狼更加佩服，衷心歡喜得到這麼強壯的新狼王。

奔行數十里後，三保在怒號的狂風中隱約聽到馬嘶聲，約束住狼群，隻身前去探看，果見幢幢營帳，有如雪墳一般凸出於雪地上，因雪下得甚密，看不清楚究竟有多少。他匍伏前進，繞行窺探了半圈，心裡大致有譜，看看羅盤，對照地圖，辨明方向與所處位置，避開狼群，發足疾奔回明軍大營，在亥子之交時返抵，於紛飛大雪中，赫然見到朱棣父女與燕雲鐵衛們立於轅門前引頸企盼。

朱玉英對三保關切甚殷，更是自小被嬌縱慣了的，此刻不顧一切，率先迎上前去，喜孜孜、甜蜜蜜地挽著三保的手臂，回到眾人身前站定，側身仰頭直盯著三保瞧，滿臉又是憐惜，又是愛慕。三保還沒開口，朱棣藉著火炬之光，看他兩頰深陷，顯然體力透支極巨，眸子裡卻泛出興奮光彩，應是有所斬獲，更加不情願見到寶貝女兒公然如此，遂道：「愛卿受苦了，此刻甚麼話都別說，先到本王營帳歇息，喝些熱湯，吃點熱食。」

三保在狂風暴雪中疾奔三晝夜，還跟群狼打了一架，全仗真氣撐持，這時一停止運功，便不支癱倒。燕雲鐵衛們將他扶住抬起，解除他腳下殘破不堪的木板，往主帥營帳走去。三保想起初識他們當夜的景況，自己也是給他們這樣抬著，只不過那時是被抬去修理，此刻則是抬去服侍，不免覺得好笑，也感到窩心。王景弘一手抬著三保，另隻手為他拂去身上冰雪，在他耳邊低語：「大哥，你可回來了，王爺、郡主跟我們已在外頭足足等了一個時辰。郡主說你一刻不回營，她就一刻不進帳，弟弟們也都打定同樣的主意。」三保感動莫名，一時說不出話來，心想自己應當加把勁早些回返，好讓他們少受風雪之苦。

主帳內煨著一鍋老蔘燉雞湯，三保在狗兒與朱玉英的服侍下，連喝三大碗，恢復些許精神，還大啖羊肉、白麵饅頭。朱玉英這輩子頭一回服侍人，對象居然是個地位低賤的王府宦侍，倒也細心體貼，非但以櫻口吹涼熱湯，還用手絹兒幫他擦嘴。朱棣看得既好氣、又好笑，待三保湯足飯飽後，好說歹說，哄得女兒回她自己的營帳，這才命狗兒去傳令各路將領前來議事。狗兒心有不甘，擔心三保比自己還受燕王寵幸，但也不敢違抗，低頭出帳。須臾，諸將齊至，朱棣執意要三保坐在自己身旁，那可是天大的殊榮，不是一般宦侍或斥堠所能得到的禮遇。

朱棣環視諸將，朗聲道：「本王深夜打擾諸位清夢，實因與諸位訂有三日之約，三日前所遣斥堠馬三寶方才趕回覆命，本王尚不知其所獲，有意請諸位一同聆聽，我軍要往前或是撤回，皆賴馬三寶一言。」三保原要起身說話，朱棣按住他的肩頭微微一笑。三保知他刻意展現對於屬下的體恤，遂端坐道：「今晨小的於迤都附近發現大批蒙古人的蹤跡，估計有大小營帳五、六萬頂，應是其主力所在。」眾人交頭接耳，議論紛紛，朱棣暗喜，只不動聲色。朱能年輕氣盛，高聲道：「那太好了，請殿下下令，我軍天明即開拔，好將韃子殺個措手不及。」傅友德不理會他，對三保道：「迤都離此約莫八百里之遙，即使天清氣朗，再神駿的快馬也需一日夜才能趕回，你今晨尚在迤都，此刻不過是子時，況且外頭風強雪密，積雪及腰，常人寸步難行，你竟然已安坐於此，難道你有神行法不成？」

傅友德話剛說完，忽覺眼睛一花，緊接著感到寒風襲頂，又聽得座中驚呼連連，這才發現自己所戴頭盔被三保捧在手裡，但三保仍端坐著，未曾見他有任何舉動，其身法之快，著實匪夷所思，而他不發一語，目光如同兩把利劍，眼神中似乎隱藏著極大悲憤。傅友德瞧對方本事奇高，且神色不善，拿回的鐵製頭盔上十個指印清晰可見，不由得嚥了口唾沫，他大半輩子過的是刀口上舔血的生活，從不知懼怕為何物，此刻面對一個手無寸鐵的少年宦侍，居然惴慄難安。

朱能嘻嘻笑道：「世上儘多能人異士，穎國公這會兒應該相信三寶的本事，而不再橫加阻撓了吧！」這話說得十分無禮，傅友德平常肯定會大發雷霆，當下卻只哼了聲，偷瞄三保一眼。朱棣斥道：「不得對穎國公無禮！」語氣倒也不甚嚴峻，而且不等朱能賠罪，續道：「倘若諸位將軍再無異議，一伺天明，大軍即行開拔，征討北元殘部。」

傅友德一向悍勇非常，但畢竟已經上了年紀，飽受陳年舊傷折磨，有點兒耐不住塞外苦寒，加上這些年坐享高爵厚祿，環簇嬌妻孝子，打起仗來未免多了些顧忌，這時心想，倘若冒雪進擊，勝負委實難料，即使大獲全勝，自己已然位極人臣，再有任何封賞，不過是錦上添花罷了，要是吃了敗仗，正好給予朱元璋對自己削爵減祿、卸除兵權的藉口，說不定連這條老命都會斷送在荒寒大漠之中哩，況且三皇子朱棡所率西路軍早已撤退，而東路軍陷入大雪阻道、士兵凍死的危境，也的確是鐵一樣的事實，上頭還有四皇子朱棣頂住責任，對於自己個人而言，進軍之利極小而弊極大，退兵則大概僅會受到斥責而已，盤算已定，遂道：「連日大雪，積雪盈腰，實不利於大軍行動，何況兵卒凍餒，難以力戰，而韃子占盡地利，以逸待勞，末將懇請殿下千萬三思。」

朱能道：「穎國公日前不是說，若能尋獲韃子主力，即便風雪再大上十倍，也願請纓做先鋒嗎？現在的風雪可沒比三日前更大呀！」傅友德語塞，脹紅了臉，十幾條刀疤似乎都要迸裂開來，包含著粉紅窟窿的扭曲面孔不斷抽搐，兩顆眼珠子彷彿就要噴射到朱能臉上。朱能不驚不避，含笑以對。

朱棣道：「穎國公乃元勳宿將，國之棟梁，豈可屈居開路先鋒，這碼子事得由年輕人擔待。朱能，本王看你躍躍欲試，不如這任務就交給你吧！」朱能求之不得，大喜道：「末將遵命！」朱棣又道：「不過穎國公的顧慮也不無道理。這樣子吧，你領三萬精兵，一人二騎，快馬加鞭，兼程趕道，一遭遇敵虜主力，即安營紮寨，切莫出戰，靜待大軍齊至，敵虜不動則我軍不動，若違號令，立斬無赦！」朱能一臉疑惑，道：「末將委實不明白，快馬加鞭，兼程趕道，不是要出其不意、攻其無備嗎，怎又不戰？」朱棣望向三保，神祕笑道：「本王自有安排。」三保想起霍桑曾言，狼群有時會對獵物採行恐嚇策略，或許燕王正打算如此做，使北元殘部自亂陣腳，再伺機襲擊。

天一亮，朱能點了三萬名精兵、六萬匹健馬，由三保帶路，奔往迤都。行前朱玉英吵著要跟隨，朱棣說甚麼也不允許，父女倆僵持不下，朱玉英乾脆四腳八叉地仰躺在隊伍前，朱棣氣得直跺腳，臉漲得通紅，卻也無可奈何。三保迫於事態緊急，不能拘禮，況且自己早已淨身，無須太過顧慮男女之防，於是出手點了朱玉英的穴道，抱她入帳，前鋒部隊才得以開拔。三保因內力耗損甚巨，且與大軍同行，此行乃是騎馬。他領頭騎在馬背上，暗暗運起明教神功，漸漸恢復，赫然發現三丹田、十二正經脈、奇經八脈所能蓄積的內力增大不少，更覺明教神功委實妙不可言。

地上積雪本已甚厚，而天上愁雲慘澹，大雪還在密密下著，馬兒奮力前行，鼻孔噴出一道道白氣，雪片落下，被馬的體溫蒸發，形成霧氣，一碰觸到物體，即結為堅冰。三保回頭一看，大軍籠罩在縹緲的煙霧中，官兵的盔甲、兵器、韁繩、鬍鬚都裹了一層厚冰，懸吊於馬鞍下側的冰柱，幾乎垂至地面，連旗幟也凍得無法迎風招展，景象煞是有趣，但也深深感受到征夫戍卒的危險與辛苦。

這隊前鋒費了將近三日，才抵達目的地，緊接著在蒙古軍強弓硬弩的射程外安營紮寨。蒙古軍士一見到大隊明兵突然從風雪中冒了出來，直嚇得魂飛魄散，渾不知所措。北元丞相咬住主張連夜快逃，掌控兵權的太尉乃兒不花表示已無退路，更何況明軍出其不意卻不襲擊，必有極厲害的埋伏，自己乃響噹噹的蒙古勇士，已甚厭倦不斷地逃跑藏匿，不如靜觀其變，準備與明軍就地決戰。

三保獨自出營，遠遠見到狼群還在原地等候，真有抱柱之信，不禁大受感動，回營告知朱能關於狼群之事，討要不少肉塊，用幾大麻袋裝著，負在身上，走進狼群裡。群狼見他回來，雀躍不已，尾巴猛搖，一直舔舐他的嘴臉，頸項頻頻在他的身上摩擦，狼后所展現出的萬種風情，那就更不用說了。三保從白狼王、狼后以降，一一餵食群狼，自嘲成為「狼鍋頭」了，卻也樂在其中。由於食物充足，每隻狼都飽餐一頓，不枉痴等數日。其後，三保與群狼在曠野中共度苦寒之夜，別有一番安適情味，有探子看到，嘖嘖稱奇，回報給雙方主將此一異事，此事並在兩軍中傳誦開來，讓一觸即發的緊繃情緒稍稍得到鬆弛。

又過數日，朱棣方才率領大軍抵達，三保與朱能端立於雪地裡迎接。朱玉英一見到三保，拍馬爭先，跳下馬背，心情激動，不避嫌疑，撲進他的懷裡，接著掄拳使勁捶打他的胸膛，擂得咚咚作響，仰頭看著他哭道：「你這死沒良心的，怎麼點了人家穴道，還拋下人家不管呢？上回你一離開就是整整三日，教我茶飯不思，輾轉反側，這回你竟然離開更久，當真要想死人家嗎？」三保尷尬不已。朱棣驅馬來到，鐵青著臉斥道：「英兒不許胡鬧，我們還有軍務要事相商。」朱玉英嘟起小嘴，道：「我不管，我不管，我就是要三寶陪我玩嘛！」朱棣道：「妳愈大愈不像話了！……好，三寶，你帶永安郡主四處逛逛，得小心提防蒙古人，但要是她真給蒙古人擄去，本王可不想贖她回來，省得煩心。」朱玉英喜不自勝，不等三保答應，逕自拉著他走了。朱棣趁這空檔，詢問朱能蒙古軍的動靜與防禦工事的建構情形。

此處放眼而望，若非風雪積冰，便是營帳兵馬，朱玉英一路上看得煩膩，忽見曠野中為數眾多的狼隻，驚詫不已。三保哂道：「我之所以能夠找到此處，這些狼可是幫了大忙呦！」接著約略說明經過。朱玉英玩心極盛，不知輕重，道：「咱們瞧瞧去。」牽著三保的手，發足奔往狼群。她自從遇見三保後，不但對他芳心可可，連身體也開始起了極微妙的變化，三保懵懂無知，狼的嗅覺極佳，已有所感。公狼們蠢蠢欲動，只不過礙著三保在她身旁，不敢冒然行事，狼后則將她視為侵門踏戶的挑戰者，自己的地位與子女的性命可能不保，哪裡忍耐得了，在她靠近時暴起發難，咬向她的後頸。

三保不願傷害狼后，輕輕一掌將牠推離至數丈外，不過朱玉英的皮裘已給牠的利爪劃開幾條口子。朱玉英勃然大怒，拔出負於身後的寶刀，欺向狼后，使出「魄散九霄」，此乃索魄刀法的大絕招，原是要連劈九刀，一刀狠過一刀，非置對手於死地不可。三保哪容得了她使全，四指輕抑住她的手肘，化解連綿攻勢。狼后趁機撲咬情敵，朱玉英也殺紅了眼，先拳打三保，以防他阻擋，再刀劈狼后。就這樣，一位刁蠻郡主，一隻凶猛狼后，竟在荒寒大漠中，為了一個閹宦爭風吃醋，大打出手，而那閹宦忙著居中勸架，真乃亙古未有之奇觀，只因飛雪連天，障蔽視線，大明、蒙古兩軍又全神戒備彼此，是以並無他人瞧見。

三保見郡主與狼后都是拚死命、出死力相搏，兩百多隻狼紛紛聚攏過來，擔心有所閃失，於是指彈狼后之鼻，奪刀還鞘，橫抱起朱玉英，運起輕功躍過狼群，奔往明軍營寨。朱玉英橫眉豎目，怒道：「快放我下來！」奮力掙扎，無論如何掙脫不了，蠻性一發難收，張口狠咬三保肩膀。三保衣衫單薄，又不敢運勁抵擋，以免震掉她的貝齒，給她咬得鮮血流淌，沒吭半聲。朱玉英直至嚐到血腥味，這才鬆口，「啊」了一聲，悔恨交加，對他愛憐無限，登時成了隻小羔羊，軟綿綿、乖巧巧依偎在他的懷裡，伸出纖手緊按住他肩頭的傷口，想要止住血流。三保臨近營寨，將她放下，心裡有氣，不再搭理她，逕自去見朱棣，朱玉英像個小媳婦似地跟在他後頭走入營帳。

朱棣瞧他倆神情古怪，還見到血漬，急問：「女兒妳怎麼了？」朱玉英「哇」一聲哭出來。朱棣悚然心驚，道：「快跟父王講是怎麼回事，是誰欺侮了妳，父王必定幫妳出氣。」邊說邊橫眼瞥視三保，三保不禁聯想起蘇天贊祖孫來。朱玉英抽抽噎噎道：「沒人欺侮我，欺侮我的不是人，而我咬傷了他。」朱棣聽得一頭霧水，道：「妳好好講，到底是怎麼回事。」朱玉英道：「我跟他去看好多隻野狼，其中一隻惡狼要咬我，他保護了我，我要殺惡狼，他也不許，我發脾氣，把他咬得出血。」朱棣問道：「那麼惡狼咬傷了妳沒有？」朱玉英道：「沒呢，只抓破父王送我的皮裘。」

朱棣放下心，看三保臉色不善，自忖目下倚仗此人甚深甚巨，可得好好攏絡他，倏然板起面孔，衝寶貝愛女佯怒道：「妳又沒受傷，好端端地為何咬傷三寶？還不快跟三寶賠不是。」朱玉英嘟嘴道：「人家知道自己錯了，想跟他賠不是，但他不理人家嘛！」這可是她這輩子頭一回心甘情願認錯。朱棣哈哈笑道：「三寶，你大人大量，就別再跟不懂事的小女娃兒計較了，本王替她跟你賠個不是。」說完對三保一揖。三保吃了一驚，趕緊跪伏在地，道：「屬下無能，讓郡主受驚，罪該萬死，甘領重罰。」朱棣道：「重罰沒有，眼前倒是有件要務，指望你費心擔待。」趨前扶起三保，以眼神示意女兒離開。

朱玉英急道：「我不許你再讓三寶涉險。」朱棣這下當真生氣，斥道：「到底我是妳的老子，抑或妳是我的祖奶奶？還不退下，我包管他連根……連根腳毛也少不了。」他原想說別處的毛，當著女兒的面說不出口，改講腳毛。朱玉英這才心不甘、情不願離開，走時滿眼柔情，對三保頻送秋波，三保低著頭，只作不知。朱棣嘟囔道：「老子不發威，便把我當孫子啦！」轉對三保道：「三寶，本王明白以你的能耐，要摸入敵營取其主帥首級，可說是易如反掌。但即使殺了對方主帥，兩軍仍不免要交戰，如此便有大量死傷，總要不戰而屈人之兵，才是上上之策，因此本王交辦給你一項重責要務。」他將嘴附在三保耳邊，細細囑咐。

北元太尉乃兒不花見明軍一直不戰，這幾日索性大喝馬奶酒，夜裡呼呼大睡，今日亦然，睡到中夜，忽覺帳中有些異狀，睜眼坐起，被人飛快點中幾處穴道，動彈不得，發不出聲，嚇得魂飛魄散，但心念電轉，知道對方若當真有意加害，自己縱有十條命，早就連半條也不剩了。他驚魂甫定，看見身旁一個少年將擱在床畔的佩刀緩緩拔出，伸出兩指一夾，竟將鋼刀折斷，這等神力當真不可思議。乃兒不花明白其用意，朝他眨眨眼，他出手解了乃兒不花的穴道。

那少年正是三保，今夜沒跟群狼聚會，而是潛進乃兒不花的營帳裡，這時退到一旁，另一條人影從黑暗中浮現出來。乃兒不花藉帳中爐火一瞧，不禁倒抽一口涼氣，心想自己今夜就算僥倖逃脫，但只要沾上此君，日後跳進斡難河裡一萬遍，也洗刷不清通敵叛國之嫌。那人曾也是北元大臣，名叫觀童，是乃兒不花的摯友，數年前降明，成為大明頭號說客，勸降北元文臣武將甚夥，只要他出馬，從未失敗過，比甚麼精兵雄師都還管用許多。朱棣慮及女兒安危，日前派人快馬請來觀童，今夜交代三保的任務，即是護送觀童來見乃兒不花，順便恐嚇這位北元太尉一番。

觀童與乃兒不花坐在羊毛氈上說起話來，兩人不時望向三保。三保不懂蒙古話，但覺觀童的語音中彷彿有股魔力，令人忍不住要凝神聆聽，所謂「說得比唱得好聽」，這句話套用在觀童身上，再貼切不過。過了大半個時辰，觀童與乃兒不花一同站起身來，三人出帳，乃兒不花喚來衛士叮囑幾句，與觀童作別，並朝三保豎起一根大拇指，說了句話，三保猜是稱讚自己武功了得，報以微笑。

衛士護送二人出營，一離開蒙軍營區，觀童笑道：「寶公公這回可立下大功了。」三保道：「勸降北元太尉，全出自大人之力，在下何功之有？」觀童道：「太尉原本堅決不降，我先用你來威脅他，他寧死不屈，我便說是長生天派你下凡，率狼群引明軍前來，歸順大明乃屬天意。他事先已知一大群狼在附近出現三日後，明軍就不知打哪兒冒出來，而你親手餵食群狼，這幾夜睡在狼堆裡，每隻狼都對你親熱恭敬，他不得不信，內心有些兒動搖，我再趁隙卸除他的心防，事兒就成了。」他初來乍到，消息倒也靈通。三保渾沒料到自己無心插柳，起了絕大作用，無意居功，問道：「他可會詐降？」觀童道：「乃兒不花向來自命不凡，又最講信用，他既然讓咱們公然露臉，必不至於反覆，否則其他人再也信他不過，況且他深知與大明為敵，只是困獸之鬥罷了，終究要一敗塗地。」三保道：「若能免除一場血戰，那當真是功德無量。」

二人於談話間已回返明營，去向朱棣稟報。朱棣大喜，隨即召集諸將，告以該事。傅友德道：「蒙古韃子豺狼天性，凶殘奸狡，反覆無常，不可輕信其言，此事或許有詐，請殿下務必提防，不如趁對方因議和而疏於防備，末將率領精兵猛將衝入敵營，殺個寸草不留，春風不生，永絕後患。」觀童是蒙古人，聽傅友德這麼講，不免有氣，絡絡鬍鬚，冷笑道：「說起反覆無常，那是穎國公的看家本領，我們蒙古人望塵莫及，甘拜下風。」傅友德換過不少主子，最後才歸降朱元璋，這話直接刺中其要害，他暴烈脾氣正要發作，朱棣趕緊打圓場道：「穎國公赤膽忠心，為大明立下無數汗馬勛勞，方才所言，乃是出於一片好意，本王領教了，即刻下令全軍嚴加戒備，切勿懈怠。」

他話鋒一轉，續道：「不過話說回來，倘若真要開戰，數日前朱能領兵至此，大可殺得乃兒不花所部措手不及，再以戰逼降，正如兩年前涼國公藍玉攻克捕魚兒海的情況一般。只是當年北元軍隊遭受奇襲，不得不降，並非心悅誠服，而且在明軍南返路上，又傳出元妃遭涼國公酒後逼姦的醜聞，更使北元軍士群情激憤，後來才有尾大不掉之憾。這回本王力求兵不血刃，讓北元殘部傾心歸順，進而為大明效力，這才是我父皇衷心期許之事。」朱棣又抬出他皇帝老子來，傅友德這才不敢再爭辯，否則朱棣只消略為加油添醋，往京裡參上一本，光是「大不敬」這一條，傅友德縱然有再多顆腦袋瓜兒，也不夠朱元璋砍。三保畢竟是年輕人，看到仇人吃癟，甚是快意，而他對於傅友德深深敵視的蒙古人，不覺多了幾分親近之感。

次晨，乃兒不花帶了幾個將領來到明營，朱棣親至轅門外迎接入內，朱能與觀童陪同，三保率燕雲鐵衛營隨侍在側，傅友德等宿將託病不至。乃兒不花看朱棣對自己與從人甚為熱絡，毫無驕態，不禁動容道：「素聞燕王雄才大略，氣度恢宏，今日一見，果然名不虛傳。」他華語說得有些生硬，總算清楚無誤。朱棣道：「太尉乃蒙古第一勇士，曾徒手力搏虎豹，戰陣上更是身先士卒，無人膽敢攖其鋒，小王傾仰已久，恨不能早瞻尊範。」乃兒不花一來便已看見三保，回道：「我在這位少年英雄面前豈敢言勇，燕王帳下，果真能人備出，在下欣羨得緊，自嘆弗如。」他這是肺腑之言，卻惹惱了身後幾員猛將。三保躬身抱拳道：「昨夜多所得罪，祈請見諒。」乃兒不花道：「哪裡的話，你讓我開了眼界，這才知道天外有天，人上有人。」

有個青年蒙古將軍素以勇力自豪，看三保雖然牛高馬大，卻身著宦官服色，心想這不男不女的傢伙能有多大本事，應是乃兒不花原本就要降明，故意找個藉口，還利用狼群編了個神話，於是用大拇指指著自己胸膛，對三保道：「我胡和魯，跟你比比。」他的華語稀鬆，但這話的意思再明白不過。乃兒不花用蒙古話斥責他，朱棣笑道：「無妨，無妨，大家以武會友，點到為止，不傷和氣。」乃兒不花忖道：「唔，讓這幾個龜兒子親自見識見識也罷，免得他們誤以為是老子太不中用，故意把對方吹捧上天去。」心裡這麼想，也就不再阻撓。

這青年將軍名為款臺，是蒙古摔角第一把手，自十六歲起未嘗敗績，被尊稱為「胡和魯」，即蒙古語「青龍」之意，意謂他不但力大無窮，還極擅長騰挪扭擺，活脫脫如同一尾青龍。款臺卸下鎧甲，擺出摔角架勢，這檔子事，三保曾跟燕王貼身侍衛巴特爾比劃過一次，當時不懂其法，倚仗內力擊斃對手取勝，心想這會兒若故技重施打死胡和魯，那就失去納降的美意，或者勝之不以摔角，也無法懾服蒙古人，幸好燕雲鐵衛營裡的侯顯乃是藏族，也精於摔角，三保跟他習練過一段時日，大致通曉其法，只是侯顯年少，技法、經驗及力氣遠遠不及款臺，三保所學有限，這時打算混用兵法、擒拿與摔角。

款臺上身微屈，如穿花蛺蝶般滿場遊走，像點水蜻蜓般伸手試探。三保昂然挺立，雙手負於身後，仰頭望天，似乎看得入神。款臺納悶不已，忍不住停步抬頭，想知道對方究竟在看甚麼。三保出手如電，扣住他的手腕，使勁翻轉下壓，款臺吃痛，單膝跪倒，動彈不得。三保隨即放開，後退三步，拱手道：「承讓。」款臺大怒，虎吼一聲，躍起前撲。三保正是要激他發怒搶攻，側身讓開，雙手順勢一帶，暗加把勁，款臺壯碩身軀一飛沖天至六丈多高，頭下腳上直直摔落。三保知他不會輕功，躍起丈許，接住了他，落下地來，將他身子翻轉過來放下，剛要說話，竟被款臺趁機牢牢抱住，頓感窒息。

款臺下巴重壓在三保左側肩頸上，雙臂加勁，打算勒斷三保的肋骨，突然覺得對方的身子好似一個冰冷吸盤，不停吸取自己的勁力與熱氣，心裡一慌，雙臂不由得鬆開。三保只是要讓他有此錯覺，一待他鐵鉗般的雙臂略鬆，身子一矮，右臂穿過其左脅下，屈起手肘，掌扼其咽喉，使他上身後仰，用左手抱起款臺下身，將他拋摔在地，飛身過去，膝頂其背，右手鎖拿其右腕關節，左手把他的頭臉按壓在雪裡。款臺無法呼吸，身子如青龍扭擺騰挪，卻始終掙脫不得。三保這次學乖，先不鬆手，望向乃兒不花。乃兒不花用蒙古話道：「款臺，你若服輸，左掌拍地三下。」款臺依言拍了三下地面，乃兒不花改用華語道：「他已認輸了，英雄且罷手吧！」三保這才鬆手退開。款臺灰頭土臉緩緩站起，兀自頭昏眼花，心想對方固然起初使詐，後來的這幾下子卻是不折不扣的摔角之技，而且困擾多時的右下背悶痛感居然緩解不少，教他隱隱覺得「勝固欣然敗更喜」。三保少時曾匆匆翻閱醫聖張仲景的著作，當時渾不知所云，後來逐漸明白其中一些醫理醫術，如今竟用來收服蒙古驍將狂傲之心。

另一蒙古將領捧著雙弓出列，向三保道：「賽哲別向英雄請教箭術。」哲別是力助成吉思汗攻城掠地的四獒之一，乃當時蒙古第一猛將，箭術精絕，曾用無鏃箭射穿敵將心窩，蒙古語裡，「哲別」即「箭」之意，為成吉思汗御賜之名，眼前這位將領的「賽哲別」稱號，則是北元後主欽頒，其箭術之精，自然不在話下。賽哲別將箭囊裡的箭全都取出，算算有二十枝，這些箭全無箭鏃，只有箭桿，他要分一半給三保，三保擺擺手，表示不用，連弓也不拿。賽哲別冷笑了聲，也不跟他客氣，還箭入囊，放下一弓在三保腳前，走至百步外，喊道：「請留神，我要發箭了。」一緊接著二十枝羽箭連珠般激射而出，串成一長條直線，去勢勁猛非常，看樣子箭箭都將洞穿三保的心窩。明軍親眼目睹蒙古人的箭法果然厲害得要命，雙方倘真開戰，己方即便取勝，自己的胸口難保不會開穿透明窟窿，因此個個不由得手摀胸膛，口噤唾沫。

三保數月來勤練接發暗器，此時既有意藉賽哲別來考校自己，更想技壓當場，以挫折對方銳氣，居然不閃不避，一一接下飛箭，但最後一箭委實強勁無比，空手已然難接，何況雙掌已滿，而撥開、閃躲都顯不出真本事，也可能傷及旁人，於是身子側矮，張口咬住箭桿，身子滴溜溜急轉十餘圈，卸去勁力，免得牙齒斷裂。他如此神乎其技，眾人全都看傻了，過了半晌，才爆出如雷歡呼。觀童讚道：「寶公公若生在三國時代，周瑜就不用大費周章，以草船借箭了。」三國故事早在宋代便已流傳甚廣，元朝更有《三國志平話》成書，然而該書裡向曹操借箭的卻是周瑜，明朝的說書人刻意「揚蜀漢，抑魏吳」，主角才改為諸葛亮。

賽哲別不服，大喊：「咱們比的是射箭，而非接箭。」三保聞言，以「天女散花」手法，將雙手之箭全擲向賽哲別。賽哲別聽破空之聲，知箭勢勁疾，雖比自己用強弓所發尚有不如，但力足透身，而且漫天飛來，殊無先後，形成箭幕，擋無可擋，避無可避，自己以箭術名世，此刻卻將死於自己箭下，輕嘆口氣，閉目受死，忽聽得驚呼連連，睜眼一瞧，竟見諸箭斜插在身前與周圍，呈一弧形，間距約略相等。賽哲別心如死灰，自慚枉稱神箭手，不可一世，這少年如此神技，自己再苦練一輩子也難望其項背，頓時百感交集，握著弓，正要用力折斷，卻被一枝飛箭擊落。原來三保口中尚含一箭，見賽哲別要折弓，趕緊取下擲出。賽哲別本要發怒，三保奔至，俯身拾起其弓奉還，道：「在下只是取巧，射箭之技其實甚為粗疏，另日再向將軍求授箭法，幸勿推卻。」這話倒非謙詞，三保勝在內功深湛、眼明手快罷了，單論箭法，他還遜於賽哲別一籌。賽哲別看三保說得真誠，心下感動，握住三保雙手，表示感激與欽敬。三保會意，點頭微笑。兩條漢子以心會心，惺惺相惜，攜手回返。

一個矮壯的蒙古將軍走出，向三保說道：「巴圖不自量力，要與英雄比拚力氣，你我雙掌相抵互推，誰腳步移動半步，便算是輸。」他身高僅及三保胸口，身子卻有三保的兩倍粗，其下盤之穩固，可想而知。三保思量，要讓巴圖移動腳步並不困難，難在既不能用內力傷他，更不可施展巧勁誘他移步，否則他必然口服而心不服，心裡有了個計較，足心運勁，身子打起陀螺，居然硬生生矮了一尺多，幾乎跟巴圖齊高。外頭積雪逾腰，營寨內因明兵不時清雪，三保站立之處的積雪只覆蓋過腳踝，亦即他輕而易舉，便使雙腳插入冰凍硬土中達一尺之深，已立於不敗之地。巴圖明白雙方功力懸殊，朗聲道：「不用比了，巴圖認輸。」

觀童笑道：「強將手下無弱兵，寶公公將燕王不戰而屈人之兵的本事學得十足十，當真教人欽佩。」三保道：「在下還得跟燕王殿下及諸位大人多多請益。對了，在下有個請求，懇請殿下恩准。」朱棣以為他趁機在外人面前索取賞賜，心裡十分不悅，但依然故作大方，道：「你要甚麼便說吧，本王能給的，絕不吝惜。」三保躬身道：「屬下想討要幾百頭牛羊。」朱棣奇道：「你要這麼些牛羊做啥？難道打算效法蘇武在此放牧？本王可不允許。」三保道：「屬下之所以能夠找到北元大軍所在，實因得到群狼之助，如今屬下即將離去，此時此處千里冰封，不易覓得食物，故請殿下恩賜牛羊，免讓群狼挨餓。」朱棣大笑道：「哈哈，原來如此，本王便做個順水人情，請丞相與太尉留下牛羊各一千頭，拴將起來，不使走脫，又給牠們充足草料，如此應夠群狼吃到雪融冰消了。」丞相咬住遙見雙方相處融洽，無開戰之虞，方才也已率領隨從來到，親見三保神技，嘆服不已，與乃兒不花自是滿口答應，反正這些牲畜都已易主，成了朱元璋的財產，給狼吃掉，自己還更心甘情願些。

三保比自己得到重賞厚賜還來得高興許多，顧不得禮節，逕去跟群狼作別。群狼似乎明白三保將從此一去不回，皆依依不捨，嗥叫不止，聞者不感驚懼，反覺鼻酸。蒙古人一向最欽佩英雄豪傑，此時看見三保非但神功蓋世，且有收伏一大群野狼的好本事，不禁大為心折，而燕王待人亦甚寬厚，因此咸感心悅誠服，情願降明。三保可萬萬沒料到，大軍回至半途，朱棣密令狗兒率一飆軍馬北返，把群狼射殺一盡，還毀屍滅跡，以洩愛女受襲之恨。狗兒擔心三保爭奪燕王的寵愛，是以對他深懷忌恨，在屠戮狼群之後，大感舒暢快意。

第十七回　劫獄

朱元璋接獲朱棣肅清北元殘部的捷報，而且除了凍斃於途的軍士外，並未損折一兵一卒，不禁龍心大悅，「厚賜」朱棣一百萬貫的寶鈔。這可說是惠而不費，反正寶鈔印印就有，還不能兌換成銀子。據說單單洪武二十三年間，朱元璋賞賜給兒臣使節的寶鈔，就多逾九千萬貫，而當年舉國歲入也不過二千多萬貫，寶鈔發行既然如此浮濫，其實際價值可想而知。

朱棣捧著一大疊花花綠綠的寶鈔，不免感到啼笑皆非，不過他奉詔偕北元丞相咬住、太尉乃兒不花及蒙古諸將進宮謁見，心裡頭還是很高興。他決意再讓三保與燕雲鐵衛營隨行，這意謂永安郡主朱玉英將有好長一段時日見不著三保，她接連大鬧數日，幾乎把燕王府給掀了，卻也無濟於事。

這次北征兵不血刃，三保自也歡喜，尤其是燕雲鐵衛營的弟兄們個個毫髮無損，悉數安然回歸燕王府，然而他不禁暗怪自己太過孟浪——天底下哪有如此招搖的刺客！不過他多慮了。三保雖然立下大功，朱棣因朱元璋極鄙視宦官，不敢上奏請求褒賞他，更要求蒙古降臣降將務須保密，如此正合三保的心意。朱能等燕王底下將領以為他功成不居，更是由衷欽佩。傅友德等成名宿將基於自保的私心，此番非但毫無建樹，還誤估情勢，一再力主退兵，為了顧及自身顏面，絕口不提此行細節，更不願談及三保。朱元璋甚喜遷怒，疑心病極重，天下皆知，他身邊之人即使知道此次北征詳情，也不敢跟他打小報告，以免未蒙其利，反受其害。

三保隨朱棣進京，認為這可能是刺殺朱元璋的一個大好良機，卻又擔心燕雲鐵衛營的弟兄們遭到牽連，個個都要蒙受抄家滅族的厄運，隱隱覺得過去抱持的「殺一人而全天下」的想法未免太過於天真，凡事總是有得有失，更何況是刺殺大國之君這等天大地大的事兒，左思右想，徬徨無計，又不能找任何人商量，悶在心裡不斷翻攪，跟用密封鍋持續燒滾水般，簡直就要炸鍋了。不過他其實是再次白操心了，以他的職司身分，根本見不著大明天子的影子，甚至連皇宮內院也不曾踏進過一步，而宮城四周有親軍十二衛戍守，戒備森嚴無比，他武功再高，也絕計無法潛入而不驚動守衛，且皇宮裡頭殿宇樓閣多到難以計數，皇帝的行蹤飄忽不定，保密到了極點，外邊人誰知道要上哪兒去尋朱元璋？三保一方面空自著急，另方面暗鬆口氣。

到京數日後的一個晨間，朱棣在宮裡陪他老子用過早膳，出宮至燕雲鐵衛寓居的行館來尋三保，一見到他，即道：「三寶，你隨本王去會會一位故人，此人身分非比尋常，今日之事切勿走漏隻言片語，即便對你的哥兒們也是。」三保躬身答應，二人更衣出門。三保頂覆四方平定巾，身穿青布直裰，腳下一雙布鞋，全然一副平民裝扮。朱棣頭戴六合一統帽，身著藍錦盤領衣，足蹬牛皮直縫靴，衣著款式屬於庶人，但材質華貴，於法不容，只有欲蓋彌彰的王公大臣才敢公然如此穿戴，因錦緞非平民可用，富商大賈亦然，後來朱元璋甚至對老百姓穿皮靴看不過眼，明令禁止，僅北方人在寒冬時例外。他倆皆騎雜色馬匹，朝熙來攘往的鐘鼓樓附近市集而去，這裡人多，馬兒放不開腳步，只能緩緩前行。

二人來到鐘樓街上一座偌大的衙門前，見到一整排人物靠立在牆邊，一動也不動，彷彿泥塑木雕的一般，三保再看仔細，驚得幾乎要跌落馬背。那些人他大多不識，但其中四個赫然是明教日使蘇天贊、清淨金剛趙明、智慧金剛彭玉琳、大力金剛李普治，只不知他們為何會在此處排站。朱棣馬上給了解答，得意道：「這些若非亂臣奸黨、貪官汙吏，便是匪酋巨寇、邪魔歪道，個個罪惡滔天，遭錦衣衛擒獲正法後，去除血液、腦漿和內臟，填塞稻草，並以藥物鎮住，不使腐爛，放在外頭供往來路人觀看，以儆效尤，若其黨羽膽敢前來盜屍，正好予以逮捕，一網打盡。錦衣衛的本事可大得很，即使其中有些個先給砍掉腦袋，還能縫上，不露破綻，而且這麼多年下來，這些屍體竟還栩栩如生，毫無腐敗跡象，看啥時候咱們府外也弄這樣一排死人站崗，嚇嚇過往民眾和到府賓客也好。哈哈哈，光想想，就覺得有趣得緊哩！」三保聽得義憤填膺，思索著如何將蘇天贊等人的遺體盜走安葬。

二人下馬，走至大門口，仰見上頭懸著朱元璋御筆親題的「懲奸緝惡」匾額，門邊牆上掛著一塊毫不起眼的木牌，上刻「錦衣衛指揮使司」，此處居然是令人聞之色變的錦衣衛總衙，竟設在鬧市中。朱棣投了名刺，用的是「朱王燕」的化名。門衛沒因朱棣的穿著而另眼相待，反倒粗聲粗氣地喝令二人在外頭等候，磨蹭好一會兒才把名刺遞了進去，畢竟有求而來的達官顯要甚夥，他早已見多不怪。須臾，一個長身玉立的蒙面人獨自快步走出，他身著三品赤色公服，腰束荔枝紋飾金帶，胸口繡的卻是二品大員才能使用的飛魚圖案，看其裝扮，應該就是錦衣衛指揮使了。市集人來人往，燕王微服祕訪，指揮使不便公然叩拜，恭謹低聲道：「殿下親臨敝司，卑職有失遠迎，祈請恕罪。」三保聽他聲音，不禁心頭劇震，莫非他是蔣瓛，當年在明教總壇竹篁庵內沒被炸死。朱棣道：「蔣兄不必多禮，外頭人多口雜，咱們先進去再說。」果然這人正是蔣瓛。

三人入內，蔣瓛屏退旁人，先向朱棣行禮，再分賓主落坐，三保侍立於朱棣之側。蔣瓛要奉茶，朱棣稱免，蔣瓛再次謝罪。朱棣道：「蔣兄剿滅魔教，掃盡妖氛，立下曠世奇功，因而榮升指揮使，本王未曾親來道賀，此外，前任指揮使毛驤那廝安插在燕王府裡的密探，幸賴蔣兄指點，本王也尚未致謝，因此有失禮數的反倒是本王。對了，蔣兄臉上的傷應無大礙吧！」其實蔣瓛得以升任指揮使，主要是靠攀誣毛驤為前宰相胡惟庸的同黨，加上容貌毀損，得到朱元璋歡心，跟攻陷明教總壇沒多大關係，這並非甚麼光彩事，不足為外人道，他避而不談，回道：「多謝殿下垂問。卑職傷在顏面，無礙行動，只不過形容醜怪，見不得人。」

朱棣道：「蔣兄本是我朝第一美男子，模樣漂亮，武功高強，文才又好，真乃翩翩佳公子，豈料遭此橫禍，誠屬可嘆！」蔣瓛道：「能誅滅魔教亂黨，為朝廷稍盡棉力，卑職縱粉身碎骨，亦在所不辭，豈會憐惜區區陋顏。目下魔教首腦人物當中，僅餘龍鳳姑婆尚未伏法，月使與光明金剛法王失蹤多年，日使與其餘三大金剛法王皆曝屍於此，五旗使中的妙風使李文戰死在明教總壇，其餘四使與一些黨羽囚繫於詔獄中。自盛唐迄今，魔教猖狂了七百年之久，終至一敗塗地，幾已全然覆滅。」

朱棣道：「此事蔣兄應居首功。」蔣瓛道：「這都出自於皇上的運籌調度，與道衍國師的出謀劃策，卑職只是奉命行事，豈敢妄稱功績，忝任錦衣衛指揮使，實大愧於心。」朱棣道：「蔣兄無須過謙。道衍那隻老禿驢也就罷了，我父皇的手段確實高明至極，但他老人家已親掌六部，總不能也身兼錦衣衛指揮使吧！哈哈哈……」蔣瓛陪著乾笑幾聲，待朱棣大笑方歇，道：「殿下此番遠征朔漠，未費一兵一卒，未發一矢一丸，便收服北元殘部百餘文武，十數萬軍民，牛羊馬匹難以計數，這等本事才真令人嘆為觀止，秦皇、漢武、唐太宗都得自愧弗如。」朱棣道：「本王攘外，蔣兄安內，大明有你我二人，定然江山永固，社稷長存。」他誤打誤撞，立下奇功，原以為得到天助，後來聽多諛詞，逐漸以神機妙算自居。

蔣瓛道：「殿下為大明堅實屏障，此誠屬有目共睹，眾望所歸，卑職願附驥尾，聊盡棉力。」朱棣臉現得色，道：「蔣兄客氣了。」蔣瓛道：「卑職眼下有件要事稟報，此事殊為隱密，至關重大，恐怕牽連極廣。」他邊說邊望向三保。朱棣道：「這位是本王的親信，蔣兄有甚麼話，儘管當著他的面直說無妨。」蔣瓛道：「是，殿下。」他頓了頓，續道：「有探子呈報，涼國公藍玉屢向太子進讒言，要太子多多提防殿下，以免將來兄弟鬩牆，重演玄武門之變。」朱棣寒霜罩臉，沉聲道：「藍玉這廝真不知死活，逼姦元妃也就罷了，竟還膽敢挑撥我兄弟感情，幸好我兄弟情誼深厚，非奸人所能離間。」蔣瓛道：「邇來殿下立下曠古未有之奇功，可謂舉國歡騰，普天同慶，唯涼國公愁眉苦臉，借酒裝瘋，去跟太子胡言亂語，說殿下掌控大明最精銳兵馬，又施恩於韃子，得其感載，倘若心懷不軌，勾結韃子圖謀皇位，放眼天下，當真無人可敵，他還一再苦勸太子即刻上奏皇上，削奪殿下兵權。」

朱棣道：「我大哥怎麼反應？」蔣瓛道：「太子只說涼國公喝醉了，遣人送他回府。」朱棣沉吟道：「唔，我大哥未當場嚴斥藍玉，恐怕他心裡也做此想。」蔣瓛道：「要除掉藍玉，易如反掌，為難的是他跟太子交好，彼此還有著一層姻親關係，動他對太子面子上不大好看。」朱棣「嘿嘿」兩聲，道：「藍玉素來驕狂自負，上回在捕魚兒海立下大功，從此更是不可一世，這次北征他沒挨著半點邊兒，心裡應當很是吃味。也罷，就由著他胡說吧，反正清者自清，濁者自濁。對了，蔣兄方才提到將明教黨羽囚禁於詔獄，本王倒想看看這些魔教中人，究竟是生得怎樣的三頭六臂、披毛帶角，竟在江湖中教敵人聞風喪膽，百姓奉若神明。」三保聽他這麼說，心頭突突亂跳。蔣瓛道：「不過是些尋常人罷了，皇上、卑職與朝中諸多文武，也都出身於明教。」朱棣啞然失笑道：「是啊，本王竟然忘了，反正頭一回進來到這兒，還是去看看吧！」

蔣瓛不敢不從，伴著他倆往衙門深處走去，裡頭戒備出人意表地毫不森嚴。這也難怪，大家對此處避之唯恐不及，天下有誰膽敢前來撒野！內裡有許多少年往來走動，朱棣大感好奇，問是何故。蔣瓛答道：「皇上年少時，父母兄姊便因饑饉疫疾而相繼謝世，只一兄留存，……」三保心頭一震，頓覺朱元璋的悲慘身世與自己的何其相似，原來可恨之人也不乏可憐之處，又聽蔣瓛續道：「皇上由是悲憫天下流離失所的孤兒，儘可能予以收容，再從中挑選出健壯勤敏者加以訓練，方才所見諸多少年，全是受訓中的孤兒，其中出類拔萃者日後將成為錦衣衛，餘下的則分派至護衛皇宮大內的各禁衛親軍。」

其實錦衣衛分為兩大類，一類主司偵刺緝捕，這得出力賣命，凶險異常，成員多屬孤兒，另一類承擔鹵簿儀仗、衛戍皇宮、廷杖大臣之責，風光遠大於危險。後者號為天武將軍（後來改稱大漢將軍），員額約一千五百名，率由公侯將相的魁梧精壯子弟充任，蔣瓛很瞧他們不起，是以並未提及。三保忖道：「朱元璋製造出許許多多的孤兒，若同屬漢族，或將用為偵刺屠戮之工具，倘非其族類，則做為勞役淫狎之奴僕，當真可惡透頂！」他對朱元璋的觀感錯綜複雜，畢竟受到戴天仇不斷灌輸，總是要把朱元璋往最壞的方向設想。

他兀自尋思之際，忽聞淒厲異常的哀號聲從鄰近一室傳出，蔣瓛領著他倆走至該室前，道：「這間是剝皮室，專門處置貪官汙吏，自錦衣衛創設以來，其內所剝之皮不下萬張，殿下可有雅興入內觀賞？」朱棣興致勃勃，道：「好極！好極！素聞錦衣衛酷刑手段狠辣，別出心裁，極富巧思，今日本王可要開開眼界。」蔣瓛推開門，帶領二人進入人間地獄，十來個服飾怪異的漢子向他躬身行禮。蔣瓛道：「孩子們免禮，各自忙去吧！秦剝皮，你過來。」一個體形瘦削、鼻帶鷹勾的漢子答應一聲，快步迎上前來。蔣瓛道：「別瞧他乾癟精瘦，他可是錦衣衛乃至本朝活剝人皮的第一能手，精研剝皮技法，個人所剝之皮已逾千張，這才贏得『秦剝皮』的渾號。」

秦剝皮道：「大人過獎。不過話說回來，小的還當真喜歡活剝人皮，不但慘絕人寰，刺激好玩，剝除下來的皮，用處還不少。」朱棣奇道：「哦，有何用處？」秦剝皮道：「不說別的，光這裡的行刑人所罩外衫，就是用人皮製成的，一旦濺到血，用濕布擦拭即可，不致留下血漬，而且透氣通風，成天罩著也不覺得悶。」原來他們身上都罩著人皮衫，難怪形容不出地詭異。蔣瓛接口道：「愚弟審案時的座椅，鋪著一張完完整整的人皮，上頭還留有髮鬚，頗具震懾之效。」他不願洩漏貴客身分，故自稱「愚弟」。朱棣道：「甚麼時候蔣兄也送這麼一張人皮椅子給我，無論是虎皮、熊皮，還是豹皮、狼皮，全都要擺到旁邊涼快去。」蔣瓛道：「一定，一定，那有甚麼問題！」二人相視大笑。

朱棣看到十來隻鐵籠子裡都各關著五、六個赤身露體的男子，問是怎麼回事。秦剝皮回道：「這幾十個貪官汙吏，個個腦滿腸肥，皮肉間滿是民脂民膏，很不好處理，因此得讓他們餓上幾天，等瘦下來，皮肉分離，剝起來較為順手，而且先讓他們見識見識自己的下場，看他們嚇得魂飛魄散、屁滾尿流的模樣，真乃天底下一大賞心樂事。」朱棣朝他豎起大拇指，道：「好小子，可真有你的！」秦剝皮得意道：「好說！好說！小的不過是在報效朝廷、為民除害之餘，順便找些樂子罷了！」他可沒細究也不在乎被他剝皮的眾多「貪官汙吏」之中，有多少是無辜受人誣陷，另有多少是因俸祿微薄、支出浩繁而暫時挪借公款。

朱棣又問：「你倒說說看，最容易以及你最喜愛的剝皮技法各是哪些。」秦剝皮答道：「小的以為，最容易的剝皮法是灌鉛水，在犯人頭頂開個口子，再仔細灌進鉛水，皮膚即自然脫落，然而鉛水有毒，剝下的皮派不上用場，只有犯人過多時，小的才使用此法。此外，瀝青、黏膠之類也頗有妙用，先予以燒融，遍抹在犯人身上，凝固後再一塊塊用力撕扯下來，這時犯人的哀號聲，讓人聽了暢快無比，如聆仙樂。不過小的最偏好的，是用小刀細割，雙手慢剝。」朱棣追問：「後面這種具體是怎麼做？」「先在犯人背後從頭頂至尾椎縱劃一刀，不深不淺，恰到好處，再將人皮往兩旁一寸寸地剝開來，沒有絲毫破損，才稱妙善。此法極需耐心與高超技術，因此是小的最愛。」秦剝皮邊說邊拿起一把小刀，在一個遭五花大綁的人犯身上示範，朱棣看得目不轉睛，頻發讚嘆。

三保幾欲作嘔，強自忍耐，臉上不露痕跡，心道：「惻隱之心，人皆有之，而最殘忍暴虐的，不正也是人嗎？非但同類相殘，手段乖張，居然還樂在其中哩！」他不禁懷念起雪豹與野狼的單純來，心裡油然生出濃濃的悲哀，非因生離死別，不為受苦受難，而是慨嘆人性泯滅如此，不過話說回來，或許秦剝皮和朱棣所表現出來的，才是真正的人性。

朱棣觀賞完全程，拿起新剝下的人皮端詳一會兒，這才嘖嘖稱奇出去。蔣瓛道：「殿下若有雅興，卑職可安排一場鏟頭會，以娛嘉賓。」朱棣奇道：「何謂鏟頭會？」蔣瓛道：「每當詔獄人滿為患時，獄卒便會將數十個乃至上百個犯人拉到外面，直直埋進土裡，只露出頭頸，然後劊子手掄起一雙板斧，一路砍劈過去，只見鮮血四濺，腦袋瓜子滿地亂滾，技法雖遠不及剝皮來得精細，但痛快淋漓，市井小民最愛看，有些民眾還挺湊趣，會伴以鑼鼓絲竹，熱鬧非凡，真乃官民同樂，還勝過元宵花燈。觀賞鏟頭之際，大口吃肉，大碗喝酒，更顯豪氣。」朱棣笑道：「原來如此，只不過人頭亂滾、血肉橫飛的場面，我在戰場上看多了，不算頂新鮮，因此不勞蔣兄費神安排。」

蔣瓛道：「那麼抽腸或坐樁如何？這兩項與鏟頭會合稱錦衣衛三大戲，另外還有梟令、錫蛇遊、刷洗、稱竿、挑膝蓋種種名目。」朱棣道：「願聞其詳。」蔣瓛道：「抽腸是將犯人綁縛在韌性極強的竹竿上，用鐵勾勾住其穀道（直腸），接著行刑人盡力彎折竹竿，一旦放開，犯人身體便快速彈飛，腸子被拖出。圍觀群眾每回都會下注，看是哪個犯人被拖出的腸子最長，卻未必是身材最高大者。坐樁是將木樁一頭削尖，插入犯人的穀道約莫半尺深，再將木樁豎直，固定於土中，犯人身子會緩緩下沉，直至木樁突出體外，通常歷時兩三日才斷氣，圍觀群眾亦會下注，看是哪個犯人最後斷氣。所謂梟令，是以鐵勾勾住犯人的脊梁骨，再橫吊起來示眾，到死方休。至於錫蛇遊嘛，是將錫燒融，灌入犯人嘴裡，至灌滿腹腔為止。刷洗則是……」

朱棣道：「哈哈，夠了！夠了！先前聽說皇上下旨燒毀錦衣衛刑具，我還以為是要從此寬刑輕罰，結果竟是推陳出新，變本加厲。這些手段光用聽的，已覺渾身毛骨悚然，而且未免太過費事耗時，我還是去看看明教匪酋便得了。」蔣瓛略覺掃興，不敢違拗，只得帶領朱棣與三保長驅直入，所經之處，真乃阿鼻地獄在人世間的翻版，三保不忍卒睹，朱棣倒是興致甚高，頻頻發問，蔣瓛有問必答，語氣間頗見得色。

三人來到衙內最裡的一間獨立囚房，外有十名健卒把守，他們見到蔣瓛，只有首領躬身行禮，其餘九名皆昂然不動，繼續凝神戒備。入內可謂大費周章，三人進入一道鐵門後，該門隨即關閉，其內的獄卒再打開下一道，鐵門計有三道，每道須用不同鑰匙開啟，分別由三個獄卒掌管。他們耐著性子接連通過三道牢門，這才見到鐵柵裡關著數十人，個個都被折磨得不成人形，身上盡是膿血惡瘡，腥臭難聞。朱棣大失所望，問道：「他們都是魔教匪徒嗎？平常都吃些甚麼呀，怎瘦成這副模樣，全無凶神惡煞的範兒？」蔣瓛道：「他們的的確確都是食菜事魔的明教亂黨，原本多半不沾葷腥，愚弟偏偏只讓他們吃肉飲血，有時先餓他們數日，再丟進幾隻肥美的活老鼠給他們搶食，甚麼虔誠信仰、過命義氣，都敵不過飢火中燒，他們頓時爭成一團，搶贏的人生吞活吃肥老鼠後，每每痛哭流涕，大表懺悔，還不忘把垂在嘴邊的老鼠尾巴給吸進肚子裡，當真虛偽極了。」

三保心裡直罵蔣瓛喪心病狂，並已認出金剛奴、蘇俊、彭元超等人，但一時之間無可奈何，只能隱身在暗處，深怕被他們認出來。其實他這幾年長得高壯不少，已從一個懵懂少年，蛻變成一條偉岸大漢。金剛奴忽與三保四目相接，三保只道他已認出自己，他卻垂下雙目，緩緩別過臉去，未發一語。三保心如刀割，恨不能立即出手打破牢籠，解救他們出此絕境。

這時彭元超大喊：「大人，小的願意供出潛伏在朝廷與錦衣衛裡的明教黨羽，您放我出來，小的便一五一十告訴您。」蔣瓛道：「你先說出是誰，經查屬實，我即刻放你一條生路，好酒好菜，自然更加少不了。」彭元超道：「一言為定，大人可不許言而無信。」蔣瓛哼了聲，道：「我是何等身分，豈會食言！」彭元超道：「那好，小的就說了。潛伏在朝廷與錦衣衛裡的明教黨羽就是……各位可聽清楚了，就是朱元璋與蔣瓛。」明教眾人皆放聲大笑，鼓譟叫好。

蔣瓛鐵青著臉，厲聲道：「你想找死。」獄卒道：「啟稟大人，這小子這幾日一直瘋言瘋語，的確有求取快死之意。」蔣瓛對彭元超道：「既然如此，我便成全你，可我要先折磨你個夠。」他召進四十名披掛重甲的武士，指著彭元超道：「把這廝拖出去，先處以刷洗之刑，周身遍浸滾水，以鐵刷仔細刷過，一寸也不許遺漏，然後再用坐樁之刑伺候，若他沒捱上整整三日才斷氣，我便唯你們是問。」眾武士齊聲答應，聲震屋瓦。一個獄卒打開鐵柵門，四名武士進入牢籠，其他三十六員或張弓搭箭，或手持長矛，皆指向牢籠裡。帶頭的武士威嚇道：「箭尖與矛尖都浸過奇毒，誰敢胡來就試看看，中了毒可不會馬上死，而是動彈不得，慢慢地全身潰爛，碰觸到他身體的人也是同樣下場。」明教囚徒已見識過該毒的厲害，皆不敢輕舉妄動。

那四名武士身強體壯，功夫不弱，驅開其他囚犯，將彭元超橫拖倒曳地拉扯出來。彭元超經過三保身邊時，看了看他，雙眼圓睜，張口要說話，還沒發出聲來，嘴上已挨了武士一記重拳。他將斷牙、鮮血和話語都吞下肚去，狂笑不已，緊接著被拖出牢房外。三保渾沒料到彭元超竟是如此硬氣，一掃過去對他的鄙視。蔣瓛邀請朱棣觀賞彭元超受刑，朱棣道：「我難得回京一趟，另有他事須辦，不得不辜負蔣兄盛情。」這是實在話，因藩王控有重兵，若未奉詔，不得擅自入京，以防生變，在京中的行動也不如尋常百姓自由自在，蔣瓛當然明白此一情形，不便再挽留貴客。三保臨行時，望了望苦牢裡的明教眾人，心裡百般難捨，幸好他擅長隱藏情緒，不致引起蔣瓛起疑。

出離錦衣衛指揮使司，朱棣見鄰近無人，壓低聲音道：「三寶，本王因貪看魔教匪徒，耽擱許多時間，此刻要直接進宮謁見我父皇，免得他老人家生疑，其後去拜會長兄，今夜將留宿東宮，你護送我至皇城前，然後獨自返回行館吧！」三保口裡答應，心底打定主意，今夜下手劫詔獄。他護送朱棣至西安門前，見他入內後，即踅回鐘樓街，把周遭逛了個遍，再去京城牆邊探勘布置，安排好逃脫路線，竊了些布匹，草草縫製一套夜行衣，這才返回行館。

當夜朱棣果然未回，三保等大夥兒都已睡熟，輕悄悄起身出外，換上夜行衣，以布巾蒙面，潛行至鐘樓街，錦衣衛指揮使司的大門此時無人看守，門前豎了根丈餘長的木樁，頂端有團物事，夜色本已昏暗，又起了霧，看不清楚。三保摸近一瞧，忍不住暗叫聲慘，只見彭元超全身赤裸，皮肉給沸水燙得潰爛，又遭鐵刷死命刷過，渾身體無完膚，一整個血肉模糊，陽物還被細麻繩緊緊捆住，無法排尿，已然紫黑腫脹，而他坐在木樁上頭，木樁尖沒入他的穀道，血水糞便沿著樁身流滿周邊地上。行刑的獄卒害怕一下子就弄死他，自己得受罰，於是在木樁上橫釘了幾根木條，將彭元超的手腳縛於其上，使其身體得到支撐，不至於太快遭木樁刺穿，他便可多苟延殘喘一陣子，但也因此要多受苦楚。三保看他如此情況，明白就算救下來，也根本活不了了，於是俯身拾起一顆小尖石，仰起頭來。彭元超看在眼裡，對三保微微點下頭，勉強一笑。三保心裡酸楚，嘆口氣，狠下心，以指運勁，彈出石子，打入彭元超的太陽穴，立時要了他的性命。

錦衣衛指揮使司周遭盡是市集，並無民居，日間人聲鼎沸，摩肩接踵，夜裡卻格外幽靜，連野狗也不見一隻，若有，也會被錦衣衛抓捕進去燉煮來吃，吃狗肉、喝老酒、虐死囚，乃錦衣衛三大稱心快意事。錦衣衛的囚車及馬廄位於外頭後方，僅一人看守，正睡得昏死，被三保點了穴道，更加不省人事。三保估計得要六輛囚車才夠載運明教囚徒，點選二十四匹健馬，每四匹共拉一輛囚車，兩兩一列，還為馬兒戴上眼罩，以便驅策，不致自行胡衝亂撞，並勒住馬口，不使嗚嘶，柵門與廄門則虛掩著，並未關上。他將六輛囚車輕輕拉到指揮使司後方的監牢外，踅到正門，堆起柴薪，火焚蘇天贊、彭元超等人的屍身，運起輕功，在市集內四處縱火。此時天乾物燥，不消片刻，火勢便一發不可收拾，大有快速蔓延之態，指揮使司內眾人不分職級，紛紛趕出來救火，三保溜到監禁明教徒的牢房外頭。

他從邏些逃脫後，一路上揣摩宗喀巴聽出石牆弱點的訣竅，利用大石頭練習，竟可僅用七成內力便震裂大石。他目前功力遠非當時可比，自可震垮牢房磚牆，但勢必傷及裡頭之人，這時正好用上此一絕活兒。他先輕拍磚牆數掌，聽出牆的厚度與弱點所在，接著將雙掌虛按在弱點處，掌力倏發即收，震碎弱點，身子迅速後躍，借助於掌上吸力與牢房本身重量，讓磚牆向外崩塌，露出一個大洞。裡頭有個獄卒堅守崗位，沒出去救火，正要發聲示警，被三保扔擲進的磚塊打在胸膛上，口噴鮮血，沒吭半聲，仰天倒臥斃命。

三保招呼眾人上了囚車，點燃火把，拋往馬廄，裡頭的馬兒受驚，疾衝而出，大街小巷亂奔一氣。三保駕起一輛囚車領頭前行，另五輛分別由淨氣使田九成、妙明使高福興、妙火使仇占兒、妙水使何妙順及金剛奴操控，一路奔馳至城西偏北的定淮門。此門又稱馬鞍門，臨近鐘鼓樓，且無甕城，出城後步行不久即達秦淮河，可順流而下，而秦淮河上畫舫甚多，也適可阻擋官兵追趕。明教群豪受囚已久，飽受折磨，功力大減，但一方面出於逃命本能，另方面積怨極深，把滿腔怒火全發洩在守門軍士身上，一陣狂殺濫砍，可憐這群軍士猶然睡眼惺忪，還沒弄清楚是怎麼回事，便已魂斷牆下。三保打開城門，引領眾人至秦淮河畔，河上煙籠寒水，泊著早先安排好的幾艘快船。

田九成抱拳道：「誠蒙壯士相救，我明教教眾咸感盛德，敢問壯士高姓大名，來日田某必效犬馬之勞。」三保道：「素聞明教英豪濟弱扶傾，力抗強權，卻不見容於當道，數年前不幸為奸人所害，以致總壇陷落，而諸位身陷囹圄，受盡折磨，晚輩今夜略盡棉薄，乃義所當為，不足掛齒。」「馬公子，是你嗎？」金剛奴問道。三保不意被他認出，心頭猛然一震，顫聲道：「王叔，我正是三保，三保可想你想得緊啊！」邊說邊拉下面巾。金剛奴雙手搭在三保肩上，喜道：「你雖長得高壯許多，但日間你跟隨蔣瓛進到詔獄，我一眼便認出你來，只不敢跟你相認，你果然不負戴法王的期望，今夜為明教立下大功。」三保道：「三保救援來遲，讓各位受苦了。」

何妙順道：「我們這幾十條賤命其實無關緊要，你可知龍鳳姑婆的下落？」三保道：「當日總壇陷落，龍鳳姑婆痛失四大侍女，後來與晚輩浪跡天涯，待尋得一棲身之處，晚輩即辭別她，輾轉來到應天。」何妙順道：「這麼說來，她老人家可是平安無恙。」三保道：「正是。」高福興道：「那太好了，她老人家在哪兒？我們立即前去迎請，號召全天下明教徒群起跟朱元璋這狗賊決一死戰。」田九成道：「高兄切勿造次，此事須從長計議，更何況今夜咱們逃脫得太過容易，難保不是蔣瓛那廝要釣出龍鳳姑婆的詭計。」高福興豹眼圓睜，道：「你是說這小兄弟來救咱們，其實是受蔣瓛那忘八羔子的指使？」他轉而對三保道：「我高福興不中蔣瓛那忘八羔子的詭計，甘願回苦牢裡蹲著。」轉身欲行。田九成急忙拉住他，道：「我可沒這樣子說。馬公子既然已知龍鳳姑婆的下落，若他果有異心，直接告訴蔣瓛不就得了，何必兜這麼一大圈？只是咱們務須小心，逃脫後千萬別急著去找龍鳳姑婆，以免暴露她老人家藏身之所。」高福興用力一拍自己的後腦勺，道：「這話說得有理，還是老田見事明白，馬公子的確是咱們的救命恩人，更是個好兄弟。」

「那可未必！」說話的是蘇俊，他冷冷質問三保道：「我問你，元超呢？」三保將情況大致說了，蘇俊怒道：「甚麼？你竟然殺死元超！你可知殺害教友，須受千刀萬剮的極刑？」當年明教總壇陷落時，他與幾個把弟不顧蘇天贊禁止，前往迎戰而非逃離，趙虎和李家兄弟當場遇害，他則遭蔣瓛生擒。蘇天贊終究捨不得寶貝獨孫，在送走一批老弱婦孺後，毅然斬斷流籠及吊橋的繩索，率領金剛奴、彭元超等人返身力戰，卻慘敗在蔣瓛劍下，蔣瓛用蘇天贊的性命要脅蘇俊，逼問出龍鳳姑婆何在。蘇俊後來推敲出錦衣衛和明軍是從祕道進入明教總壇的，不忠己過，反倒怪罪起三保，他在詔獄多受一分苦，便多怨恨三保一分。

金剛奴道：「此事怪馬公子不得，真是兄弟便會殺死彭公子，好讓他少受些苦楚，更何況馬公子並非明教徒，不受我教戒律約束。」蘇俊猶不甘心，逼問道：「那麼他究竟是何身分？憑甚麼能跟隨蔣瓛進出錦衣衛詔獄呢？莫非他已投靠朱賊！另外一個漢子衣飾華貴，再瞧蔣瓛對他一整副巴結的模樣，那漢子在朱賊朝中地位定然非比尋常，他與馬和又是何種關係？我想他大概就是馬和的主子吧！」金剛奴猜測三保已順利成為宦侍，這事可不好明講，道：「蘇公子啊，小的地位卑賤，斗膽說句話，請勿見怪，那就是馬公子今夜救出大夥兒，這是明擺在眼前的事實，你放著明擺在眼前的事實不管不顧，卻一味地咄咄逼人，刨根究底，不知做何道理？」金剛奴因當年總壇失陷的舊事，本已對蘇俊十分不滿，此刻不再隱忍，厲聲反問對方。

蘇俊見到眼中釘竟然成了大英雄，自己還頗承他的情，加上把弟死於其手，甚感不忿，豈肯善罷甘休，仍要發話，田九成插口道：「錦衣衛與守軍隨時會追殺過來，咱們且先逃離此處，一切是非曲直，日後再說。」金剛奴道：「不管如何，大夥兒全欠馬公子一條命，從今以後，不許再為難他，否則就是跟我王某人作對。」除蘇俊等寥寥數人外，其餘皆道：「也算我一份。」仇占兒即當年力拉牯牛上臺的巨漢，因聲音尖細，怕惹人恥笑，平常話少得像個啞子，此時竟也開金口，向三保鄭重道：「你很好，我記得。」三保報以微笑，道：「諸位還是儘快離開險地吧，晚輩還有要務須辦，無法同行，船上備有乾糧，聊供各位充飢。」這時傳來隆隆馬蹄聲響，不遠處火光燭天，大夥兒明白追兵轉眼即至，與三保匆匆作別，上船划離，不多時便消失在朦朧夜色中。

要犯逃脫，官兵被殺，錦衣衛與二十萬大軍調動起來四處追捕，鬧得滿城沸沸揚揚，三保左躲右閃，好容易才回到行館附近，換好衣服，燒掉夜行衣，一進行館，便撞見起身查看的洪保，二人對望一眼，都沒開口說話。三保入房，和衣倒臥在床，思索著田九成的疑心不無道理，這些明教徒皆是一等一的要犯，錦衣衛費盡多年心血才將他們一舉成擒，怎會讓自己輕易救出呢？其中恐怕大有玄機，無論如何，能救出他們，總屬好事一樁，縱遭懷疑，也算心安理得，只是彭元超死得太過冤枉，死前受的罪太過慘烈。三保轉念又想，當年明教總壇陷落，自己與彭元超難辭其咎，如今彭元超不屈而死，自己救出明教受囚徒眾，雖然稍彌愧疚，可別落入朱元璋與蔣瓛設下的圈套才好。他反覆思量，未慮及自身安危。

翌日午間朱棣自宮中來，一見著三保，寒著臉問道：「三寶，你昨晚去哪裡了呢？」三保只道劫囚之舉已事跡敗露，轉念一想，燕王倘若當真是來興師問罪，必會準備周全，不至於如此打草驚蛇，畢竟以這些侍衛的身手，可絲毫奈何不了自己，但自己不告外出乃是事實，又給洪保撞見，總不好當著他的面扯謊，兀自尋思要如何開脫，王景弘跪下道：「啟稟王爺，寶公公昨夜與奴才徹夜促膝長談，閒話家鄉之事，未曾外出。」洪保也跪下道：「王爺，奴才昨天夜裡起來解手，見著寶公公，可知他的的確確是在館內。」

朱棣臉色轉霽，溫言道：「昨夜有逆黨重犯被劫出城，守城官兵遇害，據說是一蒙面黑衣大漢獨力所為，天底下有此身手者寥寥可數，三寶是其中之一，身量也與傳言吻合，況且事情發生得委實太過湊巧，休怪本王起疑。」至於如何湊巧，他與三保心照不宣，要知道藩王勾結錦衣衛頭子，可是犯了朱元璋的大忌，親兒都得剮了，何況是像朱棣這樣來路不明的孩子，朱棣自然不敢明講，也就不至於當真追究劫詔獄一事。洪保道：「王爺，假若真是寶公公所為，他早已遠走高飛了，不會還待在這裡。」朱棣道：「這話說得也是。你們都起來吧！」他頓了頓，續道：「今日早朝完，太子的寶貝兒子纏著本王說要去打獵，本王熬不過，只得答應。昨夜才發生這等大事，逆黨可能還潛伏左近，皇上交代多派侍衛隨行，燕雲鐵衛營正好派上用場，明兒你們全都跟著吧，可別給本王丟臉。」一大夥兒齊聲答應。

次日拂曉，朱棣率數十員燕雲鐵衛至應天城南郊的牛首山圍獵。這山不高，僅是個矮丘，但南宋岳飛曾在此處大破金兵，名留青史，因此大明皇室成員酷嗜前來牛首山狩獵，敢情是把山中的飛禽走獸視為胡虜強敵，自己縱使不能親上前線，感受岳武穆「壯志飢餐胡虜肉，笑談渴飲匈奴血」的豪情壯志，至少可以「壯志飢餐花鹿肉，笑談渴飲山豬血」，聊過乾癮。不久後，太子朱標的嫡次子允炆，在數百名勛衛散騎舍人的簇擁下來到。他年方十四，生得脣紅齒白，眉清目秀，唯頭形略偏，美中不足，因其長兄雄英早夭，咸以為他將來要繼承皇位，是以尊貴無比，絕對不能有任何閃失。

然而朱元璋在馬背上得天下，深知北元雖已滅亡，但蒙古族依舊兵強馬壯，隨時會再興兵犯邊，總不能讓皇孫不受磨練，流於柔弱，因此當允炆當著爺爺的面纏著燕王叔叔要去打獵時，朱元璋笑著要朱棣答應，並從錦衣衛的一千五百名天武將軍中，挑選出同為嫡次子者，賜號勛衛散騎舍人，指示他們隨行。朱棣生長於應天，性子又野，常跟武將兵丁、販夫走卒廝混，對周遭地形與風土民情甚熟稔，加上弓馬精熟，善於統兵，確實是教導允炆的絕佳人選，而太子朱標成天詩云子曰的，失於過度仁厚，假如允炆盡跟自己的老子學習，將來恐怕會吃大虧——即便是打獵此一閒事，朱元璋也有一肚皮的算計。

這隊勛衛散騎舍人，都是公侯伯爵或都督指揮的嫡次子，大多成長於天下底定之後，過慣承平日子，衝鋒陷陣全然不行，馳騁畋獵倒很拿手，雙方敘過禮後，身為傅友德嫡次子的統領傅春心想：「皇上對閹宦忌憚甚深，素聞燕王事事刻意踵武其父，偏偏於此事上跟皇上背道而馳，連貼身侍衛都改用閹宦，聽父親說他還於此次北征時重用他們，只瞞著皇上一人，不知是何道理，我且挫挫這群怪物的銳氣。」生出一個計較來，道：「啟稟二位殿下，末將斗膽出個主意，以讓今日的狩獵更加好玩些。」

允炆年少多事，道：「傅將軍快說，怎樣會更好玩。」傅春遲疑不語，望向朱棣。朱棣道：「傅將軍但說無妨。」傅春這才道：「末將曾聽聞燕雲鐵衛營的威名，著實欽敬得緊，想趁這次狩獵，向燕雲鐵衛們討教討教。」朱棣道：「傅將軍客氣了，你是將門虎子，若肯費心教導這群毫沒見識的奴才，便是他們天大的福分了。」傅春道：「豈敢，豈敢。唔，不如雙方分為兩隊，人數相等，分別由二位殿下領軍，以一個時辰為限，比較所獵多寡，勝者得賞，敗者受罰。」允炆大喜，隨即應允。朱棣明白傅春的心意，但如此比試，倒楣的是飛禽走獸，表面上不傷彼此和氣，也就點頭認可。

勛衛散騎舍人人數多出燕雲鐵衛數倍，因此精挑出數十員，其餘分任守衛與記錄。雙方並約定，獵中虎豹之類的猛獸得十分，公狼、鷹隼九分，母狼、大雁八分，公野豬七分，雄鹿與母野豬六分，母鹿五分，豺與狐狸無論雌雄皆四分，其餘小動物一至三分不等，凡懷孕的母獸與未及齡的幼獸皆不計分，待號角一響，比試開始，再響即停手。傅春可萬萬沒料到，三保練武是從狩獵入手，他傳授燕雲鐵衛武藝亦然，所以狩獵對於他們來說，正有如家常便飯，若非朱棣不想讓勛衛散騎舍人輸得太難看，燕雲鐵衛營早已遙遙領先，而非呈現互有領先的拉鋸戰。

看看一個時辰將至，勛衛散騎舍人隊落後數分，這時燕雲鐵衛發現一頭成年豹子，獵下此豹的那隊便可獲勝，朱棣有意相讓允炆，領著燕雲鐵衛，將豹子趕往勛衛散騎舍人隊那邊。根據一條不成文的規矩，虎豹乃王公大臣的象徵，一般武將、軍士等閒不能予以射殺，只能圍捕，再由王公大臣親自動手。允炆看別人獵得十分容易，不知困獸之鬥最是凶險不過，驅馬靠近，朱棣正要提醒他留神，那頭豹子已奔向他。允炆著慌，張弓亂射，一箭正中馳援的傅春的心窩，將傅春射翻落馬。允炆的座騎玉麒麟見豹子直奔而來，受驚失控，發足疾奔，豹子緊追在後。其他人的座騎遠不如玉麒麟神駿，望塵莫及，勛衛散騎舍人群龍失首，亂糟糟地擠撞成一團，反倒阻擋住追兵。

三保見事態緊急，而且前有人馬阻擋，乾脆捨馬不騎，施展輕功，攀藤附葛，如猿猴般在樹木間擺盪，越過眾騎，追趕了去。玉麒麟馱著允炆奔至一處懸崖邊，前頭已無去路。那豹子與一般野獸迥異，並不想趁機逃脫，反而一味尋允炆晦氣，低吼一聲，躍向允炆。允炆魂飛魄散，自以為今日要與同父異母的長兄雄英重逢，緊閉雙目不敢觀看，三保和身撲至，二人一豹齊齊摔落懸崖。朱棣率眾人到來時，僅見玉麒麟低頭吃著草，馬背上空無人影。大夥兒探頭往崖下一瞧，赫然見到三保頭下腳上，以倒掛金勾之姿，一手環抱著允炆，另一手抓著豹尾，雙腳纏在藤蔓上，於是趕緊七手八腳拉起他們，縛住豹子，不令牠傷人。

允炆毫髮無傷，卻嚇得面如土色，半晌才回過神來。朱棣遞給他一把長槍，道：「賢姪快快刺死這頭惡豹，以贏得今日的比試，且出一口鳥氣。」允炆害怕至極，不願接槍刺豹。三保因雪豹之故，對豹子懷有特殊感情，跪下道：「卑職斗膽，懇請二位殿下放豹子一條生路。」允炆但求朱棣不要逼迫自己面對如此猛獸，滿口說好，朱棣只得應允。三保甚知豹性，蹲下安撫牠一陣，再予以鬆綁。豹子用頭臉在三保身上來回磨擦，伸舌舔了舔他的臉頰，親熱一會兒後才離去，大夥兒看得嘖嘖稱奇，允炆更是敬三保如天神。傅春策馬來到，允炆力弱，那一箭沒射穿他鎧甲上的護心鏡，他方才雖死裡逃生，卻驚恐萬分，深怕萬一允炆發生任何差池，那麼傅家上下縱有欽賜免死鐵券，也得遭殃，直到此刻見著允炆毫髮無損，這才鬆口氣，把三保當成救苦救難、恩同再造的活菩薩。三保一念之仁，救了死仇朱元璋與傅友德的子孫，心裡頭說不上究竟是甚麼滋味，只覺茫然。

朱棣見風使帆，道：「賢姪有驚無險，安然無恙，實乃社稷之福，蒼生之幸，不如讓三寶從此跟隨賢姪，你說好嗎？」允炆大喜過望，連聲道：「好好好，姪兒往後可跟三寶學習如何對付豹子……不不不不，三寶幫姪兒打發掉豹子便是了。」眾人皆發笑。朱棣看出這個皇位繼承人天生的怯懦，道：「是啊，三寶，我這位姪兒乃萬金之軀，日後你可得好好保護他周全，不然本王唯你是問。」三保口中稱是，心裡暗忖：「如此一來，我便可順順當當進宮，平白得到刺殺朱元璋的大好機會，這背後究竟是誰如此神機妙算，難道都是出自燕王的安排？但他會甘犯弒君殺父的千古罵名嗎？畢竟殺掉朱元璋，皇帝也輪不到他做，他何苦如此呢？錦囊上的字跡也非出自他的手筆，然而若非是他，誰有這麼大的本事呢？」

三保兀自尋思，允炆下令道：「今日之事大家切勿張揚，以免萬歲爺知道了要大發雷霆，他發起脾氣來可怪嚇人的。」其實不消他吩咐，沒人會跟自己的腦袋瓜子過不去，這事若讓朱元璋風聞，不知道將有多少顆人頭要滿地亂滾，甚至連牛首山的豹子也會被獵殺一盡。朱棣道：「三寶既已跟了賢姪，他所獵之物得算勛衛散騎舍人的，看來今日是勛衛散騎舍人大獲全勝，回去後本王大大有賞。」允炆道：「兩邊都有重賞，傅將軍負傷，另有賞賜。」傅春僅受皮肉輕傷，帶領勛衛散騎舍人跪下謝恩，山呼千歲，歡聲雷動，燕雲鐵衛們因即將與三保分別而心傷，這恩謝得不免有些虛應故事。三保跟他們情同手足，乍然相別，自也不捨，深感「海內風塵諸弟隔，天涯涕泣一身遙」，此時他尚不知，在他的後半輩子裡，與他生死相隨、直至天涯海角的，正是這群弟兄們。他央求允炆，等燕王北返後再進宮服侍。允炆面露難色，卻也不便拂逆，以免顯得不近人情。

朱棣只又在京師待了三日，便啟程北返。三保知道皇宮大內可不比燕王府，進宮為侍得先脫個精光受檢，私人物品則統一保管，且不得任意出宮，活像入獄，因此他事先拆開黃色錦囊，裡頭是張地圖，看起來繪的正是皇宮內院，還標出侍衛崗哨與巡行路線，另有一條由皇城外通往宮內的祕道。他忖道：「莫睬義兄鄭重叮囑，錦囊須按順序拆看，否則恐怕為我引來禍殃，誠不我欺。我若早見到此圖，大概會仗著血氣之勇，由祕道潛入皇宮行刺，非但成不了事，也無從救出明教教眾。」

他將地圖翻轉過來，發現背面用安息文寫了一段文字，指示他入宮後何時至何地做何事，另有一串數字，不解其意。三保再無懷疑，料定製作錦囊之人必是明教首腦人物之一，且對自己瞭若指掌，心裡既欽佩又畏懼。此時他渴望會見此人之心，已強過刺殺朱元璋之念，但又深感害怕，害怕此人正是朱元璋本人，否則天底下還有誰具有如此通天本領並熟悉明教呢？朱元璋原本只是個皇覺寺的小和尚，藉著操控明教而開創出一個嶄新皇朝，如今他以九五之尊，要將區區的馬和玩弄於股掌之間，又有何難呢？自己一心一意要刺殺朱元璋，卻在無意間為他立下不世奇功，當真可笑可嘆。三保隨即暗罵自己愚蠢，自己不過是出身於窮鄉僻壤的小毛頭，朱元璋為一國之君，親掌六部，日理萬機，哪會耗費心思來算計自己，於是用心記憶錦囊裡的地圖與指示，進宮前予以焚毀，並在祕道口外掘了個坑，將紅色錦囊、明教神功祕笈及朱玉英的玉珮，以油布包好埋入，覆上泥土，掃除挖掘與掩埋的痕跡，然後投往皇宮。

第十八回　入宮

明朝內廷機構分為十二監、四司、八局，統稱為二十四衙門，其中以司禮監的職權最大，號稱「第一署」，主要職權為總管所有宦侍事務，後來還傳宣諭旨，代替皇帝批答奏章，甚至出使外國，主掌廠衛，握有兵權，當然，後面這些事項在洪武朝不曾發生，朱元璋反倒嚴禁宦官讀書識字、預聞政事，違者斬首，不過三保要入東宮為侍，還是得先到司禮監報到。

掌印太監王公公一看見他，便眉頭深鎖，道：「皇上最忌恨長相俊美、英氣勃勃的內侍，你生得英偉挺拔，一表非俗，若教皇上瞧見了，幸運的話，你我就只是掉腦袋而已，不幸當真觸怒龍顏，則要先受盡凌辱才會沒命，更慘的是恐怕連累整個親族，但若不讓你入宮，東宮那邊我可交代不過去。」他頓了頓，續道：「這樣子好了，你入宮後儘可能避著皇上，千萬別給皇上瞧見，也不要跟任何人結怨，以免遭人挾怨密告，你辦得到嗎？」三保嘴上答應，心裡卻想：「長得俊美算是罪過嗎？蔣瓛不也是個英挺的美男子嗎？他若不毀容，難道就升不上錦衣衛指揮使嗎？唉，我要刺殺朱元璋，總要想方設法接近他才是，這麼一來，當真有些麻煩，且看那人如何安排。」他想的「那人」，是指製作錦囊者，他暗暗覺得那人有通天徹地的本領，不至於給這等小事難倒，縱使那人要自己如春秋時的刺客豫讓般自毀容貌，自己肯定義無反顧。

太子朱標的像貌肖似其父，醜陋歸醜陋，但在宋濂等幾位大儒的悉心調教下，顯得溫文儒雅，言談舉止與朱元璋迥不相類，更因慈祥和藹，讓人樂於親近，就是古板了些。他因三保救過兒子允炆性命，對三保另眼相待，不過礙於朱元璋所訂嚴規，勉強幫三保掙了個品位不高的長隨職銜，囑咐他隨侍允炆。此一安排正合允炆心意，只是苦了三保，竟日價給這位寶貝皇孫纏住，不僅要教他騎射武藝，還得侍候他受教學習，所幸新任的伴讀黃子澄鄙視內侍，傳道授業時不願讓三保跟著聽講，三保才得了些許空閒。

這個黃子澄，四十來歲年紀，洪武十八年會試高中第一，殿試卻吃了大虧。據說朱元璋在殿試前夕夢見一根巨釘從天而降，故欽定會試表現不十分出色的丁顯為狀元，並以貌貶人，將相貌堂堂的黃子澄抑置於三甲。自視甚高的黃子澄非但沒能獨占鰲頭，高中魁首，居然連前二甲也擠不進去，僅屈居翰林庶吉士，乃非戰之罪，從此書空咄咄，憤世疾俗，生平敬佩者，唯曹國公李景隆。李景隆是朱元璋外甥李文忠的長子，李文忠驍勇善戰不說，甚至通曉經義，恂恂若儒者，頗受當世稱許。李景隆武藝平平，但富於文才，年方弱冠，熟讀兵書，黃子澄曾向他問難，他引經據典，對答如流，很合黃子澄的脾味，二人遂結為莫逆之交，曾月下煮酒，矢志以文興邦，用武安國。黃子澄時任翰林院修撰，到底是有真才實學，被朱元璋欽選來東宮伴讀，他不敢得罪太子朱標，沒去向朱元璋舉發三保，卻也不准他跟隨允炆受教。

允炆的幾位老師當中，有個人物與眾不同，大異於一般儒生，那即是國師道衍和尚。道衍兼通儒釋道法，醫卜星相無一不知，天文地理無一不曉，又精擅謀略兵法，屬於劉伯溫一類的人物，但跟劉伯溫不同，道衍頗知進退，謙恭下抑，既不結黨，更不營私，且是個和尚，平常獨居於一間小廟裡，朱元璋屢要賞賜給他宅第金銀，他一概不受，因此很得慳吝多疑的朱元璋信任。朱元璋反叛明教，密派部將廖永忠害死教主小明王韓林兒，擔心得到現世報，又經年積勞，自從一子一女早殤，而且患難相隨的馬皇后及長孫朱雄英相繼在洪武十五年病逝後，便得了怔忡之症，性格益趨乖張，時而抑鬱，時而暴怒，還經常夢見水淋淋的韓林兒索命，深以為苦，怎奈藥石罔效，御醫殺了一批又一批，依舊無濟於事，不得不貼出黃榜求治。道衍揭榜進宮，才幾帖藥，便將朱元璋的病情控制得還不錯。朱元璋龍心大悅，與道衍相談之下，嘆服其學問淵博，識見高超，尊奉他為國師，而剿滅明教，平定北元，皆出自道衍的擘畫。

朱元璋不願允炆與其父朱標一般流於迂闊，故要道衍也來教導允炆。允炆隨父母居住於春和殿，卻在文華殿學習，文華殿也是太子處理國政之處。道衍一旬來一次，允炆因他所敘多為天下異聞，覺得新奇有趣，頗喜愛上他的課，今日在他到來前，早早到文華殿外親迎，興沖沖向三保大大吹捧道衍一番。三保知曉道衍獻策剿滅明教，暗自銜恨，對於允炆之言，有一搭沒一搭地虛應著。黃子澄獨尊儒術，鄙夷佛老，不想與道衍委蛇，告病離去，正中允炆下懷。非常自以為是且控制慾極度發達的朱元璋，將天下僧人強分為禪、講、教三類，並規定其各自服色：「禪僧，茶褐常服，青條玉色袈裟。講僧，玉色常服，綠條淺紅袈裟。教僧，皁常服，黑條淺紅袈裟。」這三類之分，為：「其禪不立文字，必見性者，方為本宗；講者，務明諸經旨意；教者，演佛利濟之法，消一切現造之業，滌死者宿作之愆，以訓世人。」

道衍年約六旬，著黑色僧服，卻非屬教僧，而是別具深意，朱元璋敬重他，特別給予法外開恩，而他也的確難以歸入禪、講、教任一類。道衍在文華殿外一見到三保，一雙三角眼湛然生光，視線糾結在三保身上，撚鬚頷首道：「這位小公公很有些意思。」允炆問道：「有甚麼意思？」道衍道：「中官身形多半矮胖，皮膚鬆弛，這位小公公卻生得魁偉異常，筋肉虬結，顯然有過不凡際遇。」允炆忍不住望向三保下體，疑道：「難道三寶的身子淨得不完全？這不會呀，聽說他進宮時被檢查得忒仔細，全身上下所有孔洞還遭反覆掏探。」他關心三保，連這種事也去打聽。

道衍道：「老衲指的不是這個。」允炆道：「不知國師所指為何？」道衍笑道：「這位小公公除了是位練家子之外，恐怕還是個多情種，雖早已淨身，但這些年來情緣牽纏，是以尚存幾分男子氣概。」三保心下一驚，自己從小身量本就高於同齡者，與韓待雪長相廝守的那段時日，又拔高不少，自從與她分離後，便不再生長，原以為是年齡到了，沒想到居然與她大有干係。允炆奇道：「三寶竟然有心上人，若非萬歲爺嚴禁內侍娶妻，不然我可要玉成其事。」三保紅著臉道：「殿下說笑了，內侍哪能娶妻！」他寸心千里，魂越關山，心思倏忽飄到遠在泉州的伊人身上，兩人分別後，音塵相隔，並且恐怕今生永無再見之日，一念至此，一顆心驟然揪緊。

道衍道：「魏武帝曹操的祖父曹節便是個宦官，他非但娶妻，還收養義子，這才有後來的曹操。唐代宦官多半蓄有三妻四妾，妻妾不少出身於官宦之家，有的甚至被皇帝欽封為誥命夫人哩！」允炆道：「原來內侍娶妻自古即有，並非我突發奇想。」他頓了頓，若有所思，道：「三寶，等我親政後便幫你主婚，但你得有些耐心，我爹爹正當盛齡，傳位給我應是數十年後的事了。你要是等不及，我去央求爹爹為你破例。」三保心想：「那位姑娘可是必須永保貞潔的明教龍鳳姑婆，何況我將要刺殺你爺爺，你爹爹怎能又怎會幫我主婚呢？」這話無論如何說不得，只能以苦笑回報允炆的好意。

允炆道：「國師，學生有一事懇求。」道衍道：「但請示下。」允炆道：「黃老師以萬歲爺立有嚴令為由，說甚麼也不許三寶進書房侍讀，但學生看您跟三寶談得甚為投機，國師能否恩准他進去聽講？」道衍笑道：「原來是這麼一回事，當然不成問題。」允炆要三保隨他一同在文華殿外等候道衍，為的正是此事，如今得計，高興得手舞足蹈，拉著三保逕往書房裡頭走，疏忽了弟子之禮。道衍不跟他計較這種枝微末節，含笑跟進。三保原本以為道衍必定是個陰沉狠辣的人物，不意他非但博古通今，學識淵博，更是和藹可親，妙語如珠，見解非同於流俗，一堂課下來，對他恨意大減，欽敬之心陡生，只因道衍畢竟是明教大仇，三保無法全然釋懷。

又過數日，文華殿來了三個道人，領頭的三十許年歲，丹鳳眼，臥蠶眉，白淨面皮，三綹長髯，一副仙風道骨、出塵絕俗模樣，頭戴紫陽巾，身著青色鑲金邊道袍，補子上繡著錦雞圖案，正是龍虎山第四十三代天師張宇初，世襲其父張正常為正一真人，官居正二品，名義上主掌神樂觀，為天下僧道之首。朱元璋藉胡惟庸一案廢除丞相之制，親掌六部，各部最高行政首長尚書一職也只是正二品，由此可知正一真人地位之尊崇。張宇初奉朱元璋之命，來教授允炆宗教課程，朱標也曾跟從其父張正常上過此課。黃子澄不願與僧道為伍，一聽說他們到來，再次稱病離去，朱標不在宮內，允炆得訊，帶著三保親迎他們入文華殿。

朱元璋擺明了崇道抑佛，乃事出有因。他年輕時曾在皇覺寺出家，一來純是為了存活而迫於無奈，並非當真欣慕佛法，二來他覺得這碼子事甚不光彩，登基後大搞文字獄，殺掉隱指他當過和尚者，再者皇覺寺僧人待他甚為苛刻，出家那段日子可一點兒也不愉快，他才毅然投入明教紅巾軍，幹起造反的勾當。朱元璋跟王莽一樣，曾利用道士來捏造自己是真命天子的圖讖符籙，他並杜撰獲得真武大帝庇祐脫難的傳奇故事，得位後知恩圖報，善待道士，更何況跟他一起打天下的淮右武將多半信奉道教，也要就這點來投其所好，予以攏絡。唐宋皇室皆有崇道抑佛的傾向，元朝則反其道而行，道教為中土本有，佛教畢竟是外來，蒙古為異族，朱元璋要驅除韃虜，恢復中華，步武唐宋，自然要採行唐宋的宗教政策，而與元朝相左。最重要的一點是，數百年來，明教每每依附在佛教之下祕密傳教，男神形似佛陀，女神貌肖觀音，民眾難以區分辨別，朱元璋一心一意要鏟除明教，佛教沒遭受池魚之殃，已屬託天之幸了，可別指望洪武大帝會大加弘揚。道衍和尚頗受朱元璋信任，但國師只是個虛銜，並無真正職權，佛教更不像道教有一整套的官制機構，連明初所設主掌佛教事務的善世院，也早已遭朱元璋裁撤了。

張宇初後頭跟了兩個道士，其一法號靈霄子，四十歲上下，身材胖大，胸前補子上繡了隻鷺鷥，是個正六品的提點，乃神樂觀實際執事者，一副趾高氣昂模樣，對允炆倒是著意奉承。另一位法號清虛，年約半百，身材高瘦，胸前補子上繡了隻鸂鶒，是個正七品的贊教，正一真人的僚屬，除了向允炆見禮外，未再發一語。三保不經意與清虛四目相接，心中一凜，忖道：「這道士好深厚的內力，怎麼一把年紀了還甘為親隨，屈居靈霄子這種人之下呢？他莫非跟我一般，潛伏在宮中別有圖謀？」清虛對三保也起了類似心思，攏攏鬍鬚，朝三保微微頷首。

允炆道：「家父不知真人今日駕臨，未能親迎，奉上束脩，還請真人寬宥。」張宇初哂道：「貧道素知太子政務繁重，不敢叨擾，刻意挑選太子外出之日造訪，若有任何人失禮的話，那應是貧道才對。」張宇初甚是隨和，允炆稍微放下懸著的一顆心，問道：「敢問真人，學生的伴讀黃老師今日因病告假，可否由這位馬公公瓜代？」他指了指身旁的三保。張宇初尚未回話，靈霄子搶著道：「啟稟殿下，如此恐與體制不合，況且這位公公只不過是個長隨內侍，未曾中進士、點翰林，豈能擔任伴讀？」長隨是個從六品的小官，剛好比正六品的提點低了一級，極具勢利眼的靈霄子瞧他不起，全沒意會到打狗也得看主人。

允炆恚道：「我請教的是正一真人，你只不過是個區區提點道士，無德無能，這裡豈有你說話餘地！」靈霄子慌忙跪下，磕頭請罪道：「微臣知錯，懇請殿下恕罪。」張宇初見勢頭不對，打圓場道：「貧道瞧這位公公天庭飽滿，頭角崢嶸，實乃聰明絕頂之輩，當初若未入宮而著意於仕途，未必不能名登黃榜。今日貧道初來，僅是說些閒話，無需有博學鴻儒在場著錄，便勞煩這位公公在旁陪伴殿下吧！」允炆大喜，要三保道謝，接著領張宇初進書房，靈霄子與清虛在偏廂等候。

張宇初不只精通道藏，還熟讀經史子集，於佛學亦多所涉獵，知識極淵博，最難能可貴的是，他身為道流首領，立論卻不偏頗，並未獨尊道教而刻意貶抑他教，且深明治國之道，他能夠身居高位，雖主要得自父蔭，但蒙受朱元璋器重，應非倖致。三保聽完他一席話，感悟宗教的力量極大，如水一般，既可載舟，亦可覆舟，歷代王公將相，大有作為者會善用之，昏庸無能者或禁斷之，或反受其操弄。後來三保成就不凡功業，得力於宗教甚多，歸根結柢起來，張宇初今日的啟發可說功不可沒。三保原想詢問關於明教之事，因怕洩底，隱忍下來。

其後的一堂課，張宇初講授《道德經》要義，道：「『谷神不死，是謂玄牝，玄牝之門，是謂天地根。綿綿若存，用之不勤。』所謂『谷神』，率有二解。一是如司馬光所解的『中虛故曰谷，不測故曰神，天地有窮而道無窮，故曰不死』；另一則如河上公所注的，『谷，養也，人能養神則不死』，有論者據此引申『谷』為丹田，而此章所敘為胎息導引要旨。是以司馬光重道家的義理，河上公重道家的方術。而『牝』者，女陰也……」

三保憶起韓侍雪羞處所刺祕笈文字，似乎與《道德經》有相互發皇印證之處，忽然有所感悟，引得丹田與諸脈氣動，因此對於張宇初所授《道德經》要義，更覺得興味盎然，別有會心。後來有回張宇初上到「反者道之動，弱者道之用」一章，三保喟然自嘆：「我先前以為明教神功祕笈的創作者過於偏激，事事反正道而行，沒想到其意旨竟與老氏之言若合符節，是我過於鄙陋無知，才生出如此誤解。」道教本為唐朝國教，明教神功祕笈的創作者魚令徽熟悉《道德經》，自不足為奇，難得的是，他以道學為根本，吸納了佛學與明教教義精髓，將武學推展至曠古未有之境界，三保此時尚未能盡通。

夏日的京城活像一口超大蒸籠，酷熱悶濕，教人十分難受，汗水無一刻稍止，皮膚彷彿被遍抹黏膠，衣衫緊貼其上，任誰都忍不住要剝除之而後快，但礙於朱元璋厲行的禮教，在人前還是得穿戴嚴整，一絲不苟。朱元璋與朱標勤儉自勵，亟言心靜自然涼，唯命宦侍宮女勤揮扇子就是了，哪像後代不肖子孫會在冬季貯藏大量冰塊於地窖，用以在炎炎夏日裡清涼消暑。《明史・食貨志》就說：「採造之事，累朝侈儉不同。大約靡於英宗，繼以憲、武，至世宗、神宗而極。」

這暫且不論，且說允炆正值青春年少，比一般人加倍感受到鬱悶煩躁，一待父親出宮，便要三保陪他去城郊的鍾山避暑，三保拗不過他，只得隨行，未有其他侍衛跟從。鍾山又名紫金山、蔣山，綿亙蜿蜒於應天城東，形似一條巨龍，自古即有龍蟠之謂，與虎踞於西的清涼山並稱。三保在滇川藏看多了巍峨巨峰，只覺鍾山秀麗有餘，雄奇不足，然而走馬於山徑之上，林蔭之下，清風徐來，酷熱頓消，況且能夠暫離大監牢似的皇宮，自也快意舒暢。

允炆道：「前頭正在興建皇陵，鍾山上此時有十數萬民工，龍蛇雜處，咱們避開去，到靈谷寺一遊吧，聽說那兒很有些意思。」他雖一時興起，不帶侍衛私下出遊，還是擔心惹出事端而遭受父親責罰。三保回道：「是，殿下。」允炆道：「我倆微服出宮，又無侍衛隨行，正是要隱匿身分，你可千萬別稱呼我為殿下。這樣子好了，我乃京城布商之子朱二少，你是我的表兄馬公子，遠從雲南來京依親，你我今日便以表兄弟相稱。」三保道：「如此當真折煞屬下，萬萬不可。」允炆如同朱棣一般，不許三保自稱奴才，此時道：「沒甚麼不可以的。」三保道：「不如您還是當京城朱二少，屬下則是您的家僕。」允炆笑道：「你低頭看看自己一身裝扮，可像是個家僕？」三保在宮內更衣時，已察覺衣飾華貴非常，但因允炆一直催促，而且以自己的身量，臨時要找著合身的衣服換穿可不容易，也就沒多問，沒想到允炆竟有如此圖謀。

不消多時，二人來到靈谷寺山門前，一個年輕知客僧迎上前來，朝二人唱了個肥喏，道：「阿彌陀佛，小僧恭迎二位施主。二位施主若要入寺遊賞，請於此處下馬，步行入內。為免有礙寺內僧人清修，遊賞僅止於無量殿，亦請低聲細語，切勿喧譁，亦不得用葷食，更不可殺生捕獵。」允炆對三保嘻嘻笑道：「表兄，臭和尚規矩忒多，咱們大人大量，不跟他們計較，這就下馬吧！」三保苦笑以對。二人下馬，將馬韁遞給那僧，走入山門，見到一條迂曲小徑，為蒼松古柏所夾，一派清幽。允炆道：「我打聽過了，從這兒到寺院大門約莫五里，咱表兄弟比比腳力，誰輸誰就是烏龜。」剛說完，發足疾奔，三保含笑，手負身後，舉步前行，意態悠閒，始終跟允炆保持一步之遙。

允炆跑得大汗淋漓，快到一座牌樓前，喜道：「我贏了。」回見三保緊跟在後，臉不紅，氣不喘，額頭上連滴汗珠也無，不禁一怔，放慢腳步，拉著三保的手，改口道：「咱倆平手，沒人是烏龜。」三保不敢僭越，停步不前，道：「來，我幫你擦汗。」伸手入懷去取汗巾，順勢掙脫允炆的掌握。允炆極敬重三保，不讓他幹些低三下四的瑣事，生活起居另有個名叫四喜兒的小內侍伺候，道：「我自己來。」從三保手中取過汗巾，在頭臉頸項胡抹一氣，然後將汗巾揣入懷裡，打算讓四喜兒清洗乾淨後再還給三保，抬頭看著牌匾，唸道：「天下第一禪林。」頓了頓，「嘿嘿」兩聲，續道：「這破廟裡的和尚真不知羞，可說是癩蛤蟆打哈欠——好大的口氣，竟敢妄稱天下第一。」「阿彌陀佛，此匾乃當今聖上御筆親題，敝寺上下咸感皇恩浩蕩。」說話的是個像貌清臞、身材頎長的中年僧人，他不疾不徐地從牌樓之後走出，臉上雍沖平和，毫無慍色，雙手合十，向二人問訊。

靈谷寺的前身為開善寺，八百七十餘年前，梁武帝為埋葬寶志和尚，下旨興建，其後屢有更名，明初稱為蔣山寺，原址在鍾山上的獨龍阜。洪武十四年，朱元璋尋覓皇陵寶地，親眼相中獨龍阜，將蔣山寺與阜上其他寺廟悉數遷移至此，合為一寺，其規制仿照大內，殿宇遍布，寶塔林立，僧侶上千，松柏累萬，當真氣魄非凡，比起嵩山少林寺，不遑多讓，朱元璋自鳴得意，欽賜「天下第一禪林」之匾，因幼年失學，書法苦不甚高，命翰林學士代筆，是以允炆沒能從匾額上的字跡辨識出來。

允炆不知周遭有靈谷寺的僧人在，故出言不遜，此刻有些羞赧，但他畢竟是將要接掌大位的皇儲貴冑，不能隨便認錯，以免損折皇室威嚴，反而怪罪那中年僧人道：「兀那和尚，你怎躲在牌樓後頭，出其不意，怪嚇人的！」那中年僧人再次雙掌合十，道：「阿彌陀佛，貧僧溥洽，倘有驚擾，還望二位施主寬宥。」允炆打蛇隨棍上，要脅他道：「倘若你能帶我們表兄弟倆在寺內隨處逛逛，本公子就不跟你追究，否則必向方丈投訴。」溥洽哂道：「陪同貴客遊賞，本是貧僧職責所在，敢問二位施主如何稱呼？」靈谷寺乃馳名天下的寶剎，又位於京畿，不時有王公大臣、富商巨賈前來遊歷，因此選擇了儀表、談吐、修為、學識、武功俱佳的溥洽擔任接待。

允炆道：「我乃京城布商之子朱二少，這位是我的表兄馬公子，方從雲南來京依親。」溥洽道：「馬公子好俊的身手，敢問武功師承哪位高人？」三保剛與允炆小試腳力，溥洽看出他身懷不凡技藝，寺內藏有稀世重寶，故對武功高強的來客都格外提防。三保道：「我在山野林間奔跑慣了，腳程比常人快些罷了，哪會甚麼武功！」溥洽聽他不承認會武，更覺來者不善，恰好此時山門處發出示警焰火，顯現有敵人強攻入內，溥洽誤以為三保是開路先鋒，打算先擒下他，便道：「施主既不肯吐實，貧僧只好試試，得罪莫怪！」右手成爪，迅疾無倫地抓向三保左肩。三保「哎喲」一聲，假裝手忙腳亂地往後傾倒，卻是巧妙至極地避開這凌厲一抓。允炆大喊：「臭和尚，你找死嗎？怎麼沒來由地便出手呢？快住手啊！」允炆年少，武功低微，溥洽沒把他放在心上，雙手接連抓向三保，卻是招招落空，不禁大感心驚，瞧這青年不過年方弱冠，竟能行若無事地避開自己浸淫十餘寒暑的擒拿手，而且全然不顯露武功路數，實乃生平罕遇的勁敵。溥洽見事出緊迫，無法再自重身分、慮及修行人的威儀，後躍數步，除下雙腳鞋襪，露出有如猿猴般的足掌，舒展修長強健且靈活異常的腳趾。

三保見狀愕然，溥洽撲了過來，突然就地一滾，使出有「九滾十八跌」之稱的地躺拳法，不但翻滾撲抓踢剪抱樣樣都來，腳上還帶著擒拿之技。世上儘多擒拿手，「擒拿腳」則僅此一家，別無分號，搭配獨具一格的地躺拳，招式變化莫測，眩人耳目，威力強大，又不傷人命，果真有獨到之處，三保饒是內力深厚，熟悉各大門派絕藝，一時之間卻也給弄得啼笑皆非，手忙腳亂，幾度險些著了溥洽的道兒。溥洽通常此怪招一出，便腳到擒來，這回卻屢屢「失足」，暗暗稱奇。他雖屬少林十八羅漢之一，但他先在別處出家、習武，再帶藝投入少林，與寺中僧侶多少有些隔膜，一旦靈谷寺彗明方丈向少林寺求援，少林方丈即派遣溥洽率眾武僧前來。他身具異象，這套帶有擒拿腳技的地躺拳法，是他自幼練起的獨門祕招，並非少林武藝，連見多識廣的明教諸長老也全然不知，更未著錄於年代久遠的草庵洞壁，然而擒拿腳畢竟脫胎自擒拿手，道理完全相通，三保留心一陣子，也就逐漸揣摩出門道來。

這時隆隆馬蹄聲響，敵人已然迫近，溥洽心裡著慌，行險強攻，好先擒下眼前青年，反而露出老大一個破綻。三保豈會輕縱良機，一手抓住溥洽以倒栽蔥姿勢踢來的腳踝，另一手在他背心要穴輕輕一拍，鬆開手，飄然退到丈許外，抱拳道：「領教了。」溥洽已知三保了無敵意，否則方才這一掌大可重創自己，於是翻身站起，雙掌合十垂首道：「阿彌陀佛，貧僧適才無知，多所冒犯，懇請見諒，且學藝不精，承蒙施主手下留情，深感盛德。」

三保待要回答，策馬而來的眾人中有一位以藏語大喊：「這兩年我找得你好苦啊！你當初怎不告而別呢？」三保一凜，回頭見到十來騎紅衣喇嘛，領頭的正是那位執意要傳授大歡喜功給自己的老喇嘛，看他風塵僕僕，皺紋較先前加深幾分，兩頰凹陷，可知他為了尋找自己而飽經風霜，不由得大受感動，但說甚麼也不能跟從他修練那必須跟十二位妖豔女子交合的「無上至樂圓妙法」，只恭恭敬敬地以藏語回道：「扎西德勒，上師別來無恙。」允炆推斷身手不凡、氣宇軒昂的三保必定身世坎坷，才會甘願淨身為內侍，因此無意探詢其過往，免得引他傷心，全然沒想到他居然會說藏語，還跟吐蕃老喇嘛相識，對三保的景仰之情，不由得更加深幾分。溥洽給三保弄得丈二金剛摸不著腦袋，不明白他究竟是敵是友，反正強敵已經入侵，因此發出長嘯，打斷老喇嘛與三保的對話。

寺內湧出數十名手持棍棒的武僧，他們見到示警焰火，早已集結在內，只待溥洽召喚。武僧們結好陣勢後，一位老僧這才緩緩走出，溥洽朝他行禮，喚道：「方丈。」老僧看溥洽滿身塵土，遍體汗濕，道：「你辛苦了，暫且退下休息吧！」轉向來人道：「阿彌陀佛，老衲彗明，忝為本寺方丈，不知諸位同修今日大駕光臨，有何見教？」眾喇嘛當中混了一個高鼻深目、滿臉虬髯、膚色黝黑的胡僧，驅馬前行幾步，用略顯生硬的華語問道：「彗明方丈原來的法名可是道本？」彗明吃了一驚，自己接掌靈谷寺之前的確是叫道本，這雖不是甚麼機密，沒想到這胡僧竟會知曉，可見對方果真是有備而來，臉上不動聲色，淡然答道：「老衲正是道本，不知法師寶號，又何以識得老衲？」那胡僧道：「貧僧乃天竺沙門跋羅什，素來欣慕中土佛法昌盛，高僧輩出，而道本和尚乃當今中土佛教界的泰山北斗，今日有緣識荊，真是我佛慈悲，善哉！善哉！」

彗明道：「老衲萬萬不敢妄稱甚麼泰山北斗，只願做好日常功課，管理好本寺寺務，即庶幾無憾矣。」跋羅什道：「方丈不宜過謙，如今就有一個大好良機，能讓方丈光大佛教，而與玄奘大師古今輝映。」彗明早就猜到對方來意，一聽他提及玄奘大師，更無懷疑，肅然道：「玄奘大師乃中華佛教界一個極了不起的人物，老衲再如何狂妄自大，也萬萬不敢與之相提並論。」跋羅什道：「數百年前玄奘大師不畏艱險，前往天竺取經回中土，譯為漢文，使佛法大盛於華夏，甚而流傳至高麗與東瀛，可惜其後天竺佛教逐漸式微，如今已瀕於滅絕，『法失而求諸野』，貧僧反倒要前來中土求法。」他自作聰明，竄改「禮失而求諸野」之句，顯得不倫不類。

彗明道：「我泱泱中華為禮儀上邦，豈可稱『野』！然則禮尚往來，老衲自當倩寺內僧眾備妥一整套佛經，由法師攜回，法師精通漢文，譯經想必不成問題。」跋羅什道：「方丈美意，貧僧心領了，只是天竺從來不缺經書，缺的是能夠激勵人心的寶物，像是玄奘大師的頂骨舍利，惟盼方丈念在天竺乃佛法發揚之地，華夏為佛教光大之處，而玄奘大師與天竺因緣甚深，即發無上菩提心，讓貧僧將此一重寶迎回天竺供奉，以助佛法再度大盛於天竺，如此則功德無量，有如佛骨舍利東傳，方丈也勢必名揚千古。」彗明道：「玄奘大師頂骨舍利不單單是本寺鎮寺之寶，亦屬中華傳世之珍，茲事體大，非老衲一人可以說了算，不如請法師先回天竺，待老衲詢問過各大寺院方丈，並上奏朝廷，之後再作定奪。」跋羅什道：「如此費事，恐怕必須耗費數年光陰，多半最終不了了之。……」他忽然臉色一沉，續道：「無論尊意如何，貧僧得小西天多杰活佛及其弟子義助，今日非取得玄奘大師的頂骨舍利不可。」三保這時才知老喇嘛名為多杰。

彗明道：「法師有吐蕃喇嘛撐腰，老衲則有少林武僧助拳，鹿死誰手，猶未可知。」跋羅什冷哼了聲，責問道：「天下武學出少林，少林武學出自達摩祖師親傳，請問達摩祖師是哪裡人？你們不知飲水思源，難道要數典忘祖嗎？」眾少林武僧聽他如此說，全都面面相覷，不知是否該與之為敵。彗明不懂武學，更不明其源流，做聲不得，一旁的溥洽接口道：「法師此言差矣！達摩祖師所傳僅是禪學佛法，少林武學肇始於隋末，乃中土人士自創，當初為了自抬身價，並激勵僧人勤學苦練，這才假託於達摩祖師，否則天竺僧人何須屢至少林寺盜取武學祕笈，難道也是因『武失而求諸上邦』嗎？」跋羅什怒道：「全然一派胡言！」轉用藏語向多杰道：「多杰活佛，中土和尚完全不講情理，一味推託狡辯，請動手吧！」

多杰不理他，對三保道：「好徒兒，你若跟我回邏些修練大歡喜功，我便不蹚這渾水，如何？」三保是穆斯林，佛門中事跟他半點關係也無，對多杰所言頗覺啼笑皆非，又不便明講，一時之間不知該如何回答才好。跋羅什看多杰懷有異心，便道：「多杰活佛，我幫你擒拿這小子，您助我奪取玄奘大師頂骨舍利，如此可好？」多杰大喜道：「好，那就一言為定。」下馬朗聲道：「我武功很高，打遍吐蕃無敵手，華人文弱，肯定更加不是我的對手，你們都乖乖退下吧，免得受傷，甚至殞命，有違佛祖慈悲為懷之意。」他的弟子紛紛下馬，爭相附和。

跋羅什將其言譯為漢語，眾武僧看多杰老邁乾癟，不必人推，一陣風來，恐怕自己便會摔倒，居然還口出狂言，幾個較年輕的忍俊不住，噗哧笑了出來。溥洽從多杰眼神、語音與下馬身法，看出他身懷絕世武藝，上前行禮，恭敬道：「阿彌陀佛，貧僧溥洽來領教法師高招，還望法師手下留情。」多杰有意立威，不由分說，一起手便使出六成功力，溥洽頓感萬鈞巨力襲上身來，不敢怠慢，用足內勁迎戰。三保吃過多杰的虧，知道他這是誘敵之招，看多杰掌到中途、轉而拍向溥洽脅下的一掌凌厲無比，溥洽倘若挨實了，不死也得去掉大半條命，無暇細想，飛身相救，與多杰對了一掌，發出砰一聲轟然巨響。

多杰原以為溥洽中計，定能一舉將他斃於掌下，豈知一股生平未逢的巨大勁力從旁殺將出來，逼得自己退了一步，定睛一瞧，出掌的居然是三保，不禁又驚又喜，道：「好小子，這兩年你勤練大歡喜功，內勁差不多已達到我的五、六成了，很好，很好，我可要到四十幾歲，才有如此功力。」他再仔細琢磨，臉色倏變，厲聲道：「不不不，這不是大歡喜功，這不是大歡喜功，你說，你老實跟我說，這兩年你是不是偷偷跟著別人學武？」三保道：「晚輩原就自有師承，也已稟告過上師，實在擔不上『偷偷』的罵名，上師美意，晚輩只能心領了。」多杰道：「如此一來，我的大歡喜功不就失傳了嗎？我怎對得起恩師呢？」他略為思索後，道：「不成，我得把你捉回去，廢了你的武功，讓你從頭練起。」

三保看他如此蠻橫，不免有氣，道：「上師的大歡喜功練到如今，最起碼總有六十年了吧，充其量只不過跟晚輩練了幾年別門武功差相彷彿，晚輩又何必捨易就難呢？」多杰怒斥：「胡說八道！甚麼差相彷彿，根本是天差地遠好不好。我就讓你開開眼界，瞧瞧大歡喜功的真正威力。」一才說完，運起神功，霎時左臉發青，右臉泛紅，舉起雙掌，亦呈左陰右陽之勢，道：「看清楚了，這是以大歡喜功為根基的陰陽和合極樂掌！」身形一晃，躍進少林武僧陣中，左掌軟綿綿拍出，右掌發出剛猛無疇的勁力，各擊中一名青年武僧的胸口，這兩人方才嘲笑多杰的聲量最大。

中到多杰右掌者，顏面血紅，下體急速隆起，膨脹到令人瞠目咋舌的地步，緊接著發出淒厲至極的哀吼，只聽得噗一聲響，其下體爆裂，精血飛濺，景象說不出地噁心駭人。中到多杰左掌者則是臉色慘白，嘴裡嗚嗚低鳴，身子直打寒顫，雙手緊握住自己下體，隨即慌慌張張地褪去衣褲，只見其卵袋已然乾癟，男根則萎縮到細過小指，還不斷往腹腔內收縮。有些修行者與內家高手到了極精深地步，可練出「馬陰藏相」，亦即俗稱的「縮陽入腹」，但多杰可迫使他人如此，真乃不可思、不可議。那武僧驚恐萬狀，痛苦不堪，倒臥在地，抽搐一陣子才死，下體呈現出一個窟窿，男根與雙卵俱消失無蹤。這陰陽和合極樂掌當真令人匪夷所思，又歹毒無比，不知何樂之有，眾人一見，不禁頭皮發麻，背脊生涼，完全想像不出，也絲毫不敢設想，倘若同時中其雙掌，會變成甚麼模樣。

多杰衝著三保哈哈笑道：「如何？見識到我的厲害了吧！」三保正色道：「你這掌法陰狠毒辣，果真是天下無雙，卻也可謂武林之恥，我寧死也絕不肯習練。」多杰眉毛豎起，緩緩說道：「嘿，等你嚐過陰陽和合極樂掌的真正滋味，就不會這麼說了。」他瞥見允炆對三保關懷之情溢於言表，二人應是關係匪淺，於是先向跋羅什傳音入密，再裝模作樣要以全力發出陰陽和合極樂掌。跋羅什趁大家凝神戒備之際，撲向允炆，挾持住他，一手按在其腦後要穴，只消一吐內勁，即可把他震得腦漿迸裂，三保和溥治離得遠了，且有多杰橫在當中，待要搶救，已然不及。多杰問三保道：「你究竟要不要跟我修練大歡喜功？」三保不發一語。多杰道：「那好，你跟這個小朋友其中一人，就得挨我一記陰陽和合極樂掌。」

彗明道：「阿彌陀佛，二位是佛門弟子，怎可隨意殺人並強人所難呢？如此全然背離佛道。」跋羅什道：「為了弘揚佛法，只得便宜行事，殺幾個人算得了甚麼！」彗明嘆道：「倘若佛法必須如此方得昌盛，那還不如滅絕了吧！」跋羅什冷笑道：「彗明方丈連佛法都放得下，怎會捨不得區區一塊死人骨頭呢？」彗明道：「老衲並非捨不得，只因職責所在，不能恣意妄為，須跟同儕商議，還得呈報朝廷才行。」多杰於漢語不甚了了，聽得甚不耐煩，高聲道：「究竟是誰要挨我一記陰陽和合極樂掌，快快做出決定，我運功已久，等不下去了。」跋羅什譯了，溥洽與眾武僧皆義憤填膺，然而忌憚老喇嘛的歹毒奇功，著實無能為力。

三保料想允炆若命喪多杰與跋羅什聯手之下，三國勢將兵戎相見，而致兵連禍結，死傷須以百萬計，梅朵、霍桑與央金都將遭受波及，何況自己近來愈深受朱標、允炆厚待，愈感煎熬徬徨，此刻更加不願見到允炆因己慘死，於是大踏步至多杰身前，昂然道：「此事因我而起，就由我來領受，你快叫天竺僧放了朱公子。」多杰露出詭異笑容，道：「你既然執迷不悟，肯定有你好受的。」雙掌拍向三保胸口。允炆大喊：「不要……」卻哪裡挽回得了，靈谷寺眾僧皆口宣佛號，轉頭不忍觀看，卻聽得多杰「咦」了聲，再看三保，他竟是挺胸而立，毫無異狀。多杰詫異萬分，心有未甘，方才畢竟惜才，只用五成勁力，這回使了個十足十，一掌拍在三保前胸，一掌擊在其後背，只覺仿如打在一團棉絮上，勁力消失得無影無蹤，顫聲道：「這……這怎麼會呢？你此刻應該陽具忽脹忽萎，倏伸倏縮，並且淫樂遍身，元陽狂洩，五體俱空，三魂皆迷，如痴如呆，欲仙欲死，倘非得到我的解救，將銷魂終日，精盡而亡，但你怎會渾若無事呢？」

三保道：「請借一步說話。」多杰隨三保進入松林無人處，三保褪去下身衣裳，多杰一看，頓時驚訝得合不攏嘴，連道：「你……你……」一直「你」個沒完。三保道：「晚輩欲練一門功夫，早已自宮，因此絕不能跟從你修練大歡喜功。」多杰心灰意懶，頹然道：「唉，我一番指望，盡付雅魯藏布江了。罷！罷！罷！罷！大歡喜功自我而絕，我即便武功蓋世，又能如何呢？上師，上師，徒兒對您不住！嗚嗚嗚……」他愈想愈惱恨，居然扯著白鬍子，坐在地上嚎啕大哭了起來。

三保道：「請問宗喀巴尊者還在貴寺修行著書嗎？」多杰邊哭邊道：「還在，你問他做甚麼啦，我誰都不想管了！嗚嗚嗚……」三保道：「上師何苦捨近求遠呢？」多杰忽然止住啼哭，躍起三丈多高，一落地，猛拍自己腦門，破涕為笑道：「這真是一語驚醒夢中人，不枉我苦苦尋找你兩年。宗喀巴也是上上根器，只不過一心一意在於著書，我礙著他上師戒寶律師的面子，不好意思強要傳授他大歡喜功。你打昏了他逃脫而去，宗喀巴表示受你啟發，原本困頓不前的著書有了重大進展，也就不願追究你的暴行，如今他應該已經寫完了，我就去跟戒寶律師商量商量。」對著三保雙手合十，喜孜孜返回寺前，旋風也似地率領眾弟子離去，全然不顧跋羅什的連聲叫喚，臨行前對三保喊道：「你的短劍早已遭竊，反正你不能當我的徒弟，我便不欠你甚麼。」

三保一時顧不得那把血海深仇劍，趁跋羅什心煩意亂，向允炆使了個眼色，允炆會意，身子奮力前傾，頭顱稍離跋羅什的掌握，三保猛然發勁攻向跋羅什，逼他放開允炆自救，溥洽趁機撲向前去，抱住允炆滾到一旁。跋羅什因無防備，被三保一掌震得急退三步，收勢不住，又連退三步，堪堪站定，眼前金星亂冒，臟腑翻江倒海，整個人幾欲昏厥，喉頭一甜，嘔出一大口鮮血，原本黝黑的面孔，居然變得黑裡透白。溥洽喊道：「拿下了。」幾個武僧奔去，對跋羅什拳腳交加，其中一個用分筋錯骨手將他的兩隻膀子弄得脫臼，使他無法再發勁傷人。他們悲憤於師兄弟慘死，對於武功絕高的多杰無可奈何，把怒氣全發洩在跋羅什身上，下手自然不輕，若非彗明嚴詞制止，眾武僧今日便要犯下殺戒。

三保將允炆扶起，道：「連累殿下遇險，屬下罪該萬死。」允炆驚魂甫定，緊握三保雙手，勉強笑道：「你再次救我一命，我謝你都來不及了，你何罪之有？不過你洩漏我的身分，應當接受薄懲。」三保道：「屬下甘願受罰。」允炆道：「我便罰你收我為徒，教我武功。」三保面露難色，允炆道：「這件事回去再說吧！」

彗明忍著悲痛，率領眾僧向允炆行禮，道：「阿彌陀佛，靈谷寺眾僧參見殿下千歲。」允炆揮了揮手，道：「方丈不必多禮。」彗明道：「讓殿下受驚，老衲誠惶誠恐，幸喜殿下吉人天相，逢凶化吉，還拿住了賊人。」允炆道：「靈谷寺既是萬歲爺欽封的天下第一禪林，這招牌可千萬不能砸了，況且寺中供有重寶，僅憑這區區數十個武僧，怎能保護得周全？」彗明道：「啟稟殿下，敝寺僧人多半一心向佛，全意禪修，並不懂得武功，唯賴這位溥洽法師與數十名少林武僧護持，人力頗嫌不足，老衲正傷透腦筋，如今又損折了……唉，阿彌陀佛。」

允炆道：「這個容易，我回去便建請萬歲爺派支軍隊前來護院。」彗明遲疑道：「這個嘛……」允炆奇道：「難道方丈覺得此舉不妥？」彗明道：「本寺乃禪門清修之地，倘有駐軍，殺盜淫誑酒諸戒，可能日日都要違犯好幾起。」允炆蹙眉道：「這倒相當棘手……」三保附在他耳邊說了句話。允炆轉憂為喜道：「不如這樣子好了，就教這些軍士全都剃度出家，接受寺中清規管束。」彗明道：「他們年輕力壯，自有大好前程，還要娶妻生子，恐怕不願意哩！」允炆道：「那便徵選欣慕佛法且具佛緣者，總要教他們心甘情願，那才是道理。」彗明大喜道：「殿下年紀輕輕，卻是果敢英明，日後必是位明君。」他見多識廣，從允炆華貴的衣飾與略偏的頭型，已猜出他的真實身分。

允炆聽他稱讚，自也歡喜，謙遜了句，轉向溥洽道：「法師武功高強，咱們當真是不打不相識。」溥洽垂首，雙手合十道：「阿彌陀佛，比起馬公子，貧僧這微末技藝算得了甚麼！」三保道：「法師武藝獨樹一格，超凡絕俗，在下僥倖勝在法師方才心有旁騖，操之過急，露出破綻。」溥洽十分欣喜，謙道：「哪兒的話，英雄出少年，貧僧甘拜下風。」允炆道：「靈谷寺有法師在此，有朝一日，我必重用，只不知那日何時到來。」溥洽道：「屆時殿下但有所命，貧僧當效犬馬之勞。」允炆道：「那就一言為定了。」二人相視微笑。溥洽發笑，是因聽多了王公大臣的空口說白話，允炆會意，暗想這回肯定讓你這頭禿驢看走眼，是以也笑。

溥洽指揮眾武僧收斂師兄弟遺體，將跋羅什用鐵鍊穿了琵琶骨，押進寺內囚禁。彗明親自領著允炆與三保在寺內遊覽，還示以珍重密藏的玄奘大師頂骨舍利。允炆著實看不出這舍利到底有何寶貴之處，倒是對全無梁柱的無量大殿及高達九層的靈谷寶塔頻發讚嘆，並隱隱覺得這群和尚很會享清福，山中歲月可遠遠勝過單調乏味、規矩重重的皇家生活，直至日頭斜西，這才依依不捨離去，與三保回返東宮。不久後，朱元璋果然選派五百精壯軍士到靈谷寺出家，成為護寺僧兵，順便就近保衛興建中的孝陵。溥洽在稟告過少林方丈後，親授僧兵武藝，並日夜操練少林羅漢陣法。此時尚無人料想得到，這群僧兵發揮實際保護效用的，既非玄奘舍利，更不是皇家陵寢，而恰恰是允炆自己，而那是多年之後的事情了。

第十九回　屠龍

三保依照黃色錦囊指示，在入宮後的第三個初一深夜，潛行至宮後苑，也就是俗稱的御花園。說來好笑，守衛皇宮的親軍，雖有金吾前衛、金吾後衛、羽林左衛、羽林右衛、府軍衛、府軍左衛、府軍右衛、府軍前衛、府軍後衛及虎賁衛等十衛（擔任御駕護衛、儀仗的錦衣衛天武將軍和旗手衛未計算在內），人數多達五、六萬，然而他們非但腰懸刀劍，還胯下帶把，猜忌心極重的朱元璋，哪放心任由他們在深宮內苑隨意來去，因此絕大多數部署在宮城與皇城之間，宮城內反倒寥寥無幾，而且巡行布哨也都設有嚴格規定，以滿足朱元璋極度發達的控制慾。三保輕功本高，又已知道侍衛崗哨所在及巡行路線，加上此時月光稀微，宮後苑入夜後儼然成了無人之境，他遊走此處，真可謂神不知鬼不覺。

他在一座假山的石縫中摸到一個油布包，不及細看，揣在懷裡，返回住處，打開一瞧，裡頭只有一本尋常至極的《千字文》，仔細查找，確實別無他物，冊子與油布包皆無夾層，也別無玄機，心裡十分納悶，突然憶起錦囊留書有串用安息文寫的數字，分別是二八三、七二五、六五

七、三九九、七百二十、五五四、一六九，對照《千字文》，乃是「若解我意即回知」。三保取來紙筆，用安息文寫下「一六九」，代表「知」，將紙片放回原處。爾後每月初一深夜，三保即至假山取放紙片，用此方式與留書者連繫，那人未透露自己身分，但可確定與製作錦囊者為同一人，因字跡、用紙全然相同。那人指示「聽命誅帝」，命令卻遲遲不下達，三保也苦無行刺朱元璋的良機，難免感到焦躁，那人要他「謹慎潛伏莫催」。

洪武二十四年八月，三保進宮已一年有餘，二皇子秦王朱樉因罪遭他老子朱元璋召還京師，他與正妃一同前來。這位秦王正妃的胞兄可大有來頭，正是承蒙朱元璋盛讚為「當世奇男子」的元末名將王保保，其妹爭強好勝，笑稱「保」為「人呆」之合，故自名「敏敏」，以表示聰慧勝過乃兄。朱元璋屢屢招降王保保未果，乾脆擄了他親妹妹王敏敏當兒媳婦，還派人祭掃其養父穎川王察罕帖木兒（他也是王保保兄妹的親舅父）的墓地，然而王保保並不領情，始終效忠北元，直至身歿。王保保一死，朱元璋對其妹的態度丕變，多所責難，王敏敏動輒得咎。

朱樉之罪，說穿了只不過是跟王敏敏太過恩愛，二人年紀已經不算小了，居然仍跟新婚夫妻一般繾綣難捨，甚至時常於白晝燕好，王敏敏還屢偕其他嬪妃一同服侍秦王，如此有違朱元璋大力提倡的禮教。朱樉不同於朱棣，可從來跟錦衣衛頭子沒有私交，這些香豔情事自然逃不過錦衣衛的偵察，傳進朱元璋的耳朵裡。朱元璋當面狠狠訓誡朱樉夫妻一番，要他倆住進東宮春和殿，接受長兄太子朱標的薰陶導正，但過沒多久，朱標便巡撫陝西去了，朱樉夫妻在朱元璋眼皮子底下，行徑稍稍收斂些，然而眉目之間依然充滿濃情密意，羨煞東宮許多人。

原本的太子妃常氏，為猛將常遇春之女，是個回族，起初背負將來必須母儀天下的重擔，受到禮教與宮中諸多繁瑣規矩層層束縛，加上公公朱元璋經常當面訓誨，以及不時背後傳話，於是壓抑爽朗的天性，時時戒慎恐懼，精神變得有些耗弱，平素不大見客，且自長子雄英死後，走不出傷痛，刻意疏遠其他子女，也不再與夫婿歡愛，而允炆並非她親生，太子妃換為允炆的生母呂氏，至於后位，那更是甭想了，常氏難免患得患失，自怨自艾。新太子妃呂氏的家世不算顯赫，父親呂本不過是個官居正三品的太常寺卿，還是元朝降臣，曾因失職而丟官，被朱元璋罰作役工，以示羞辱，與受封為開平王、鄂國公的常遇春根本沒得比，而且呂妃有常妃的前車之鑑，平常就像個小媳婦兒似地，偏偏心眼兒還不少。朱標雖然慈愛寬厚，但恪遵儒學與禮教，為人端正謹嚴，舉止一板一眼。

主人和主婦如此，東宮不免暮氣沉沉，直到王敏敏住進來，才有了些許歡愉氣氛，不時迴蕩著她豪邁如男子的笑聲，連三保也感染到了，臉上多了難得的笑容。王敏敏與三保同是大漠子民的後裔，性情更是相投，她不因三保是個閹宦而瞧他不起，反倒待他如弟，關懷備至，三保亦視王敏敏為姊，允炆假裝吃味，其實衷心為三保感到高興。王敏敏與三保格外親近還別有情由，她對於胞兄王保保的英雄事蹟很是驕傲，卻無法對任何人言說，連最親密恩愛的夫婿亦然，畢竟王保保的彪炳戰功是建構在明軍的慘敗之上的，直到現在，王敏敏才得以向三保說得口沫橫飛，三保聽得津津有味，他也會講述明軍攻打雲南時的景況，二人經常窩在一起暢談往事，編排明軍的不是，油然生出同仇敵愾的別樣情誼，頗有相見恨晚之感。

十一月朱標回返，在繁忙公務之餘，不忘抽空對朱棣夫妻說教。朱標的下巴甚長，一如乃父，有回他轉過身子去時，王敏敏故意拉長下巴，模仿他老氣橫秋的說話模樣，逗得朱棣、允炆與三保大樂，想笑卻又不敢，奮力憋住，好生難受，待朱標走遠後才縱情大笑。過完年後，朱標向父皇求情，朱元璋才放朱棣夫婦歸回藩地，允炆與三保依依不捨，四人揮淚作別。未幾，允炆傳出喜訊，定在五月人婚，三保固然沾染其洋洋喜氣，卻也更加思念韓待雪。

允炆視三保如兄如友，比跟父母弟妹還親近許多，已到了無話不談的地步，三保向他祝賀時，他問道：「三寶，你可知我為何在眾多秀女之中，選擇光祿寺少卿馬全之女為元配？」三保答道：「屬下不知。」允炆道：「你猜猜看，答案已經告訴你了。」三保道：「難道因為她姓馬？」允炆拊掌笑道：「正是。」他隨即正容道：「我先祖母孝慈皇后即是姓馬，她貞良賢淑，仁慈親和，活人無數，若非有她，不知還有多少人要死在萬歲爺手上哩！比方說吧，萬歲爺屢屢推崇我父親的業師宋濂先生為開國文臣之首，卻因他的次子宋璲與孫子宋慎牽扯上胡惟庸案，竟然要殺宋老先生，經孝慈皇后力諫，宋老先生才得以保住性命，改為流放四川，雖然他在途中自縊身亡，總算沒落得身首異處的下場。此外，孝慈皇后病危時堅持不就醫、不祈福，萬歲爺問她何故，她答稱死生由命，倘若沉痾不起，萬歲爺定會遷怒御醫及祈福的僧道，因此寧可自己病死，也不願意萬歲爺濫殺無辜。」

三保道：「孝慈皇后可真是大慈大悲啊，也難得皇上願意聽她勸說。」允炆道：「是啊，可別因為萬歲爺金戈鐵馬，勇悍沉毅，律令嚴苛，殺人如麻，便認定他必屬鐵石心腸的無情漢，他其實是個至情至性的多情種哩！他登基後後宮多的是美女，卻猶然念念不忘與馬皇后的患難之情，在她生前，恩愛敬重，在她逝後，哀慟逾恆，迄今未再立后。」三保忖道：「朱元璋竟是如此的性情中人，就像狼一般，我恐怕要對他刮目相看了。」他宅心仁厚，雖口口聲聲說要報滅門之仇，但立志刺殺朱元璋，其實是受戴天仇強行灌輸所致，自從蒙受宗喀巴以佛法陶冶後，對於復仇一事隱隱有所躊躇，在東宮生活了一段日子以來，跟太子父子、秦王夫妻十分親愛，刺殺朱元璋之念逐漸淡薄，然而失蹤的戴天仇及潛伏宮中的神祕人，一直是他心中揮之不去的陰影。

允炆續道：「我固然因為孝慈皇后之故，想要有個賢淑仁慈的馬皇后，卻也由於你姓馬，誰教你百般不願意與我結為異姓兄弟呢！」他說這話時，紅暈上臉，忸怩作態。原來允炆頗厭憎深宮大內百無聊賴的生活，終日面對的，若非唯唯諾諾的宦侍宮女，便是朱標、黃子澄之類對他耳提面命的人物，又夾在常氏與生母呂氏之間左右為難，更別提那位喜怒無常、殘忍暴虐、酷嗜掌控一切的萬歲爺了，他極想逃離這一切，聽多了一干勛衛散騎舍人的繪聲繪影，不禁悠然神往起外頭的花花世界，且對三保崇敬有加，油然生出孺慕之情，屢屢提議與他仿效江湖好漢義結金蘭，一同闖蕩天下，甚至乘桴浮於海，遠赴天方，三保自然說甚麼也不肯答應。

三保應道：「殿下乃是將要承繼大統的天潢貴胄，三寶只是個刀鋸之餘、身殘處穢的卑賤宦豎，其間實有天地之別，雲泥之判，請殿下切莫再提結拜之事，否則當真折煞屬下了。」允炆恨道：「黃子澄要我熟讀司馬遷的〈報任少卿書〉，原本就沒安甚麼好心眼，無非希望我鄙視遭受宮刑之人，但我全沒放在心上，反倒十分讚佩太史公。唉，若能與三寶攜手同遊五嶽三江，比肩仗劍笑傲江湖，即便捨棄皇位，我也甘願。」三保道：「殿下對天下黎民負有重責大任，切不可視皇位如兒戲。」允炆道：「你有所不知，我正是扛不了如此重責大任，才想一走了之。別的不提，光說萬歲爺為了讓我父親坐穩皇位，不惜翦除功臣宿將，驅縱錦衣衛惡意攀誣，大肆殺戮，至慘至烈，史無前例，恐將遺留千古罵名。我父親屢諫無效，憂心忡忡，實已不堪負荷，連我也覺得承擔不起了。」三保心想，生在天家看似養尊處優，不意竟也有許多無可奈何之事，天良未泯者如陷火宅，痛苦難當，心狠手辣者卻如魚得水，怡然自在。

誰也料想不到，允炆居然一語成讖。過不多時，朱標力主寬厚用刑，以仁治國，當著滿朝文武之面，引經據典與朱元璋爭辯。朱元璋之所以極力提倡儒學禮教，為的是要攏絡士人，打壓武將，並愚弄臣民，謹嚴階級，且藉著教忠教孝來貫徹君父思想，讓臣民打從內心深處甘願伏首貼耳，此乃帝王之術，沒想到朱標這個傻兒子居然真把仁義道德當回事，其中奧妙又不能當眾道破，直氣得三尸神暴燥，五臟氣沖天，把朱標夾頭夾腦痛罵一頓，怒氣難消，本身頗富膂力，雖然年紀大了，竟將沉甸甸的龍椅高高舉起，做勢要砸朱標。朱標受驚不小，憂憤攻心，加上本已

長久積勞，近來天候乍暖還寒，當夜回到東宮也就病倒。允炆事父甚孝，衣不解帶地悉心照料，

朱標病情漸有起色，看來不致延誤允炆的大婚。

朱標臥病期間，晉王朱棡、燕王朱棣、楚王朱楨、湘王朱柏諸弟先後進京來晤。這一日，朱棣謁見過朱元璋，趦來春和殿探視朱標，朱標因他是自家兄弟，而且二人情分殊厚，不跟他見外，躺在臥榻上會面，允炆與三保侍立於側。各自敘過禮、略為寒暄後，朱標道：「幸賴棣弟坐鎮北平，北疆或有滋擾，尚稱太平，唯邇來東南沿海倭患嚴重，而東瀛倭寇比蒙古韃子遠更殘暴，不只搶奪財物，還以虐殺為樂，百姓苦不堪言，朝廷束手無策，先有胡惟庸通倭謀叛之嫌疑，去年更有鎮撫陶鼎、百戶李玉在廣東雷州戰死，可見倭寇為禍之烈。」朱棣道：「父皇所設邊防，固然北重南輕，卻也曾遣信國公湯和、江夏侯周德興瀕海築城，設置衛所，練兵防倭，只可惜成效不彰。大海茫茫，倭寇倏來倏去，飄忽不定，比蒙古騎兵還要神出鬼沒，委實難以防範，總不能也在海上高築萬里長城吧！何況大明水師向來不行，當年父皇與陳友諒在江南爭雄，為此吃過大虧。」

朱標道：「是啊，當年陳友諒大軍乘艨艟巨艦，順長江而下，前來攻打應天，你正好趕在這個節骨眼兒出世。父皇力排眾議，堅持固守，要跟陳友諒就地決一死戰，全城人心惶惶，唯恐守城不住，都準備逃命，根本無暇理會你。那時我六歲，把你緊抱懷中，在殺伐聲中哄你入睡，你卻一直哭鬧不休，幸好我軍將士用命，逐退強敵，你才安然成眠。後來每當你吵鬧不休，眾人

一籌莫展，我一抱你，你便不吵不鬧，睡得可香甜。」朱棣道：「是啊，咱兄弟自幼便同生死、共患難，情分比一般手足遠更深厚。大哥，等父皇賓天後，你在宮裡安安穩穩當皇帝，這萬里江山，就由兄弟們幫你守護著，誰敢威脅你的皇位，我這個做弟弟的頭一個不依。」朱標感動莫名，掙扎著坐起身，緊握住朱棣雙手，眼眶泛淚道：「這大好江山，是父皇跟許多叔伯拚死命打下的，咱幾個兄弟好好為他們守著，但願我大明傳承千百世，國祚萬萬年。」

朱棣道：「大哥玉體違和，仍然心懸國事，令人感佩，弟弟雖不才，仍試著替大哥分憂解勞。唔，打造艦隊，組練海軍，非一年半載可成，目下我倒想保舉一人，只要他肯出力，或可稍遏倭患。」朱標興奮道：「那是誰，快快報來。」朱棣道：「遠在天邊，近在眼前。」邊說邊望向三保。朱標奇道：「我知三寶身手矯健，遠勝常人，還三番兩次救過小兒性命，但倭寇人數眾多，復又凶暴奸詐，如何能讓三寶涉險？」朱棣道：「大哥有所不知，兩年前我率兵北伐，薄有勳績，名義上首功歸於勸降的觀童，其實是三寶出力最巨，居功厥偉，只因擔心父皇見責，怪我重用中官，故隱匿未報，讓三寶大受委屈了。」三保道：「三寶銘感王爺知遇之恩，幸能稍盡棉力，實無半分委屈。」朱標問道：「這是怎麼回事呢？」朱棣將三保所建奇功約略說了，朱標父子直聽得目瞪口呆，驚詫不已。

朱標道：「我曾風聞棣弟麾下燕雲鐵衛營的大名，卻不知三寶竟是如此英雄了得。三寶，你應投身軍旅，報效國家，怎入宮屈居為僕呢？都怪我有眼不識泰山，埋沒人才。」三保道：

「諸位殿下皆待三寶甚親厚，三寶已然知足，只願服侍殿下，未曾有過其他想法。」允炆道：「我與三寶名為主僕，實為朋友，絲毫不曾虧待過他。」他擔心朱標派三保去打倭寇，趕緊做出聲明。朱標肅顏道：「炆兒，國家有難，百姓遭殃，眼前需才孔急，三寶實非池中物，怎好讓他屈身在宮中為侍呢？」允炆急道：「既然如此，炆兒願隨三寶去打倭寇，一同報效朝廷，解民於倒懸。」朱標眉頭一蹙，道：「你身為皇儲，豈可兒戲！」允炆道：「爹爹貴為太子，不也才巡撫陝西嗎？」朱標道：「陝西有重兵戍守，迴非東南沿海可比，況且你大婚在即，為大明生下皇嗣，才是當務之急。」

朱棣道：「日前聽說允炆賢姪即將大婚，如此看來，確有其事，這就先行恭喜了，屆時叔叔送你一份大禮。」允炆道：「我才不要甚麼大禮，惟願三寶永永遠遠陪在身邊。」他說到後來，已經哽咽。朱棣道：「這樣子好了，此事因我多嘴而起，我再討個順水人情，三寶暫且留待允炆賢姪大婚之後，再啟程討倭，如何？」朱標道：「如此安排甚好，堪稱兩全其美，就只累得沿海百姓必須多受一些時日的苦。炆兒，你還有甚麼話說？」允炆情知此事已無可挽回，勉為其難道：「也只好這樣子了。」心裡卻期盼不要完婚，如此三保才可長伴左右。

三保得悉燕雲鐵衛隨行京師，便央求朱標放他出宮去與他們相見，朱標應允。三保喜不自勝，由朱棣帶領他前往，兄弟們相見，自是歡喜無限，只是不消多時即要分別，又不免傷懷，侯門已然深似海，更何況皇宮大內呢？此後再要聚首，真不知要等到何年何月，三保若非身負重任，還真想跟他們北返燕王府哩！

次個初一深夜，三保終於接獲刺殺指令，不過行刺的對象竟然是太子朱標，還要他得手之後留下明教標誌。他無法置信，更不願對仁慈寬厚的朱標下手，但這次留書之人自表身分為明教光明月使，三保將信將疑。月使潛伏宮中日久年深，這些年大有機會除掉朱元璋，卻為何遲不下手呢？倘若月使已反叛明教，歸附朝廷，又為何要殺死太子？留書之人當真是失蹤多年的明教月使嗎？他究竟是誰？這一切疑點的解答，恐怕要著落在鄭莫睬身上，畢竟錦囊是他給的。

三保想起埋於皇城外的紅色錦囊，鄭莫睬交代他於徬徨疑惑時開啟，不正是這當下嗎？朱元璋嚴令，內官私自出宮要遭處死，三保可不在乎，換上親手縫製的夜行衣，潛行出宮，從祕道出到西北首的皇城外，掘出紅色錦囊，迫不及待打開來看，裡頭的一張紙上用安息文寫著：「他殺汝父，汝奪其嗣，日月重光，照辦莫疑。」這擺明了打從一開始，便要三保殺害太子，而非行刺朱元璋，看來自豹口營救允炆，也是出於這人的巧妙安排。三保想想又覺得不對，這人長期潛伏皇宮，縱使本事通玄，也絕無可能驅使一群蝙蝠飛到數千里外去營救自己，當時他必定身在明教總壇，但又怎能在朱元璋眼皮子底下離開皇宮這麼久呢？莫非他是錦衣衛高官，甚至是蔣瓛本人？不，蔣瓛那時已遭炸傷，不可能是他。

三保百思不得其解，把明教神功祕笈埋回原處，焚毀錦囊，背後忽然傳來鴟鴞般的桀桀怪笑，耳膜嗡嗡作響，腦袋發暈，雙眼發黑，心裡起了一陣難以言喻的煩惡感，知道來人武功甚高，連忙運功抵禦，才沒暈厥。那人的笑聲蘊含深厚內勁，卻震眼前夜行人不倒，頗感驚訝，止住笑，問道：「你是何人？深夜在此鬼鬼祟祟，意欲何為？」三保緩緩轉過身去，尋思要如何脫身，隨口說道：「清明方過，在下在此焚燒紙錢，祭奠祖宗考妣。」邊說邊打量對方，見那人年過半百，身材瘦高，頭骨豐隆，太陽穴高鼓，細眼勾鼻，尖嘴猴腮，面長而白，蓄有兩撇鼠鬚，依稀相識，赫然記起他是朱元璋的御前侍衛之一，曾在瓜步江岸打過照面。

那人道：「焚燒紙錢，何須蒙面？」三保假意咳了幾聲，道：「在下患有癆病，吸不得煙灰。」那人又一陣桀桀怪笑，忽然打了個酒嗝，止住怪笑，道：「難道你當伍某是無知小兒，會聽信你的隨口胡謅？你身懷高強武功，深夜打扮成這模樣，料想非奸即盜。我才與錦衣衛指揮使蔣大人共賞玄武湖，酒足飯飽，此時乾脆拿下你，明日一早交予他，正好答謝他邀宴的深情厚意，一待錦衣衛用上酷刑，看你招是不招。」他「招」字一吐，右手五指箕張，抓向三保的蒙面巾。三保經由允炆得悉，朱元璋的四大御前侍衛分別是伍天圓、陸地方、戚開光、巴不得，這人姓伍，應該就是伍天圓，其綿掌功夫，已練至化境，心裡有了盤算，手上蓄勁待發，不閃不避，左拳右掌，分襲對方頭胸，勢夾勁風，呼呼作響。伍天圓搬出惡名昭彰的錦衣衛來恐嚇對方，非但無效，對方居然還敢反抗，喝道：「找死！」見對方拳掌來得凶猛，不敢怠慢，便以最為拿手的綿掌功夫應付。

綿掌並不罕見，流傳亦久，草庵洞壁上繪述有其掌法精義與破解之法。三保見對方雙掌舒展如綿，招式相續不絕，快而不亂，慢而不斷，柔可化剛，剛能破柔，剛柔並濟，陰陽相諧，果然深合綿掌要旨，讚嘆之餘，使出破解招式，惜因火候未到，內勁不純，棋差一著，無法一舉得手，卻已教伍天圓嚇出一身冷汗，酒頓時醒了一半。二人續鬥，伍天圓技高一籌，攻勢凌厲，三保守多攻少，迭以奇招化險為夷，轉眼之間，相互攻防了百餘招。

伍天圓畢竟是大內高手，武學行家，臨敵經驗豐富，心機又深，勘破了其中關節，冷笑在心，左手一記掛面掌，右手一記鑽心掌，都是綿掌招式，但左手是虛，以求遮障對方視線，右手屬實，卻於中途變招，改換成形似而實異的轉掌[8]，喊了聲「著」，右掌冷不防屈轉過來，就要按上三保的胸口。三保應變不及，只道要糟，突然一團巴掌大的黑影，閃電般撲向伍天圓的右腕，張口便咬，伍天圓急忙縮手，避開這一咬，那團物事在他手臂上輕輕一蹬，倏地拔高起來，腰肢扭轉，伸出一手，攀住一根細枝，小小身軀在夜風中不斷擺盪，其輕身功夫已高到匪夷所思的境界。伍天圓藉著星光，迷濛醉眼朝那團物事匆匆一瞥，赫然是個半尺來高的小人兒，以為是甚麼妖魔鬼怪，嚇得心膽俱裂，顧不得強敵在側，才要瞧個仔細，那小人兒倏然撲往他的頭臉，三保抓準大好良機，擊出一掌，正中他的胸口，把他打得慘呼一聲，吐血奔逃，而那小人兒在半空中一個扭身，攀上另一根細枝。

8 轉掌後來演變為八卦掌，由清朝咸豐、同治年間的太監董海川發揚光大。今人多以董海川為八卦掌的創始祖師，據說他為了練八卦掌而自宮，以免慾火焚身。

三保抬頭觀瞧枝條上的救命恩公，見他圓睜著大得出奇的明亮雙眼，其身後還拖著一條長長尾巴，模樣既古怪，又十分惹人憐愛，原來並非是個小人兒，而是隻從西洋進貢、珍稀異常的跗猴（即眼鏡猴），允炆曾帶進東宮給三保玩賞，三保既有儒家仁民愛物的胸懷，更具佛家眾生平等的觀念，對跗猴愛護尊重，沒想到牠在此際以此方式回報了他的善意。三保上前對跗猴恭敬一揖，朗聲道：「多謝前輩救命之恩。」他所稱的前輩，自然是跗猴背後不願露面的高人，或許正是明教月使本人，否則世上還有誰能從皇宮中盜出這樣的珍稀異獸，但這隻跗猴到底也出了大力，幫了大忙，對牠行禮，自也不枉。那跗猴眨了眨大眼睛，啼叫幾聲，似為答禮，緊接著躍進樹林深處，再不見蹤影。

皇城內的親軍被伍天圓方才的慘呼聲驚動，傳下號令，調集人馬，大呼小叫，火光熒煌，似乎唯恐天下不知他們恪盡職責，至於是否會打草驚蛇，就不那麼在意了。三保連忙用枝葉掃除地上燃燒錦囊的灰燼與打鬥的足印，從祕道回返東宮，委實對朱標下不了手，躊躇數日，再去假山那兒，期盼月使收回刺殺太子的成命，卻見到一條似曾相識的高瘦身影，不由得砰然心動，忖道：「莫非他便是留下紙條之人，而且還是神出鬼沒的明教月使？不如當面問個清楚，省得瞎費疑猜。」轉念一想：「這人倘若不是，豈非亂了大謀！」強自按捺，不即現身，待那人走後，才去假山摸索，居然摸出血海深仇劍，不知為何會在此時出現於此處，不及細想，又摸了摸，果然摸著一張字條，用紙及字跡與先前的全然相同，心想：「方才那人縱非月使，也必定與月使關係匪淺。」

紙條上用安息文標出「二五一、二五二、二五五、二五六、九百零五、二七一、一七五、四六三」八個數字，三保早已對《千字文》爛熟於胸，一見便知其意為「竭力盡命誅之莫疑」，猛然想起，方才那人乃是隨正一真人張宇初前去東宮的清虛道人，此時從其身形辨識出來，心想：「自己料得沒錯，這個道士果真有重大圖謀，正一真人備受榮寵，清虛跟在他身邊，確有極大利便。」然而三保尚無法確定清虛是否即為明教月使，而清虛早已去遠，無從詰問。

次日深夜，密雲未雨，說不出地氣悶，雖已是三更時分，朱標仍在書房裡批閱奏章。他體恤下屬，照例遣退所有的宦侍宮女，只獨自一人，且因生長於憂患之際，恆念物力維艱，又極欲苦民所苦，是以雖貴為太子，卻只點著一盞菜油燈，書房內未免顯得昏暗。他忽覺後頭似有異狀，回頭一看，正巧一道閃電劈下，現出一道人影，隨即雷聲炸開，驚心奪魄，認出那人正是三保，寧定了下來，離座而起道：「三寶，這麼晚了，你也還沒睡啊！」三保跪下行禮，道：「謝太子殿下關心，三寶還不睏。太子殿下大病初癒，不宜宵旰焦勞。」朱標道：「你平身吧，此時不必如此拘禮。」三保謝恩後站起。朱標道：「唔，皇上交代我審閱六部與各地奏章，以熟悉天下政情，我病了好些時日，積累不少公事，如今身子好點了，得趕緊處理，以免延誤施政，損及百姓。」三保感嘆朱標將來必定是個勤政愛民的好皇帝，怎能不明不白殺死他呢？自己報了私仇，天下蒼生將如何？

朱標放下奏章，正容道：「三寶，你救過炆兒性命，我固然感謝，但你仗義答應清除倭寇，嘉惠百姓，我更是佩服得五體投地。」三保心裡有事，漫應道：「此乃三寶分所當為，何勞殿下掛齒。」朱標溫言道：「我曾聽棣弟提起，你是雲南回族，幼時全家遭涼國公手下殺戮一盡，僅以身免，卻受擄淨身，其後被分派到燕王府，跟著府內奇人異士學得一身本領。」三保口裡回答：「三寶資質駑鈍，只不過學了些三腳貓功夫，稱不上有甚麼本領。」心中思量：「燕王為何揑造這樣的事呢？我分明是長成後才帶藝投入燕王府的。是了，燕王是要讓太子信任我，否則我的功夫不算低，來路若不明，定然啟人疑竇。難得的是，太子竟然挑明講了，絲毫沒有套自己話的意思，唉，他真是個正人君子啊！」三保這些年來聽多見慣了王公貴族的荒謬無恥行徑，更覺得朱標著實難能可貴，心裡翻來覆去，天人交戰不休，沒注意到朱棣藉著向朱標述說自己的身世，趁機咬了藍玉一口，以報復藍玉挑撥離間之仇。

朱標道：「涼國公是我的妻舅，性子確實暴躁了些，尤其幾杯黃湯下肚後，那可就天不怕、地不怕了，甚麼事都做得出。看哪天我請他來，要他當面向你賠個不是，並遙祭雲南無辜死難的民眾。」三保道：「這可萬萬使不得！涼國公僅是奉命行事，三寶絕無怨怪他之意。」朱標熟視三保，問道：「那麼你怨怪我父皇嗎？」三保吃了一驚，連忙跪下，道：「三寶不敢。」朱標長嘆口氣，道：「你是不敢，而非當真心無怨怪，這我可理會得。」三保道：「但願天下從此太平，百姓莫再受兵燹之苦。」朱標扶起他，道：「難得你存有如此仁心，凡本事愈大、權位愈高者，更應戒慎恐懼，否則為害益烈，貽禍深遠。」

三保深知他極不贊同朱元璋的所作所為，不惜公然與之爭辯，以致染病，因此無論如何不願對他痛下毒手，況且殺了他，對自己與明教可沒甚麼好處，只是讓朱元璋傷心難過罷了，突然想起一事，問道：「敢問太子殿下如何看待明教？」朱標一怔，道：「那不過是個蠱惑鄉民、聚眾滋事、舉措邪僻、禍亂地方的亂黨邪教，為害更甚於倭寇，人人得而誅之。我對皇上的一些作為並不全然贊同，至於他設立錦衣衛來鏟除明教這件事，我倒心悅誠服得很，換成是我，也會這麼做。」三保聽他如此說，心裡一陣劇痛，不願強抑，淚水奪眶而出。朱標驚問：「三寶，你怎麼哭了呢？你不是回族嗎，跟明教有何關係？」

三保泣道：「明教於我有重恩，令尊於我有深仇，你我終究勢不兩立。」才說完，在雷電交加中，抽出血海深仇劍，刺進朱標的心口，立時要了他的性命，將他的身軀輕輕放在椅子上，劍不拔出，以手闔上其雙目，恭恭敬敬對朱標的遺體行三跪九叩大禮，心裡反覆默誦著「克里麥團依拜」，再用筆墨在牆上畫下明教的日月標記，並故布疑陣，讓現場看似遭到外來的刺客入侵，這才回房和衣躺在床上。

暴雨終於嘩啦啦傾盆而下，足足落了兩個更次才停，不久，三保聽得房外亂成一團，卻不起身，只覺腦袋昏脹，四肢痠軟，恨不得從人世間消失了才好。喧鬧一陣子後，允炆闖進房內，喊道：「三寶，三寶，你快起身。」三保默默下床，允炆嗚咽道：「我爹爹他……他被魔教刺客殺……殺死了，萬歲爺已得知此事，傷痛欲絕，大為震怒，下令凌遲處死東宮所有內侍和宮女，你快點兒走吧，不然……不然就來不及了，錦衣衛隨時會來拿人。」三保愧惶無地，一時說不出話來。允炆塞給他一個包裹，道：「這裡頭是些銀兩、衣物，還有我的腰牌，亮出腰牌便沒人敢攔阻你。切記，我爹爹的遺願便是要翦除倭患，解民於倒懸。三寶，你可別讓他失望，更別讓我失望，我在宮裡等你回來。」三保垂淚不語，暗自立誓道：「我馬和誓死完成太子殿下的遺願。」

據傳應天皇宮當年選址，是由誠意伯劉基、九江道士黃澤、鐵冠道人張中三人分別卜卦，三人不約而同都卜中城東的燕雀湖，喜愛假託天意的朱元璋不得不欽定該處，負責營建的官員無可奈何，須先填湖造地，為求快快「填得滿」，竟然將一個名為田德滿的老漢活埋於湖底。幾年下來，燕雀湖確實填滿了，宮殿也營建順利，不過昨夜狂傾而下的驟雨，使得後方一處地基崩陷，積水漫入，形成了前昂後窪的局面，後宮大亂，錦衣衛原本奉旨趕來東宮逮人，因事出緊急，也就先去後宮協助救難，讓三保多了些許逃脫的餘裕。

三保換下宦侍服飾，改成富家公子裝扮，來到宮城東首的東安門前，上百個守衛持刀將他團團圍住。三保出示允炆的腰牌，帶頭的百戶看都不看一眼，洪聲道：「錦衣衛蔣大人有令，任何人即便是皇親國戚，也不得放行，你是甚麼人，拿著這玩意兒要嚇唬誰？」三保正要動手，殺將出去，忽聽得有人斥道：「混帳東西，你究竟是屬於羽林左衛還是錦衣衛？」三保抬眼一看，傅春正快步走來。傅春原任勛衛散騎舍人統領，那是個無足輕重的閒差，自從上回牛首山圍獵後，經他老子傅友德的疏通，改調任為羽林左衛指揮使，而羽林左衛與金吾左衛，負責輪流把守宮城東安門至皇城東華門之間地帶，允炆與三保每回溜出宮，都是傅春放行的，今日恰好是羽林左衛當值。這些年錦衣衛偵刺百官陰私，甚至栽贓攀誣，其指揮使蔣瓛深受朱元璋倚重，因此滿朝文武不管是要更上層樓，或者僅想明哲保身，都得買蔣瓛的帳，傅春卻仗著老子的勢，向來瞧身為孤兒的蔣瓛不起，反倒著意巴結允炆與三保。

那百戶躬身道：「回大人的話，卑職屬於羽林左衛。」傅春道：「這不就結了嘛，錦衣衛啥時候管到這兒來？你到底是聽蔣瓛的，還是聽我的？」那百戶道：「當然是聽大人的，不過蔣大人……」傅春怒道：「住口！別再提那個姓蔣的，還不收刀退下。」那百戶無奈，還刀入鞘，率領手下讓到一旁。傅春也沒查驗腰牌，牽起三保的手，親自帶著他接連出了東安門與東華門。三保謝過傅春，不及取出埋在皇城西北首祕道口旁的明教神功祕笈，即取朝陽門出京城，逕向東北，運起輕功，越過鍾山，經修築完成未久的姚坊門出了外郭，逕至長江邊，僱了條船，直放海口，搭上一艘南下福建的福船。

第二十回 翦倭

三保徹夜未眠，獨立於甲板上，望著一輪殘月、滿天晨星，等待破曉，海濤陣陣湧來，船身隨之上下起伏不定，心裡百感交集，比腳下這艘船波動得遠更厲害。他才二十出頭，竟覺無限滄桑，滿懷悲涼，海風吹來，忍不住打了個寒噤，他內功深湛，本不該如此，實良有以也。

星月之下，海上隱約有幾艘小艇飛快迫近，輕輕巧巧靠在福船邊，與福船等速並行，艇上的勁裝漢子往上拋擲勾繩，勾住船舷，猱昇而上，身手甚為矯捷，顯然習練有素。三保見狀心想：「這些漢子難道會是倭寇嗎？嘿，我還沒去找你們，你們倒先找上門來了，興許是太子殿下顯靈，方便我翦除倭患。」他原本要出手打發掉來人，不致驚動船上乘客，轉念一想：「『不入虎穴，焉得虎子。』來人多半只是小頭目及小嘍囉，打跑他們，可濟不了啥事，反而打草驚蛇。」他打定主意，眼睜睜看著海盜攀爬上船來，假裝驚慌失措。

一個小嘍囉一見三保，抽刀要砍殺他，後邊一個刀疤漢子低喊：「狗子，住手，別急著插他！這尖孫穿得人模人樣，應該是隻大肥羊，不妨留著當保命符，說不定還可向他老子訛詐一大筆哩，先碼上了再說。」三保身上穿戴乃允炆所賜，自然是光鮮氣派。這幫海盜高矮胖瘦約莫二十來人，皆操華語，腔調近似閩南方言，只不過發音略有差異，料想都是東南沿海一帶土生土長的華人。三保不免大失所望，就要動手，忽見一個形容怪異的大漢上船來。那大漢頭頂剃得精光，只後腦勺紮了個油亮髮髻，濃眉鷹眼，勾鼻鳥嘴，滿臉鬍渣，盡是戾氣，袖長只及肘，衣長方過膝，左腰間繫著細長彎刀，右腰間插著短刃，赤裸著兩條毛毛腿，腳蹬木屐，敢情正是個東瀛武士。

那個綽號狗子的嘍囉，先往三保的小腹使勁打了一拳，再用麻繩將他捆了個嚴嚴實實，另幾個嘍囉下到船艙，大呼小叫兼拳打腳踢，將乘客、船伕全都趕上甲板，其中幾個船伕是這夥海盜的內應，無怪乎他們得手如此輕易。帶頭海盜臉上有條從左額頭通過雙目之間直至右下頷的刀疤，看得出來動手者刀法十分精奇，是由本身的左下側往右上方斜劈，角度與深度拿捏得恰到好處，又極其快速，讓挨刀者無從閃避，而且顯然無意致人於死地，教訓或揚威的意味甚濃。那刀疤海盜將幾個年輕貌美的女子強拉出列，喊道：「夥計們，把其他丁全剝光了，驅趕下海餵魚，咱們再捕魚來吃，不直接吃人肉，大哥說這樣子比較文明些。」

一個白髮蒼蒼的老翁跪倒在甲板上，雙手環抱住刀疤海盜的大腿，沒口子求饒，只差沒把一張老臉埋進其胯間，刀疤海盜對老翁又罵又打，始終掙脫不了。霎時間銀光電閃，老翁人頭滾落，頸項中鮮血狂噴，雙手依舊緊抱著刀疤海盜的大腿不放。究竟是誰動手的，除三保外，眾人全沒看清楚，嚇得連驚叫都忘了，只有嬰兒的啼哭聲夾雜著海濤聲，劃破詭異萬分的闃靜。三保心裡一悚：「這東瀛武士斬斷人頭，刃不沾血，當真好快的身手，好利的刀鋒，好狠的心腸。」從他出手的方位與技法判斷，在刀疤海盜的尊容上留下記號的，大概就是這位老兄。

刀疤海盜從無頭老翁的懷抱中抽腿而出，以袖子抹去臉上鮮血，對東瀛武士埋怨道：「足利勝先生，你喜歡砍人頭，我沒啥意見，問題是這顆人頭還緊靠在我身上時，麻煩你暫時忍忍。」足利勝面無表情，眺望著海天交界處的一抹晨曦，也不知他是否聽得懂華語。

這時期日本陷於南北分裂，大明朝廷僅承認南朝，斷然拒絕北朝室町幕府將軍足利義滿的通商請求，足利義滿於是派遣武功高強、手段狠辣的同父異母弟弟足利勝來華興事。號為「扶桑第一快刀」的足利勝，率領一群武士與鑄刀師渡海西來，先揚名立萬，鎮懾住華南沿海的海盜，再跟其中一股勾串，極盡蹂躪地方、魚肉鄉民之能事，劫掠所得甚豐，大大資助了日本北朝，使之在南北戰爭中占盡上風。大明精銳雄師多陳於北方，以防蒙古再起，且須掃蕩明教教眾，近年又對安南用兵，東南防務陷於空虛，加上洪武十三年的胡惟庸案、十五年的空印案[9]、十八年的

9　明朝時地方每年必須派官員至京師戶部核驗帳目，若有任何不符之處，要返回地方重新造冊並蓋大印，極為費力耗時，因而地方官員們往往會攜帶已蓋好大印的空白帳冊赴京，如此便宜行事起自元朝，相沿成習。朱元璋知道後大發雷霆，認為是蓄意欺瞞舞弊，將相關官員或殺或充軍或下獄，大儒方孝孺的父親方克勤也受此案牽連而亡。

郭桓案[10]等大案株連甚廣，數萬官員遭殃，而且錦衣衛一直拿地方官吏開刀，以貪瀆為由將他們剝了皮，其中好些是遭人誣陷或無端受到牽扯，殘存官員人人自危，哪還有心思整飭防務，新到任者縱使有心，亦因不熟悉當地民情政務而備感無力，難有作為，只得任由海盜日益猖獗。

刀疤海盜再次喝令手下驅趕民眾跳海，三保於心不忍，喊道：「且慢！」眾人停下來望著他。三保道：「這位大哥，你行行好，放他們一條生路，我跟你談個條件。」刀疤海盜走到三保面前，往甲板呸了口唾沫，滿臉鄙夷神色，道：「喂，你這尖孫，此刻遭到五花大綁，活像顆大肉粽，小命全操在本大爺手裡，還有啥資格跟本大爺談條件呢？」三保假裝盛氣凌人，道：「混帳東西，你可知我是誰？」刀疤海盜道：「本大爺怎知你這龜孫子是誰，難道連你自己也不知道嗎？要不本大爺抓幾隻烏龜來給你認親。」除了足利勝外，其他海盜都很湊趣地發出譃笑。

三保道：「不知死活的東西，你到我懷裡取樣物事瞧瞧，便能推敲出我的身分。」刀疤海盜道：「龜孫子玩啥花樣？本大爺才懶得理你呢！」三保道：「那好，到時候你們一個個都活生生給錦衣衛剝了皮，祖宗八代的墳全塞滿狗屎，就休怪我沒警告過你們。」刀疤海盜聽三保這話說得嚴重，連錦衣衛的招牌都扛出來了，心裡不由得發毛，但怕他要詐，於是指使狗子伸手到他

10 朱元璋懷疑戶部侍郎郭桓與北平兩個官員勾結貪贓舞弊，下令徹查，結果是六部左右侍郎以下皆處死，數萬地方官員遭受牽連，而且為了追贓，搞得全國許多富戶破產，以致身亡，因而天下騷動，民怨沸騰，朱元璋不得不斬掉一批審刑官並反覆申辯，以平息民怨。

懷裡，掏摸出允炆的腰牌來。刀疤海盜攫過去一看，頓時嚇得魂不附體，連連倒退，指著三保，顫聲道：「你……你……你是朱……朱……」後頭的話因為過於驚恐，無論如何說不出口。

這腰牌正中鐫有火焰飛騰圖案，隱含「炆」的篆體字，刀疤海盜不識，但見該物以真金打造，四條四爪飛龍蟠於周圍，龍身上鑲嵌各色寶石，端的是貴氣逼人，擁有者必定是皇親國戚，否則世人膽子再大，也不敢擅用龍紋，那可是皇室標誌，盜用者必遭論處叛國罪，本人凌遲，九族盡誅。刀疤海盜心想，今日當真倒透大楣，誰不去招惹，居然惹到朱元璋這個大瘟神的家人，他是歷來所有皇帝中最眷顧自己親族者，也是最血腥殘暴的一位，自己方才罵這青年是龜孫子，瞧他年紀，大概是朱元璋的孫輩，自己恐怕已將當今大明天子指為烏龜了。

三保道：「你知道怕就好，滾過來，我跟你說我是誰。」刀疤海盜兩腳直打擺子，勉強走過去，幾乎跪倒。三保不願意冒充朱元璋的後代，在刀疤海盜耳邊低聲道：「我叫馬寶，孝慈皇后生前最寵愛的族孫，世襲為王。」其實馬皇后父母早逝，由紅巾軍元帥郭子興扶養長大，獲冊立為后後，不讓朱元璋尋訪馬氏宗親，根絕外戚干政的可能，因此當今皇室中並無馬皇后家人，但此事連曾在東宮當差的三保也不知曉，遑論橫行地方的盜匪。刀疤海盜見三保氣宇軒昂，衣飾麗都，自然信以為真，只道自己誤打誤撞，竟然綁架了一個王爺。

足利勝用生硬的華語問道：「老六先生，怎麼回事？」刀疤老六嘆道：「唉，晦氣！晦氣！先別問，回去再說。」狗子請示道：「六當家，這些丁怎麼辦，要清不清？」刀疤老六道：「清啥清，清你自個兒的狗屁眼吧！連丁帶漂子全都帶回霸王島去。」他命狗子替三保解了綁縛，一腳將老翁的頭顱踢下海去，藉以宣洩滿肚子鳥氣。三保欣喜得計，卻又恚怒於這幫海盜的凶殘。

這時海盜母船已經駛近，眾海盜逼迫船伕與男乘客將幾艘小艇吊起並繫牢，福船隨著海盜母船航向外海。過了大半日，被關在船艙裡的眾人皆又飢又渴，成年人還不打緊，幾個小孩子忍耐不住，紛紛哭鬧起來。負責看守的狗子聽得厭煩，舉刀作勢威嚇。小孩子受驚，哭得更加厲害，父母急忙把他們緊抱在懷，掩住其嘴，有些柔聲安慰，另有些低聲斥責。三保見狀，對狗子道：「這位大哥，小娃兒餓得慌，你就行個方便，讓他們的父母去取些食物餵他們。」

狗子回道：「小娃兒餓了，那就吃奶呀，我可沒攔著他們的娘餵奶。」一個懷抱幼兒的婦人道：「我們家虎娃都斷奶一年多了，這時候我哪裡還會有奶可餵？」狗子瞧這婦人頗具姿色，淫笑道：「妳不試試，怎知沒有？還是我先吸幾口，幫妳通通乳。」靠過去，往那婦人豐隆的胸脯用力摸上一把。那婦人不堪受辱，狠狠打了狗子一耳光，狗子吃疼，舉刀便要砍落，不知怎的，整個人有如騰雲駕霧般飛身而起，往後猛撞在艙壁上，跌落地板。狗子站起身，揚刀怒道：「是哪個兔崽子吃了熊心豹子膽，竟敢暗算老子？快給老子站出來，龜龜縮縮地暗中出手傷人，算啥英雄好漢！」

刀疤老六恰於此時步進船艙，斥道：「我說狗子啊，你在鬧個啥鳥？漂子已返回霸王島了，快將這些肉票都趕下船去！」狗子吃了悶虧，連是誰動手的都沒瞧清楚，這等窩囊事不敢給頭兒知曉，以免遭受奚落責罵，只一逕大聲吆喝，命令眾人出艙下船，刀疤老六自去稟報大當家。不消說，方才出手的自然是三保，但他的身手委實太快，艙內眾人只覺眼睛一花，狗子便已騰空飛起，並未瞧清楚出手的究竟是何人，受辱婦人的丈夫還以為妻子深藏不露，情急之下展現高強功夫哩，從此對她敬畏有加，百依百順。

三保出艙，上到甲板，偷眼巡睇，不禁吃了一驚。他見到自己身處一個受懸崖峭壁環抱的海灣中，僅有一狹窄通道可容船隻出入，入口兩旁崖壁上垂掛著巨大鐵鍊，可用絞盤拉起以阻斷出路。灣裡停泊著大大小小數十艘船，有些竟比自己搭乘的福船還大上數倍，其甲板寬闊異常，足以讓戰馬來回馳騁，船側橫向開著一排孔洞，洞裡隱約露出砲管。這哪裡是尋常海盜，簡直是裝備精良、威力強猛的無敵艦隊，而此一海灣地處隱密，形勢險要，易守難攻，倘若島上糧食飲水充足，即便出口遭到封鎖，也不怕敵船強攻硬闖，可安然躲在裡頭好一段時日。灣內並無房舍，卻有許多天然洞穴，如此更增添隱密感，從外頭極難察覺島內居然藏匿著這麼大一個海盜窩。

三保與眾人同被囚禁在一個偌大洞穴裡，其內原已關著數十個赤身露體的年輕女子，她們目光呆滯，神情木然，渾不以裸體示人為恥。一些父母看得呆了，半晌過後才警覺到須用衣袖遮住孩子們的眼睛，但遮得了一時，可遮不了永久，只得諄諄告誡孩子們不得觀看，孩童生性好奇，怎忍得住不瞧呢？有個老婦人詢問她們：「妳們是哪裡人？被關在這裡多久了？」這些女子多半對她的問話充耳不聞，一些人搖搖頭，有幾個應是新到未久，啜泣起來，嚶嚶之聲迴盪在洞穴裡，令人不忍聽聞，可以想見她們定是受盡難以言喻的凌辱欺侮。

過了約莫一盞茶光景，狗子跟幾個嘍囉來帶三保去見大當家，順便拉了七、八名裸女同行，東彎西拐，來到一個洞穴前，還未進去，便已聽到呼盧喝雉與划拳勸酒之聲，又聞得酒肉撲鼻香味。洞內甚寬廣，三五成群坐了數十條粗豪漢子，都是大小頭目。他們所用杯碗匙筷，皆以人骨製成，所燃燈油，多榨取自死人與海魚肥脂。二十來個裸女往返斟酒送菜，還不時遭到調戲狎弄，早已忙不過來了，等得不耐煩的海盜，把勃發怒氣出在她們身上，拳打腳踢算是客氣的了，有個海盜居然將旗魚尖吻插入一個裸女的下體，弄得她鮮血淋漓，哀嚎不止，其他人鼓譟叫好。三保氣憤不已，但小不忍則亂大謀，只得強自按捺。

狗子催促隨他而來的裸女們進去幫忙，趁機搓捏她們的奶子、屁股，再引領三保至洞內深處一張石桌前，那兒圍坐著十來個人，男女錯雜，刀疤老六與足利勝都在其中。當中一位年約三十許的精壯漢子一見到三保，雙手從身旁兩女的肩上縮回，慌慌張張起身離座，向三保跪下磕頭，恭謹道：「奴才叩見王爺殿下千歲千歲千千歲。」然後緩緩站起身來，嘻皮笑臉道：「見到王爺是這樣子行禮的，對吧？」在座的幾個漢子除了刀疤老六與足利勝外，全都哄笑起來。那精壯漢子臉色忽然一沉，對刀疤老六道：「我說老六啊，我要你去砸窯，你今天瓢把子上難道沒安招子嗎？怎麼財神不接，反倒迎請個王爺回來，往後咱們豈非得要日日向他請安問好，我這個大哥乾脆讓給他做好了！」刀疤老六垂頭喪氣地站起身來，訕然道：「大哥，我踩過盤子了，打探得可仔細，實在不知道那條漂子上會有這麼一號大人物，反正碼都碼回來了，現在待要如何？」

這個大當家名喚陳祖義，廣東潮州人，號為「震東海」，劫船掠貨乃是祖傳營生，幹得頗輕車熟路，得心應手，所統領的海盜雖非最大的一股，卻是最為強悍大膽，尤其裝備精良，連巨型砲艦都有，因此被跨海而來的足利勝看上，跟他合棚，而陳祖義得到足利勝等日本人之助，更是如虎添翼，橫行東海一帶，官府全然拿他沒轍。他此刻眼珠子滴溜溜地在三保身上轉了幾轉，問道：「敢問王爺，您是萬金之軀，怎會全無護衛，孤身搭船南下呢？」三保道：「小王奉皇上密旨，南下查緝不法，此事自然愈隱密愈好，是以連護衛都不帶。」

陳祖義疑道：「啥事這麼隱密，竟讓皇親國戚甘願孤身涉險？」三保道：「不瞞你說，小王正是衝著你來的。」陳祖義又驚又喜，道：「想不到皇上如此看得起我，居然密派親王來見我，可見我震東海並非浪得虛名。」三保哈哈一笑，道：「萬歲爺其實不知有甚麼震東海、震西洋的，只道倭患嚴重，去年甚至有鎮撫陶鼎與百戶李玉戰死，因此指示小王查明是哪些海盜私通倭寇，朝廷將優先派兵肅清。如今小王獲悉，原來就是閣下你，當真得來全不費工夫。」陳祖義聽他這麼一說，一方面有些悵然若失，另方面更加堅定殺他之念。

三保自然明白陳祖義的心意，續道：「然而小王與姑婆孝慈皇后在世時一般，都覺得萬歲爺的殺業太重，畢竟不是事事都能靠刀斧解決。小王以為，各位若能有好日子過，怎會甘願過殺人舔血的生活呢？」他指著足義勝道：「同樣的道理，這位老兄跟他的夥伴們不惜離鄉背井，千里迢迢跨海而來，也必定事出有因。所以啊，與其純用武力肅清，還不如先探明各位的苦衷再說。」他這番話讓眾海盜聽得甚覺窩心，陳祖義道：「王爺所言甚是，倘若滿朝文武百官都能像您一樣深明大義，體恤民情，那麼早已天下太平了，我們也不用窩在這海島上。別看我們在這裡用秤分金珠寶貝，以甕喝美酒佳釀，其實生活苦不堪言。且不說別的，光是這海風長年吹下來，就讓人禁受不住，往往皮皸肉裂，住在下邊洞穴裡的兄弟們時常睡到半夜，發現身子浸泡在海水裡，只差沒給海潮捲走。另外，我們日常所食，多是魚蝦鱉蟹之類，牛羊豬鵝罕有，葉菜鮮果全無，大夥兒都罹患祕結之症，有時候屎沒屙出，倒屙出一屁股的血來。」

三保道：「我們在王府裡養尊處優，吃香喝辣，全然想像不到各位當海盜的辛苦。不過小王估量這座霸王島並不算小，除了海灣之外，島上還有些甚麼物事？難道無法種植蔬果嗎？」陳祖義道：「島上是有……」足利勝忽然咳了幾聲，陳祖義橫了他一眼，道：「怎麼，我是這裡的大當家，難道跟王爺稟報，你也要管？」足利勝沒接腔，陳祖義續道：「島上是有淡水，不過海風太強，土壤貧瘠，種植不易，況且孩子們過慣殺人越貨的勾當，不肯再幹挑糞灑水的粗活。……對了，說了半天話，還沒請王爺上座，慢待貴客，當真罪該萬死。」一番對答下來，他已不那麼想殺這位年輕王爺了，還讓出主位。三保堅持不肯，道：「有道是『強龍不壓地頭蛇』，這裡你是大當家，理當坐主位，小王坐你對面，叨擾一頓。」陳祖義見他雖具王爺威儀，卻全無架子，不由得大為心折，也就與他分賓主落坐，然後一一介紹其他兄弟，除刀疤老六外，尚有斷指老三、缺牙老四、禿頭老五，二當家不在其中，不知有何傷殘缺損。

陳祖義伸手拉了個經過的裸女，塞進三保懷裡，那女子既不叫喊，也不閃避，似乎早就習以為常。三保擔心被摸胯下而洩漏真實身分，連忙推開那裸女，起身離座正色道：「雖說一般王府裡的嬪妃侍女甚多，但我馬家家法謹嚴，於這個『色』字最是避諱。所謂『萬惡淫為首』、『色字頭上一把刀』，先父自小王年幼起，即時時耳提面命，他本身也恪守之，終身僅有小王先母一位王妃。」陳祖義道：「可敬！可敬！王爺一家當真是出淤泥而不……」他隨即發覺自己失言，居然把滿朝王公貴族比成淤泥，底下的話便接不下去。三保這個冒牌王爺對於他的失言自然不以為忤，附和道：「沒錯！沒錯！先父在世時也是如此期許小王的，因此小王戰戰兢兢，誠惶誠恐，不敢稍違家嚴遺訓。」陳祖義指著那女子道：「這婆娘就只是侍候王爺喝酒用菜而已，沒別的意思。」三保道：「如此倒是無妨。」不禁想起天香樓的小小姑娘，卻不知她早已香消玉殞了。

三保回座，那裸女默默落坐在他身旁，倒也安分，不比天香樓的姑娘們。幾個海盜紛紛對三保大吐苦水，說是飽受官府欺逼，不得不反。足利勝也用生硬華語說明：日本南北分裂已近一甲子，北強南弱，北朝吞併南朝只是時日早晚罷了，雙方其實已在議和，然而大明皇帝昧於實情，只認南朝為正統，甚至賜封南朝的懷良親王為日本國王，進而斷然拒絕北朝的通商請求，北朝一些領主「迫於無奈」，派遣手下武士來華劫掠，以便獲取物資來早日完成日本的統一大業。足利勝甚狡猾，絕口不提其兄足利義滿。

三保心頭火起，斥道：「貴國南北相爭是貴國內部的事，為何我國無辜百姓要平白受害呢？」足利勝辯道：「若大明皇帝允諾與日本北朝通商，我國自會羈勒各封建領主。大明與蒙古戰事頻仍，卻與之互市，既然連蒙古都能，日本北朝為何不能呢？」三保冷笑道：「這真是天大的笑話，我國愛跟誰通商，便跟誰通商，哪裡有貴國置喙餘地，天底下豈有不讓通商便動手行搶的道理！」足利勝道：「最起碼大明兩不相幫，我國也就會自行收斂。」其實朱元璋早就下令跟全日本斷絕通商往來，並未獨厚南朝大覺寺統，足利勝故意混淆視聽，也藉以打探三保掌握了多少兩國間的實情。

三保只是個中官，不得預聞國政，自然無法直接拆穿足利勝的妄言，怒道：「倭寇素行不良，除了搶奪財物外，還逢人就殺，見女便淫，殘忍暴虐，無惡不作，所謂通商不成、大明獨厚南朝云云，僅是倭寇逞凶洩慾的藉口罷了!本王將奏明聖上，早日發兵，肅清倭寇。」足利勝拍桌站起，昂然挺立，怒目圓睜道：「足下左一聲倭寇，右一聲倭寇，你倒說說看，究竟誰是倭寇？」三保也霍地站起，字字分明道：「我說你是倭寇，你就是倭寇。」足利勝的身量在日本人當中可謂鶴立雞群，但三保還比他高出近半個頭，貼近俯視，氣勢硬生生把他給壓了下去。足利勝想扳回一城，手按武士刀柄，厲聲道：「足下可別自以為是大明親王，我便不敢殺你。」他以為對方會心生恐懼，往後退卻，三保卻逼得更近，對著他光可鑑人的額頭道：「哼，你要殺我，也要當真有那種本事。」

陳祖義知道足利勝的刀又快又狠，一出鞘必定見血，趕忙打圓場道：「算了，算了，王爺是咱們霸王島萬分難得的貴客，足利勝先生可算是半個主人，千萬別傷了彼此和氣，來，喝杯酒，消消氣。」他將兩人都按住坐下，捧起顱骨酒碗，分別朝他們乾一大杯。三保是穆斯林，不得飲酒，以茶水代替，大夥兒真以為他是個親王，不敢硬逼他喝酒。海盜們接著儘說些風花雪月之事，幾個人笑鬧成一團，氣氛登時緩和不少，又詢問三保王府裡的生活。三保把朱標的景況當成自身的處境，簡略描述一番。

眾海盜直聽得嘖嘖稱奇，都說與其當王爺，還不如幹海盜來得自在逍遙。不說別的，每日天未亮即須起床，穿戴隆重，跟隨皇帝祝天、拜廟、視朝，退朝後還得讀書習字，批閱幾大籮筐的奏章至三更半夜，光聽聽，頭都昏了，而且夜裡跟哪個嬪妃歡好，居然有宦侍或女官佇立一旁核實記錄，單想想，滿懷興致全飛到爪哇國去了。此外，宮中食材或屬遠處所獻貢品，或依繁複程序採買，多半不甚新鮮，廚役們為了遮掩腐臭之氣，調味偏於濃重，其中不少是醃漬物，烹飪法也不出熏、炙、爐、燒、烹、炒等寥寥數種，全然談不上可口。這其實怪不得廚役，因為他們必須日復一日地張羅數萬人的飲食，當然不會自找麻煩而銳意求新求變，況且天威難測，眾口難調，職司開立膳單、購辦食材與指定烹調法的光祿寺官員擔心惹禍上身，也就因循前例，率由舊章，更不敢提供並非四季常有的時蔬生鮮，負責烹煮的尚膳監宦官及廚役們樂得照辦。

三保一想到朱標，甚感愧疚難過，沒心情飲食，推說勞累。陳祖義指示狗子為他準備一個清幽乾淨的洞穴，還親自陪同他前往。三保要陳祖義善待遭擄而來的乘客、船伕，陳祖義一心一意想拍他馬屁，滿口子應允，當著三保的面交代下去，讓俘虜們飽餐一頓，再親自侍候三保躺下，方才步履輕盈地離去，思量著如何善用這個王爺，旋即有了個計較。

到了深夜，從洞口傳進來守衛如雷鼾聲，三保下床出洞，伸指輕點坐臥在地上打盹兒的守衛的昏睡穴，然後使出輕功，手腳並用，攀爬峭壁上行，頃刻間便上到崖頂，藉星月之輝，望見一片茂密樹林，看不出究竟有多深多廣，可知陳祖義「海風太強，土壤貧瘠，種植不易」之言，純屬託詞，其實有所隱瞞，不過一時之間參不透其中玄機。

三保正要退下，忽然一陣風至，隱約夾帶著鐵器敲擊之聲，那聲音時現時隱，或斷或續。三保循聲尋去，敲擊聲愈來愈清晰嘹亮，也一直持續著，不再受地形與風向影響，而且間或夾雜著人語聲。三保又前行百多步，見到林間出現一大片火光，本以為是野火，卻又不像，伏低身子靠近，赫然發現在星月之下、密林之中，百來名工匠正揮汗鑄刀，為首幾個老者的穿著打扮迥異於中土人士，恐怕是日本人。原來足利勝說服陳祖義，把霸王島轉變為兵工場，利用中土的物資與人力，在日本鑄刀老師傅的監督指揮下，製造出一批批精良兵器，送交給日本武士們上戰場廝殺，島上的空地和清水大多用來鑄刀了，難怪無以種植蔬果。

三保觀察一陣子後，轉身退回洞去。此時天色微明，他還在崖壁上便已見到陳祖義站在洞口，而那守衛鼻青臉腫，想是遭到陳祖義痛毆。三保點那守衛的昏睡穴時，輕重拿捏得恰到好處，剛好讓他難以自行醒轉，但也不至於叫喚不醒，因此不露絲毫破綻，那守衛只道自己睡得太沉，以至於洞裡之人離去，竟渾然未覺。三保兜了個彎，手負身後，一派悠閒，走回洞口。陳祖義一見到他，愁眉苦臉道：「我的好王爺，您怎不在洞內安歇，一大清早卻是到哪裡去了呢？」三保道：「不瞞大當家說，小王在諸王裡頭，算是最能吃苦耐勞的一個，但實在睡不慣這硬梆梆的石床，終夜輾轉反側，難以成眠，因此起來走走。」陳祖義赧然道：「唉呀，怠慢貴客，當真是我們的不對，還請王爺恕罪。我們是勞賤之民，再怎樣也都能睡著，就拿這傢伙為例來說吧，他的身子一沾到石壁，便睡得像條死豬一般。」他邊說邊一腳踹在那守衛瘦削的臀上。

三保道：「大當家就別難為他了。對了，不知大當家這麼早來找小王，有何貴幹？」陳祖義道：「在下想請問王爺，是否有雅興出海一遊，觀賞日出，景色跟在近海看到的可大大不同。」三保喜道：「那敢情好，小王求之不得，有勞大當家。」陳祖義引領三保登上一艘龐然巨艦，水手們早已在待命，隨即起錨解纜，駛出島外，航向東南方。

陳祖義甚知趣，在船首面海擺設了一桌一椅，並讓桌腳、椅腳都嚴絲合縫地嵌入甲板裡，因此任憑風浪再大，桌椅也不會輕易滑動，桌面有大大小小好些個凹槽。他拍了拍手，水手下錨止住船行，一整列面貌姣好、體態婀娜的年輕裸女魚貫而出，一一將手中所捧的餐盤食具放進凹槽，然後侍立於旁。三保奇道：「海風這麼大，她們難道不覺得冷嗎？」陳祖義笑答：「王爺真是體貼下人，在下從未考慮過這個問題。」即命水手取來衣物給她們披上，她們反倒慌張惶恐，不知所措。三保於心不忍，嘆了口氣，任憑她們赤身露體於曦光風寒之中。

陳祖義道：「就別理這些婆娘了，請王爺享用早點。」三保見偌大桌面上擺滿粿條、魚丸、牛肉丸、醃蝦蛄、魚生、菜脯等等潮州小點，因著意要擺出王爺派頭，也不跟主人客氣，舉箸一一品嚐。食物不算精緻，倒也可口，蘸了魚露吃，更是風味別具，一時間未曾慮及清真戒律，畢竟他在年少時即已家破親亡，不十分清楚甚麼可吃，甚麼不宜，況且戴天仇時常故意讓他犯戒。大海盜與假王爺邊享用早餐，邊飽覽海上日出美景，對於身側的秀色春光，一個見多不怪，另一個無動於衷。二人堪堪食罷，裸女們收走餐具碗盤，絢爛朝霞下，瀲灩波光裡，出現一艘船隻，正是三保所乘而遭海盜擄來的那艘福船，頗出三保意表。

福船上的水手下錨後，隨即垂放小艇，登艇划離。陳祖義道：「恭請王爺校閱神武將軍。」三保奇道：「誰是神武將軍？」陳祖義摸出一把已填裝火藥、彈丸的手銃，呈遞給三保，道：「王爺一發射這噴子，神武將軍即會現身參見。」三保笑道：「你這個海盜頭子的本事可真不小，竟然連這玩意兒也弄上手了，小王還沒有哩！」陳祖義道：「要是王爺不嫌棄的話，就當作在下的一份薄禮。」三保道：「倒也不勞割愛，這玩意兒用起來，實在有點兒費事。」他握著手銃，銃口朝向大海，接過陳祖義打燃的火捻，在手銃的火門上一點，手銃砰一聲發射，隨即砲聲隆隆，船身劇烈震動，霎時煙霧瀰漫，那艘福船被轟擊得稀爛傾斜，逐漸隱沒進海面下。三保這才明白，陳祖義所謂的「神武將軍」指的不是人，居然是犀利至極的火砲，但卻不知，福船底艙裡關押著與他同行的所有乘客，以及不願入夥為盜的船伕。

三保遞還手銃，陳祖義躬身接過，得意揚揚道：「敢問王爺，這幾尊神武將軍可還成材？它們可都是來自佛朗機，不但遠渡重洋，還尊貴得很哩，即便是當今大明朝的堂堂水師，也絕無如此神兵利器[11]，而且一般水師的每艘船上，充其量只備有四門火銃，這艘足足多了一倍。」三保道：「可真有你的！唔，佛朗機火銃的威力固然驚人，然而若有銀子跟門路，也就有了，島上這幾艘巨艦，卻是再怎麼有錢也買不到，不知大當家是如何弄來的？」

陳祖義道：「元末天下大亂，群雄並起，原以陳友諒一支最為強大，還善於建造巨艦，當世無人能及，所造巨艦名為混江龍、塞斷江、撞倒山、江海鼇等等，光聽名號就足夠教人嚇破膽了。在下是陳友諒的遠房姪孫，意外獲悉我這位叔公與當今聖上在鄱陽湖決戰之際，有幾艘巨艦方才建造完成，尚未投入戰事，他兵敗身亡後，這幾艘巨艦便被部屬藏匿起來，我可是花了好大工夫才找著的。」陳友諒乃湖北沔陽人，祖上原本姓謝，祖父入贅陳家後，子孫才改姓陳，陳祖義為廣東潮州人，到底是如何跟陳友諒攀上親故的，三保無意深究，只淡然道：「原來如此。」

---

11 當時中土人士十分閉塞，統稱西方人為佛朗機。西元一三八八年（洪武二十一年），英國人所造重砲，已可打穿一千五百公尺外十五公分厚的牆，中土所製火砲的威力瞠乎其後，其後中西差距愈拉愈遠。

陳祖義忽然壓低聲音道：「啟稟王爺，草民有一事相求，還請王爺務必成全。」他居然自稱起「草民」來。三保覺得好笑，假裝若無其事道：「不妨說來聽聽，小王能做到的，一定盡力而為，力有未逮的，可就愛莫能助了。」陳祖義道：「是這樣子的，草民與不少兄弟早已厭倦海盜生活，這些時日更加受不了足利勝那幫人的凌人盛氣，以及殺我同胞如砍草芥，因此……」他把話打住，看了看四周，確定周遭無人，這才繼續說道：「不如草民將足利勝那幫人抓起來，連同這幾十艘船，一併送交官府，草民與兄弟們就此散夥，王爺覺得如何？」

三保大喜道：「好極！好極！只不過大當家送上如此厚禮，小王要如何回報才好？」陳祖義道：「過去草民曾妄想接受朝廷招安，弄個不大不小的官兒當當，好衣錦還鄉，光宗耀祖，如今深知大明的官員著實難為，於是絕了此念。聽說京官上朝前會與家人訣別，好比要上戰場，若退朝後老屁股還保住，沒在廷上給錦衣衛打得稀爛，家人便相擁而泣，如獲重生。而且官吏的俸祿甚低，僅夠日常家用，但官場上送往迎來的場合頗多，也要賞賜師爺衙役，費用肯定得另謀對策，許多好官便因此被皇帝老兒以貪瀆論處，凡收贓至區區十六兩者，便在衙門左側的皮場廟裡活活遭到剝皮，所剝之皮還會披覆在他們的公座上，以儆惕繼任的官吏，您說冤是不冤？」

朱元璋明令嚴禁內官議論朝政，違犯者最起碼處以割舌之刑，並逐出宮外，永不再錄用，弄得宦侍們個個戒慎畏懼，唯恐多言賈禍。三保在東宮這些時日，偶爾聽到宦侍們的閒言閒語，全是些雞零狗碎之務，不知官場上有這等怪事，況且自己假冒皇親國戚，不能跟海盜一同詆毀皇帝，假意拉下臉，沉聲道：「我說陳大當家，你這番話若給錦衣衛聽見，往萬歲爺那兒參你一條大不敬，那就不是剝皮這麼簡單囉，多半是要凌遲處死，再至少夷三族，至於夷九族，那也不無可能。」陳祖義瞠目吐舌道：「哇，這麼厲害，只因說了句不得體的話，竟會落得凌遲處死，再饒上滿門抄斬，我才說我實在不是當官的料嘛！」三保道：「你倒有自知自明。那麼要如何才能讓你心甘情願歸順朝廷，並獻上船艦呢？」陳祖義道：「草民要的其實少得可憐，就僅僅是後半輩子能跟這群兄弟都過上安安穩穩、舒舒泰泰的生活。直接了當地說吧，一艘巨艦換良田千畝、白銀十萬兩，中型船折半，小船再折半，草民計算過，總共可換得兩萬五千畝良田，兩百五十萬兩白銀。」

三保道：「這些船艦是陳友諒那逆賊留下的，原該充公，你只不過撿了個現成便宜，竟敢獅子大開口，漫天大喊價，當真豈有此理！」陳祖義道：「朝廷要剿滅我們，所須耗費的軍需、餉銀與撫恤金，定然遠遠超過此數，還不見得辦得到哩。嘿嘿，不管是大元、大明還是大甚麼的，拿我們這些海盜可一點兒辦法也沒有，否則王爺怎會跟草民在此處討價還價呢？」他看三保臉現不豫之色，又道：「好，除了這幾十艘船與足利勝那幫人的項上人頭外，草民就虧本虧到底，再饒上一個人。」三保道：「誰啊？你的腦袋瓜兒可值不了這麼多田地跟銀子。」陳祖義尷尬笑道：「就算值，草民也萬分捨不得，畢竟有了錢財之後，還要有命花用，不是嗎？」三保道：「你倒說說看，那人究竟是何方神聖。」陳祖義道：「唔，這幾艘巨艦固然難得，但毀損一艘，世間便少一艘，懂得造艦之人，才是真正的無價之寶。」

三保怦然心動，臉上絲毫不露痕跡，淡然道：「陳友諒那逆賊死了將近三十年，當時的工匠縱使還活著，也都已老邁昏瞶，哪裡還能建造這麼大的船艦？」陳祖義道：「老一輩確已凋零殆盡，卻留有傳人，我便網羅了其中的佼佼者，正所謂『青出於藍，更勝於藍』，這位的造船工藝比起前輩，可說是有過之而絕無不及。」三保道：「你可別欺誑本王，否則難逃死罪。」陳祖義道：「草民哪敢。」三保佯怒道：「哼，你橫行海上，殺人越貨，連本王都擄來了，還有甚麼不敢的！」陳祖義道：「王爺請息怒，那人就在船上，草民立即請他前來參見，以消王爺疑慮。」三保道：「見見倒是無妨，疑慮不見得可以就此消除。」

陳祖義無奈，趕緊去把那人找來。那人年近不惑，中等身材，貌不驚人，混跡在尋常水手當中，確實不易辨識，他一見三保，從容不迫跪下磕頭，朗聲道：「小的蒯祥，叩見王爺千歲千歲千千歲。」三保道：「起來回話吧。」蒯祥道：「謝王爺。」緩緩立起，不卑不亢地站在三保身前。雖是短短兩句，三保已感覺到蒯祥的氣度不同凡俗，問道：「聽說你擅長建造巨艦，有這回事嗎？」蒯祥答道：「可以說是，也可以說不是。」三保奇道：「此話怎講？」蒯祥道：「回王爺的話，小的果真能夠建造巨艦，卻未曾造過一艘。」三保道：「你既然未曾造過，怎知自己有此能耐？」蒯祥道：「長十丈以下的船隻，小的已造過不計其數了，用過的船伕無不讚不絕口。不是小的誇口，現今朝廷水師的任何一艘船，都追不上小的所造之船，這也是為何這些年，海上的好漢們能夠橫行無阻的原因之一。」

三保道：「中小型船如此，那麼大型船呢？」蒯祥道：「王爺腳下的這艘巨艦，長二十二丈二尺，寬九丈，小的童年即是在這艘船上度過的，對此船瞭若指掌，自信能造出大小相仿的船隻，難處是要先建構夠大的造船廠，並找齊足夠的工匠與材料。」三保心頭一熱，問道：「假若要建造長寬各再多一倍的巨艦來遠渡重洋，這可能嗎？」蒯祥驚道：「長寬各再多一倍，還要承受得住狂濤大浪，這怎麼能夠呢？怎麼辦得到呢？」他眉宇深鎖，低頭沉思，喃喃自語。

三保道：「蒯師傅先莫煩惱，小王僅是隨口問問，世間原無如此大船。」蒯祥道：「『天下無難事，只怕有心人。』小的方才計算了一會兒，或許當真可以建造得出，只是需要極大的造船廠，極多的物料與工匠，非傾舉國之力，可萬萬辦不到，試想，有哪個心智正常的皇帝，會願意做這種勞民傷財卻毫無實用的事情呢？即使造出，這麼大一艘船，要用多少人力來操控？人員一多，要如何指揮調度？海上風濤險惡，生死往往在俄頃之間，稍一不慎，便是觸礁或翻覆，因此造大船固難，駕馭如此龐然大物更是難上加難。」三保道：「本王省得。唔，本王想仔細看看此船。」他由陳祖義與蒯祥陪同巡視，上上下下、裡裡外外逛了個遍。陳祖義一心一意想討好三保，三保但有所問，他與蒯祥知無不言，言無不盡，還讓三保親自操作一番，甚至發了幾砲，直到過了午時才返航。

他們回到霸王島，才下船，刀疤老六立即迎上前來，慌慌張張行過禮，對陳祖義道：「大哥，二哥回來了，還帶回一個天大的消息……」他瞥了瞥三保，欲言又止。陳祖義道：「老六，王爺算是自家人了，你有甚麼話，儘管當著他的金面說，別跟祕結般要出不出，可憋屈死人啦！」刀疤老六道：「是，大哥。」他先嚥了口唾沫，這才道：「據二哥打探回來的消息，太子在幾天前病死了，滿朝人心惶惶，鷹爪孫大概將有好長一段時間沒心思理會咱們，因此這會兒正是咱們大發利市的絕妙時機。」三保忖道：「太子分明死於利刃穿心，何以說是病逝呢？哦，是了，太子遭刺身亡的實情若公諸於世，勢必引起舉國震動，是以朱元璋隱匿其真正死因，以安民心政情。」

陳祖義望向三保，三保道：「太子算起來是小王的表叔，為人寬和慈愛，平素待小王甚是親厚，先前積勞成疾，纏綿病榻數月，邇來病情漸有起色，豈知僅是迴光返照，終究不假天年，竟……竟驟然薨逝。」他對於刺死朱標一事甚感歉疚，說到這兒，不禁眼眶泛紅，語帶哽咽，顯得真情流露。陳祖義過慣刀口舔血的生活，原就不把人命當回事，更不善於安慰他人的喪親之慟，暗自尋思歸降之事是否會因此生變，有口無心道：「人死不能復生，還請王爺節哀。」又道：「對了，我們這個二當家年少英俊，文武全才，跟王爺一樣，都是天神一般的人物……」他忽然驚覺如此比較甚不妥適，改口道：「不不不，我們這個二當家跟王爺一比，簡直是微弱的螢光而已，根本無法與日月一般耀眼的王爺爭輝……」

「大哥何以長賊人志氣，滅自家兄弟威風呢？」一個相貌英俊的長身青年自洞內走出，後頭跟著長長短短數十條白衣漢子。陳祖義臉色驟變，喝斥道：「二弟不得無禮，還不趕緊向王爺磕頭賠罪，王爺寬宏大量，不至於跟你計較，定會饒你一命。」那青年指著三保道：「他若是大明王爺，那麼我還是大漢天子呢！哈哈哈……」三保向那青年及其身後眾人一抱拳，道：「蘇兄與諸位兄弟別來無恙。」

這青年正是蘇天贊之子蘇俊，他被三保救出後，率領一批人南下，投入陳祖義的陣營，一方面繼續跟朝廷作對，打劫官船，殺害官差，另方面想要謀取陳祖義的地位，好建立自己的根據地，仗著武功高強，還有明教徒眾相助，很快便積功升為二當家。陳祖義原本打算利用他來抗衡足利勝，刻意予以拔擢，豈知蘇俊眼高於頂，當上二當家後，根本不把這群海盜放在眼裡，往往自行其是，比足利勝還更難駕馭，陳祖義內外交迫，方才動了歸順朝廷之念，這時聽三保如此說，驚道：「王爺識得我們的二當家？」

蘇俊道：「當今皇帝老兒姓朱，這小子卻是風子萬兒，怎會是王爺呢？」陳祖義道：「沒錯，沒錯，王爺正是姓馬，馬皇后的族孫嘛！」蘇俊道：「他屬回族，跟朱元璋的糟糠之妻馬皇后究竟有何關係？」陳祖義兀自替三保辯駁：「回族又如何？鄂國公常遇春、涼國公藍玉，乃至皇上義子西平侯沐英，全都是回族，無不替本朝立下汗馬勳績。」據說胡大海、湯和、鄧愈、丁德興、馮勝、馮國用、華雲等大明開國名將也皆屬回族，民間因而流傳「十大回回保國」的說法。

蘇俊冷笑道：「這個回回小子自稱是馬皇后的族孫，那麼馬皇后可是回族？」朱元璋好用回將，是因回族驍勇善戰，乃不得不然，而他滿腦子興漢抑胡思想，正可謂路人皆知，母儀天下的皇后，肯定會是不折不扣的漢人。陳祖義冷汗涔涔，道：「這怎麼會呢？這怎麼會呢？馬王爺明明有親王的腰牌，那可一點兒不假。」蘇俊道：「這小子很有些雞鳴狗盜的本領，還閹了自己，以便進宮當閹宦，腰牌興許是他偷竊的。」蘇俊逃離應天後，大肆渲染三保曾至天香樓嫖妓情事，並懷疑他人品低劣，行止不端，恐怕已經壞了龍鳳姑婆的名節，金剛奴頂不住壓力，洩漏三保自宮之祕。

陳祖義忍不住望向三保胯下，愣愣問道：「真有此事？」三保心知抵賴不掉，雖然心疼一番計謀全給蘇俊搞砸，卻也不跟他生氣，朗聲道：「腰牌乃皇孫親贈，剿滅倭寇的密令不假，大當家想殺掉足利勝以歸順朝廷，在下代你說項去，包管可成。」蘇俊質問陳祖義道：「大哥想要除掉足利勝跟他那幫倭人，我衷心支持，但大哥怎能動了歸順朱明賊朝廷之念呢？枉費大夥兒出生入死，為大哥搶來這麼多金銀財寶。」足利勝獲悉風聲，率領近百名東瀛武士趕來岸邊，三保耳力敏銳，早聽到他們的腳步聲，有意挑撥，故意大聲說出陳祖義打算殺死他們的意圖，足利勝等人到來時，皆對陳祖義怒目而視，手握刀柄，隨時要發難。

陳祖義見眾怒難犯，急道：「大夥兒都是好兄弟，更是男子漢大丈夫，別聽這隻閹雞胡說八道，連自己那話兒都捨得割掉的人，說的話還能信嗎？」他轉而面向三保，怒道：「你這隻閹雞，竟敢假冒王爺來戲耍老子，老子立刻把你剁成肉醬，丟到海裡餵王八。」拔出腰刀，仗著蠻力上前一陣亂砍，卻哪裡砍得到，被三保一腳踹在腰眼，摔翻在地。陳祖義喊道：「大夥兒別窩裡反，先宰了這隻閹雞，有甚麼事再慢慢商量。」蘇俊與足利勝想想有理，大家共同的頭號敵人都是大明朝廷，便與手下一同團團圍住三保。陳祖義爬起身，刀疤老六已緊急召來五、六百名海盜，將三保、明教徒、東瀛武士全圍在中間，岸邊並不寬闊，頓顯擁擠，最外頭的海盜不時引頸踮腳，要往裡頭一探究竟。

蘇俊陣營中一個三十來歲的漢子挺身而出，擋在三保與蘇俊之間，道：「阿俊，馬公子對咱們有活命之恩，咱們萬萬不可恩將仇報。」這位姓李名雄，是妙風旗副旗使，明教總壇陷落時，與蘇俊等人齊遭錦衣衛俘擄，也同時被三保救出詔獄。蘇俊道：「雄哥沒聽到這小子已歸順朱明賊朝廷了嗎？連朱元璋的親孫子都贈送腰牌給他，可見他其實是敵非友，殺之誠不足惜。」李雄道：「大丈夫恩怨分明，今日咱們先助馬公子脫困，還了他的恩情，從此兩不相欠，有甚麼帳，往後碰上了再算不遲。」他身旁的其他明教徒多懷抱同樣心思，紛紛點頭附和。蘇俊道：「雄哥切莫如此迂腐，這小子當日救咱們脫困，說不定正是出自朱元璋的詭計，要他施恩予咱們，況且他還殺了元超，不是嗎？這小子爪子甚硬，還有朱明賊朝廷在背後撐腰，倘若錯過此一大好良機，日後再要殺他，當真談何容易！」

蘇俊還在跟李雄爭辯，站在三保身後的足利勝早已等得不耐煩了，武士刀霍然出鞘，寒光電閃，滿心以為冒牌王爺會人頭落地，卻連他一根毛髮也沒劈著，這是足利勝練成刀法以來從未發生過的事，不免暗自心驚。足利勝苦練拔刀之技整整二十個寒暑，每日拔刀萬次，初練時根本無暇休息，後來一個多時辰即完成，可以想見其快，他甚至練到刀一出鞘，截飛蠅六足，蠅飛片刻才落；斷奔狼之腰，狼奔百尺方倒，所遇對手皆逃不過他的必殺一擊，他並不因此自滿，又苦練砍劈術，這時終於派上用場，一刀快勝一刀，卻始終連三保的衣角也沒沾到。其他東瀛武士沒得到他的號令，不敢冒然動手，只緊張萬分地握著刀柄凝視。蘇俊見足利勝出手，不想讓三保死在他人手裡，推開李雄等人，拔劍加入戰局。明教徒眾陷於兩難，暫時只做壁上觀，陳祖義下令海盜擊殺三保。

三保這些年跟隨梅朵、鄭莫睬、王景弘勤學唐朝官話及閩南方言，已解譯出明教神功祕笈全部文字，奇經八脈打通七脈，密宗三脈打通二脈，融會貫通明教眾長老與多杰喇嘛所傳，且通曉草庵洞壁武學，不過尚未瞭悟最精深奧妙處，火候尚嫌不足，臨敵經驗也少了些，加上對蘇俊刻意忍讓，又僅憑一雙肉掌與十八般兵器對敵，因此險象環生，但密密麻麻的敵人泰半武功不濟，還自相推擠，以至於破綻百出，而三保內力甚悠長，竟有愈戰愈勇之勢，不少海盜接連被他打倒。足利勝久戰不下，號令東瀛武士參戰，卻見一個接一個的武士被三保以重手法擊斃，三保依舊毫髮無傷，不禁大感焦躁。

陳祖義躲在人群之後，悄悄掏出手銃，填充好火藥、彈丸，想趁亂暗算三保，屆時死無對證，便可將歸順朝廷一事推得一乾二淨。李雄瞥見，來不及出聲示警，在千鈞一髮之際撲上前去，替三保擋了這一彈。蘇俊看到李雄中彈，心裡一慟，不免露出破綻，手中長劍冷不防給三保奪了過去，還遭他點中穴道，動彈不得。在這節骨眼上，足利勝快刀劈來，三保只消避開，鋒利無比的刀刃將順勢斬下蘇俊的腦袋。蘇俊閉目就死，只聽得噹一聲脆響，刀劍交鋒，三保用蘇俊的長劍震開足利勝的快刀。

足利勝看出三保對蘇俊手下留情，而蘇俊得了便宜還賣乖，方才拚命似地只攻不守，於是號令手下向無法行動的蘇俊進招，自己伺機擊殺三保。此刻三保雖然多了把長劍，卻也添了蘇俊這個天大累贅，直弄得手忙腳亂，劍招施展不開。李雄臨死前，喊道：「快救馬公子和阿俊。」數十名明教徒一擁而上，跟東瀛武士及海盜動上手，局面頓時演變成為一場多方交兵的大混戰。三保擔心刀劍無眼，蘇俊恐於混戰中受傷，趁隙拍開他的穴道，把長劍塞回他的手裡，希望他明白自己的心意，能夠從此化敵為友。蘇俊手腳一得便，提劍往足利勝刺去，二人鬥了個旗鼓相當。三保以渾厚無比的掌力，接連打死幾個東瀛武士，他對海盜們倒是手下留情，僅斷其一手一足，使之無法再戰。

陳祖義見三保武功高得出奇，又得到明教眾人力助，與東瀛武士相鬥應是穩操勝券，況且縱使殺得了三保，足利勝大概還會跟自己算帳，於是趕緊見風使舵，存心打落水狗，高喊：「兄弟們，咱們幫馬公公及二當家殺光倭寇。」原本與東瀛武士並肩作戰的海盜們得令，隨即將刀口轉向，送好幾位武士歸天。三保也喊道：「各位明教大哥，咱們齊心向外，先剿滅倭寇吧！」李雄雖死於陳祖義的火銃之下，畢竟是誤殺，明教好漢們聽從三保號召，放過海盜，只攻向東瀛武士。一開始三保獨鬥數百人，這會兒反倒變成他率領數百人圍殲數十名東瀛武士。

足利勝暗罵陳祖義無恥，發動一輪搶攻，逼退蘇俊，大叫一聲，殘存的三十幾名東瀛武士聚攏一起，結了個刀陣。足利勝不只刀快，還熟悉兵法，練了個極厲害的陣型，無論戰場攻伐或江湖鬥毆，往往能夠以少搏多，克敵致勝，原本不願輕易在中土人士前顯露，此刻命在俄頃，也顧不得了。海盜們不過是烏合之眾，而且所用兵器乃草草鑄成，根本比不上精心鍛造的武士刀，人數雖多過東瀛武士數十倍，卻哪裡攻得破這千錘百鍊的倭刀陣，不少人枉自送了性命，其餘不敢再強行攻堅，只揮舞著斷折的兵器窮吆喝。明教徒眾眼見海盜們反覆無常，倭刀陣十分厲害，一時沒了主意，不約而同望向三保，蘇俊亦然。

三保思量，倭刀極鋒利而不會脆裂，倭刀陣更是威力強大，可見倭人也有足資仿效之處，不宜率爾輕視之。他向蘇俊拱手道：「蘇兄可否再惠借寶劍，讓小弟來試試這倭刀陣？」蘇俊把明教總壇陷落與蘇天贊慘死歸咎於三保，也暗暗自慚不及，因此打從內心深處憎恨三保，冷哼了聲，撇過頭去，不予理會。一個明教徒奉上其劍，道：「馬公子若不嫌棄，就用在下這把鏽劍吧！」三保抱拳稱謝，接過其劍，緩步走到東瀛武士前，真氣流轉，手腕一抖，挽起十來朵劍花，朵朵嗡嗡作響，夾雜著嗤嗤劍氣，用的是變化自草庵洞壁上的劍招。眾人只知他掌力雄渾，不意劍術竟也如此高明，全都衷心讚嘆，足利勝自愧弗如。

這群東瀛武士除足利勝外，沒人可單獨接下三保一劍，但他們首尾呼應，相互支援，簡直化身為一個能夠同時運使三十多把刀的絕世大高手，任何人功力再強，劍術再精，身法再快，也絕計敗之不得。三保使出渾身解數，徒勞無功，愈打愈覺嘆服，漸漸瞧出端倪來。原來此倭刀陣是由幾個小的刀陣組合而成，最難得的是，個別刀陣既可獨立運作，結合在一起後又全然契合無間，這主要是靠巧妙的陣法設計，日常勤苦習練所培養出的默契，加上居中指揮的足利勝適時發出簡短明確的號令，如此方能達成。三保記起蒯祥的評論，慶幸自己得以從這倭刀陣，領悟出指揮龐然巨艦的要領，卻苦於無法破解之，那得等待一百六十八年，名將戚繼光創出鴛鴦陣後才辦到。

三保剛在想蒯祥，便聽到他在巨艦上高喊：「馬公子，請快快讓開，在下恭請神武將軍來對付這批倭寇。」三保知道他要發砲，趕緊領著明教好漢們退到一旁，眾海盜見識過神武將軍的威力，早就連滾帶爬閃得大老遠。只聽得一連串轟隆巨響，且見煙硝瀰漫，蒯祥以重砲轟擊東瀛武士。可憐三十幾個血肉之軀，即使擁有更厲害的陣勢和更犀利的刀具，也無法抵受得住鐵彈的萬鈞巨力，全給轟得肢殘體碎，血濺肉飛。蒯祥早已看他們不順眼了，難得逮著機會出口鳥氣，也虧得他想到要用大砲轟人，才解決了這幫極其難纏的傢伙。三保向船上抱拳道：「多謝蒯師傅相助。」蒯祥還禮道：「好說，好說。我們行船人有不少忌諱，連吃飯的傢伙都不能稱『箸』，得要說『筷』，這個倭寇偏偏要取名『卡住』（「勝」的日文發音），豈非存心跟我們過不去！現在可好，不會再卡住了。」兩人相視大笑。

這時從半空中傳來一個宏亮的聲音：「大明錦衣衛奉旨捉拿通倭海盜，爾等快快束手就擒，若敢違抗，肯定有你們好受的。」大夥兒仰頭一看，懸崖邊盡是密密麻麻的人影，因對方背陽，距離又遠，瞧不清楚其服飾面貌，但世間應該無人膽敢假冒錦衣衛名號來海盜窩逮人，而且他們手中似乎全握有手銃，當時除了錦衣衛之外，再無裝備如此精良者，以火器為主的神機營創立於永樂朝，這時還沒個影子哩！陳祖義向蘇俊埋怨道：「你不是說太子剛死，鷹爪孫沒心思理會咱們嗎？這會兒他們可找上門來了，而且還是令人聞風喪膽的錦衣衛。」蘇俊不理他，一心一意想要跟錦衣衛拚個你死我活，以報受囚之辱、殺親之仇、毀教之恨。

陳祖義仰頭抱拳道：「大人明鑒，我們並未通倭，反而將倭寇殺得乾乾淨淨，地下屍身可為明證。」崖上那人道：「我們早已查明，爾等通倭屬實，而且我們方才在島上破獲打造倭刀的工場、工匠，以及大批刀械，爾等今日殺倭，應屬分贓不均所生內鬨，別因此來討功勞，否則再多治你一條欺誑之罪。得了，爾等莫再多言，都將武器拋進海裡，跪地待捕。」陳祖義道：「啟稟大人，小的原即有意殺盡倭寇，歸順朝廷，這位宮裡來的馬公公即為見證，我們連歸順的條件都談妥了呢！」那人道：「甚麼馬公公、牛公公的！皇上明令：內官私自出宮，斬；內官干預政事，斬。你這傻子怎會跟個公公商議歸順朝廷之事呢？哈哈哈……」陳祖義仍不死心，又道：

「這位馬公公受皇……」

三保怕他多言誤事，斷了自己日後回宮的路子，不由分說，雙掌朝地上用力一推，震起無數石塊，再用衣袖捲起往上拋出，崖上十來名被石塊擊中的錦衣衛非死即受重傷，其餘錦衣衛吃了一驚，紛紛往崖下發射手銃，劈劈啪啪乒乒乓乓，一輪下來，數十個海盜與明教徒中彈倒地。三保大呼：「趁他們裝填火藥的空檔快快上船。」陳祖義也叫：「水漫風高了，併肩子扯呼！」蘇俊卻喊：「兄弟們，咱們跟錦衣衛拚了。」他與明教徒眾用力投擲暗器，但因是由下往上，懸崖又高，更無三保雄渾無比的內力，即使打中，也僅是讓對方受到皮肉輕傷而已。

三保急喊：「快退呀！」他故技重施，又用石塊擊倒十來個錦衣衛，其餘錦衣衛的手銃已填充完成，全朝他發射，他輕功了得，悉數避了開去，奔到蘇俊身邊，點了他的穴道，扛起他的身軀，對明教徒眾喊道：「快跟我來。」他雖背負一百七、八十斤重的蘇俊，只幾個縱躍便上了巨艦，明教徒眾紛紛跟上，落在後頭的二十多個中彈倒臥岸邊。三保將蘇俊放置於甲板上，正要下船去背負受傷的明教徒上來，陳祖義下令開船，三保大喊：「停船！」但海盜們還是聽命於其首領。三保情急之下，抓起一條纜繩，飛身下船，用牙齒咬住纜繩，將岸邊一人橫扛於肩上，雙手各攬住一人，使勁全力往巨艦上跳，然而艦身甚高，他又身負三條大漢，此事已遠遠超過人力所能及。好個三保，他在身子正要下墜之際，將右手之人拋出，所用力道與方位恰到好處，讓艦上的明教徒能夠輕易接住，他空出的右手抓住嘴裡的纜繩，用力一扯，雙腳復在艦身上一蹬，身子立即上竄，飛身上了甲板，放下兩名傷者，反身要再跳下艦去，被幾個明教徒牢牢抱住，其一哀求道：「來不及了，馬公子莫再涉險，我等已深承恩義，沒齒難忘。」

三保放眼望去，見到數百名錦衣衛以繩索垂降下崖，快速逼近岸邊，巨艦漸駛漸遠，此時要再救人回船已全無可能。岸邊海盜立即投降，明教徒則紛紛站起，朝三保比出明教最敬禮手勢，然後回過身子去，舉起兵刃要跟錦衣衛廝殺，三保與船上的明教徒都不禁垂下淚來。方才因發射角度關係，艦砲無法打上懸崖頂，此刻要射崖下，倒是輕而易舉。蒯祥連珠砲發，打死不少錦衣衛，但也只是讓他們緩上一緩，絲毫改變不了岸上明教徒受戮身亡的命運。陳祖義喝令停止開砲，三保閉上雙眼不忍觀看，腦海裡浮現出家人、雪豹與潔兒的身影，耳邊響起「光明清淨破黑暗，大力智慧蕩妖氛，無上至真護明教，摩尼光佛祐世人」的低啞歌聲。

他忽又聽得一連串砲響，卻非發自海盜船。禿頭老五慌慌張張前來報告陳祖義：「大哥，外頭有好些條鷹爪孫的漂子，咱們先出海灣的漂子遭到伏擊，受損嚴重，無法航行，堵住了出口，現在要如何是好？」這巢穴所倚恃的天險，現在卻成為最嚴重的致命傷，因為僅有一個出口，敵人只須守住該處，所有船隻便都被困在裡頭，成了甕中之鱉，任何船一出去，勢必立遭猛烈砲擊。洞穴裡原本糧食充足，卻給錦衣衛占領，而船上糧水有限，不出十日，船上之人必將飢渴而死。

陳祖義知道情況危急，但除了停住艦隊並大發雷霆外，全然束手無策。三保道：「陳大當家，你我如今同舟一命，勢須拋下成見，和衷共濟，才有脫困可能。」陳祖義道：「馬大公公，你真是我的喪門星，才來一日，我苦心經營十多年的基業便毀於一旦。唉……罷了，罷了，但教今日能夠脫困，就算你要我把那話兒切下來給你接上，我也心甘情願。」三保覺得他莫名其妙，語無倫次，不再理會他，審度情勢後，朗聲道：「咱們共有三艘巨型砲艦，另有中小型船隻數十艘，航速既快，火砲更是犀利，只要能夠衝出島外，在海上對戰，不見得會輸給錦衣衛。」

斷指老三問道：「那要如何辦到？」三保答道：「可先以本艦撞開堵在出口之船，掩護中小型船隻出去，一方面進行反擊，另方面分散敵人砲火，讓另兩艘巨艦得以脫困，與敵人決一死戰。」缺牙老四冷言道：「你說得倒挺容易，有誰願意駕駛此艦呢？那簡直是送死嘛！」他沒門牙，說話漏風，有些可笑，但此時無人笑話他，反倒覺得其言有理。三保道：「因此須徵求壯士數十名，與在下一同操控此艦，並伺機發砲。」海盜們跟錦衣衛可沒不共戴天之仇，或低頭不語，或面面相覷。明教好漢挺身而出，道：「我們願追隨馬公子，與馬公子同生共死。」蒯祥道：「馬公子怎可忘了我呢？我對此艦瞭若指掌，乃操控此艦的不二人選。」三保道：「蒯師父是曠古難得的人才，不宜冒險。」蒯祥正色道：「誰不是人生父母養的，有哪個人天生應該涉險？」三保點頭道：「蒯師傅所言甚是。」頓覺馳騁大漠與遨遊大海的，皆不乏豪氣干雲的英雄豪傑。

經過一番安排，三保、蘇俊、陳祖義分任第一、二、三艘巨艦的主帥，其餘大小頭目統率中小型船艦，緊跟在三保之後突圍，並須掩護第二、三艘巨艦脫困，然後一同反擊錦衣衛艦隊。分撥調度既定，再約定好以旗幟、鼙鼓為號，船與船之間架起木板，方便人員各就各位，然後抽掉木板，凝神待命。三保佇立船首，看看大致就緒，一揮手中旗幟，鼓聲頓時響起，節奏不疾不徐，水手們揚帆操槳，巨艦啟航，片刻即到出口。離前船尚有二十餘丈時，可清楚看到海上漂著的木板、浮屍與雜物，三保旗幟連揮，鼓聲仿如密雨急下，巨艦加速前行。三保一見著敵船，旗號倏變，鼓聲隨之而變，巨艦前半艙的神武大砲齊發，正中兩艘敵船，巨艦艦身隨即撞上堵住出口的先行船隻，起了劇烈震動，船板碎裂，三保急使千斤墜身法穩住，固守原處，敵船紛紛發砲反擊。

巨艦勢頭不衰，撞出一條航路來，三保再揮旗幟，卻不聞鼓聲，回見鼓手已遭砲擊而死，其狀慘不忍睹，飛身過去，以掌擊鼓，後半艙的神武大砲齊齊發射，跟隨在後的海盜船接連駛出，因得巨艦屏障，而且敵船才發射過一輪砲，多半正在重新裝彈，因此承受的砲擊不算猛烈，趁機散了開去，圍擊敵船，頃刻間擊沉扼守出口的四艘大明海船，附近數十艘錦衣衛海船趕來支援，情勢頓時逆轉，幾艘海盜船立遭擊毀，三保所乘巨艦也開始沉沒。三保下到船艙，與尚能行動者攙扶傷重者上到甲板，蒯祥也受了傷，看來並無大礙。此時蘇俊指揮的第二艘巨艦正好駛到數丈外，三保運起神功，將蒯祥與明教徒眾一個接一個拋到蘇俊艦上，然而三保的座艦愈沉愈快，敵船改為圍攻蘇俊的座艦，蘇俊急忙下令駛離。三保見此艦上已無其他活人，運轉真氣，將大耗之後所剩餘的內勁畢集於下身，看到蒯祥從漸行漸遠的蘇俊座艦上擲來繩索，正要發勁向繩索縱去，不意蘇俊竟然命令海盜對他發砲。

三保拚盡餘力，直直高躍而起，雖然避開了砲彈的直接轟擊，身子卻如敗絮般，摔落在稀爛傾側的甲板上，滾進船艙下，在蒯祥與眾明教徒的驚呼聲中，隨著龐然巨艦，沉沒進漆黑冰冷的海水裡，讓強大無比的漩渦捲得愈來愈深，承受的壓力也愈來愈重，他胸腔中最後一口氣息終遭擠迫而出，化為許許多多個大小不等的氣泡，迅速上升至被夕陽與鮮血染得殷紅的海面上，一顆顆噗噗噗爆破開來……

第二十一回　重逢

太子朱標薨逝還不到兩個月，鎮守雲南、年富力強的西平侯沐英也一命嗚呼了。朝廷宣稱，沐英是因太子之死悲傷過度，乃至病故，卻沒解釋，究竟是怎樣的悲傷，居然能讓一個人身首分離。此刻，一代名將沐英兀自淌著鮮血的頭顱，就拎在某人的手中，正如同馬懷聖的頭顱，曾拎在一個明軍百戶手中一般，但沒被掛在馬鞍上，好去請功領賞，而是遭拋擲在雲南昆明城外樹林間的土地上，翻了幾滾，給一隻腳踩住，其目眥盡裂，怒視著砍掉他腦袋之人——馬懷聖的次子馬三保。

「三保，你老實說，報仇雪恨可讓你感到舒暢痛快？」一個高瘦的黑衣人一腳踏在沐英頭頂上問道，聲音蒼老嘶啞。三保沉著臉道：「沐英在雲南的政聲倒還不壞，頗得轄地百姓愛戴。」「怎麼，後悔啦？你可別忘記，他是領兵攻打雲南的三大將領之一，害你家破人亡的仇人當中，他雖非主謀，但算得上幫凶。」三保道：「殺都殺了，已無後悔餘地，但也談不上舒暢痛快。爺爺，您答應過我，一旦我提沐英的頭來見您，您會跟我說明一切。」與他對話的正是光明金剛戴天仇，當三保奄奄一息、抱著浮木在海上載沉載浮之際，戴天仇適時騎著海豚將他救上岸，然後指示他至雲南刺殺沐英。

「你想知道甚麼，就儘管問吧，我能回答的，自然會說。」戴天仇益形削瘦，臉上戾氣更盛往昔。「您不是喝了腐肉蝕骨湯嗎，怎會沒事？這幾年您一直健在人世，為何不早些露面呢？」「那碗腐肉蝕骨湯是老夫跟死不了共同設下的局，為的是要讓老夫詐死，一方面便於暗中行事，另方面要教你死心塌地甘願自宮，好習練我教神功，成為古往今來最強殺手，如今你果真殺了朱元璋最倚重鍾愛的兩個兒子，真是不負我望，大快我心。哈哈哈……」他的大笑比割掉三保命根子的血海深仇劍還要鋒利，一聲聲刺進三保的內心深處。三保待他笑聲歇止，又問：「那時您的肌膚潰爛，牙齒與頭髮脫落……」「以死不了的本事，這有何難！反正老夫本就又老又醜，豈會在乎區區容顏。」有其師必有其徒，戴天仇說這話的口氣與蔣瓛如出一轍。

「在明教總壇祕道裡，驅使一群蝙蝠，解救我與雪……唔，龍鳳姑婆的，可是您老人家？」「正是！嘿嘿，要搞定那群蝙蝠，可真千難萬難，訓練好了之後，還要使牠們染毒，一給牠們咬中，立即心神喪失。當時老夫雖已先在沙無赦與秦壽生身上動了手腳，但還真擔心這群鳥不像鳥、鼠不似鼠的畜牲，咬了你跟龍鳳姑婆哩！除此之外，重慶城的飛天麻辣鍋，鄭莫睬贈予你的重劍與竹劍，燕王府的落瓦，牛首山的猛豹，皇城外的猢猻，都是出自老夫的手筆。還有，你劫詔獄時，老夫暗中幫你打點了一些事，打發了一些人，不然你們哪有這麼容易脫困！

丁善爭奪泉州法堂主之位，正是受老夫唆使，你才得以進入草庵石室觀摩最上乘武學。此外，到鄭莫睬家尋釁的陳總鏢頭一家都被老夫殺了個精光，以免走漏你們的風聲。這些你恐怕都一無所知吧！」三保聽到陳總鏢頭一家死於非命，不免憮然，感嘆自己一心想做好事，卻往往事與願違。

戴天仇哪在乎三保內心感受，面帶得色，續道：「不過你與龍鳳姑婆隨馬幫去吐蕃途中遭雪崩掩埋，當時老夫落在錦衣衛之後，可一點辦法也無，本以為你倆都已沒命，老夫一番心血皆屬白費，只得黯然離去。後來老夫碰巧攔截一封從吐蕃寄往應天的書信，這才得知你還真有本事，竟然能從雪崩中脫困，去到了邏些，卻與龍鳳姑婆同給多杰老喇嘛擄去。老夫於是趕赴邏些，潛入喇嘛寺，施展空空妙手，從多杰老喇嘛臥房裡取回血海深仇劍，並故布疑陣，好生捉弄眾喇嘛一番，直鬧得雞犬不寧，你倆才得以趁亂逃走。老夫接著尾隨你倆離開吐蕃，搶先一步到達宜賓，唆使刁民為難你倆，親眼見到你動手行搶，我真是滿心快意。老夫還預先收服了鄭莫睬，你們在宜賓搭船那日，他推掉幾樁生意，專候你與龍鳳姑婆大駕，只不過老夫並未將你倆的身分透露給他，而他也算講義氣，原本要向你吐露實情，在夷陵給老夫揍了一頓才作罷。」三保與允炆在靈谷寺遇險，戴天仇並不知情，而三保遭海盜劫船，也出乎他意料之外，他於是制伏一隻海豚，要潛入霸王島，卻誤打誤撞，救了落水的三保。

「那三道錦囊可也是爺爺製作的？」「錦囊的確是老夫要鄭莫睬轉交給你的，卻非老夫所製。」「製作錦囊之人是明教月使嗎？」戴天仇略微遲疑，終究點了點頭，道：「那人果真是月使，這一切其實都是出自他的擘畫與指示，老夫僅是供其差遣罷了。天底下除了我教光明月使，還有誰如此富於智計而深謀遠慮呢？」三保星目一亮，又問：「月使究竟是誰？」戴天仇道：「老夫還不能透露他的身分，以免誤其大謀。」「他可是道士？」「他確實是方外之人，你就別再追問下去了，一旦機緣成熟，月使自然會現身與你見面。」

「為何不除掉朱元璋，而是要刺殺太子與沐英呢？」「殺你本人與殺你家人，哪種讓你更覺得痛苦？」戴天仇反問。三保不假思索即道：「我寧可自己死了，也不願家人遭受危害。」戴天仇道：「這不就結了！你我都拜朱元璋之賜，慘遭家人受屠戮的劇痛，老夫也要朱元璋嚐嚐這種滋味，把他的兒子們一個接一個殺了，讓他既悲痛萬分，又驚恐無限，只要有緊急密報，便不知是哪個寶貝兒子回他姥姥家去了，從此坐龍椅如坐針氈，生不如死，雖掌握天下生殺大權，卻拯救不了自己的親生骨肉，我每回一想到此節，就忍不住快樂起來。哈哈……哈哈哈……」

「難不成也要殺燕王朱棣與皇孫允炆嗎？」三保問道。戴天仇笑聲立止，沉吟道：「或許吧，這得看月使的安排。月使有令，你接下來去把朱元璋的次子秦王朱樉給殺了。」三保道：「冤有頭，債有主，要殺就殺朱元璋一人，他才是罪魁禍首，這正也是爺爺一向的教誨。」戴天仇道：「老夫記得自己說過甚麼，然而此一時也，彼一時也。你殺死秦王，老夫替你除掉藍玉，一個換一個，如何？」三保道：「誠如爺爺說過的，藍玉等人只是走狗，殺他何用？」

戴天仇臉孔抽搐了好一陣子，這才道：「你還有個哥哥在世，他叫甚麼來著……唔，文銘，文銘是吧？聽說他目下在昆明安家落戶，看哪天老夫去拜會拜會他，他老婆才剛生了個白胖小子，老夫這輩子還未吸過初生小娃兒的血，想來應該格外鮮美可口。」他眯起眼睛，嘴裡嘶嘶作響，彷彿在吸吮甚麼，嚥了口唾沫，接著伸出舌頭在嘴角舔了舔，他本就醜怪，而今頭髮稀疏，牙齒缺損，臉龐瘦削，皮膚潰爛，活像個才從墳墓裡爬出來的吸血僵屍，令人一見便不寒而慄，又直欲作嘔。

三保怒道：「我不許你動他們。」一邊說邊蓄積內力於掌上。戴天仇知道他這一掌若發出，當真非同小可，自己不見得接得下來，一方面暗自戒備，表面上故作泰然自若，冷笑道：「怎麼，你不去殺你死仇之子，反而要殺你的救命恩人？哼哼，恩將仇報，看看我戴天仇收的好義孫！」三保洩了氣，跪地垂泣道：「爺爺屢次救三保性命，又傳授三保武功，對三保恩同再造，三保豈敢冒犯，只是懇請爺爺放過我在世上僅存的血親。」戴天仇不敢再因他掉淚而掌摑他，道：「你左一聲『爺爺』，右一聲『爺爺』，叫得有多親熱哪！你的親哥哥也就等同於老夫的義孫，老夫沒事怎會去侵擾他呢？只要你肯聽老夫的話殺死秦王，老夫便放過你哥哥一家。」

「爺爺既然救了我，又為何要如此對待我呢？難道打從一開始，您便存心利用我嗎？」三保終於問出深藏於內心的疑問，其實他早已知道答案了，只是始終不願意面對。「世間事哪有甚麼道理！就拿你跟那頭雪豹來說吧，你殺了牠的母親，把牠養在身邊，讓牠認殺母之仇為主，最後還為你犧牲生命，算來咱們兩個乃是半斤八兩，你可沒比老夫高尚到哪去。」「若非要救龍鳳姑婆，迫於無奈，三保無論如何不會讓雪兒為我犧牲。」「別拿龍鳳姑婆當擋箭牌，畢竟那隻雪豹的屍骨還曝晒於明教總壇，你可好端端活著，不是嗎？」三保心想，自己徒具一身高強武功，竟是如此萬般無奈，只能任人擺布操弄，那麼習武到底有何用處呢？

戴天仇看他臉現不豫之色，遂道：「好吧，大丈夫說話算話，老夫也不在乎吃點兒虧，就先把藍玉那廝給挑了，再饒上一個傅友德，讓你瞧瞧老夫的手段，然後你再去刺殺秦王，如何？」三保此刻最在乎的是長兄一家安危，哪裡管得著藍玉、傅友德的死活，緩緩站起身來，道：「好，我殺了秦王，您便從此放過我哥哥一家。」他想到秦王夫妻與自己相聚時日無多，卻待己甚是親厚，自己竟要向秦王下毒手，心裡一陣痛楚。戴天仇道：「朱元璋子女眾多，你殺他兩個親兒，一個義子，老夫便放過你所有家人，做這樁買賣，老夫可真是蝕足老本了，也罷，就這麼辦吧！」三保暗忖：「我所有家人，連同嫂嫂、姪兒算在內，也只剩三口了，三命換三命，您到底蝕甚麼本？」

戴天仇要三保緊守他尚在人世的這個祕密，否則必殺他家人，三保則央求戴天仇指點馬文銘的住處，自個兒前去偷偷探視。三保見到長兄身高膀闊，滿臉虬髯，活脫脫就跟父親一個模子出來，恨不得飛撲上前與他相認，但是對於當年眼睜睜看著家人慘死、自己卻獨存苟活一節，愧疚至極，著實無顏面對同胞兄長，又見文銘一家三口生活甚是清苦，夫妻倆均臉有菜色，更覺辛酸難過。文銘因父親要前往天方朝聖，年少即離家在外，為人幫傭，沒唸多少書，也沒學到一技之長，後來家破親亡，原來的雇主看他景況堪憐，他又是身強體壯，勤勉有加，而且隨和機靈，在五年幫傭約期屆滿後繼續收留他。文銘辛苦多年，攢了些許本錢，辭別老東家，離開晉寧，來到昆明做起小買賣，一年多前才討了媳婦，一個月前兒子呱呱墜地，往後的日子想必更加難熬。三保半夜悄悄摸進他家，將身上所有錢財全放在桌上，留下「善人自得真主護祐」八字，黯然灑淚離去。

三保心底盤算，眼下藍玉、傅友德未除，尚無須對二皇子秦王下手，不如回返明教總壇去收斂雪豹的屍骨。他本欲先回滇池南畔故居，但委實過於哀慟，深怕觸景傷情，忍不住以死謝罪，反倒誤了長兄一家性命，也就避了開去，索性不經大研，直奔烏魯雪山。

他來到名為游舞丹的雲杉坪，自初經此處，至今已逾十年，回憶其間種種，當時情景，與這名稱的來由，心裡嘆道：「我那時還年幼，未解情滋味，且方遭滅門家變，聽戴爺爺述說納西族愛侶相繼在此殉情一事，大不以為然，覺得何其愚也！唉，前幾年我與雪兒患難情深，朝夕相處，一旦驟別，再會無期，竟感到生不如死，戴爺爺所說的『情之累人，竟一至於斯』，誠不我欺。」他驀然想起死不了與藥童，忖道：「啊，死不了爺爺與去病哥哥之間，固然是見不得光的畸戀，我與雪兒又何嘗不是呢？原來為情而殉，或許有時實在是不得不然。我與雪兒的戀情，今生終究無望，徒惹傷悲而已，況且飽受戴爺爺逼迫，只會無端多造殺業，我命由人不由己，還不如一死了之。雖然《天經》明言，自殺者將遭真主投入火獄，但是對於我來說，此一人世已然是個火獄了，正也是佛家所稱眾苦充滿的三界火宅。」

三保胡思亂想之際，忽聽得一蒼老歌聲自不遠處傳來，曲韻倒也悠揚，歌詞是：

無根樹，花正幽，貪戀紅塵誰肯休？浮生事，苦海舟，蕩去飄來不自由。無邊無岸難泊繫，長在魚龍險處遊。肯回首，是岸頭，莫待風波壞了舟。

無根樹，花正微，樹老重新接嫩枝。梅寄柳，桑接梨，傳與修真作樣兒。自古神仙栽接法，人老原來有藥醫。訪明師，問方兒，下手速修猶太遲。

三保是自宮斷根之人，又正深感苦海無邊，身世浮沉，東飄西蕩，不得自由，乍聞此歌，心受觸動，循聲尋去，見一老道蹲踞於地，而他滿面髒汙，髮髻歪斜，泥色銀髮間，星羅棋布著枯枝草葉，破舊道袍上，水乳交融著塵土油漬，一腳著襪，另一腳則無，但雙腳腳趾都透到草鞋外來納涼。再一細看，只見這老道生得圓眼大耳，相貌清奇，胸背厚實，肚腹寬廣，頸項與四肢卻是出奇細長，但最惹眼的，是他鼻下鬍髭向兩旁怒張，嘴下濃密的鬚髯根根如戟，彷彿會扎人似地。這形貌怪異的老道，居然徒手抓了隻獐子靠在火上烤，嘴裡唱誦不休，狀甚怡然自得，好像絲毫不覺得疼痛，也全然沒遭灼傷。那老道一瞥見三保，不由分說，撕下一條獐子前腿拋給他，再將腳邊的酒葫蘆擲來。

三保一手握著香噴噴的獐子腿，另一手把著油膩膩的酒葫蘆，覺得眼前這老道的顛狂與功力，較諸周顛尚有過之，不敢怠慢，上前恭敬一揖，道：「感謝道長惠賜飲食，然而晚輩是個回民，不能飲酒。」正要放回酒葫蘆，那老道又唱：

無根樹，花正青，花酒神仙古到今。煙花寨，酒肉林，不犯葷腥不犯淫。犯淫喪失長生寶，酒肉穿腸道在心。打開門，說與君，無酒無花道不成。

無根樹，花正紅，摘盡紅花一樹空。空即色，色即空，識透真空在色中。了了真空色相滅，法相長存不落空。號圓通，稱大雄，九祖超升上九重。

三保聽聞詞義放達，與宗喀巴尊者所吟龍樹菩薩偈，頗具異曲同工之妙，不再推辭，在火堆旁隨意坐下，一口獐肉一口酒，但覺那酒奇香撲鼻，入口溫醇，單飲固佳，配上獐子肉，更是別具一番風味。那老道看三保吃得津津有味，微微一哂，續唱：

無根樹，花正孤，借問陰陽得類無？雌雞卵，難抱雛，背了陰陽造化爐。女子無夫為怨女，男子無妻是曠夫。嘆迷途，太模糊，靜坐孤修氣轉枯。
無根樹，花正偏，離了陰陽道不全。金隔木，汞隔鉛，陽寡陰孤各一邊。世上陰陽男配
女，生子生孫代代傳。順為凡，逆為仙，只在中間顛倒顛。

三保聽著聽著，明教神功祕笈上一些矇昧不明之處，似乎突然間閃過一道亮光，正好吃完
獐子腿，抛了腿骨，放下酒葫蘆，翻身對老道拜倒，道：「小子馬和，是個自宮的閹人，資質駑
鈍，修習內功時還有許多處不甚了了，懇望道長賜教。」老道舉起一隻油膩膩的手，絡絡如戟鬚
髯，頷首道：「孺子可教也，周顛說得一點兒也沒錯。」三保問道：「您識得周前輩？」老道含
笑答道：「當然，這顛子是我的師弟，我是他的大師兄張三丰。」

張三丰名滿天下，武功廣被推崇為當世第一，且妙解道法，醫術通神，卻是神龍見首不見
尾一類的人物。武當山上原有的眾多道觀宮廟，泰半毀於元末戰火，道士煙飛，隱者星散，二十
多年前張三丰愛其清幽，與弟子們在武當山天柱峰上結草廬而居。其後朱元璋屢屢下詔傳見張三
丰，湘王朱柏親赴尋訪，許多人聞得訊息，於是把武當山當成終南捷徑，紛紛到該處「隱居」，
不少道士開館授徒，山上好生熱鬧，而且彼此約定以「武當」為盟號來抗衡各大門派，如此也大
大有利於對外號召，生意更加興隆，財源更加廣闢，張三丰不堪其擾，從此飄然遠颺，雲遊四
海。三保今日居然遇見張三丰，原是又驚又喜，但仔細打量其形容樣貌後，心裡不禁犯疑，看他

隨和可親，大起膽子道：「張真人大名如雷貫耳，馬和何幸，今日竟能拜見，不過有一事不明，還望解惑，然惟恐冒犯。」

張三丰道：「你儘管問吧，千萬別客氣，客氣當不得飯吃。」三保道：「據說張真人生於南宋理宗年間，迄今已將近一百五十歲了，然而您即便道法高深，駐顏有術，看來歲數遠遠不符。」「還有人說我生於南北朝的劉宋時代哩，如此一來，我豈不成了將近一千歲的牛鼻子老妖嗎？哈哈哈……」張三丰縱情大笑，止笑續道：「其實我是在元朝出娘胎的，是個不折不扣的大元遺老，故自號為『大元飄遠客』，但究竟生於何年何月何日，爹娘既沒閒工夫跟我說，我也記不得了，更加不在乎。關於我的傳聞多如牛毛[12]，但務請切記，只有兩項確切屬實。」

三保問道：「是哪兩項？」張三丰道：「一是我邋遢得莫可名狀，因此得了個『張邋遢』的渾號，另一則是我的食量大得驚人。」他邊說邊撕下一條獐子後腿扔給三保，自己張口大咬獐屁股，咀嚼幾下，閉目讚道：「唔，妙啊！火候恰到好處。」他睜開大眼，慫恿三保道：「你嚐嚐看，比你方才吃的，滋味應當更勝一籌。」三保食量亦宏，捧起獐子腿啃了一口，果然滋味妙

12 例如，張三丰固然是內家拳的大宗師，但創太極拳之說始自晚清，應是後人假託其名，恐非屬實。有些人引黃宗義所撰〈王征南墓誌銘〉，指稱張三丰創立武當派，但該文並無武當派之名，而且提到的武當道士是宋徽宗時人。武當山上的道士向來不少，不乏習武傳藝者，但在明初，並無一個統合的門派，武當武學僅是個泛稱。此外，歷史上可能有幾個名為張三丰或張三峰的道士，事蹟被混為一談，不少張冠李戴者。

到毫顛，生平不曾吃過如此美味的烤肉。此處的獐子以奇花異果為食，體味清香，但因慣於在山林間奔跑跳躍，肌肉失之於堅韌，張三丰以精純深厚的內力灌注在獐子身上，既震碎肌肉的纖維與筋膜，且讓火力均勻散透至每一分每一毫，使裡外無別，俱鮮嫩爽脆，縱易牙再世，也絕無如此手段，而武學名家，肯定不會為了滿足口腹之慾，大耗修練不易的內力，所以這滋味真可謂絕無僅有。

三保歡快地吃了兩隻獐子腿，已有七、八分飽意，張三丰啖完其餘，連獐頭都啃嚙得乾乾淨淨，拍拍肚皮，道：「有三分意思了，聽人家說晚飯少吃些，才符合養生之道，今夜暫且如此吧！」這隻獐子怕不有二十多斤重，即便扣除皮毛骨血和兩條腿，重量仍極可觀，他胃納之大，當真驚世駭俗。張三丰袍袖一捲，取回酒葫蘆，背靠在一株樹的樹幹上，喝了口酒，掌擊大腿，打著拍子，繼續唱道：

無根樹，花正圓，結果收成滋味全。如朱橘，似彈丸，護守堤防莫放閒。學些草木收頭法，復命歸根返本元。選靈地，結道庵，會合先天了大還。

無根樹，花正亨，說到無根卻有根。三寸竅，二五精，天地交時萬物生。日月交時寒暑順，男女交時妊始成。甚分明，說與君，只恐相逢認不真。

無根樹，花正佳，對景忘情玩月華。金精旺，耀眼花，莫在園中錯撿瓜。五金八石皆為假，萬草千方總是差。金蝦蟆，玉老鴉，認得真時是作家。

三保苦苦思索詞意，覺得與明教神功，以及宗喀巴尊者、多杰喇嘛、道衍國師、張宇初天師教導的，似乎存在著某種聯繫，一時間參不透其中關節。張三丰道：「你方才不是要我為你解修習內功之惑嗎？你我算是有緣，我便傳你一套『神交雙修法』吧！」三保心想：「好容易才打發掉多杰喇嘛，怎又冒出個張三丰真人？」不禁苦笑道：「小子是個閹人，怎能雙修呢？」張三丰道：「嘿，『說到無根卻有根』，不是才唱給你聽了嗎？你雖已失去有形之根，卻仍保有無形之根，反而在修練時得了個莫大便利，或可說是『此時無根勝有根』，呵呵。」

三保奇道：「這如何能夠呢？」以為張三丰在說笑，若非懾於其威名，他早已揚長而去了。張三丰道：「本門的雙修法著重觀想，只務神交，不為男女實際交合之舉，否則『犯淫喪失長生寶』，那可大大不妙。這功法練起來，可當真折磨人，需是一對情投意合、心意相通的男女裸身同練……」三保忍不住插嘴問道：「為何非如此不可呢？」張三丰答道：「二人同練若不裸身，委實燥熱難當，恐將走火入魔。單人獨練的話，『陽寡陰孤各一邊』，許多姿勢與功法無論如何做不出來，乃至於『靜坐孤修氣轉枯』。此外，對象的選擇至為關鍵，因此才說『莫在園中錯撿瓜』。」

三保想起多杰老喇嘛稱韓待雪是自己的雙修絕配，不知她現今過得可好，卻聽得張三丰續道：「這對男女一同修練，裸裎相對，軀體交纏，在情慾達到最濃烈之際，須收攝起心猿意馬，以彼此的『陰陽造化爐』，相互將『金烏髓，玉兔精，二物擒來一處烹』，共同『運起周天三昧火』，以『鍛鍊一爐真日月』，然後『守黃庭，養谷神』，再『過三關，透泥丸』，終究練到『早把通身九竅穿』。嘿嘿，這對男女既是情投意合，又裸身同練，肌膚相貼，能夠把持得住的，萬中無一，而已淨身者，怎會有情投意合的同修人，又怎知閨房之樂呢？你機緣巧合，碰上契合無間的絕妙好瓜，正如同一株有鮮花相伴的無根樹，須善自把握。」創明教神功的宦官魚令徽，修為本已極高，且出身宮廷，妙解春宮之祕，後來得與女摩尼師同修，武功更上層樓，臻於化境，即基於千載難逢的機緣，暗合神交雙修法的旨趣。

這神交雙修法計有二十四法門，各自暗藏於一首〈無根樹道情〉詞中，並以花的色態情狀來描摹，分別是幽、微、青、孤、偏、新、繁、飛、開、圓、亨、佳、多、香、鮮、濃、嬌、高、雙、奇、黃、明、紅、無，正也是「龍虎交媾，煉精化氣，煉氣化神，煉神還虛」，因與明教神功、密宗大歡喜功、道家學說頗有相通之處，是以張三丰一講說演示，三保即能了悟熟記，並觸類旁通，予以融會。

張三丰堪堪傳授完，天色已然大亮，他揉揉肚皮，哂道：「這個肚子極擅長『煉食還虛』，現在又空空如也，我得覓食去了。」一也不等三保回應，便去得無影無蹤，唯山間迴盪著他悠遠曠邈的歌聲：

大元飄遠客，拂拂髯如戟。一曲上天梯，可當飛空錫。
回思訪道初，不轉心如石。棄官遊海嶽，辛苦尋丹祕。
捨我亡親墓，鄉山留不得。別我中年婦，出門天始白。
捨我丱角兒，掉頭離火宅。人所難畢者，行人已做畢。
人所難割者，行人皆能割。欲證長生果，衝舉乘仙鶴。
後天培養堅，兩足邁於役。悠悠摧我心，流年駒過隙。
翹首終南山，對天三嘆息。

三保與張三丰萍水相逢，受益良多，朝張三丰去向伏地三叩首，誠心拜謝，再大步至虎跳峽，藉江中巨石，躍過湍急無比的金沙江。如今他的輕功已不在當年戴天仇之下，而長力更勝之，信步來到發現小雪豹的洞穴，瞥見兩個小小身影急匆匆躲進裡頭，黑暗中四隻骨碌碌的眼珠子如同小燈籠般，直照向三保。三保一喜，徒手撕了幾小塊方才獵到的牡鹿之肉，扔進洞內，聽那兩隻小獸舔舐咀嚼，嘖嘖有聲。一會兒後，他丟了幾小塊鹿肉在洞口，賺得牠倆探出頭來，果然是兩隻小雪豹，其毛色雜有淡灰斑點，並非純白如雪，看樣子已斷奶一陣子了。

二隻幼豹受鹿肉引誘，想要出洞，卻又不敢，那副踟躕模樣，說不出地俏皮可愛。三保看得既喜歡，又心酸，手捧鹿肉，伏低身子，慢慢接近洞口，忽聽得身後傳來低吼聲，側頭一看，一頭毛色斑斕的母雪豹蹲伏在十餘丈外，應是幼豹的母親。三保無意傷牠，緩緩放下鹿肉，倒退著離開洞口。母豹看三保並無敵意，但畢竟是不速之客，仍朝他齜牙咧嘴、虛張聲勢一番，這才去查看兩隻幼獸，母子雖暫別不久，見面時十分親熱，彷彿久別重逢。母豹此番出獵落了空，原以為母子三個今天得要餓肚子，幸好有天上掉下來的鹿肉，便老實不客氣地與兩隻幼豹一同享用。

三保大踏步離去，循初來之路到了明教總壇，發現巨大的摩尼佛石刻已被破壞一盡，不留絲毫痕跡，谷內房舍悉遭焚毀，連竹篁庵也燒成了一片白地，而白骨四布，支離破碎，無一完整，顯然是死難的明教徒遺體無人收斂，先受明兵砍劈傷害，後遭野獸咬噬拖拉。三保愈看，心裡愈發沉重，走到捨身崖，遍尋不著雪豹的屍骸，不禁起了個痴念：「難道豹子雪兒沒死，這些年來獨自在這荒山野谷裡苦候自己？」想到此節，心頭火熱，全然顧不了附近是否還有明兵把守，運起內力，高喊：「雪兒，雪兒，你在哪裡？我回來找你了。」他此時的功力已非同小可，直喊得山川震動，鳥不敢飛，獸不敢奔，呆立原地。三保大喊幾聲後，林中窸窣作響，有活物靠近，他難抑狂喜，就要迎過去，忽然從林中探出幾顆人頭來。

「王叔、諸位前輩，你們怎會在此？」那幾顆人頭，正屬於金剛奴、田九成、高福興、何妙順、仇占兒五人所有。高福興性子最急，道：「馬公子，打從逃離錦衣衛詔獄那鬼地方，這兩年我們幾個東奔西闖，打算糾集教眾再次舉事，卻四處碰壁，索性回到這老巢蹲著，以等待馬公子，這下可好，終於讓我們等著你啦！」三保不解，問道：「前輩等我是為了何事？」高福興道：「當然是等你回來跟我們一同造賊朱明的反，要朱元璋的命，難道等你吃飯喝酒嗎？哈哈哈……」三保聽得更是丈二金剛摸不著腦袋。

金剛奴解釋道：「說穿了，我們已經走投無路，想奉公子為首，去迎請龍鳳姑婆，取得大光明聖印，號令天下明教徒，跟朱元璋周旋到底。」三保急道：「這可萬萬行不得！在下何德何能，可以帶領各位？」田九成道：「馬公子武功高強，仁義過人，又於我們有活命之恩，我們誓死追隨馬公子。」三保道：「三保是個回民，如何能統領明教教眾呢？」何妙順道：「這倒無妨，大家彼此忍讓，純以反朱大業為念，屆時明、回二教攜手合作，共存共榮，或將凌駕於佛、道之上，那也說不定。哈哈哈……」高福興道：「大不了我們從今以後不再喝酒、不吃豬肉便是了。」田九成道：「明教徒原該茹素，不沾葷腥，我們都餐餐犯戒。」高福興道：「所以嘛，我們追隨馬公子並不算太吃虧，說起來，還小占些便宜哩！馬公子，你就答應了吧！」一向木訥寡言的仇占兒也細聲細氣道：「我跟定馬公子了。」

何妙順道：「有朝一日，馬公子帶領我們殺死朱元璋後，身兼明、回二教教主，那可比皇帝老兒還尊貴多多。」高福興道：「這可行不通啊！」何妙順道：「有啥行不通的？」高福興道：「我教教徒須日行七拜，聽說回教徒須日行五拜，馬公子一旦身兼二教教主，每日必須拜十二回，那豈非得從早到晚趴在地上拜個不停，別的事都不用幹了！」何妙順道：「這算啥勞什子問題？」高福興道：「我倒欠請教了，這為何不算是個問題？」何妙順道：「他是教主，一日愛拜幾回，就拜幾回，誰敢管他？」高福興道：「這更不成啊！」何妙順道：「怎又不成了？」高福興道：「他以教主之尊，理應以身作則，哪能這麼隨便！」何妙順道：「你身為明教五旗使之一的妙明使，咱們打從關進詔獄以來迄今，成天吃喝拉撒睡都在一起，我可從來沒見你拜過一回。」高福興道：「你老兄又拜過幾回了？」何妙順道：「最起碼比你多。」高福興道：「嘿嘿，被錦衣衛打趴在地，可算不上禮拜哦！」何妙順道：「你老兄被打趴在地的次數比我還多。」高福興道：「連這你也數了嗎？」何妙順道：「『陰天打孩子，閒著也是閒著。』我當然都數清楚了。」

田九成插嘴道：「家醜不可外揚，你倆這種糗事就別在馬公子面前提了。」高福興道：「老田此話差矣！馬公子將來會是咱們的教主，不能算是外人，糗事說給他聽，稱不上家醜外揚，頂多是家醜內揚。」田九成道：「馬公子當上咱們的教主，那是將來的事，因此馬公子目前還是個外人。」金剛奴道：「馬公子是戴法王的義孫，又在我教總壇住過一段時日，不能全然算是外人。」田九成道：「張大嬸養的雞也在我教總壇住過一段時日，最後還葬身咱們的五臟廟裡，難道也算我教中人？」高福興見愈來愈多人加入鬥嘴，不願落在人後，趕緊道：「雞可不是人，只能算我教中雞。既然張大嬸養的雞都能算我教中雞，戴法王的義孫自然是我教中人。」田九成道：「我可沒把張大嬸的雞當成我教中雞，那是你自己認為的。」

他們幾個你一言、我一語，把三保搞得頭昏腦脹，比跟第一流高手生死相搏還要傷神，當初他從詔獄救出的明教徒眾，因忍受不了他們幾個終日鬥嘴，全跟隨蘇俊另謀生路去了。三保甚思念韓待雪與鄭莫睬，原就有意去泉州找他們，遂道：「在下可帶領諸位前輩去拜謁龍鳳姑婆，但她願不願見諸位，在下可說不準，即使見了，往後舉事抗朱，在下並非貴教中人，實無置喙餘地。」田九成道：「馬公子能帶領我們去見龍鳳姑婆，我們已深深承情，以後的事，到時候再說吧！」其餘幾位亦表同意，沒再爭辯。

三保問道：「敢問諸位前輩，是否曾見到豹子雪兒？」他們幾個相互望望，噤聲不語。三保心裡一沉，道：「請前輩但說無妨。」金剛奴嘆了口氣，道：「公子請隨我來吧！」說完，往林中走去，三保緊隨其後，到一塚前。金剛奴道：「我們幾個回到此處，在崖邊發現雪兒的屍骨，牠是公子年少時唯一的朋友，也與小的甚親愛，如同家人一般，小的不忍心讓牠曝屍荒野，便移葬其屍骨於此。」其實雪豹即使當日未死於錦衣衛之手，也恐怕逃不過歲月摧殘或生物競爭，未必能夠存活至今。三保的痴心妄想終究成空，內心空蕩蕩，腦袋昏脹脹，有氣無力道：「多謝王叔，三保有一冒昧之請，想與雪兒獨處一陣子。」金剛奴道：「這個小的理會得，還請公子節哀，莫傷了玉體。」他走後，三保悲傷難抑，卻欲哭無淚，在孤墳前不飲不食，足足坐了三天三夜，才在金剛奴等人的勸慰下，隨他們離去。

六人身無分文，仿效起馬幫，闖入滇西北最大、最富的一座山寨。三保一掌打死占山為王、無惡不作的強盜頭子，訓誡勸勉眾嘍囉一番，發放每人二十兩銀子，要他們從此洗心革面，做些小生意，重為良民。因行旅不便，而且錢財來路不正，六人一共只留存百餘兩銀子，剩餘的金銀財寶與糧食衣物，全都散給周遭貧戶。三保覺得這是自打殺倭寇以來，最具俠義豪情的一件壯舉，稍遣悲懷，卻沒料到在他們離去後，當地富戶勾結官府，以官司威脅及嚴刑伺候，向分到財物的貧戶肆行榨取，要連本帶利討回給盜匪勒索、劫掠的錢財，逼死了好些窮苦人。

三保等六人，個個都是雄赳赳、氣昂昂的彪形大漢，倘若偽裝成商賈文士，著實不像，反倒惹眼，他們也就扮作挑伕小販，一路東行，儘量撿選荒野小徑，途中無啥波折，縱遇強人攔路，也只是為他們多增添些盤纏罷了，只不過免不了成天彼此鬥口，三保無法制止他們，只得學著從中獲取樂趣，偶爾也插入幾句，幾回的長途跋涉，以此番最為熱鬧。

這一日來到泉州，明教五豪投宿在一間小客棧裡，三保隻身去見韓待雪。他一別三年，對韓待雪朝思暮想，此時竟生情怯之感，不知她變成甚麼模樣，對自己是否仍然情深愛重，躊躇半天，這才來到鄭莫睬家門前，兀自不敢叩門。

「少年仔，敢係欲找阿睬仔？」三保回頭見問話的是一老者，想起他是旺伯，鄭莫睬的老鄰居，也是當地的里長。三保先前在鄭宅深居簡出，僅初來時從轎中縫細看過一次旺伯，旺伯自然不認得三保。

「係啊！鄭二哥佇厝無（在家嗎）？」三保的閩南方言並未因為入宮兩年而荒疏。這時鄭家大門呀一聲開啟，站在門裡的不是鄭莫睬，那還會有誰？他一見到三保，驚喜交集，打發走旺伯，急將三保拉進去。一個小童趺趺撞撞迎上前來，鄭莫睬抱起小童，對三保道：「這係我兒子，單名南，南北西東的南，上月初剛滿周歲。」又對小童道：「南兒，叫叔叔。」小童咿咿呀呀一陣，聽不清楚是否叫的是叔叔。

「南兒真乖。唔，她……她還好嗎？」三保撫摸著鄭南的小臉頰囁嚅問道。鄭莫睬臉色一沉，放下小童，道：「南兒，去找你娘。」小童甚乖巧，搖搖晃晃往屋內去，鄭莫睬這才回覆三保道：「唉，一言難盡，你自己看看便知。」三保聽他這麼說，記起日前詢問金剛奴是否見到雪豹時的回答，不免心下惴惴，隨鄭莫睬走往後院一間小屋。鄭莫睬低聲道：「打從你走後，她就把自己鎖在這間屋子內，幾乎足不出戶，都係我那口子親送湯飯茶水的，她對其他人完全不理不睬，我已整整三年沒見過她的面了，『莫睬』這個名字正打算送給她哩！」三保驚道：「怎會如此？」鄭莫睬不答，垂頭道：「我先走了，你倆好好敘敘舊吧！」

鄭莫睬一走，三保將耳朵貼在門上，聽見韓待雪唸道：「尋尋覓覓，冷冷清清，悽悽慘慘戚戚，乍暖還寒時候，最難將息。……」此時已經入秋，稱不上「乍暖還寒時候」，但韓待雪自閉於房中三年，分不清晨昏，更不管節令，續唸：「三杯兩盞淡酒，怎敵他晚來風急！雁過也，正傷心，卻是舊時相識。滿地黃花堆積，憔悴損，而今有誰堪摘？守著窗兒，獨自怎生得黑！梧桐更兼細雨，到黃昏點點滴滴。這次第，怎一個愁字了得！喂，拿酒來，本姑娘擬把悲懷圖一醉，對酒當歌，強樂還無味，衣帶漸寬終不悔，為伊消得人憔悴。我淚已然流乾，身子憔悴不堪，但伊在哪裡呢？到底在哪裡呢？」

三保心痛不已，低喚：「雪兒，我在這裡，三保回來看妳了，妳開門呀！」他聽得房裡先是靜默，再窸窸窣窣一陣亂響，接著傳出韓待雪驚喜交加的聲音：「三保，真的是你嗎？還是……還是我在夢裡？」「當真是我，妳開門呀，讓我見見妳。」「好……哦，不，我這副模樣如何能見我的三保？」「不管妳變成甚麼模樣，永遠是我的好雪兒。」「不不不，你快去請嫂子打些水來，我先梳洗過後再見你。」三保無奈，只得依其吩咐，向鄭妻連賠不是，反覆道謝。

韓待雪為迎見闊別三年、只道無緣再會的伊人，強打起萎靡已久的精神，洗周身玉體，理整縞雲髮，插一梭金釵，敷滿面珠粉，描兩道翠眉，抹雙腮胭脂，點上下朱脣，懸左右耳環，換淡淡衫兒，著薄薄羅裙，好生整治了一番，但她早已打破銅鏡，不知自己容顏變得如何，既心急如焚地要見情郎，卻又滿懷不安，躊躇半晌，終於呀一聲打開房門，讓三保入內。

三保一見她形銷骨立的模樣，不禁紅了眼眶。韓待雪瞧他的神色，立即用雙手摀住自己的臉頰，忐忑問道：「我是不是變成醜八怪了？你老實說，是不是呀？」三保將她擁進懷裡，哽咽道：「妳依然美若天仙，只不過清減如此，真教我心疼。」韓待雪道：「自從你走後，我便茶飯不思，日夜擔心，唯恐你遇險。你若當真遭遇不測，那也就罷了，我立即追隨你而去，然而你音訊全無，生死未卜，我又害怕，怕自己死了，你卻歸來，從此必須獨活於世，豈不難過？天可憐見，你終於安然無恙回到我的身邊，我吃再多的苦頭，等再長的日子，都值！」

三保大為感動，擁她入帷。二人別後，相思情苦，真可謂一寸的離腸，打了千千萬萬個死結，此時才得以緊緊依偎，哽咽無語，讓千千萬萬個死結逐一解開。三保接著簡述別後情景，但隱匿鄭莫睬給予錦囊，以及戴天仇未死並於暗中操弄等事，只說一入宮即接獲月使暗傳的密令，等待好一段時日，刺殺了太子朱標，倉皇逃離應天，居然搭上賊船，而船隻沉沒後，自己抱著浮木漂流到岸邊，先返回明教總壇看看，再趕來泉州。他礙於載天仇的威脅，這番話說得不盡不實，卻已教韓待雪聽得驚心動魄，連連發顫。三保又敘及金剛奴等人隨己來到泉州求見她，打算請得大光明聖印，以號召天下明教徒起而對抗朱明朝廷。

韓待雪蛾眉輕鎖，道：「這等大事須從長計議，豈可造次！如今朱明氣候已成，而我教長老死亡殆盡，月使潛伏皇宮中多年，不殺朱元璋卻殺太子朱標，恐有異志，我區區一個弱女子，沒甚麼見識，武功更是不行，如何能夠統領群豪來對抗朱明呢？」三保不提他們推舉自己，道：「這些日子我在道上行走，每聽得街談巷議，說元末天下大亂，兵連禍結，骨肉流離，民不聊生，自從朱元璋坐穩皇位後，輕徭薄賦，予民休息，致力墾荒，獎勵生產，百姓生活很過得去，此外，他整頓吏治，大殺貪官，誅除豪貴，懲治劣紳，因此很得民心，我竊以為，這才是明教近年來屢屢舉事不成、王叔等人得不到助力的根本原因，此時要憑藉明教聖印號召教眾舉事，恐怕不免遭敗，徒致教眾受戮罷了。」其實他與韓待雪初抵泉州時，鄭莫睬提過此事，當時他對朱元璋成見甚深，兀自不信，直到自己耳聞目見，這才一改觀感。

韓待雪沉吟道：「唔，我這些年雖足不出戶，也可推想得知其中關節。朱元璋一向善於收攬人心，他會有如此作為，也是意料中事，但朱賊與我教不共戴天，不殺他，無以告慰亡父與千萬死難教友在天之靈，亦無從光大明教。」三保想起朱標之死，心裡一痛，問道：「報仇雪恨，光大明教，拯救蒼生，這三者若無法兼得，孰輕孰重？」韓待雪一怔，繼而喟然道：「我過去一直將這三者混同為一，從未念及必須有所取捨，如今我方寸大亂，更加徬徨無計。」三保自忖：「爹爹要我自保、保家、保衛聖教，我卻眼睜睜看著家人慘死，且要以身涉險，為的還是人稱魔教的明教，這究竟是何道理？」他這念頭一閃即逝，道：「率眾舉事果真不能倉促而為，但王叔等人已經來到這裡，往後不知該何去何從。」韓待雪道：「如何安頓他們，你跟鄭莫睬商量看看，我管不著，無能力管，也不想管。」

說曹操曹操就到，鄭莫睬恰於此時在窗外低喚：「賢弟，弟妹，出來用晚膳吧！今晚殺雞宰鵝，還有現撈海鮮及新摘菜蔬，哥哥親自下廚，好為三保洗塵，保證可口。」三保與韓待雪相視一笑。鄭莫睬刀槍劍戟斧鉞勾叉，樣樣稀鬆；煎煮炒炸燉蒸滷燴，項項精通。晚飯豐盛美味，不過真正讓三保稱心快意的是，再度與情人韓待雪及義兄鄭莫睬一家同桌共餐，一旁還多了個可愛的小義姪。

飯後韓待雪先回房，三保與鄭莫睬找了個僻靜處坐下。鄭莫睬心虛，臉帶愧色道：「戴法王的事，你應該已經知道了吧！賢弟啊，並非哥哥存心瞞你，你係知道他手段的。」三保道：「三保的確毫無怨責哥哥之意，也明白哥哥當真難為。」鄭莫睬鬆了口氣，道：「賢弟真係深明大義啊！」三保道：「眼前有件事須勞煩哥哥張羅。」他說出金剛奴等人來到泉州之事，以及韓待雪的意思。

鄭莫睬道：「哥哥回返泉州老家後，靠著你的錢財和我那艘破船變賣所得，過了一陣子悠哉生活，等我那口子懷上了，我便大為發愁，總不能如此不事生產、坐吃山空下去，後來得到莊震遠的幫助，弄了條船，當起打魚郎來，總算哥哥運氣不錯，漁獲尚豐，生活還撐持得過去。他們幾個若不嫌棄，不妨隨我吃討海飯，也可跟當地教友親近親近。」東南沿海的明教徒多從事打魚營生，一來夜裡可聚集在燈塔下暗行拜火儀式，不致引人生疑；再者若遇官府查緝，逃脫較為容易，官府畏懼倭寇、海盜，不敢出海追捕，鄭莫睬約略說明。

提到倭寇，三保心念一動，道：「三保另有一事請託，請哥哥務必成全。」鄭莫睬拍胸脯道：「自家兄弟，何須如此客氣，只要哥哥做得到的，一定盡全力達成。」三保道：「我因機緣巧合，與倭寇交上了手，現有一除倭靖邊之策，想勞煩哥哥請戴爺爺設法交給皇孫朱允炆，戴爺爺本事很大，一定可以辦到。」鄭莫睬嚇了好大一跳，霍地站起身來，連退三步，雙手緊摀住頸脖子，苦著臉道：「你要戴法王幫朱元璋鞏固從明教竊去的江山，還要我去傳話？我說三保啊，你這不係要哥哥去送死嗎？」

三保道：「我著眼的並非朱明的權位江山，而是百萬黎民的身家性命。倭寇和海盜的所作所為，哥哥應當知之甚詳，不能因為明教與朱元璋之間的仇怨，致令沿海百姓任賊人魚肉。」鄭莫睬聞言斂容道：「三保啊，過去哥哥覺得你模樣漂亮，腦袋靈光，但這些都係從娘胎裡帶出來的，哥哥只能自怨自艾當初投胎時，怎就沒張大眼睛仔細挑好出路呢，然而你還具有悲天憫人的胸懷，這就純屬個人的修養了，哥哥當真佩服得五體投地，即使拚著被戴法王吸成人乾，也定然將你的計策帶到。」

三保感謝再三，當晚寫了封信給允炆，告以倭患真實情由與自己琢磨出來的除倭方策。鄭莫睬不負所託，聯繫上並說動戴天仇，這封信也就輾轉來到允炆手上，允炆收到後，興沖沖謄寫成奏章呈給朱元璋。朱元璋卻根本不予採納，因為倭寇是件無上索命法寶，他一旦想要殺誰，便栽贓那人通倭，成千上萬顆人頭隨即落地，比天下任何高強武功都厲害許多。此外，倭患還大大滿足了朱元璋與一幫腐儒極端自大又極度自閉的扭曲心理，得以厲行海禁政策，斷絕與外國的通商往來。然而不出三保所料，數月後日本北朝幕府將軍足利義滿，藉著半威脅半哄騙的手段，使得南朝後龜山天皇交出象徵天皇法統的三神器，日本南北統一，中國沿海倭患卻有增無減，始終查緝失利，此因真倭其實不多，多半是華人海盜假倭寇之名號肆行劫掠，地方官員樂得配合演出，以脫卸干係，要是逮不著海盜，便指稱他們是倭寇，且已潛逃回日本，自己空有查緝之心，卻無跨海追捕之能，只得徒呼負負。如此一來，皇帝、官僚、海盜各因所謂的倭患得利，倒楣的盡是平民百姓，以及遭到搆陷的功臣宿將與其親友。

三保寫給允炆的信，沒能對翦除倭患起到立竿見影的效果，反倒幫助朱元璋做出一項重大決定，明朝乃至中國的命運就此發生巨大轉折。

朱元璋畢竟已經上了年紀，加上青壯年時期耗損過劇，後來難免有些欲振乏力，每每視後宮為畏途，即使勉力臨幸，往往草草了事，自洪武二十一年起，連著幾年未再生兒育女。到了洪武二十五年間，他先後失去鍾愛的長子朱標與養子沐英，慟憤不已，等到恢復點兒興致，赫然發現龍陽難興，而御醫率皆束手無策。朱元璋鬱悶至極，轉發暴怒，原本要殺掉所有御醫、妃嬪及宦侍、宮女，服了道衍宣稱周顛託他進獻的丹藥，非但雄風重振，還更勝以往，當真大喜過望，於是龍行虎步，長驅直入後宮，一一臨幸，猶不滿足，大肆蒐羅天下美女，後宮喜訊頻傳，接連產下一子二女，打掉的龍胎更是不計其數。道衍進獻丹藥後不久，奉上一個美豔道姑張玄妙，也說得自周顛。朱元璋賜張玄妙美人銜，寵愛有加，播下龍種，生了一女寶慶公主，駕崩前下旨所有嬪妃陪葬，唯張美人獲免。

話說朱元璋到底是一國之君，且年事漸高，立儲之事非同小可，一旦精力回復，除了周旋於後宮外，也反覆思量此事，忖道：「老二楝胸無大志，不慕皇位，成天與其妃王敏敏廝混，一旦登基，恐怕會如唐明皇一般，『春宵苦短日高起，從此君王不早朝』。老三棡莽撞凶暴，兩年多前的北征證明他既無謀略，更缺乏毅力，根本不是當皇帝的料，近來雖然有所收斂，多半只是為了爭太子之位而做的表面功夫。至於老四棣嘛，他的確是雄才大略，智勇雙全，然而野心勃勃，鋒芒畢露，連『日照龍鱗萬點金』這樣的言詞都說出來了[13]，況且他是否為我的親生骨肉，還真說不準哩，當年既然有風言風語傳到我的耳裡，我乾脆賜他生母碽妃鐵裙刑[14]，還讓這孩子親眼觀看，他竟然不動聲色，不似漢惠帝那般窩囊[15]，看來生性真有幾分像我。其他皇子各有缺失，何況長幼有序，我如何能廢黜自己親設的嫡長子制呢？唉，標兒啊標兒，你為何要死於非命而害我到老還操這個心呢？」

朱元璋左思右想，遲遲無法決斷，幾欲發狂，直到閱覽允炆所呈除倭奏章，覺其立論跟他老子朱標如出一轍，純粹以民為本，不符合帝王統治術，還大大違反自己一貫的海禁政策，但總算條理明晰，更顯現出留心治事，倘若他老子沒這麼早死，這皇位遲早也是他的。唔，就這麼辦吧！涼秋九月，朱元璋下詔，謚朱標為懿文太子，立允炆為皇太孫，將繼己為帝。消息傳到閩南，三保百感交集：允炆與自己名為主僕，實為朋友，他還甚仰慕敬愛自己，自己卻狠心殺死其

13 據說朱元璋曾出上聯曰：「風吹馬尾千條線」，允炆對曰：「雨打羊毛一片羶」，為朱元璋不喜，朱棣則對曰：「日照龍鱗萬點金」，顯現氣魄非凡。

14 鐵裙刑多用於懲治不貞女子，是將鐵片製成裙子狀的刑具，讓女受刑人穿上，再用火烤。民間傳說朱棣出生時不足月，朱元璋後來對其生母施加鐵裙刑。

15 漢高祖駕崩後，呂后將高祖寵妃戚夫人的雙眼挖掉，熏聾其耳，灌藥致啞，斷其手腳，丟在茅房裡，號為「人彘」，並引親生兒子惠帝去看。惠帝看後驚嚇痛哭，大病一場，從此不理朝政，日夜飲酒作樂。

父，害得他大婚延後，如今他被冊立為皇太孫，真不知道該為他欣喜，還是悲憫！

再說高福興等人請不到大光明聖印，原就失望透頂，一聽說還要跟隨鄭莫睬出海打魚，更是氣得直跳腳。他們皆不諳水性，沒來福建前，根本沒見過海，如今卻要飽受波濤之惡，強忍魚腥之臭，起初抱怨連連，但時日一久，漸漸覺出興味來。幾個月之後，他們不待人喚，天色微明就一骨碌翻身起床，略事盥洗後，效法當地明教漁民習俗，先吃三大口白飯，聊充素齋，再葷腥不忌地飽餐一頓，然後上船朝金光燦爛的朝陽駛去，心中反覆默唸「光明清淨大力智慧」八字真言，月圓之夜則聚集燈塔下，暗行明教儀軌，如此但覺法喜充滿，這也是他們多年來不曾享受過的安適生活。五人在鄭莫睬住處附近賃了間屋，還集資買了艘漁船，只差沒娶妻生子，以便在泉州安家落戶。

三保日日與他們揚帆出海，夜夜跟韓待雪同練刺在她胸前的明教神功合抱式，以及張三丰所授神交雙修法，日子過得很是愜意，內功頗有進展，終於打通奇經八脈剩餘的衝脈，連密宗功法的中脈亦通，往後只消勤加習練，要躋於絕頂高手之境，應是指日可待，然而總有一塊大石頭壓在心上。次年二月，從京師傳來一個驚人消息：錦衣衛查獲涼國公藍玉勾結倭寇，意圖謀反，並在其府邸裡搜出上萬把倭刀，還奉朱元璋聖諭，將功勛彪炳的藍玉給活活剝了皮，沒過多久，同黨連坐被殺的已逾千人[16]，朝廷隨即頒布《逆臣錄》，列出所謂藍黨同謀

---

16 到了洪武二十六年九月，因藍玉案被殺的已多達一萬五千人，而朱元璋直到臨死前，還藉此案屠戮臣下。

的名單與供詞。

三保聞訊，疑竇大起，去年自己在霸王島上窺探到東瀛匠師指揮華工煉製倭刀，這批倭刀、工匠與器具，應該都已落入錦衣衛的手裡，更何況真倭其實不多，足利勝這支還已經死絕，藍玉怎會勾結倭寇並從哪兒弄到這麼多把倭刀呢？若是錦衣衛栽贓嫁禍，他們為何要如此做呢？藍玉再如何囂張，也根本威脅不了朱元璋的皇位，而且藍玉向來與朱標交好，說一不二的藍玉，還曾立下竭盡全力輔佐朱標父子的血誓，朱元璋不管是為了自己或是為了允炆，都實在沒必要、也不應該動藍玉啊！戴爺爺曾說要除掉藍玉，顯得胸有成竹，動手的卻是錦衣衛，甚麼時候錦衣衛聽戴爺爺號令了？或者他怎知道錦衣衛要動藍玉？另外，已無兵權的穎國公傅友德也將死於非命嗎？難道他也要栽在錦衣衛的手裡嗎？三保最後兩個疑問，年餘後得到解答，傅友德追隨老戰友藍玉去見閻王，卻是他自己下的手。

在藍玉受戮後不久，曾輔佐燕王北征的定遠侯王弼，到穎國公府拜會傅友德，對藍玉案感慨良多，並勸傅友德道：「皇上年事已高，遲早會把咱們殺得精光，咱們應當自求多福才對啊！」傅友德不置可否。蔣瓛安插在穎國公府充當家僕的密探，把王弼這番話呈報給蔣瓛，蔣瓛隨即上奏朱元璋。朱元璋早就想除掉傅友德了，但明白光憑如此，還不足以治傅友德死罪，暫時隱忍下來，精心布置了一場索命宴。傅友德的次子傅春當年為了拍允炆馬屁，縱放走三保，允炆於是說服朱元璋，將傅春調任為殿前親軍指揮使，以做為答謝。在那場索命宴中，朱元璋蓄意對傅春大挑毛病，當著群臣的面，夾頭夾腦痛罵他一頓，再把他斥走。在座的傅友德覺得顏面無光，起身為次子傅春辯解，朱元璋責備傅友德不敬，傅友德火爆脾氣發作，宴席未完便告退離去。朱元璋高喊：「帶你二子來。」又密囑御前侍衛伍天圓，伍天圓追了出去，撚著鼠鬚，低聲對傅友德道：「皇上命攜首至。」

傅友德的三子傅讓當時人在外地，四子傅正早先已經戰死，傅友德沒多久便提著長子傅忠與次子傅春的頭顱回到宴席上。朱元璋怪道：「所謂『虎毒不食子』，你怎忍得下心殺害自己的親生兒子呢？」傅友德道：「陛下不是要臣攜二子之首來嗎？」朱元璋道：「朕原先要你去喚回次子傅春，後來想想，還是召你的長子傅忠前來，由他教訓胞弟為宜，你把朕的話全弄擰了，陷朕於不義，該當何罪？」傅友德十分清楚朱元璋雖然書讀得不多，卻是玩弄文字遊戲的絕頂高手，故意讓自己掉入語言陷阱中，他再推得一乾二淨，回首戎馬一生，曾獲朱元璋推崇為大明開國第一勳將，非但官居一品，錫封公爵，長子傅忠還娶了朱元璋第九女壽春公主，傅家當真備極榮寵，如今卻落得如此下場，不禁淒然一笑，從袖裡抽出一把利刃，滿座皆驚，唯朱元璋與四大御前侍衛不動聲色。

伍、陸、戚、巴四大侍衛任何一位出手，即可輕易打落傅友德手中利刃，但他們只是一味發著獰笑，等著欣賞這場宴席的壓軸好戲。傅友德乜視朱元璋，慨然道：「不過就是要我們父子的腦袋罷了！」才說完，舉起利刃往自己脖子使勁一抹，這位屢屢打得蒙古鐵騎落荒而逃的熠熠將星就此殞落，王弼聞訊，旋即自殺。朱元璋一石二鳥，志得意滿，卻萬萬料想不到，自己設下毒計逼死傅友德父子，正也意謂著三保必須首途行刺二皇子秦王朱樉。

第二十二回　刺秦

西安，周代的鎬京，秦時的咸陽，漢唐的長安，十數朝的國都，明代在該地設置西安府，從此改稱西安。二皇子秦王朱樉受封於此，洪武十一年他二十三歲時就藩，成為大明西北的重要屏障。打從太子朱標、西平侯沐英相繼遇害後，各親王府不分晝夜嚴加戒備，直圍得滴水不漏，飛鳥難越，且若按照大明開國立下的嫡長子制，身為朱元璋嫡次子的朱樉，在長兄朱標薨逝後，原本最有可能繼任為太子，對他的保護自然格外嚴密，雖然儲君之位終究歸於姪子允炆，但朱樉這兩年多來奉朱元璋之命不隨意出府，縱使外出，也是前呼後擁，數頂一模一樣的八人大轎同行，教人分不清楚他到底坐於何轎，因此刺殺這個秦王的難度，恐怕不下於刺殺一千六百餘年前的那個秦王。

千里迢迢由泉州來到西安的三保毫無行刺機會，況且他根本無意殺死朱樉，一段時日過去，已身無分文，心灰意懶之餘，再無劫掠強盜窩的豪情，以為戴天仇就在左近監視，打算逼他現身，於是去到一間飯莊大吃大喝，付不出銀兩，戴天仇也沒出面，教飯莊一幫夥計給拖到店外雪地裡，一陣拳腳如狂風驟雨般，全著落在他身上。他因內心悒快，既不還手，也索性不運功抵禦，存心要挨頓好打，覺得遠比報仇雪恨還來得舒暢痛快，邊挨揍邊傻笑，甚至一再唆使夥計們多用點兒勁。

也算合該有事，這日秦王妃王敏敏在府裡待得十分氣悶，反正朱元璋全然不在乎她的死活，沒限制她外出，她便與十來位身懷武藝的女侍女扮男裝，出郊踏雪遊獵，歸回時經過這家飯莊，瞧見七、八條漢子圍毆一個青年，王敏敏頗具俠情，壓沉聲音喝道：「住手！你們這麼多個打一個，算甚麼英雄好漢？」一個夥計粗聲粗氣回道：「這個二痞子在我們店裡吃霸王飯，我們出手教訓他一頓，討回點公道，關你這兔兒相公啥屌事？」「大膽！」一個女侍厲聲喝斥，手上馬鞭啪地發出脆響，在那夥計臉上抽出一條血痕。那夥計吃疼，半張臉熱辣辣地，不由得怒氣沖天，跟同伴們立即回飯莊抄傢伙前來廝殺，哪裡是久習武藝的女侍們對手，不過才幾下子，全被打趴在地。

挨鞭子的那個橫眉豎目，哇哇大叫：「吃飯不給錢，還找搭手打人，到底還有王法沒有？西安可是文明古都，給你們這些蠻得太的外地人搞得烏煙瘴氣，你們不如殺了我們，不然我們一定告入官府。」他聽出三保與王敏敏等人都來自外鄉。這時王敏敏已認出三保，驚道：「哎呀，怎麼是你？你怎會在這兒呢？又怎會這般狼狽？」三保道：「王妃娘娘，我……」王敏敏不願表露自己身分，揚手止住他的言語，道：「別說了，先跟我回去吧！」一名女侍攙扶三保上馬，自與另一女侍共乘一騎，王敏敏拋下幾張寶鈔給那群夥計，十餘騎駿馬踢雪揚泥，逕馳回秦王府內。

王敏敏居住西安的時日雖久，仍不脫大漠兒女本色，在秦王府的花園裡搭建了個蒙古包，充作遊憩之用，以收席地幕天之風情，此時她把三保安置其內。她是將門虎女，自幼即喜好舞刀弄槍，對治傷頗有一套手段，審視三保的傷勢後，道：「看起來嚴重，幸好未傷筋動骨，僅是皮肉傷而已，休養幾日即可痊癒。」她從一張木桌的抽屜裡取出一根黃褐色、尺許長的棒狀物，道：「這肉蓯蓉乃蒙古大漠特有，寄生在梭梭樹下，對於活血化淤、補益精氣最是靈驗，我家那口子時常服用，因此……」她說著說著，想到閨房之樂，紅暈上臉，顯得嫵媚動人，年近四旬的婦人了，依然頗具風致。

三保絕色美女見多了，而且敬她如姊，不作他想，道：「多謝王妃娘娘。」王敏敏道：「甭謝了。對了，你怎會出宮呢？怎麼流落到西安來呢？又怎會去吃白食而遭人毆打呢？天可憐見，正好教我碰上，否則後果難料。」三保道：「太子遽然薨逝，皇上悲憤交加，下旨凌遲處死東宮所有宦侍宮女，皇太孫悲憫我，暗助我出宮，我雖留得性命，卻舉目無親，所帶盤纏用罄，由是流落街頭，輾轉來到西安，因飢餓難忍，才去吃白食，不意遇見王妃娘娘。」

王敏敏道：「原來如此。你我也算有緣，不如你先待在秦王府裡，等皇上賓……唔，氣消了，再試著回宮，皇太孫愛你敬你，到時候高興都來不及，肯定會欣然接受的。」她深知朱元璋心胸狹窄，殘酷無情，永遠不會有氣消的一天，原想說等皇上「賓天」，但如此恐怕有咒他早死之意，硬生生改為「氣消」。三保道：「多謝王妃娘娘收留。」王敏敏道：「不是才說甭謝嗎，你怎又多禮了起來？」她抿著嘴笑，三保也跟著發笑。王敏敏留他在帳內休息，自去告知朱樉，朱樉大喜，三步併兩步來見三保。

王敏敏將三保帶進秦王府，意外引發一波洶湧暗潮。飯莊夥計聽三保稱那領頭之人為「王妃娘娘」，又素聞秦王妃王氏經常女扮男裝出遊，由於懷恨在心，便不計後果，傳出流言蜚語，說秦王妃畢竟是蒙古種，視華夏禮教為無物，且春心甚熾，時常私出王府找野漢，日前搭上一個面龐俊美、身材偉岸的年輕外地無賴，帶回去養在王府裡，秦王懼內，裝聾作啞，任妻胡為。這些無聊言語教錦衣衛打探到，將那飯莊上上下下、裡裡外外數十人皆滅了口，免得繼續玷汙皇室名聲，又把店面付之一炬，當地官府以意外失火草草結案。錦衣衛接著往朱元璋那兒參上一本，朱元璋本是個借題發揮的絕頂高手，趁機要朱樉休掉王敏敏，扶正次妃鄧氏。

秦王次妃鄧氏乃寧河王鄧愈之女，亦屬回族。也不知是幸或不幸，驍勇善戰、軍功彪炳的鄧愈病逝得早，沒遭朱元璋毒手，朱元璋當初還因其死而痛哭失聲、輟朝三日哩！朱元璋逼朱樉換妃，固然是因王敏敏率性自為，且其兄王保保已死，早無利用價值，更是要假借嘉惠功臣宿將的後人，來粉飾自己兔死狗烹的惡行劣跡。偏偏木訥質樸的朱樉，極鍾愛豪放不羈的王敏敏，並深知廢除宰相後的皇帝得日理萬機，夙夜匪懈，他當慣老二，更留戀於與王敏敏遊山玩水的清閒生活，原就無意於皇位，因此抗不從命，把皇帝老子朱元璋給氣炸心肺，不知多少宦官宮女慘遭池魚之殃。朱棣與王敏敏風流蘊藉，頗知情趣，總有新奇把戲與新鮮玩意兒，秦王府中歲月，遠比東宮裡的簡樸生活有趣許多。三保懷藏心事，自無心思玩賞，只一味虛應著，而且秦王夫妻待他益發親熱和善，他愈覺痛苦難當。

這一日，三保再次陪同王敏敏出獵，因追趕一頭精壯牡鹿，獨至密林深處，尋著尋著，忽有一物向他疾飛而來，勁力甚強，不敢怠慢，發掌將之劈落，乍看之下，忍不住一陣心驚膽戰，汗毛直豎，地上竟是一具血肉模糊的嬰屍，再仔細觀瞧，其實是隻被拔光毛髮、斬斷尾巴的猿猴，不知是誰如此惡作劇。林間轉出一條高瘦人影，不消說，正是戴天仇。他盯著地上的猿屍，道：「你已進秦王府一段時日了，再不動手，下一次躺在這兒的，興許是你那白白胖胖的姪兒。」

三保蹙眉低聲道：「秦王夫妻待我甚親厚，我實在下不了手。」戴天仇道：「你下不了手，老夫可不會下不了口。」他再次做出吸血狀。三保道：「爺爺與孫兒都是全家遭戮、身有殘疾的不幸之人，您為何要對孫兒苦苦相逼呢？」戴天仇道：「我明教素以崇尚光明為宗旨，以解民倒懸為職志，卻落了個甚麼樣的田地？你怎不怨怪歷代皇帝老兒以及所謂名門正派對明教苦苦相逼呢？」三保明白他全然不可理喻，長嘆口氣，道：「洮州（今甘肅臨潭）發生番變，秦王奉旨西征，大軍畢集，不日出發，不如孫兒於途中狙殺他，兵荒馬亂的，可推說是叛番所為。」戴天仇哼聲連連，道：「老夫知道這是你的緩兵之計，反正秦王若生還西安，昆明那兒就會有人遭殃。」

這時人聲響起，王敏敏與侍女尾隨將至。戴天仇一雙綠油油的眼珠子死盯著三保，身影如鬼魅般隱沒在深林裡。三保不願來人看見猿屍，將之踢往戴天仇消失處，以白雪覆蓋血跡，轉過身，王敏敏等人正好出現。此時節已是臘月深冬，王敏敏一陣疾奔後，額頭微見汗珠，雙頰酡紅，颯爽英姿中麗色畢現。

「秦王妃失其鹿，馬兄弟幫我們追回了嗎？」王敏敏笑問，她打算親手做道蓯蓉鹿腎粥，給她家那口子補益身子，朱樉尤其嗜食鹿尾，而且鹿的唇、舌、筋、蹄等部位，皆具獨特口感，倘若烹調得宜，實屬絕味。三保心想：「王妃與秦王恩愛甚篤，我怎忍心讓她守寡呢？但若不這麼做，戴爺爺定然不會善罷甘休，我長兄一家性命堪憂。」口裡卻說：「我方才追到這兒，失去鹿蹤，看蹄跡應是往這方向而去。」他擔心戴天仇對王敏敏不利，故意指往他消失的另一個方向。王敏敏略覺失望，仰頭看了看天色，道：「算了，眼下彤雲密布，又已颳起強風，估計就要下大雪了，咱們先回王府去吧！」

洪武二十八年正月，朱樉奉命統領十萬大軍，出征討伐甘肅洮州的叛番，平羌將軍李景隆隨同[17]。三保以自己是稍通藏語的回民為由，請求跟從，朱樉慨然應允，王敏敏叮囑他二人，務

---

17 秦王朱樉平定洮州之亂，發生於洪武二十八年，當時的平羌將軍是寧正，李景隆任平羌將軍鎮守甘肅，則是在洪武二十七年。小說家語並不完全符合史實，況且史載不見得就一定屬實。

必好生關照彼此。

李景隆生於大明朝肇建之後，此時才二十出頭，是朱元璋的外甥李文忠之子，六年前父喪後世襲為曹國公，嫻熟兵法，白淨面皮，相貌豐偉，不喜著甲冑，倒是雅好身披鶴氅，頭戴綸巾，手搖羽扇，狀甚瀟灑，常自詡為當世諸葛，卻不想想諸葛亮所輔佐的蜀漢的下場。大軍開拔前，李景隆方才悠悠哉哉騎著白馬駕臨。朱棣長他一輩，還是個藩王，但看在已故表哥李文忠的情分上，對他十分客氣，寒暄幾句，表達尊崇其父之意，沒想到李景隆居然變臉，不顧身分，厲聲道：「先父是先父，我是我，天下人何以一見到我，便要提起他，我豈不如先父？」

朱棣年輕時頗得李文忠訓勉教誨，獲益良多，此刻不禁一愣，心想：「文忠表哥器量沉宏，深不可測，生養的兒子怎是如此德行？」因顧念舊情，不跟李景隆計較，即詢問他進軍洮州之事。李景隆臉色轉霽，輕搖羽扇，道：「孫武子曰：『凡戰者，以正合，以奇勝。』又曰：『兵之情主速，乘人所不及，由不虞之道，攻其所不戒也。』番人蠻悍有勇力，得民心，占地利，而且以逸待勞，我軍須以奇制勝，然千里遠征，輜重甚多，必致拖沓，難收奇襲之效，徒令叛番坐大，秦王不如留下輜重，輕兵兼程，以出其不意，攻其無備，必將大獲全勝。」朱棣道：「此時雖已開春，卻依舊天寒地凍，加上邊疆荒涼，可不比中原，少了輜重，士卒難以禦寒，恐有折損。」李景隆輕蔑回道：「秦王此言差矣！遠的不提，單論本朝，像是中山王徐達、開平王常遇春、穎國公傅友德、涼國公藍玉，每回征伐北元，多所向披靡，其訣竅即在於一個『速』字，燕王數年前立下不世功績也是如此，那時燕軍還深入積雪過腰的北境哩！」

朱棣用兵一向謹慎持重，但被李景隆擊中要害，委實不想給氣焰囂張、矯揉做作的老四朱棣比下去，也就首肯。李景隆光出餿主意，卻不願承擔苦差事，一再引經據典，反覆慷慨陳詞，非但推卸掉前鋒之責，還堅持主帥必須領頭先行。朱棣被李景隆的誇誇其談搞得頭昏腦脹，想圖個耳根子清淨，於是自點一萬精兵，帶著三保，輕裝進發，由李景隆統率大軍緩行於後。

秦軍前鋒部隊兼程趕道數日，忽遭狂風暴雪襲擊，因裝備不足，難以繼續前進，亦無法撤回，進退維谷，飢寒交迫，朱棣無可奈何，徒自望雪興嘆。當年征討北元殘部，朱能所領奇兵可是單人雙騎，帶足安營紮寨的家當，才得以抵禦暴雪與酷寒，景況與眼前的秦軍前鋒部隊根本無法相提並論。三保請纓返回大營尋求救援，朱棣一方面擔心王敏敏責怪，另方面不想給李景隆瞧扁，原不應允，又過了一日，大雪猶未止歇，依舊束手無策，而且已有不少士兵手指、腳趾、鼻頭凍得漆黑，再無援助，恐將落了個全軍覆沒的下場，只得死馬當活馬醫，讓三保領了令牌趕回去搬救兵。

三保對於雪地奔馳早就駕輕就熟，運起輕功，凌風踏雪，才一晝夜便尋著秦軍大營，豈知李景隆瞥了瞥他手中令牌，在酷寒天氣裡兀自輕搖羽扇，話說得比冰雪還冷：「連你一個中官都能徒步冒雪而行，秦王所率乃精兵勁卒，所乘為健馬良駒，為何反倒不能呢？況且情況果如馬公公宣稱的那般凶險危急，我率大軍前去救援，豈非自尋死路？」三保道：「前鋒將士皆著輕裝，宿薄帳，食乾糧，嚼堅冰，不耐風雪嚴寒，我稟賦特異，非尋常人可比。此外，我知軍中有便於雪地裡載運軍需物資的器具，將軍只須撥給我三千軍馬即足矣，主力不必出動，自然不至於全軍涉險。」李景隆道：「皇上明令，中官不得干預政事，你休再多言，否則我即刻砍了你的腦袋瓜兒。」

李景隆刻意攀交允炆的伴讀學士黃子澄，知道允炆獲冊立為皇太孫後，十分耽憂兵強馬壯的藩王們不服。允炆是眾藩王的姪子，原就低了一個輩分，何況他既無統兵之能，更乏馭將之才，又未曾立下寸土之功，一旦朱元璋駕崩，他憑甚麼鎮壓住如狼似虎的叔父們呢？有回朱棣進京在宮裡撞見允炆，一反過去的和藹，居然出手拍打允炆的後背，惡狠狠道：「沒想到你會有這麼一天。」朱元璋恰好看到，責怪朱棣粗魯無禮。允炆雖幫朱棣開脫，說是鬧著玩的，心裡卻已留下陰影，事後坐在東閣門前唉聲嘆氣。黃子澄問明情由，趁機提出削藩之議，允炆欣然採納。李景隆從黃子澄那兒得悉該事，忖度現今秦王遇險，自己倘若見死不救，雖將遭受朱元璋責罰，但朱元璋已垂垂老矣，忍得一時，允炆將來定會知恩圖報，加上黃子澄的力薦，自己或許可從區區的平羌將軍，晉身為統領天下兵馬的大元帥，再也不用受藩王們的鳥氣，還能比威名赫赫的先父更上層樓，從此逃脫出其令人幾欲窒息的巨大陰影。

三保縱使天資再高，哪能猜透李景隆的算計，但明白他根本無意援救朱樉，心裡閃過一個念頭：「如此一來，何不順水推舟，讓秦王凍死便了，省得將來還要費事殺他。」三保終究於心不忍，更不願這麼多無辜人馬陪葬，突然欺到李景隆身後，拔出其配戴的金刀，架在他脖子上，厲聲道：「將軍若不下令出兵救人，我即刻讓將軍血流五步，反正我領有秦王令牌，無論你是死是活，這救兵肯定是搬定了。」李景隆雖為武將，卻是個十足十的公子哥兒，禁受不住突如其來的威嚇，居然屎尿俱下，營帳裡頓時臭氣瀰漫，三保緊揑著他，有些兒哭笑不得。

李景隆滿口應允，隔著軍帳傳下號令，要副將寧正選派三千兵馬給三保差遣調度，並籌備救援之用的軍需物資。寧正辦事甚麻俐，不消多時，諸事皆已就緒。三保忍著熏天臭味，待寧正在帳外回報完畢離去後，手腕一抖，以內力震斷手中金刀，恐嚇李景隆道：「我在千軍萬馬中取上將首級，便似探囊取物，將軍倘若反悔，下場必定如同此劍。」李景隆陪著笑臉，顫聲道：「我知……知道了，定然不……不敢反悔。」三保道：「唔，秦王那兒我會替將軍擔待，包管將軍有功無過。」他已體悟到恩威並施方是手段。果然李景隆聽到這句話，方始打消要派人追殺他的念頭，道：「那就有勞馬公公了。」三保放了李景隆，獨自出至帳外。

人的心眼比禽獸多得多，三保帶領過狼群，卻是初次統率千軍萬馬，頓感不知所措。寧正在他身旁低聲道：「馬公公行前不妨宣告此行任務，並激勵軍士，聲音儘量大些，底氣要足，千萬別給這幫兔崽子瞧扁了，否則路上難保不出亂子。」三保感激道：「正該如此，多謝寧將軍提醒。」寧正曾跟隨傅友德討伐元梁王，後來戍守雲南一段時日，手下難免幹了些燒殺淫擄的勾當，他此時相助三保，三保對於報仇一事更加感到迷惘——難道真要殺盡那十餘萬攻打雲南的明軍官兵嗎？

三保原就高人一等，騎在高頭大馬上更是顯眼，稍運內力，朗聲道：「各位兄弟，我軍主帥秦王與上萬軍士，已受困於狂風暴雪中達數日之久，陷入飢寒交迫、生死交關之危境，正等待各位的救援。倘若我軍出師未捷，便已先損兵折將，痛失主帥，於戰事大大不利，全軍顏面勢將掃地，日後雖勝猶敗，而且朝廷恐將究責，因此救主帥即是救己命，保同袍即是保自身，大家應當生死同命，榮辱與共。」他頓了頓，續道：「我打前鋒營來，途中積雪數尺，寒風如刀，又有不少流沙冰隙，為大雪覆蓋，無從察覺，行來極是艱險，各位必須相互扶持，一同克服危阻。救得秦王，敉平叛亂，朝廷自會有大大封賞。」寧正也對三千軍士喊話：「馬公……，唔，馬兄弟忠肝義膽，為救主帥與同袍，甘冒奇險，我寧正著實欽仰得緊，然而這會兒奉曹國公之命駐紮原地，無法同行，你們這群兔崽子須得好生聽馬兄弟的號令，誰敢搗他蛋，就是跟我寧正過不去。」他原要稱三保「公公」，但知一般人打從心底瞧不起宦官，故改口稱他為「兄弟」。三保會意，朝他屈身為禮，接著下令出發，片刻之間，三千軍馬全都隱沒在風雪之中。

三保返回大營時的淡淡足跡，早已被不斷落下的雪片覆蓋，他身先士卒，施展辨認方位的好本領，走著走著，突然座騎前足下陷，他的身子隨之向前傾倒，眼看就要栽進冰冷刺骨的河水中，但他不慌不忙，出掌輕按馬頸，借力飛身騰起，雙腳在馬屁股上一蹬，身子反倒輕巧落於後方，一手握著馬韁，一手扯住馬尾，使出神力將座騎拉出險境。軍士們看得舌撟不下，隨即爆出如雷喝彩，登時對他刮目相看，傾心聽命。

三保知道前頭便是綿延數里的流沙河，最是險惡不過，自己仗著卓絕輕功，了無所懼，然而拖運救援物資的馬隊只能選擇避開，但要如此做，得先知道流沙河的邊緣，於是以身試險，並要軍士們以旗竿纏上紅布為記，插在探得的流沙河緣，耗費大半天，三千軍馬方才安然通過，未折損一兵一馬。眾軍士大受三保感動，拚死命趕路，在第三日傍晚時分尋獲前鋒部隊，他們已在宰殺戰馬止飢，而且有上千名兵士凍斃，景況甚為淒慘。

朱棣原本以為自己勢將斃命於此，忽聞救援趕至，打起精神前去迎接，一見到三保，心神激盪，顧不得彼此身分懸殊，緊抱住他，喜極而泣道：「兄弟，你可回來了，我們終於得救了，你真是我們的再生父母。」三保道：「三寶救援來遲，讓王爺受苦，軍士送命，戰馬遭戮，委實罪該萬死。」朱棣道：「快別這樣子說，這麼大的風雪，你還趕得回來，我們感激你還來不及哩！今後你我便兄弟相稱，王妃知道了想必會十分歡喜。」三保道：「王爺與我實有雲泥之別，三寶縱有再大的膽子，也絕計不敢攀交。」朱棣故意板起臉道：「你若不答應，便是瞧不起我。」三保道：「三寶萬萬不敢。」朱棣展顏笑道：「好，你我結為異姓兄弟，就這麼說定了，不過論交在於心意，我們都非俗物，暫省八拜之儀吧！」

朱棣執意跟三保結拜，固然是因他解救自己與手下數千軍士，而且王妃視他如親弟，如此可討她歡心，更重要的是，皇太孫允炆甚敬愛他，自己雖無意於帝位，但朝中有人好做官，那人還是將來的皇帝，有朝一日，三保或許會是個保命符，卻不知他其實是來索命的。然而以藩王之尊跟宦官結拜，實在太不像話，故省去儀式，免遭非議。三保推辭不掉，苦不堪言，既與朱棣結拜，如何能再殺他，又怎能行刺義兄的父親朱元璋呢？但若不除掉朱棣，長兄文銘全家將死於非命，一想到戴天仇的殘酷手段，不禁打了個寒顫，頓覺自己武功愈練愈強，經歷愈來愈奇，見識愈來愈博，交遊愈來愈廣，卻益感身不由己，只能任人擺布，那麼武功、歷練、見識、交遊又有何益處呢？長兄一家的日子雖十分清苦，但苦中自有至樂，也踏實許多，只是自己永遠無緣於這樣的平淡生活了。

次晨，風雪稍霽，三千援軍先將凍斃的軍士草草埋了，再護送傷患回返西安。又過數日，李景隆方才率領大軍姍姍前來會合。朱棣怒極，原要治他重罪，三保為踐然諾，幫他大力求情，並將救援之功悉歸於他，讓他得以功過相抵。唯上千軍士平白凍斃，李景隆絲毫不覺羞慚，猶大言刺刺，高談闊論，其厚顏無恥，三保嘆為觀止，但覺有品行若此，當可無敵於天下，何須苦練武藝呢？

再數日，十萬秦軍來到洮州衛城外，駐紮於大石山下，營帳綿延十數里，洮州衛指揮使聶緯，即來秦王主帳奏報軍情。敘過禮後，聶緯道：「洮州地處要衝，諸多民族雜處，自古即紛爭不斷，毆殺甚烈，而回民奸狡，吐蕃族凶悍，此次二族勾結鬧事，愈演愈烈，竟有一發不可收拾之勢，若不強力鎮壓，恐將引發大亂子，後果難以收拾。」朱棣道：「要怎麼處置，端視起因而定。本王問你，此次番變到底出於何因？暴民究竟有多少？」聶緯支吾其詞，沒能給個確切回答。

李景隆輕搖羽扇，道：「誠如聶大人所言，洮州位處要衝，形勢險要，而民風強悍，數族雜居，本就是多事之地。洪武十二年正月，此地十八族的頭領聚眾叛亂，聲勢浩大，倚仗地利與朝廷相抗，平息該場戰亂的，正是先父與西平侯沐英將軍。皇上心存仁厚，當時只治了幾名首腦的罪，豈知這些番人不知感念天恩，時隔未久，竟然再次作亂，依我之見，這次定然要大開殺戒，以儆效尤。」朱楩道：「皇上任命曹國公為平羌將軍，隨本王出征，或許正因有此宿緣。然而本王還是認為須先查明清楚再說，不能一味鎮壓嚴懲。」李景隆還要再辯，朱楩止住他道：「這是皇上親下給本王的聖諭，本王自當恪遵。」朱楩一抬出他老子朱元璋來，李景隆便說不下去，怏怏離開。朱楩遣退眾人，指示三保明查暗訪。

三保經過數日打探，漸漸理出一個頭緒來。事情的遠因，正是洪武十二年的那場民變，當時敉平之後，朱元璋下令設置洮州衛軍民指揮使司，並構築洮州衛城，李景隆父親李文忠所率來自江淮的軍士就地落戶，接來親眷。世居當地的藏、回民眼睜睜看著大片肥美土地劃歸給漢人，其後若漢人與藏、回民之間發生糾紛，地方官員往往偏袒漢人，十餘年下來，藏、回民心中蓄積的怨恨著實不小，而引發這次民變的導火線，則是茶馬互市的條件趨於過度嚴苛。茶馬互市之制始於唐代，大抵是邊疆民族用馬匹交易漢人的茶葉，當然還有其他物品，但以茶與馬為最大宗。

明朝初年設置了三個統管交易的茶馬司，洮州為其中之一的所在地，原先一匹上等良駒可換一百二十斤茶葉，較為普通的馬也值數十斤茶，不久前洮州茶馬司規定一匹馬只能換一斤茶[18]，馬販子不滿，拒絕交易，而馬匹攸關軍國大事，茶馬司強行扣下馬匹，引發當地群情激憤，終於釀出事端來，然而真正鼓動鬧事的不過才數百人，主要就是那些馬販子與其親友。

朱棪在主帥帳內寒著臉，沉聲道：「就為了這區區數百人，竟然大舉出動十萬王師，還在路上凍死上千名軍士，凍傷的更多，你們幫本王核計核計，這買賣是否划算？還有，馬價怎就一落千丈，到底給不給馬販子活路？這豈非官逼民反，不得不反嘛！」指揮使聶緯哆哆嗦嗦，不敢置一詞，茶馬司大使何文道：「啟稟殿下，我大明軍威甚著，連著幾年對蒙古用兵皆大獲全勝，擄獲馬匹難以計數，況且如今四海昇平，所需戰馬數量大減，而茶葉欠收，是以茶貴馬賤，也算合情入理。」茶馬司大使是正九品的芝麻綠豆官，等閒見不著藩王，朱棪要查明原因，破例召見。朱棪聽他如此解釋，臉色稍霽，道：「即便如此，以茶御番，懷柔四夷，是我大明的一貫方策，不能隨意壞了規矩，茶馬價格更不可變動過巨，以維持百姓生計，縱使是番人，也得吃飯穿衣啊！」聶緯聽朱棪的語氣變得緩和，這才敢發言，道：「殿下有此善心，這些全然不懂禮義道德的番人未必能夠領會，況且他們反叛在先，倘若不予以嚴懲，反倒顧慮其生計，不啻鼓勵造

18 到了明宣宗宣德十年（西元一四三五年），一斤茶居然可換十二匹馬。

反，還望殿下三思。」

身為回民的三保聽聶緯這麼說，不免有氣，把陳祖義的話搬出來反駁他道：「鄂國公常遇春、涼國公藍玉、西平侯沐英等等全都是回族，無不替本朝立下汗馬勳績，難道他們也都是全然不懂禮義道德的番人嗎？」聶緯不清楚三保的底細，一時不敢回嘴，李景隆將手中羽扇往大腿側一拍，道：「我說馬公公，你怎好拿藍玉這個大逆不道的反賊出來說事呢？」其實不久前，他自己也利用藍玉的例子來說動朱棣輕裝進發。三保一時語塞，朱棣存心要幫他解圍，道：「有道是『普天之下，莫非王土；率土之濱，莫非王臣。』此地群眾皆我父皇的子民，況且秦王妃乃蒙古族，聶大人委實不該強分胡漢夷夏而有所差等。」聶緯一聽，連忙跪下請罪，朱棣故意不叫他起身，讓他跪上一會兒。李景隆道：「聶大人所言不無道理，對於鬧事者絕不能輕縱，茶馬價格或該更動，但總得等到將鬧事者正法之後再議，否則將大大有損朝廷威信。」朱棣點了點頭，道：「那就這麼辦吧！」

聶緯仗著秦王大軍軍威，大肆搜捕鬧事者，才過一日，即將首謀押解來見朱棣。三保一看，險些失聲驚呼，被押進來的人身著喇嘛服，一臉剽悍，赫然是久違的霍桑，只不知他為何會從吐蕃來此，更不知他怎會聚眾鬧事。霍桑乍見三保，也是一怔，但看三保身穿官服，立於秦王身後，隨即轉移視線，假裝不識三保。朱棣問道：「你叫甚麼名字？」霍桑仰天傲然道：「本佛爺大名霍桑，你又是誰？」聶緯斥道：「大膽！你怎可對王爺無禮！」霍桑仰天道：「反正本佛爺必死無疑，說那麼多廢話幹啥，把我拉出去砍了不就得了。」聶緯道：「你想死，恐怕還沒那麼容易，我若不把你整治得死去活來，無以威嚇亂民。」霍桑道：「讓我看到你這張噁心透頂的嘴臉，就是對我最殘酷的懲罰。」聶緯氣得發抖，朝霍桑肚子猛揮一拳，打得他彎腰咳嗽，半晌才直起身來，往聶緯臉上吐了口濃痰，聶緯要再動手，遭朱棫喝止。

朱棫道：「霍桑，本王敬你是條鐵錚錚的漢子，也不為難你，你從實招來，本王使賜你一個快死，可免多受折磨。」霍桑道：「你說你是個王，究竟是個甚麼王？」「放肆！有像你這樣對王爺說話的嗎？」聶緯再度喝斥他。朱棫道：「站一邊去，別打岔。」聶緯唯唯諾諾，退到一旁，霍桑甚是得意，衝著他扮了個鬼臉，聶緯氣極，卻是敢怒而不敢言。朱棫莞爾一笑，溫言道：「我是秦王，當今大明天子的次子。」霍桑道：「你是天子的次子，那麼就是『二天孫』了？」他曾師從大唐公主後人梅朵，頗通曉中原禮儀，也早已探知明軍領頭之人身分，如此說，純粹故作無知罷了。朱棫哈哈一笑，益發覺得霍桑天真可喜，道：「你要這麼稱呼本王，也是無妨。本王問你，你為何聚眾鬧事？有多少同夥？」霍桑道：「因激於義憤，同夥兩人，一個是聶緯，另一是何文。」

「放屁！我跟何大使怎會是你的同夥？」聶緯忍不住高聲叫嚷。朱棫喝道：「本工在此，休得出言無狀！」聶緯自知失態，躬身道：「卑職知錯，懇請王爺恕罪。」朱棫哼了聲，轉對霍桑道：「你好好回話，不得胡亂指責。」霍桑指著聶緯道：「幾個月前，我與小女隨馬販子來到此處，這廝看我女兒貌美如花，意圖不軌，被我跟馬販子們打跑，他心有未甘，用心狠毒，唆使何文刻意壓低馬價，藉以報復，我跟馬販子們憤恨不平，申訴無門，因此……」聶緯不等他說完，撲通跪倒在朱棣面前，道：「王爺明察，絕無此事，這純屬奸人攀誣搆陷之詞，以行矯飾脫罪之實。假使真有此事，卑職豈敢帶他來見王爺！」霍桑道：「小女與馬販子們都是人證。」聶緯道：「你們蛇鼠一窩，自然是同一個鼻孔出氣，早已串供好了。」朱棣聽他二人各執一詞，一時之間難以分辨原委對錯，遂道：「這事本王自當查明，先把霍桑帶下去吧。聶緯，在水落石出前，你千萬不可為難霍桑，他就算只少了一根汗毛，本王也唯你是問。」聶緯恭謹答應，押著霍桑離去。

在場旁聽的李景隆始終臉含笑意，未置一詞，不住輕搖羽扇，一派瀟灑，待聶緯帶走霍桑後，朗聲道：「聶緯是朝廷命官，本地最高首長，掌控生殺大權，倘若看上一個番女，需要用搶的嗎？番女多半不知廉恥，毫無貞潔觀念，且貪慕權貴，還唯恐聶緯看她們不上哩！再說聶緯是個統兵的指揮使，武藝理應精熟，哪會如此不濟，輕易就給幾個馬販子打跑？此事不辯自明。退一萬步想，即使真如霍桑所言，他也不能因此而聚眾反叛，否則各地有樣學樣，那還得了！」朱棣道：「曹國公的意思是……」李景隆道：「朝廷威信絕不容輕侮，無論是非曲直，首謀霍桑當斬，其餘涉入的馬販子全部流放，一個都不能寬貸。」

三保急道：「這萬萬不可，須先查明因由，並秉公處理，以免失了民……」李景隆不等三保說完，板起面孔道：「皇上定有嚴令，中官干預政事者斬，這裡可沒你說話的餘地。」他對三保曾經挾持自己仍懷恨在心，在秦王面前，諒三保不敢造次。三保欲待再說，朱棣道：「三寶，本王自有主張，你先下去吧！」三保無奈，只得退出，尋思道：「難不成我得再劫次獄？但如此一來，我就無法留在秦王身邊，遑論殺他，大哥一家性命難保，若不救霍桑，於心不忍。他已認出我來，卻假裝不識，想是不願連累我，如此義氣深重，我怎能棄他於不顧呢？」三保左右為難，想到霍桑提及偕央金來此，不如換了衣裳，先去找她，再做打算。

他略通藏語，且是個回民，舉止謙恭，模樣討喜，頗受當地居民信任，輕易獲得指引，尋著央金住處。她住在一頂巴朗雪（即黑犛牛帳）裡，帳外拴著的一隻巨大凶猛紅毛藏獒，一見到三保靠近，立起身來狺狺狂吠，聲勢驚人。帳內之人喊道：「三保，安靜，別亂叫。」那人兒探出頭來，果然是央金，身上穿著件藏羚絨衫，正是韓待雪去西藏途中，霍桑親手為她披上的那件。央金乍見三保，愣怔片刻，驚喜交加道：「三保哥，怎……怎會是你？」那巨獒聽她叫喚「三保」，低聲嗚嗚，似是回應。央金桃腮一紅，指著巨獒道：「真巧啊，牠的名字也叫三保。」她俯身對巨獒道：「坐下，這位是我的好朋友。」巨獒聞言坐下，吐著長舌哈氣，對三保再無敵視防備之意，眼神變得十分柔和，一整個憨態可掬。

央金招呼三保入帳，兩人席地對坐，未見面時有千言萬語，一旦相逢卻相顧無言。央金起身奉上一碗酥油茶，三保接過，道了謝，遵照藏人習俗，以右手無名指浸了下，往天三彈，以表示敬獻佛法僧三寶，然後喝了一口，放下碗，問道：「梅朵姨媽還好吧？」這時剛好央金也問：「雪兒姊姊還好吧？」二人相視一笑，不約而同又道：「你先說。」最後還是三保先簡略敘說別後情景。他屢逢劇變，多少事欲說還休，其中許多不足為外人道，因此逐漸變得木訥寡言，三言兩語也就說完了，在秦王帳內見到霍桑的情景也沒詳細交代，只淡淡說自己「隨秦王軍來此，偶見令尊遭囚，未曾交談，旁聽到霍桑叔叔向秦王陳說帶妳同行，故來尋找，共商營救之計。」

央金道：「當年你與雪兒姊姊遭擒，梅朵師祖與我憂心如焚，極力設法營救。她先後找上第悉（攝政者）扎巴堅贊和幾位法王，全無下文，甚至修書給大明天子，同樣石沉大海，後來得知你們打昏喇嘛後逃脫，我們才稍稍放心。……」梅朵寫給朱元璋的求援書信遭戴天仇攔截，根本未曾寄達應天，還因此引發了一連串驚天動地的事端，央金當然不曉得個中曲折，續道：「如今知道你與雪兒姊姊平安無恙，那就足慰平生，算是最近唯一聽到的好消息。」三保道：「梅朵姨媽呢？我與雪兒姊姊都甚思念她。」央金紅了眼睛，垂下頭去，哽咽道：「梅朵師祖她……她於數月前病故了。」這消息當真如同青天霹靂，三保久久說不出話來，只覺心裡彷彿遭受刀剜，只是他被戴天仇壓抑得在人前悲傷不形於色，前幾年已漸漸能夠表露，戴天仇再度出現後，他不由自主地故態復萌。

央金待情緒略為平復，續道：「爹爹收到我傳給他的訊息，不顧一切回返邏些，在梅朵師祖墓前痛哭七晝夜，然後帶我離開那個傷心地。我父女倆跟著馬販子來到這裡，誰知道碰上聶緯那個禽獸不如的東西，以及何文那條走狗。」三保本就相信霍桑所言，此刻聽央金如此說，更是毫無懷疑，道：「聶緯仗勢欺人，誠屬不該，我定然設法救出妳爹爹。」央金道：「三保，你的武功雖然不弱，但是要在千軍萬馬中營救要犯，當真談何容易！」她不知三保現今功力迥非遭多杰老喇嘛擒獲時可比。三保道：「霍桑叔叔救過我與雪兒姊姊，他遭逢大難，我無論如何不能置之不理。」

央金道：「我爹爹曾說，他的心已隨梅朵師祖而逝，為馬販子伸張正義，冒犯大明朝廷，即使遭到處死，可謂求仁得仁，他若怕死，早就帶著我遠走高飛了。」三保道：「他還有妳呢，怎能撇下妳不管？」央金淒然一笑，道：「我都老大不小了，能夠照料好自己，況且從小到大，我與爹爹聚少離多，這段日子兩人首度單獨相處，還真有些彆扭哩！」三保奇道：「妳難道不想救妳爹爹？」央金道：「豈會不想，但著實無能為力。我們博德人常說：『能解決的事，不用擔心；不能解決的事，擔心也沒用。』」三保道：「這事我來設法。」央金急道：「三保，你切莫為我爹爹涉險，我十分清楚他的性子，你若因此而有任何差池，他會責怪自己終身，與其這樣，還不如死掉算了。」三保道：「霍桑叔叔義氣深重，三保自然知曉，也會多加小心。」央金道：「唔，對了，你不是很愛聽故事嗎？我跟你講個博德族的民間故事。」三保這些年來所經非一，多歷磨難，對於聽故事早已不那麼熱衷了，但不忍心拂逆央金的好意，便道：「好極了，我許久未聽故事，還是博德族的民間故事哩！」

央金理了理思緒，道：「很久很久以前，有個山村為了弘揚佛法，要蓋間喇嘛廟，喇嘛們每日驅策一頭老牛，從山腳下將石塊、木材馱上山。老牛不堪沉重的負荷，趴伏在地上喘氣，喇嘛們無情地鞭打牠，老牛吃痛，只得拚命站起，一步一步努力往上走。一段時日下來，老牛遍體鱗傷，背上長出許多膿瘡，膿瘡潰爛，血肉模糊，還可以見到骨頭，疼痛得不得了，體力也一點一滴耗盡。終於，喇嘛廟落成了，喇嘛們與當地佛教信徒都非常興奮，舉行慶祝儀式，沒人理會縮在牆角的老牛。為了蓋廟而受盡苦楚的老牛，就在眾人的歡慶之中斷了氣，牠臨死前，誓言來世若握有生殺大權，一定要滅掉佛教，以報遭到狠心虐待的仇恨。老牛經過好幾次的輪迴轉世，有一世變成了吐蕃王朝的贊普達瑪，即位後，果真摧毀佛寺，逼迫喇嘛還俗，不聽從的就全都殺死。」三保忖道：「明教有殺牯牛祭祀的儀式，莫非朱元璋是某頭被殺牯牛投胎轉世的，才會如此迫害明教？」隨即暗笑自己胡思亂想，因聽戴天仇說，朱元璋曾偷牛宰殺來吃。

央金續道：「達瑪滅佛後，每回一剃完髮，就立即處死剃頭師傅，幾年下來，吐蕃的剃頭師傅差不多都被他殺光了，最後只剩下一個出了名的孝子，孝子苦苦哀求達瑪饒他一命，因為他還有個瞎眼的老母要奉養。達瑪心想，這孝子的孝行遠近馳名，殺了他對自己的名聲很不好，而且從此沒有人可幫自己剃頭，也就答應他，但要孝子發誓絕不洩漏自己的祕密，否則會殺掉他和他的瞎眼老母。孝子鄭重發了誓，然後幫達瑪剃頭，赫然發現達瑪頭上長著牛角。他遵守誓言，不敢告訴任何人，但憋在肚子裡非常難受，於是去問一個智者。智者要他去無人的樹林裡挖個洞，對著洞說出深藏的祕密，接著用泥土把洞掩蓋起來。孝子照著做，沒想到那個洞長出竹子，有人用竹子做成笛子，吹出的笛音竟然是『達瑪長牛角，達瑪長牛角』，如此一來，大家都知道達瑪的祕密了。」

央金講完故事，取出一枝笛子，幽幽說道：「這枝便是我用來傾吐祕密的笛子。」將笛子湊到櫻口旁，嗚嘟嘟吹奏起來，曲調纏綿悽惻，而她一雙烏溙溙、水汪汪的妙目，緊緊盯著三保的面孔，不願稍瞬，生怕一眨眼睛，眼前之人又要失去蹤影，不知何年何月何日在何方才能再見。三保原本覺得央金所說的故事有些滑稽，待聽得笛聲，並見到央金的眼神，心裡驀然湧起一陣酸楚，無法竟聽，霍然起身告辭。央金的滿懷心事，從此只能吹奏給名字也叫三保的獒犬聽。

三保返回大營，次日一大清早去見朱棣。朱棣獨自在帳內，道：「三寶，我跟你說，關於洮州民變，哥哥已查得差不多了，也做出判決。馬販子們的確是遭官所迫，且受人鼓惑，才會包圍官署，聚眾生事，其情可憫，朝廷日後也還用得著他們，因此每人輕斷為杖刑五十即了，倘若再犯即斬首。」三保大舒口氣，道：「殿下英明。那麼霍桑呢，王爺對他如何論處？」朱棣道：「李景隆亟言霍桑是首謀，絕不能輕縱，因此我判處他立枷之刑。」三保知道此刑的厲害，不免倒抽口涼氣。這立枷即是清代的站籠，形式多樣，基本上是讓犯人脖子上套著沉重的木枷，木枷則卡在一座木籠裡。有的木籠短於人身，犯人既站不直，又蹲不下，痛苦不堪，直至飢渴虛脫而死。還有一種木籠長過人身，起初犯人腳下墊著幾塊磚，然後每日抽去一磚，直至犯人吊死於籠中。不管是哪一種，通常會放置在鬧市中示眾，既是一種緩慢處死的殘酷刑罰，也是對犯人的極大羞辱。

囚繫霍桑的立枷擺在當地香火最盛的一間喇嘛寺前，其旁有大隊明兵看守。霍桑身著喇嘛服，脖子上套著厚重的木枷，腳下墊著六塊磚，看來朱棣打算讓他站上幾日。霍桑看圍觀群眾愈來愈多，興致陡生，扯開嗓門洪聲道：「各位鄉親父老，歡迎賞光，參觀本佛爺的死刑。俗諺說：『英雄膽氣壯，不懼怕死亡；賢者智慧高，知識難不倒。』本佛爺既非英雄，更不是賢者，臨死前為各位伺候一段博德族的大英雄、大賢者——格薩爾王的傳奇故事。」他居然說起書來，還把聶緯說成牛魔王，何文則化身為故事中陷害格薩爾王的奸人，圍觀民眾不時鼓譟叫好，因他說的是藏語，明兵一個字也聽不懂，只要不出亂子，便任由他說去。

三保混在人群中，尋思要如何救他，卻苦無良策，忽覺有人輕輕拉扯自己的衣袖，回頭一瞧，見到一張俏臉，正是央金。央金使了個眼色，轉身往喇嘛寺的偏殿行去，三保尾隨其後，進到一室，裡頭有十來個藏人席地而坐，他無一認識。央金向他們一一雙手合十問訊後，拉著三保在一個角落坐下，他們說的是藏語，因說得又快又急，三保一時之間不是聽得很明白，隱約知道是與營救霍桑有關。有個機伶少年說了一大段話，眾藏人陷入沉思，半晌過後，央金起身說她願意加入，並指著三保說他可以勝任。大夥兒向三保綻放出笑容，一一過來緊握他的手，懇望他大力幫忙。三保用藏語回說：「一定，一定。」待他們走後，這才問央金道：「我能幫上甚麼忙？」

央金笑道：「你不知道要幫甚麼忙，還滿口答應，也不怕被我們賣了。唔，你即使秤斤論兩賣，也肯定能賣個好價錢的。」她見事有轉圜，久懸的一顆心暫時輕鬆下來，也就跟三保說起笑，順便化解昨夜的尷尬。三保回說：「我知道事關營救霍桑叔叔，自然義不容辭，只不知有何計策。」央金道：「五日後剛好是當地的一個節日，那個名為唐東吉布的少年提議，當夜我們在廟前演場酬神戲，趁明兵分心之際劫走爹爹。」三保問道：「我要做甚麼？」央金道：「戲裡需要一位拉姆，也就是仙女，臺下則要一個大力士。」三保道：「我是那個大力士？」央金黑瞳裡閃耀狡黠光芒，反問：「難道你要演仙女？」二人相視大笑。

三保和央金、潔兒在一起時，有種說不出的自在快意，能夠隨意說說笑笑，跟韓待雪雖是患難之交，彼此情深愛重，但總有一抹難以言喻的隔膜。然而對於三保來說，「老天要下雨，姑娘要嫁人」，皆屬天經地義，自己是個閹人，無論央金、潔兒、小小，乃至朱玉英，都不免要辜負她們的情意了，唯有身為明教龍鳳姑婆的韓待雪必須永保貞潔，也清楚自己的底細，這才跟她維持著一種「對食」的關係，相互為伴，以求得心靈上的慰藉。

三保暫擱剪不斷、理不清、拋不開、捨不下的滿懷情思，弄來一些熟牛肉丸子，攏在衣袖裡，走到霍桑身前不遠，待看熱鬧的人潮散去，霍桑猶滔滔不絕，使出巧勁將一顆丸子送進他的嘴裡。霍桑忽覺有東西入口，猛然一驚，隨即嚐出牛肉的鮮味。他先前已瞥見三保，略一細想，明白是怎麼回事，不敢明目張膽咀嚼，慢慢吞嚥下肚。就這樣，十來顆牛肉丸子入腹，尚不足以止飢，總算聊勝於無。到了第六日的辰時，三保來到喇嘛寺前要再餵他，已不能夠。此時霍桑腳下之磚已被抽掉五塊，他必須踮起腳跟，仰著脖子，才得以勉強維持呼吸，遑論飲食，其艱難痛苦，可想而知。常有犯人到了這個階段，實在熬不下去，會想盡辦法踢掉最後一塊磚，以結束自己悲慘的處境。霍桑此時即使要如此做，也全無可能，因為他腳下最後一塊磚甚寬大，嵌在木籠裡，根本無法用腳踢掉，必須由他人以手抬起豎直，才可以取出，說甚麼「求生不得，求死不能」，此情此景，正是最佳寫照。

三保看著霍桑苦苦撐持的模樣，突然記起自己遭雪崩活埋時的情景，靈機一動，到僻靜無人處捧起地上積雪，運起神功，先融雪為水，再凝水成冰，弄出兩塊寸許厚的小冰磚，走到立枷後，重施巧勁，送到霍桑的腳跟下。他知道若使用石子或木塊而讓明兵發現，不但霍桑會吃足苦頭，鄰近的百姓也會跟著遭殃，是以只能出此下策。霍桑突覺腳跟下有硬物塞入，雖無法全然踩實，畢竟得到些許支撐，已如蒙大赦，知是三保在暗助自己，感激得淌下淚來，當年他直斥三保化雪成冰乃是妖法，如今卻蒙受此一妖法的莫大好處。看守的明兵見霍桑死多活少，全無前幾日的豪氣，不免鬆懈下來，而且他周遭數尺俱是屎尿，臭不可聞，根本不敢靠近，是以皆未察覺三保在暗施手段。

這時忽有一小隊明兵疾馳而至，將看守霍桑的明兵調走大半，只留下二十來個。三保直覺事有蹊蹺，急忙趕回大營，果然見到大營裡正在調兵遣將，以為朱棣收回成命，將要對作亂的藏、回民動武，尋思要如何出營示警，豈料朱棣一見到他便道：「三寶，你來得正好，我剛收到皇上的密令，要擒拿聶緯回京問罪。」三保驚問：「聶緯犯了何罪？」朱棣眉頭深鎖，道：「錦衣衛查出聶緯是藍玉的同黨，共謀通倭反叛。」三保奇道：「藍玉已伏誅兩年了，錦衣衛怎會在這節骨眼兒查出聶緯是他的同黨呢？」朱棣道：「錦衣衛一向莫測高深，我也莫名其妙。可笑的是，聶緯為了區區幾百名搗亂的馬販子引來十萬大軍，結果這大軍的矛頭竟是指向他自己。」

談話間，聶緯全身鐐銬地被押解進帳。他諦聽過聖旨，知道自己表面上犯在錦衣衛手裡，其實是朱元璋決意除去自己，辯解根本無濟於事，一見到朱棣，跪伏在地，懇求道：「卑職一生戎馬，對皇上忠心耿耿，如今遭錦衣衛誣陷，自知無法倖存，橫豎都是個死，請殿下念在卑職曾追隨皇上南征北討，薄有微功，在回京路上賜卑職一家快死，免受錦衣衛慘無人道的手段凌虐。」朱棣嘆了口氣，道：「我雖貴為藩王，卻也不乏力有未逮之處，這可全然由不得本王啊！」他本身曾遭錦衣衛參劾過，連愛妃也差點兒不保，哪裡管得了聶緯一家要怎麼死。聶緯聞言，一想到錦衣衛的手段，不免心膽俱寒，發起狠來，咬斷自己的舌頭，意圖自盡，弄得秦軍主帳內血跡斑斑，一群人手忙腳亂。聶緯舌頭雖斷，血如泉湧，暈死過去，但一條命還是暫時保存下來，咬舌僅是枉自受苦罷了。

三保趁亂離開軍營，又去喇嘛寺，央金原本急得如熱鍋上的螞蟻，看到他現身，這才放下心。不久，紅日斜西，寺前來了一群人，七手八腳搭起一座戲臺子。到了掌燈時分，樂聲響起，戲班子演起另一個藏族英雄洛桑王子的傳奇故事，名為唐東吉布的少年，坐於地板上說說唱唱，眾人因懼怕明軍追殺，皆戴面具。演完一個段落後，唐東吉布領著戲班子退下，六個濃妝豔抹的女子簇擁著央金上臺。她頭戴虹飾，身披彩衣，輕歌曼舞，仿如仙女下凡，其他六女展現百般妖嬈的身段，看守霍桑的明兵紛紛走到臺前，看得如痴如醉，色授魂予。臺上七女婀娜多姿地魚貫下臺，有人捧來幾壺美酒，美女們接過酒壺，也不用酒杯，逕往明兵嘴裡傾倒，旁觀群眾大聲鼓譟叫好，而鑼鼓喧天，戴著面具的戲子再次唱跳起來，場面熱鬧非凡，明兵愈喝愈起勁，直至個個酩酊大醉。

這時，三保走至霍桑的木籠前，見到裡頭多了根緊縛於木柱的橫槓，其高度正好讓霍桑得以坐在其上，應是方才有人趁機插入綁縛。三保稍稍寬心，按照央金先前的指示，運起神力，抬起六、七百斤重的木籠及戴著重枷的霍桑，旁人趕緊塞進一具特製的雪橇，固定好木籠，雪橇的一頭牢牢繫於二十來隻套著口罩的巨獒身上，領頭的正是名為三保的紅毛藏獒。三保坐在雪橇前緣，背靠著木籠，雙手一抖韁繩，巨獒們發足狂奔，絕塵而去。數年後，當地開始有了「跑佛爺」[19]的習俗，是否與霍桑這位佛爺當晚憑空消失有關，那就無從查考了。

---

[19] 現今當地的「跑佛爺」活動是在端午節舉行，由信眾扛著十八路龍神的神轎，進行長距離賽跑，而所謂「龍神」，多是明初開國大將，諸如徐達、常遇春、胡大海、李文忠等等。

獒犬奔跑的速度不亞於健馬，還沒有馬蹄踏地的轟隆響聲，一口氣往西南奔出三十餘里，早已有人在那兒接應。馬販子的馬匹遭茶馬司扣留，用獒犬救難乃情非得已，不意效果出奇地好，大夥兒喜逐顏開，圍上來要鋸開木籠。三保示意他們讓到一旁，以掌為刀，劈斷手腕粗細的幾根木柱，將眾人都嚇傻了，半晌才回過神來，三保已將霍桑背負出破籠，放置於雪地上，除去他頸上百斤重的木枷。大夥兒幫霍桑換上乾淨衣裳，餵他吃喝，按摩他全身以活絡血脈，同時有幾個人將木籠、木枷及換下的衣物燒得一乾二淨，灰燼則丟棄至山谷。剛忙完，央金正好騎驢來到，她望了望三保，知道此次再別，後會更加難期，欲語還休，睜著黑白分明的一雙大眼睛，眼簾一闔，刷下兩行清淚。從半空中飄落下鵝絨般的雪花，和著央金的淚滴，掩蓋住她與霍桑的行跡。

「命終便死，緣盡即分」，他們父女倆究竟去了何處，三保無從知悉，惆悵無限地往秦軍大營行去，忽見前頭有條鬼魅般的身影飄過，原就沉重無比的心益往下沉，因已辨認出那是戴天仇。他是來索命的，索的是秦王朱樉的命。三保踏入秦營時，天剛破曉，風雪方霽，酒醉初醒的二十幾個官兵被綁縛於秦營主帳前，在問完案後立遭斬首，頭顱插在旗竿頂端示眾。

三保尋思，為救一人性命，連累二十多人受戮，絕非本意，而且這事還沒完，當地官府肯定會濫捕濫殺，不知還有多少顆人頭將要落地，何況自己實在不想刺殺朱樉，一時血氣上湧，走入主帳中，兩膝著地，雙手抱拳，道：「馬三寶特來請罪。」朱樉見狀，屏退左右，問道：「三寶，你這是幹甚麼？你有何罪？」三保道：「欽犯霍桑是我救走的。」接著約略敘述救人經過，說得不盡不實，旨在獨自扛起責任。朱棣驚道：「你可知這是殺頭的滔天大罪？你怎會如此魯莽？那個霍桑究竟與你有何干係，你竟捨命相救？你這要做哥哥的我如何是好？你又要我如何向王妃交代呢？」他一口氣問了一連串的問題，足見對三保情義之深。

三保道：「聶緯犯錯在先，霍桑罪不至死，殺霍桑有違皇上懷柔邊民之意，更會觸犯眾怒，各族之間將永無寧日。吐蕃人甚重義氣，放了霍桑，我保證他們不會再作亂。不殺一人而能平亂，並使亂民心悅誠服，感念浩蕩天恩，這才是上上之策。」朱棣沉吟半晌後，緩緩點了點頭，道：「唔，這樣子也許行得通。」他上了道奏章，把一切罪過都推給聶緯，此正符合朱元璋要殺聶緯的心意，並以加急快馬傳遞進京。不數日，朱元璋也以加急快馬傳來聖旨，甚為嘉許朱棣不費一兵一卒，不傷一草一木，即敉平洮州民變，還擄獲逆臣聶緯。此外，朱元璋下旨將洮州的茶馬司併入河州，大使何文遭撤職，貶為平民，家產充公。整件事平和落幕，軍民俱感歡欣，秦軍班師東返西安，留下李景隆率兵駐守。李景隆有聶緯的榜樣在眼前，且懾於錦衣衛的手段，也就不敢胡為，謹遵號令，洮州官民大致相安無事。

車轔轔，馬蕭蕭，秦軍返程時，冰雪已然消融，滿地泥濘，大軍前行得甚為緩慢。到了一處，朱棣打量四周，對三保道：「三寶，此地似乎正是我們來時受風雪所困之處。」三保道：「果是此處。」朱棣道：「當時何等困窘，我所率一萬驍騎，幾乎要全數凍斃，幸虧你及時救援，如今平了洮州民變，又是何等輕鬆快意。」三保懷著心事，有口無心道：「全仗殿下鴻福齊天，方得化險為夷，立下大功。」朱棣道：「哪裡的話！倘若無你，我何以至此？三寶，你真是我的福星啊！哈哈哈……」朱棣大笑未歇，後頭傳來一陣驚呼聲。聶緯的囚車陷於泥淖中，雖未翻覆，但他半個身子為雪泥所浸，寒風一吹，凍得直打哆嗦。待眾兵驅馬將囚車拖出，他已嘴脣發紫，猛打寒顫，口中荷荷作響。朱棣不忍心，命人將聶緯從囚車中抬出，更換衣衫，上了枷號，改乘馬匹，由一健卒牽著馬韁緩步前行。

聶緯一生戎馬，這兩年在洮州權大勢大，作威作福，兀自怨天尤人，此刻方離囚車，換掉濕衣，乘上駑馬，居然感到幸福洋溢，不禁垂下淚來，猛然想到，興許是自己的埋怨言語傳到錦衣衛耳裡，才種下禍根，倘若果真如此，此地離京城有數千里之遙，錦衣衛的耳目也未免太犀利了吧。他想到錦衣衛，不禁又打起寒顫，渾沒發覺有雙眼睛正在打量自己。

到了半夜，聶緯原本蜷曲在一個營帳裡的地上睡覺，迷迷糊糊間，忽覺枷鎖被解開，以為是在作夢，不以為意，緊接著身子騰空而起，掙扎著想要睜開眼睛，卻不能夠，眼皮子如有萬鈞之重，突然聽到朱棣殺豬也似的厲聲叫喚，拚命張眼，見到朱棣站立於前，雙目大睜，眼珠子幾欲迸出，一隻手往前指著，另一隻手摀著胸膛，心口赫然插著一把匕首，直沒至柄，嘴裡喃喃唸著：「三……三……」隨即倒伏在地，沒了聲息。

聶緯完全弄不清楚自己是如何來到秦王帳中的，更不知道朱棣究竟是如何遇害的，但他心頭雪亮，明白刺客嫁禍於己，不過此時他就算舌頭尚在，也是百口莫辯，轉念一想，反正橫豎都是死，這樣子反倒痛快，嘴角不禁揚起得意的詭笑。秦王的親兵一湧而進，看到聶緯笑立於主帳當中，朱棪倒臥在他身前。幾個親兵用刀指著聶緯，另外幾個急忙前去探看朱棪，發現朱棪已氣絕身亡，不禁又驚又怒，不由分說，揮刀將聶緯剁成肉醬，聶緯臉上始終保持著一抹詭異的笑容。親兵們殺紅了眼，去把聶緯的親眷悉數拖出，拉到主帳外逐個砍了，算是血祭秦王。他們深知朱元璋甚好遷怒，自己身為保護其次子的親兵，居然讓欽犯聶緯脫困，還殺了秦王，著實有虧職守，非但絕對無法倖存，而且恐將禍及整個家族，相互望了望，全都不發一語，同時引刀抹了脖子。

寧正聞訊趕來，只見主帳內外橫七豎八盡是死屍。他這輩子南征北討，接戰過無數次，看多了屍橫遍野的景象，早已無動於衷，此刻卻是怵目驚心，戰慄不已。眼前事態昭然若揭，凶刀就直挺挺插在秦王心窩，聶緯給親兵剁成肉醬，死無對證，其家人也全都身首異處。寧正一時間沒意會到三保失蹤，寫了道奏章，割下自己一綹頭髮附於其中，表示將以死謝罪，再以加急快馬送往京城。

雖然寧正終究沒能逃出朱元璋的毒手，次年遭戮，但在這當下，朱元璋遷怒的對象不是他，而是拿秦王妃王敏敏開刀，將她及一干侍女處以活殉。消息傳到泉州，正要跟鄭莫睬、金剛奴等人出海捕魚的三保聞訊，大喊一聲，昏厥在地，不省人事。

第二十三回　恩仇

三保打從得悉王敏敏生殉秦王朱樉以來，已歷數月，直如行屍走肉般活著，既不打魚，也不練功，更不再與韓待雪雙修，竟日價悠悠忽忽，吃飽睡，睡飽吃，跟甚麼人都搭不上三句話，任憑韓待雪、鄭莫睬、金剛奴等人如何勸慰鼓勵，他只當馬耳東風，全沒往心上去，就算去了，心已破了個大洞，一會兒工夫也就漏盡了。韓待雪吃起死人的醋，咄咄逼問，三保內心揪痛，且因不得供出戴天仇，乾脆來個悶聲大發財，韓待雪氣得一連數日不和他說話，他樂得耳根子清靜。韓待雪見他態度如此，惱怒非常，去莊震遠家住上一段時日，以求眼不見為淨，幾日前因中秋將近，這才返回鄭宅，三保依然故我。

這一日又到了日上三竿時分，鄭莫睬跟金剛奴等人早早出海，三保兀自混賴在床，忽聽得庭院裡傳來異聲，似乎有人踰牆落地，料想來人應該僅是個小毛賊，不過要偷些財物罷了，俗話說得好，「風吹鴨蛋殼，財散人安樂」，命都不足惜了，更何況區區身外之物。他搓搓頸項汙垢，抹在油膩膩的胸襟上，打了個哈欠，翻身面向裡牆，無意起床查看。然而庭院裡的落地輕響此起彼落，進來的居然有七、八個之多，另有幾個竄上屋頂，幾乎踏瓦無聲，顯現身手著實不弱，迥非尋常毛賊可比，又成合圍之勢，這哪裡是來偷盜，簡直是要甕中捉鱉。他猛然想到韓待雪，霍地起身，搶出房門，熟悉而扎眼的錦衣飛魚服立刻刺進雙瞳。

三保這一驚非同小可，連忙出聲示警，要屋內的韓待雪與鄭莫睬眷屬趕緊躲藏，雙手也沒閒著，立斃一名錦衣衛於掌下，奪下其手中長刀，身形遊動，刀光連閃，一眨眼間，悉數砍翻庭院裡的入侵者，飛身上了屋頂，赫然瞥見屋外密密麻麻俱是錦衣衛，怕不有上百名之多，個個手握火銃，斜指屋頂，只待一聲令下，便要把自己射成馬蜂窩。三保不敢怠慢，擒拿住一名校尉擋在身前，充作人肉盾牌，將其餘幾個或直劈為兩半，或橫斬成兩截。他惱恨錦衣衛至極，也有意耀武揚威，更想藉殺戮一抒悲憤，是以出手極其狠辣，絕不留情，三兩下便殺光屋頂上的錦衣衛，面向屋外昂然挺立，刀尖斜垂，刀上鮮血不住滴落瓦上，發出答答聲，與死屍湧出的鮮血匯流，沿著瓦間溝槽下墜，成為一簾紅豔血瀑，淅瀝作響。

「咦，是你！」一個蕩人心魄的渾厚嗓音傳上屋頂。三保心頭劇震：「是蔣瓛！」上回蔣瓛出馬，輕而易舉即蕩平明教總壇，明教從此一蹶難復，銷聲匿跡，今日他又親率大批爪牙前來，想是要將龍鳳姑婆一舉成擒，只不知他是如何探悉此藏匿之處的。

原來莊震遠的長子莊嗣祖，一見著韓待雪的絕世芳容後，愛慕占滿心房，思念成了隱疾，在她來家小住期間，日日夜夜玩味她的一顰一笑，卻是美人如花隔雲端，相思終究了無益，委實痛苦難當，只能對月空訴衷曲。爭奪泉州法堂主之位失利的丁善，發覺莊家那時候神神祕祕，防範周延，於是刻意打探，聽見莊嗣祖的自言自語，後來跟蹤韓待雪至鄭宅，向旺伯和幾個有些交情的明教漁民詢問鄭家情形，恰恰聽到高福興等人大發牢騷，再無懷疑，進京密報蔣瓛，領路前來。

此刻蔣瓛認出曾隨燕王朱棣至錦衣衛指揮使司的三保，知道他是燕王的貼身心腹，卻不明白他為何會現身於明教龍鳳姑婆的窩藏處，還大肆殺戮錦衣衛，不禁疑竇叢生，也有意將他收為己用，下令道：「孩子們，放下手銃，這點子捉活的。」「要活捉我，恐怕沒那麼容易！」三保大敵當前，豪氣陡生，手腕施勁，一抖手中長刀，發出嗡嗡鳴響。錦衣衛三年前繳獲自霸王島的倭刀，先被蔣瓛用來栽贓藍玉通倭，其後裝備自己手下，因刀身上鐫有「春」字，別名「繡春刀」，其中一把正握在三保手裡，成為砍殺錦衣衛的利器。眾錦衣衛親眼目睹三保的狠辣手段，氣為之奪，面面相覷，顆顆心臟噗通通狂跳不已，他們平素凶殘狠辣，今日晦氣，撞上遠更猛暴頑強的，竟無一人膽敢上前搦戰。

蔣瓛自從力敗蘇天贊以來，數年未逢對手，此時遭遇強敵，不免躍躍欲試，更不願讓手下的膿包樣墮了錦衣衛的威名，喊道：「孩子們，都退下吧，讓本座來會會這位好漢。」也不見他屈腿彎腰，清瘦頎長的身子霍地拔起，繼如一絲柳絮般，翩然飄落在屋頂上，姿態煞是好看。眾錦衣衛頓時彩聲雷動，彷彿正在觀賞一齣精彩好戲，與他們前來捉拿朝廷頭號欽犯的性質全然不符。三保初見蔣瓛身手，暗自讚嘆，不敢輕忽，發勁推出擋在身前的校尉，揮刀往他腰部飛快橫斬，收刀挺立，凝視蔣瓛。那校尉落在錦衣衛之中，給一位百戶抱住，止住前撲之勢，歉然道：「多謝大人出手相救。」急忙要後退，以脫出長官令人尷尬的溫暖懷抱，下身卻完全不聽使喚，低頭一望，這才發現下身與地上殷紅一片，自己居然已遭腰斬，忍不住發出淒厲慘叫。

這百戶大吃一驚，要拋開校尉的上身，但兩個臂膀被他的十指牢牢嵌住，甩之不去，反而將其鮮血與內臟甩得周遭的錦衣衛渾身都是，眾人嚇得魂飛魄散，紛紛趨避，這百戶驚恐莫名，縱聲嘶喊，場面亂成一團。曾在死不了石洞外被戴天仇戲稱為「貓叫春」的邵遇春，已升任為千戶，這回也跟了來，搶近唰唰兩刀，斬斷那校尉雙臂，其上身掉落在地，兀自哀號不已。邵遇春嘆了口氣，在那校尉的咽喉補上一刀，總算止住惱人的哀號聲。這百戶用盡吃奶力氣，才扳下緊嵌於臂膀上的兩隻手掌，忙不迭地扔在地上，然後拚命要擰乾浸滿同袍鮮血的下襬。

蔣瓛依舊以錦帕蒙面，露出的黑黝黝雙眸燦然生輝，對屋外鬧劇未曾稍瞥一眼，空著雙手朝三保一抱拳，朗聲道：「好俊的功夫！閣下既已報效我朝，得遇明主，何不憑藉此非凡身手光宗耀祖，名垂百世，奈何自甘墮落，與亂黨為伍呢？然而閣下倘能迷途知返，交出匪酋，將功贖罪，從此平步青雲，前途無可限量，反倒是美事一樁。」三保哼了一聲，道：「蔣瓛，你背師叛教，天地難容，多行不義，神人共憤，今日我便代明教誅滅叛徒，替蒼生除去禍害。多言無益，速來領死吧！」蔣瓛哂道：「下面有百來枝火銃，任憑你武功再高，怎抵擋得住百銃齊發呢？」

三保道：「擋不住就拿你墊背，方才那個錦衣衛便是你的榜樣。」話未說完，迅捷無倫趨前，劈出剛猛無儔的一刀，用的是草庵洞壁武學。他原本不屑襲擊手無寸鐵之人，但蔣瓛委實太過厲害，而且這當下並非比武，乃是攸關韓待雪的安危與明教的存亡。蔣瓛身子倏地後退，避開這雷霆萬鈞的一擊，手裡不知何時多了把軟綿綿的長劍，如鬼如魅、幻化無端地削向三保持刀的手指。這把劍是以百煉緬鐵製成，柔可繞指，利能斷金，燦如紫電，寒似青霜，名為青蛇劍，平時置於鯊皮套裡，纏於腰上，偽裝成一條腰帶，此外，蔣瓛心機極深，平常以右手為慣用之手示人，使劍卻用左手，每能收到出其不意的奇效。

三保險些著了他的道，心下一驚，忽覺戴天仇斷指恐非全然出於自願，可能是被蔣瓛以軟劍削斷，而戴天仇堅決不願傳授自己劍法，恐怕也與蔣瓛脫不了干係。然而此時委實不容三保分心絲毫，對手攻勢凌厲非常，仗著劍身屈曲自如，招招都從匪夷所思的方位襲來，當真神鬼莫測，三保饒是古往今來首位兼通明教、密宗、道家最上乘內功者，功力蓋世，竟鬧了個手忙腳亂，想仗著渾厚內力震斷緬鐵青蛇劍，但數十招過去，刀劍未曾交刃。

蔣瓛的劍招創於元末，還大違劍法常理，草庵洞壁圖文刻於南宋紹興年間，早了二百餘年，自然不會有所記述，三保也就不識，而他武功荒疏數月不說，這些日子自暴自棄，成天躺著，未事勞動，暴增二十多斤，身軀臃腫，此刻生死拚搏，不免氣息急促，加上雖時近中秋，閩南天氣仍甚燠熱，他額頭已見涔涔汗珠，蔣瓛卻依然氣定神閒，一招接續一招，綿綿不盡。頃刻間，二人交手三百餘招，三保守多攻少，險象環生，所幸明教神功的妙用，即在於走立坐臥皆可練功，而且習慣成自然，無須刻意為之，因此三保的筋肉雖已鬆弛，內力卻有增無減。

蔣瓛表面上揮灑自如，暗地裡心驚肉跳，看對手年紀輕輕，卻刀刀勢夾風雷，歷三百餘招，威力不減，其內力之強，著實令人咋舌，只是略顯荒疏與臨敵經驗不足罷了，時候一長，自己恐怕討不了好去，不再惜才，一橫心，招招滿蘊殺著，但因忌憚其渾厚內勁，進招不免縛手綁腳。他是一代梟雄，隨即計上心來，手下加快，口發號令：「孩子們，進屋搜捕要犯，找不著就用火藥炸成平地。」他趁三保聞言心浮氣躁之際，劍交右手，叫了聲「著」，挺劍刺進三保左肩。這把青蛇劍的劍身極柔極韌，宜用撩、帶、削、抹、劈等劍招，原本不適合刺法，蔣瓛仗著功力精深，忽將青蛇劍當成尋常鐵劍來使，且是換手進招，教對方猝不及防，果然一舉得手。

三保避無可避，在中劍的一剎那間凝聚內勁，收縮左肩肌肉，夾緊青蛇劍刃，使劍身難再深入，同時刀削蔣瓛執劍之手，逼他鬆手棄劍，緊接著連劈十八刀，迫他退落屋外地上，迴刀撥飛插在左肩上之劍，不顧肩膀鮮血泉湧，躍進庭院，砍殺奔入的錦衣衛，直如剁菜切瓜，唯見殘肢四散，滿園殷紅，不復見完整的金黃錦袍，邵遇春也去陰曹地府拜謁自小仰慕的常遇春了。三保殺得性起，魔念暴盛，只盼錦衣衛一湧而入來餵刀鋒，免得還要等待，劈斬起來就不夠淋漓暢快。錦衣衛酷好施行鏟頭會，這當下自身深陷於遠更血腥的分屍會。

忽聽得砰一聲脆響，三保右肩頓時感到一陣錐心刺骨的劇痛，手中繡春刀把持不住，脫手落地，回頭一看，瞥見蔣瓛立於屋頂上，手持一把三眼銃[20]指向自己，銃口冒著青煙，憬悟方才心智迷亂，挨了他的暗算。屋外的錦衣衛原本十分忌憚三保，簇擁在門口，不敢入內，此刻見他兩肩受創，雙臂下垂，手無寸鐵，遂紛紛搶進，豈料三保大漠男兒悍勇的蠻性愈挫愈奮，起腳連踢，把一干錦衣衛踢得臟腑碎裂，撞上身後同伴，登時踹一飛二，顛三倒四，仰五俯六，橫七豎八，死九傷十，個個都爬不起身來。又聞砰一聲脆響，三保右腿也中了蔣瓛一彈，用左腿跳了幾跳，實在支撐不住，臥倒在地。剩餘的錦衣衛兀自提心吊膽，緩緩走入，三保大喝一聲，用左腳踢斷靠近的一名錦衣衛的腿骨，其他人嚇得紛紛後退。他們因蔣瓛有令在先，不敢傷害三保性命，一時間束手無策。

蔣瓛道：「這位壯士，我手中火銃尚有一彈，而我彈無虛發，從未落空。我敬你是條英烈好漢，不願冒然殺你，你對明教已仁至義盡，請安靜躺著，別再妄動，否則我必取你性命。」三保哪肯就此罷手，一有錦衣衛入內，便強忍多處創痛，滾動身軀，出腳傷人。蔣瓛見他如此倔強，長嘆口氣，將三眼銃指向三保的頭頂心。又是砰的一聲，三保自以為無幸，但覺這回並未中彈，抬眼望見半空中炸開一團焰火，雖正值朗朗白晝，仍是光彩奪目，知道這是明教徒在示警聚眾，而從焰火的形狀與顏色可知，發訊號之人在明教中的地位殊為崇高。

20 三眼銃在十六世紀的嘉靖年間才成為明軍制式裝備，至於何時首創，已難考證。蔣瓛身為大明朝特務頭子，在十四世紀末便擁有此一先進武器，不算太離譜。

蔣瓛出身明教，自然明白此焰火的意義與用途。他得悉龍鳳姑婆藏匿處後，親率京師裡的錦衣衛前來，目標就只是龍鳳姑婆及大光明聖印，無意聚殲當地明教徒，因熟知泉州一帶明教勢力根深柢固，其徒眾早已混入官府與軍隊中，於是嚴令當地官府與軍隊不得擅離崗位，以免走漏風聲。他待鄭莫睬、金剛奴等人出海後，即命數百名錦衣衛在外圍固守，自領百餘個最親信得力的下屬前來鄭宅，不料遭遇三保這個硬手。也虧得三保數月來自暴自棄，足不出戶，才隻身抵擋住錦衣衛好一陣子，而明教援兵應該就快趕到，他心下驟寬，不禁流淌下男兒熱淚。

一個陰森森的嘶啞聲音響起：「我的好徒兒，居然當上錦衣衛指揮使，令王公將相人人畏懼驚駭，富商巨賈個個爭相巴結，也不枉為師一番苦心栽培了。」蔣瓛向一同站在屋頂上的黑衣人恭敬長揖，冷冰冰道：「徒兒與恩師一別多年，無日不掛念，敢問恩師可還安好？咦，您老人家的右手怎麼了？」那人正是光明金剛戴天仇，右手金勾大剌剌坦露著，左手銀劍則攏在袖中。戴天仇舉起右手，瞥了一眼，道：「沒甚麼，只怪為師一時粗心大意，這隻手毀在幾個妄想充當錦衣衛的跳梁小丑的鬼蜮伎倆下。」蔣瓛問道：「裝了金勾，日常可還方便？」戴天仇揮了揮金勾，道：「十幾年了，早用得習慣，砍殺禽獸和錦衣衛愈來愈得心應手。」蔣瓛道：「如此一來，徒兒就放心了。」

戴天仇道：「為師聽說你的臉在明教總壇給炸毀，沒傷到別處吧？」蔣瓛道：「多謝恩師垂問，徒兒受的僅是皮肉傷，早已痊癒，只不過臉上留有疤痕，甚是醜怪。」戴天仇道：「你原本俊美非常，比躺在地上跟你作對的娃兒猶有過之，這可當真難為你了。」蔣瓛道：「『身體髮膚，受之父母，不敢毀傷，孝之始也。』徒兒拜恩師盛德，未能有一日事親，復蒙貴教厚賜，竟連身體髮膚也照顧不周，可謂不孝之至。」戴天仇道：「『夫孝，始於事親，中於事君，終於立身。』依為師之見，立身行道，無愧俯仰，不辱父母，方是恪盡孝道，其餘皆屬枝微末節。」二人久別重逢，互通問候，正如一般多年不見的師徒，但語調平緩，殊無暖意，隱隱透著一股冷洌寒氣，直鑽入旁聽者的骨子裡去，言詞更是針鋒相對。

問答未已，傳來群眾呼喝聲、火銃擊發聲、兵刃交擊聲，他倆心知肚明，那是馳援的明教徒與把守的錦衣衛交上手了。今日的局面居然演變成為明教與錦衣衛大火拼，乃蔣瓛始料未及，但他估量外圍的錦衣衛配備精良武器，而且訓練有素，前來的明教徒人數再多，畢竟只是烏合之眾，急切間攻不破防線，是以好整以暇，緩緩說道：「看來恩師隸屬的明教與徒兒忝掌的錦衣衛，今日要算總賬了。」戴天仇怪臉一沉，道：「他們算他們的，咱們算咱們的。出招吧，讓為師看看你這幾年的武功可有長進。」蔣瓛道：「師父精心所創的玉谿劍法，徒兒荒疏已久，方才竟然用了三百多招，才險勝躺在院子裡的後生晚輩，委實慚愧之至，但也何其有幸，今日可再得到師父親自點撥。」他大敵當前，青蛇劍被三保撥落庭院裡，權且以三眼銃為劍，持於右手，平舉胸前，銃口略朝下，由左向右橫移，正是玉谿劍法的起手式「童子開門」。

戴天仇凄然一笑，道：「為師當年正是敗在自己這套劍法之下，從此廢劍練指，今兒改用金勾，再次領受為師自創的劍法在你手中的威力。」蔣瓛道：「徒兒有僭了。」「了」字才出口，使出一招「來去絕蹤」。戴天仇創此劍法時附庸風雅，摭拾玉谿生的詩句，做為劍招之名，這招源自「來是空言去絕蹤」一句，備言身法飄忽迅捷，倏進倏退，教人捉摸不定，他輕功甚高，這招每收奇效。蔣瓛此刻使將出來，較乃師的顛峰時期，威力不遑多讓，而他身形挺拔，舉止瀟灑，飄逸美觀尚有過之，讓人不禁覺得玉谿劍下亡，也算風雅。

戴天仇讚道：「硬是要得！」以金勾擋住這看似輕風拂柳、實如彗星襲月的霹靂一擊，在蔣瓛倏退時追擊過去。蔣瓛乍然立定身子，以「月斜更鐘」斜劈對手頭頸。戴天仇正往前疾進，身子一矮，讓過手銃，金勾橫掃蔣瓛雙腳，正是玉谿劍法中的「卞和刖足」。蔣瓛旱地拔蔥，陡然躍起七尺，手銃同時點左指右，刺前劈後，變幻莫測，迷離恍惚，不枉「夢為遠別」之名，戴天仇連使「隔座送勾」、「分曹射覆」才予以化解。蔣瓛落下瞬間，銃刺戴天仇頭頂，往右下一撇，姿態兼具落拓與凝重，仿似筆捺，此招名為「書墨未濃」，自然不宜用老，隨即變為「蠟照半籠」，手銃往戴天仇退路圈去。不識玉谿劍法者，一見兵刃從半空中刺向自己的頭頂心，定會閃躲，這麼一來，正好撞進「蠟照半籠」的打擊範圍內。戴天仇當然深明此一機關，倚恃輕功高妙，身子忽左忽右，以「飄落西東」趨避開手銃的攻勢，可惜金勾過短，無法適時還擊，以便反客為主。

蔣瓛雙腳著地，身子半屈，趁直起之際，順勢使出「麝熏芙蓉」，手銃由下往上撩向戴天仇的左腋。戴天仇斜退一步，蔣瓛收回手銃，一腳採金雞獨立式，另一腳往後抬起，上身前俯至水平，手銃往前疾刺。這招「劉郎恨遠」故意露出天大破綻，將側身與背心賣給對手，卻是個誘敵之招，其後的「隔山萬重」乃是個大殺著，意思是：你自以為得手了，其實還差了萬重山哩！當年戴天仇與蔣瓛惡鬥時，蔣瓛使出此招，戴天仇想將計就計，不意棋差一著，正落入心機極深的蔣瓛所設陷阱裡，持劍之手的食、中二指各被削斷一節，這會兒蔣瓛故技重施，戴天仇多少年來等待著的就是這個時機。

蔣瓛稟賦不凡，練功勤勉，又盡得明教眾高手真傳，三十年前，武功即與戴天仇並駕齊驅，甚至青出於藍，如今戴天仇已是個歷盡苦楚的古稀之翁，還曾捨棄功力灌予三保，精氣大不如往昔，蔣瓛則正值巔峰之齡，此消彼長，戴天仇自知勝算極小，只求拚個玉石兩碎。不過這說起來容易，做起來卻千難萬難，戴天仇苦思多年，為了師徒二人萬一再度生死相搏，已在心中演練過成千上萬次了，這時他使了招「腰輕自斜」，扭腰閃過「劉郎恨遠」的凌厲一刺，搶至蔣瓛身側，一招「仙人拍肩」，金勾劈斬其肩。蔣瓛捨「隔山萬重」不用，使出「靈犀一點」，直取對手心窩，不過他用的是手銃而非利劍，難符「心有靈犀一點通」的旨趣。

戴天仇搶進，左手掌隔著衣袖將手銃下捺，腹部硬生生忍受這一擊，原意是要讓對手兵刃深陷腹中而難以拔出，自己突進一步，金勾以「魚勾刺骨」勾向對手脊梁骨，左手同時使出絕命殺著，豈料人算不如天算，對手這回用的兵器是三眼銃，戴天仇的肚腹沒能被刺穿，他右手暴長，仍使「魚勾刺骨」，金勾尖離蔣瓛背心還差那麼幾寸，左手銀劍嗆一聲透袖突出，刺向蔣瓛胸膛。蔣瓛早有防備，冷笑一聲，手銃斜到身側擋住金勾，左手二指夾住銀劍，正要乘勝追擊，赫然感覺到一束剛猛勁力疾鑽向自己的膻中穴，這一驚非同小可，但金勾阻住退路，手銃也不及回防，只得奮力扭身，避開要穴，緊接著胸側一陣劇痛。戴天仇在愛徒反叛前，非屬心思縝密、城府深沉之流，他利用蔣瓛熟知這點，為捨命殺招安排後著，銀劍未緊縛於左臂上，劍身一遭對手夾住，手臂隨即脫出，畢集內力於左手食指上，以指代劍，以一招「虎箭侵膚」得手。然而他畢竟老邁力衰，且受重創在先，蔣瓛應變又甚迅捷，因此未能戳中其致命死穴，饒是如此，也很夠蔣瓛受的了。

圍觀的錦衣衛們罕見頭兒親自動手，今日目睹他連戰當世兩大高手，後者更是威名赫赫的魔教光明金剛法王戴天仇，直看得目眩神馳，張口結舌，衷心讚嘆。當蔣瓛刺中戴天仇時，眾錦衣衛歡聲雷動，但蔣瓛隨即中招，許多錦衣衛收口不住，仍大聲喝采，「好」字一出口，方覺不妙，卻已追悔莫及。蔣瓛怒不可遏，新仇舊恨疊加一起，奮力再給戴天仇一銃，正中其胸口，打得他口噴鮮血，跌落庭院裡。蔣瓛甩了銀劍，縱身躍落，拾起青蛇劍，再躍至戴天仇身旁，唰唰兩下，齊肩斬斷其雙臂，再點他多處穴道，以緩住血流。三保離得遠，手腳俱受創，礙難行動，只能眼睜睜看著蔣瓛行凶，心如刀剜，連喊也喊不出來。

蔣瓛咬牙切齒道：「這兩劍是為了師母和夢心，你為何狠心逼死自己的髮妻跟獨生女兒呢？」三保一聽此言，忽覺天旋地轉，人世間一切是非對錯，登時變得顛倒混亂。戴天仇語聲微弱道：「夢心受你逼姦，竟還妄想跟你私奔，我當然不許，痛罵她一頓，將她關在房內，她便懸梁自盡，她娘受不了，以頭撞牆而死，她們的命都算是你害的。」蔣瓛道：「夢心與我有婚姻之約，她早晚是我的人，跟我在一起，也是出於自願，豈可說是逼姦？」戴天仇道：「你受朱元璋蠱惑，反叛我與明教，夢心哪還能嫁你！這件事你知，我知，夢心也知，你卻幹出傷天害理的獸行來，我真後悔當初沒一掌打死你這畜生。」

蔣瓛不發一語，兩眼直愣愣盯著戴天仇，這個屠殺他全家卻又待他如己出的老人，心裡驀然回憶起當時情景：「朱元璋告知我的身世真相後，我不敢置信，前去質問師母，師母坦承一切，我殺光院子裡所有牲畜，聊以洩恨。夢心心疼我，撲進我的懷裡，緊抱住我，我一時情慾勃發，顧不得師母在旁，撕碎夢心的衣衫，奪去她的貞操。她始終不發一語，流著淚，咬著牙，默默承受，她那時的淒楚眼神，當真教我刻骨銘心。事後我悔恨交加，躊躇數日，終於下定決心，要帶她遠離這一切是非恩怨，卻聽說她和師母都給師父逼上絕路，我憤而跟師父動上手，實在狠不下心殺他，只斷他二指與經脈。其後每當我情慾一起，夢心就有如鬼魅般，淌著淚水浮現眼前，我枉稱為大明開國以來第一美男子，卻不敢親近女色，漸漸地再也沒有情慾。失去的一切，我定然要從別處彌補過來，殘酷虐殺，僅能洩一時之恨，擁有天下，或許也還不足夠。我究竟怨恨眼前這老人哪一點多些——殺我全家？欺瞞了我？奪我所愛？還是害我不能人道，而且從此失去人性？唉，事已至此，多想無益，今日便做個了結吧！」

諸多難堪往事，一一閃過蔣瓛目前，他錦帕下滿是疤痕的面容抽搐扭曲，內心裡的天人交戰，有如百面戰鼓齊齊擂動。他忽然以劍拄地，另一手掀起錦帕一角，嘔出一大口鮮血，這既是內傷，亦是心碎。他終究打定主意，挺直昂藏身軀，目露凶光，高舉青蛇劍，往戴天仇頸項斬去。一個物事夾帶凌厲勁風，飛快襲到蔣瓛面前，他大吃一驚，不意怎又冒出一個大高手，急忙回劍將來物擊落，迅速瞥了一眼，認出那是只尋常至極的棉布鞋子，但在強大內勁的加持下，不啻傷人利器。他遊目四顧，不見他人，唯見側躺在地的三保光著一隻腳丫子，知道是他在阻擋自己刺殺戴天仇，不禁怒上加怒，縱躍到三保身前，厲聲道：「我多次饒你小命，你卻不知好歹，屢屢傷我部屬，阻我行事，你既然這麼想死，我便成全你吧！」挺劍要刺，忽聽得門外有人高呼「聖旨到」。蔣瓛一個愣怔，不知是真是假，停劍半途，抬眼以待其變。說來諷刺，三保先前一心一意要刺殺朱元璋，此時此刻卻是朱元璋所下聖旨暫時保住他的性命。

領頭進來之人年近五旬，面貌清臞，中等身材，緋紅官服的前襟補子上繡了隻孔雀，是個三品文官。蔣瓛識得他是刑部右侍郎謝祥，才從監察御史之職升遷未久，為人素來剛正不阿，行為端方，錦衣衛想方設法，一直沒能找著他見不得人的把柄，也無可栽贓之處，是個極為稀有難得的清官，而謝祥任監察御史期間，屢屢參劾蔣瓛濫權濫殺，雖然都給朱元璋擱置下來，謝、蔣二人已結下梁子。錦衣衛逮人，須事先向刑部申領駕帖，而謝祥新近供職刑部，這分明是朱元璋打算利用謝祥來牽制蔣瓛，蔣瓛於是加快謀反腳步，就在這節骨眼兒上，謝祥突然領著聖旨來到，後頭還跟著四大御前侍衛當中的戚、巴二位，蔣瓛刻意攀交的伍、陸則未隨行，朱元璋連這點都掌握到了，怎教蔣瓛不膽戰心驚呢？然而謝祥畢竟是奉有聖旨的欽差，等同皇帝親臨，蔣瓛不得不拋下青蛇劍，收起三眼銃，畢恭畢敬跪下俯首，雙手高舉過頭。

謝祥朗聲道：「蔣瓛，這道聖旨出自皇上御筆，皇上顧慮你的功勞及錦衣衛的顏面，交代我別當著你的部屬昭宣，你起身接旨吧！」朱元璋一向最愛擺派頭，更酷嗜折辱人，此次竟會顧慮臣下顏面，還破例讓蔣瓛站著接旨，當真稀奇之至。蔣瓛滿心狐疑，一站起，謝祥身後的御前侍衛戚開光上前一步，將手中所謂聖旨隔空平平送至蔣瓛面前。這道聖旨非比尋常，材質並非錦緞，不過是張軟綿綿、輕飄飄的紙片，毫不受力，戚開光居然能夠舉輕若重地推送出兩丈多遠，其功力之深湛，實在非同小可，看來他存心顯擺武藝，以使對方不戰而屈。蔣瓛自度也可辦到，但要同時對付兩大侍衛，恐怕力有未逮，況且自己已精疲力竭，身負重傷，待一瞥見紙上文字，更是臉色大變，冷汗涔涔，上頭歪歪斜斜蓋了御印，潦潦草草寫著「蔣瓛你這混帳王八蛋，竟敢背著朕胡來，朕就先毒死你，再剝你的皮」，用語十分粗鄙，難怪不給欽差公然宣讀，朱元璋真正要保全的是本身尊嚴，哪裡是錦衣衛顏面。

蔣瓛這些年一方面揣摩上意，另方面自有算計，屢屢構陷功臣宿將，每每株連能吏仕紳，這固然是幫朱元璋去除心頭大患，更是為他自己暗鋪錦繡前程，如今大明殊乏股肱之臣，極缺善戰之將，自己只須挾持龍鳳姑婆，取得大光明聖印，結合錦衣衛與明教這朝野兩大股暗黑勢力，普天之下無人能敵，既自任魔教教主，亦取代朱元璋，成為新一代魔君，從此即可為所欲為，這正也是他不讓地方官府與駐軍參與今日行動的根本原因。豈料朱元璋棋高一著，早已設下「螳螂捕蟬，黃雀在後」的陰狠計謀，先借錦衣衛之刀屠戮臣下，鏟除豪紳，再賜死蔣瓛，並於這當下另行頒布詔書，將所有責任一推，以「非法凌虐，誅殺為多」之由，諭令錦衣衛裁員額，焚刑具，出繫囚，送刑部審錄，明令內外獄毋得上錦衣衛，大小咸經法司。

另一御前侍衛巴不得，摸出一個小瓷瓶，道：「皇上賜酒，蔣大人一口喝了吧！」將小瓷瓶輕拋給蔣瓛。蔣瓛接了下來，拔掉瓶塞，捧在手中，知是毒酒，有口無心對著朗朗青天拜謝浩蕩皇恩，裝模作樣仰頭喝盡，卻是涓滴傾倒在衣襟上，悄悄摸出三眼銃，隔著袖子，將剩餘一彈射向巴不得。巴不得是鐵掌門史滿剛的師叔，半因天賦異稟，半因後天苦練，乃鐵掌門歷來武功最高者，只聽得噹一聲脆響，他將鐵彈丸抓在掌心裡，發著獰笑，一雙肉掌相貼，揉了幾揉，居然把一顆鐵彈丸輾壓成齏粉，撒落地上，再以口吹掉掌心餘粉，斜眼瞥向蔣瓛。蔣瓛吃了一驚，使勁將三眼銃朝巴不得的頭臉砸去，緊接著就地一滾，拾起青蛇劍回身刺出。巴不得的鐵頭向前一磕，撞飛了銅製的三眼銃，身子撲向蔣瓛，蔣瓛這一劍正中他的下腹部，但劍身彎折，根本刺不進去。巴不得「嘿嘿」兩聲，紅通通的一雙鐵掌呼呼風響，拍向蔣瓛的頭臉。

蔣瓛滾開，蒙面錦帕被凌厲至極的掌風擊碎，露出滿是粉紅疤痕的蒼白面孔。他一時破不了巴不得練得刀槍不入的鐵布衫，急思脫身，邊閃避追擊，邊高聲呼喊：「孩子們，謝祥圖謀不軌，假傳聖旨，意欲消滅錦衣衛，大夥兒先殺了他跟兩隻走狗，再跟皇上辯明去。」錦衣衛湧入，謝祥喝道：「大膽！本官是奉有聖旨的欽差，今兒只擒殺蔣瓛一人，你們還不退下。」蔣瓛道：「說啥聖旨，不過是胡亂塗鴉的白紙一張，作不了準，況且我若遭遇不測，滿朝文武豈會放過你們，咱們不如一同拚了。」眾錦衣衛想想也對，自己平素探人陰私，栽贓攀誣，橫行霸道，作惡多端，手段唯恐不夠凶殘狠毒，因此樹敵極多，文武百官莫不又怕又恨，一旦失勢，下場勢必十分淒慘。他們都是毫無後顧之憂的孤兒，也就紛紛抽出兵刃，面向謝祥。謝祥驚道：「你們難……難道要造……造反嗎？」平常言詞犀利的他，在生死交關之際，說話不免結巴了起來。

戚開光不慌不忙，從身後抽出一對粗大金鐧，各重三十斤，長三尺半，道：「請謝大人讓讓，老夫許久未殺人，算來總有三天了吧，雙手癢得難受極了，正好拿惡名昭彰的錦衣衛過過癮。」說完撲往錦衣衛，雙鐧金光閃閃，當者兵器斷折，身子化為肉泥，錦衣衛抱頭鼠竄，升天有路，逃命無門。蔣瓛帶來鄭宅的百餘錦衣衛，皆是精挑細選的好手，居然給三保與戚開光二人砍殺殆盡，要靠部下脫身的盤算全然落空，而自己面對巴不得一人，已是遮攔多，進攻少，待戚、巴一聯手，將更無招架之力，正大感焦躁，忽聞戴天仇喊道：「快使『重問後庭』。」

這招乃玉谿劍法中的戲謔之作，世上絕無僅有。大抵高手過招，不至於故意刺傷對手臀部，但戴天仇向來鄙視世俗禮法，存心要讓對手屁股中劍，如此一來，對手不但顏面無光，且將坐臥難安一段時日，以示薄懲。蔣瓛用心歹毒，此招卻是刻意要癱瘓對手，加上軟劍較一般長劍屈曲更甚，因此他使來極為陰狠，當年明教日使蘇天贊正是敗在此招之下的，然後受盡淩虐才死，這時蔣瓛屈劍刺進巴不得的穀道內，急速扭轉劍身，將腸子絞得稀爛。巴不得慘呼連連，以鐵掌摀著血如泉湧的屁眼，撲倒地上，聳高臀部，抽搐幾下，呻吟數聲，再無動靜。原來巴不得的罩門是練在肛門裡，戴天仇旁觀者清，看了出來，而戴天仇寧可死在蔣瓛劍下，也不願龍鳳姑婆落到朱元璋手中，因此出言指點叛徒。

戚開光正好把圍攻他的最後一名錦衣衛打得稀爛，乍見巴不得慘死，不覺得難過，只感到吃驚，正要來戰蔣瓛，一個身材高瘦、年過半百的道士無聲無息飄身進來，其青色道袍胸前補子上繡著的並非瀲鵣，更非太極圖，而是一隻鷺鷥，戚開光與蔣瓛面面相覷，罷手不戰，凝視那道士。三保認出來人是清虛，看來他已升任為正六品的提點，取代靈霄子成為神樂觀真正執事者，只不知他怎會在這麼一個節骨眼兒出現，又意欲何為。

謝祥見清虛是個有職司的道官，手上還提著一把長劍，也不管那把劍究竟是要用來出招殺人，還是作法抓妖，大喊道：「兀那道官，快快殺了反賊蔣瓛，以報皇……」清虛出手如電，一劍刺中謝祥的咽喉，冷冷說道：「囉嗦。」戚開光一見他出手，便知是生平僅遇的勁敵，不敢怠慢，拱手道：「敢問道長法號與師承。」清虛又嘟囔了聲：「囉嗦。」接連刺出九九八十一劍，然後背轉過身子，面對著蔣瓛，再不理會戚開光。三保打量戚開光，見他目光散漫，身子挺直，一動也不動，雙鐧提到腰間，全身上下滿布小孔，每個孔洞都汩汩冒出鮮血。清虛劍術通神，快到匪夷所思，一出手便了結了一名武功高極的御前侍衛，而戚開光居然連雙鐧也沒來得及舉起，遑論抵擋住清虛的一招半式。

蔣瓛自知不敵，沒敢多話，將青蛇劍擲向清虛頭臉，緩住其進招，轉身躍上屋頂，打算逃之夭夭，察覺背後風起，知是清虛追來，也不回頭，朝後用盡全力拍出一掌，果然阻擋住清虛的追擊，然而忽有兵刃迅疾無倫地破空飛至，不禁暗叫聲慘，方才已拚盡全力，此時說甚麼也來不及再提氣運勁閃躲開去，居然就讓戴天仇的銀劍從後背透出心口，頎長身軀倒伏在屋脊上，看來蔣瓛無論如何是活不成了。那把銀劍是三保情急智生，以腳趾夾住拋起，再匯聚周身內勁踢出，趁蔣瓛全力阻擊清虛之際建下奇功，算是幫戴天仇與明教報了一樁無法釐清是非對錯的血海深仇。

清虛飄身下地，把還沒死的錦衣衛一一以長劍穿喉，再將劍上鮮血在一具屍首的衣衫上抹拭乾淨，還劍入鞘，面無表情地望了望三保與戴天仇，長眉一揚，聊表致意，轉頭飄然絕塵而去。他從頭至尾只說了四個字，便有一位御前侍衛、兩名三品命官、數十個錦衣衛歸天，卻不為難三保與戴天仇，三保更加認定他即是明教月使。

三保強忍劇痛，掙扎著滾到戴天仇身旁，垂淚道：「爺爺，爺爺，都怪三保無能，又是個不祥之人，連累爺爺受苦了。」戴天仇最近兩回身受重傷，皆發生在三保眼皮子前，三保不禁怨怪起自己實在是個不折不扣的掃把星。戴天仇氣若游絲道：「真正受苦的是你，而害慘你的人正是我，事到如今，你竟還捨命救我！」三保急道：「不不不，爺爺快別這樣子說，爺爺待三保恩重如山。」戴天仇苦笑道：「恩重如山？嘿嘿，應該說仇深似海吧！三保，有件事我在死前務必跟你講明白，不想帶下十八層地獄去。」三保道：「不管是甚麼事，等爺爺養好傷後再說吧！」戴天仇道：「我肯定是活不成了，也不想再活下去。唔，你祖上的事，是我查知並透露給阿甲阿得的，我料定阿甲阿得一定會向傅友德告發你父親，果不其然，因此害你家破人亡的罪魁禍首不是別人，就是我。」三保這一驚非同小可，顫聲道：「這是真的嗎？爺……你……你為何要這樣子做呢？」

戴天仇斷斷續續道：「當時攻打邊疆的明兵每到一處，便強擄當地少年進宮充當宦侍，月使指示我挑選一個稟賦不凡、品格端方卻個性執拗的少年入宮，以伺機行刺。你爺爺是回族中聲名甚著的賢勇之士，雖然改姓更名，隱居於滇池西南畔，但我在西域住過，僅靠駱駝商隊從天方帶來的一袋豆子，即釣出其後人來，再暗中觀察你數日，覺得你的確是不二人選，於是趁傅友德領兵入滇之際，設下這條借刀殺人的毒計，所謂適巧路過出手救你，只是在誆騙你而已，那天我早已等在一旁，在屋內被你砍殺的那兩個明兵，是我先以小石子打中他們的穴道，否則你當時年幼力弱，怎殺得了他們？」

其實三保早在慘遭滅門屠村後的次日，即隱隱感覺到，戴天仇在這整件事上所扮演的角色恐怕非比尋常，但三保不敢朝裡頭深想，唯恐挖掘出極其醜惡的真相，此時戴天仇自行揭露，三保絲毫不覺得鬆快，反倒備感沉重，不知今生今世要為何而活，而且連自己也不能信任，那麼還能夠相信誰？他續問：「日使與其他法王都知道你與月使的計謀嗎？」戴天仇道：「是的。關於是否傳予你明教神功祕笈，我們在龍鳳姑婆面前爭辯，只不過是在做戲罷了，以免你太輕易獲得而不珍惜。」三保恍然大悟，難怪蘇天贊一直對自己深懷戒心，認定自己會是另一個蔣瓛，顫聲又問：「那麼雪……龍鳳姑婆可知情？」戴天仇失血極多，奄奄一息，勉強回道：「我們瞞著她，以免受她阻撓。三保，我對不起你，你已為明教犧牲太多太多了。」

三保長嘆口氣，百感交集，驀然記起《天經》的經文：「他們的心裡有病，故真主增加他們的心病；他們將為說謊而遭受重大的刑罰。……真主將用他們的愚弄還報他們，將任隨他們彷徨於悖逆之中。……唯悔罪自新，闡明真理的人，我將赦宥他們。」他原本悲憤至極，但眼前這受盡苦楚、心思極度扭曲的老人，在臨死前向自己坦白懺悔，按照真主的教誨，自己能不赦宥他嗎？他又念及蘇天贊等人皆死於非命，明教已幾近覆滅，滿腔熊熊怒焰也就逐漸化為隱隱悶燒的餘燼，悄悄地、慢慢地灼炙著他的心靈，痛楚並未稍減，反倒平添抑鬱。

「人皆養子望聰明，我被聰明誤一生。但願生兒愚且魯，無災無難到公卿。」道衍有回給允炆授課時提到蘇軾這首〈洗兒詩〉，三保記心甚佳，聽過一遍也就記住了，此刻這首詩湧上心頭，不禁淒然一笑，忖道：「我自幼家破親亡，孤苦無依，深陷於大明朝廷與明教之間的腥風血雨，這一切竟起因於我的資質天賦。我從來沒想過要成為公卿將相，只求能夠追隨父祖步履，去一趟默加朝聖，然後老老實實做個鄉野村夫，如此居然是個莫大奢望，連要生個愚且魯的兒子，也全無可能了。」他心地良善，不怪罪戴天仇，反而歸咎於自己的非凡稟賦，盯著戴天仇汩汩而出的鮮血，與漸趨渙散的碧綠眼眸，歷歷往事一幕幕在心頭重演，悲痛依舊，個中滋味卻已大不相同。

「怎麼死了這麼多人？三保，你的手腳怎麼了？傷得嚴重嗎？……戴法王，戴法王，您……您死得忒慘啊！嗚嗚嗚……您且瞑目，我們一定會替您報仇。」鄭莫睬、金剛奴等人在村子口看到數千具錦衣衛與明教徒的死屍，莊震遠父子和丁善也在其內，急匆匆奔回家，復見住處內外百多具錦衣衛的斷體殘肢，不言可喻當時激鬥之慘烈。鄭莫睬等人為了保護韓待雪，在鄭宅偏廂闢建一地底密室，常備有飲水乾糧，今早三保一發出警訊，鄭莫睬的妻子與丫鬟即按照鄭莫睬先前指示，趕緊將韓待雪、鄭南帶進密室裡。韓待雪雖極關切三保的安危，但心知肚明自己若冒然出去，徒添累贅，於是打定主意，假使三保不幸遇難，自己交代完後事，即追隨他而去，內心也就篤定下來，直到鄭莫睬在密室外要她們從內扳動機關，這才出到外頭。

眾人見三保傻愣愣盯著戴天仇的遺體看，甚至直到戴天仇赤裸的軀體以及斷臂被埋入刺桐樹旁的地下了，他還瞪視著那坏土，皆以為他心傷義爺爺之死。然而韓待雪感覺到他的眼神冰冷得駭人，對他既不勸慰，也不詢問，只默默幫他包紮傷口。蔣瓛用的三眼銃為了能夠射擊多發彈丸，威力縮減不少，加上三保筋骨粗壯，內功深湛，料無大礙，靜養一段時日，應該就能痊癒，不過三保心裡的創傷，今生今世恐怕已無從彌補了。

泉州官府這幾年對於追剿防備盜匪，本就有心無力，這次事先接獲錦衣衛要他們不得擅動的指示，樂得照辦，但鄭宅周遭實在鬧得動靜太大，不得不派官差查探，明教在地方官府裡的臥底早一步前來通風報信。鄭莫睬明白此地無法久留，急急收拾細軟，要避往妻子在福州的娘家，三保堅決不肯隨行，鄭莫睬與金剛奴等人急得直跳腳。鄭莫睬誤以為三保打算長伴戴天仇的屍身，道：「我的好賢弟，好哥哥，好大爺，好祖宗，人死不能復生，戴法王已魂歸光明淨土，你就行行好，快跟我們上路吧，再遲就走不成了，官兵隨時會到。」三保冷冷回道：「貴教戴法王臨終前坦承一些事，我跟貴教自此恩斷義絕，再無瓜葛。」周顛曾說他重情重義，難免牽纏受苦，他這時只盼自己從此絕情絕義，以免再遭受無窮無盡的折磨苦難。

鄭莫睬奇道：「怎會如此呢？戴法王到底跟你說了些甚麼，讓一向深情重義的你，忽然變得如此決絕？」三保道：「莫再多問！山高水長，後會無期，若我今日不死，咱們萬一日後在道上相見，形同陌路。」金剛奴道：「馬公子，無論戴法王跟你有何恩怨，我是看著你長大的，總還有幾分舊情，更何況你非但救過我們，而且今日你為了保護龍鳳姑婆及莫睬兄一家老小而負傷，我們絕非忘恩負義之徒，可不能拋下你不管。」韓待雪道：「三保，我今生誓與你生死與共，你若不走，我便留下來陪你。」金剛奴、鄭莫睬等人紛道：「要真是這樣，我們也都留下。」

這時一副漁網突如其來，兜住三保全身。眾人大奇，轉頭一看，卻見高福興一手握著漁網，一手叉腰挺胸而立。他瞋目道：「你們在這婆婆媽媽做啥？沒看見馬兄弟手腳負傷行動不便嗎？還跟他爭辯甚麼，抬走不就成了！」大夥兒雖覺得他此舉委實魯莽，但不失為打破僵局的好辦法，七手八腳扛起三保，急急離開。鄭莫睬深知自此一別，要重返這世居之地恐怕遙遙無期，先前因兄長之故，他年輕時亟欲逃離之而後快，後來鄭武雄命喪他鄉，他在此宅內成婚生子，更因窩藏龍鳳姑婆之故，得與明教四旗使及泉州法堂主平起平坐，自認在教中也算得上一號重要人物，此刻不免戀戀難捨，卻也無可奈何了。

第二十四回　少林

明教四旗使抬著三保，金剛奴背負鄭南並攙扶老媽子，鄭莫睬和丫鬟分別照應韓待雪及獨眼妻子，一行人憑藉夜暮與官府中內應的暗助出至城北。高福興等人的武功不弱，仇占兒更是生具神力，抬著身高體壯的三保奔走於山徑並不怎麼費力，但要一路跋涉至三百多里外的福州而不惹人注目，實有難能，高福興忍不住問道：「莫睬兄，咱們就這樣走到福州嗎？你們福建的山可真多啊！」

田九成沒等鄭莫睬回答，即道：「老高，你累了嗎？」高福興回道：「就這麼點山路，我哪會累？誰先喊累，誰就是小豬，只不過漁網裡的這條大魚未免太過於惹眼。」何妙順道：「不走到福州，難道要搭船去嗎？我教的內應已把官兵全引到海邊去了，咱們要是也走海路，豈非跟馬公子一樣自投羅網？」高福興道：「馬公子是給我網住的，並非自投羅網。」何妙順道：「我是說，咱們要是到海邊搭船北行福州，便會像馬公子一樣被網住，等於是自投羅網。」高福興道：「你怎知賊官兵也會用漁網把咱們網住？咱們也許是自投陷坑，或者是自投獸夾。」何妙順道：「咱們又不是禽獸，怎能說是……」

韓待雪斥道：「夠了！我教方遭大難，戴法王身亡，莊家父子和數千教眾殞命，泉州明教會覆沒，你們怎還有心情作此無聊爭辯！」高福興等人被她指責得面紅耳赤，不敢再吭聲。他們受囚於詔獄那段時日，即是藉著門口來熬過諸般苦楚，這會兒痛心疾首，再度以此舉稍加排遣，韓待雪無法理解。鄭莫睬趕緊打圓場道：「高兄的顧慮也不無道理，我看這樣子好了，不如把三……唔，馬公子送至泉州南少林寺，如此一來，他既可安心養傷，咱們也方便躲避朝廷追緝。」此議一出，金剛奴等人咸表贊同，韓待雪雖不願與三保分離，卻別無良策，只能輕頷螓首，勉予接受。三保手腳受創，心如死灰，索性任由他們抬著，穿行於山林小徑。自此一路無話，只有鄭南偶發童言童語，頻問要去哪、到了沒，鄭氏夫妻沒回答，一陣子後，鄭南伏在金剛奴背上睡著了。

相傳隋末唐初，嵩山少林寺派遣釋曇宗等十三棍僧，先幫時為秦王的唐太宗李世民蕩平天下，其中的道廣和尚（或說是智空）復受少林方丈之命，率五百僧兵入閩，助官兵剿滅海盜，接著道廣在請示過少林方丈後，將僧兵屯駐於莆田林泉院。林泉院位於莆田北方的九蓮山上，始建於南朝陳永定元年（西元五五七年），僅比嵩山少林寺晚建約莫一甲子，自從僧兵入駐，禪武合一之風也就傳承下來，在江湖上與嵩山少林寺並稱為南北少林[21]。安史之亂後，西北絲綢之路盡

21 莆田林泉院、泉州東禪院、福清少林寺、東山古來寺、詔安長林寺與仙遊九座寺等等，都自稱為南少林寺所在，現代的嵩山少林寺方丈釋永信卻表示，在少林寺的所有典籍中，從未看到過「南少林」的字樣，根本否定南少林的存

淪於外國與藩鎮之手，東南海運益發重要，泉州地位日起，與廣州、揚州、交州並駕齊驅，南少林寺遂遷移至泉州城北清源山上的東禪院，唐僖宗於廣明元年（西元八八〇年）賜名東禪院為鎮國東禪寺，南少林地位因而在世人心目中抬升不少。南北少林雖同氣連枝，但數百年下來，隱有分庭抗禮之勢，而武功路數也漸生分野，可謂各具所長，難分軒輊。蒙古人崇佛，在元朝治下，泉州東禪寺更加興旺，如今規模雖還遜於嵩山少林寺與鍾山靈谷寺，倒也相去不遠。

元朝初年，福裕禪師住持嵩山少林寺時，創立七十字的世系譜：「福慧智子覺，了本圓可悟，周洪普廣宗，道慶同玄祖，清淨真如海，湛寂淳貞素，德行永延恆，妙體常堅固，心朗照幽深，性明鑒崇祚，衷正善禧祥，謹慤願濟度，雪庭為導師，引汝皈鉉路」，百餘年來，各少林別院僧侶亦多以此系譜命名，輩分卻普遍低於嵩山少林本院，加上泉州南少林近年傳承較速，當前方丈已是圓字輩了，而嵩山少林寺老的不願退，新的不敢接，方丈猶是子字輩。

這清源山別稱泉山，言其泉眼甚多，泉州也因此得名，又號齊雲山，其實並不高聳入雲，然而夜行山徑難免凶險，幸好當夜天清少雲，月光明亮，這一行人走來沒出啥差錯，在天濛濛亮之際，到達山腳下一條清溪旁，適巧聽見東禪寺內的晨鐘，聲聲隨風傳至。鄭莫睬留下家眷，由何妙順、田九成保護，韓待雪堅持要跟著入寺，眾人不敢違抗。她雖生得美麗嬌嫩，但跟二保修

在，這可能是因為南少林在清初涉入天地會反清復明活動，遭康熙派兵焚毀，民間也不敢記述，以免惹禍上身，南少林的相關記載也就湮沒。此外，南少林為江湖間的俗稱，自然不會出現於官方文書。

習過內功，頗得益於神交雙修法，內力已有相當根基，且因多歷霜雪，性子堅毅，這一路行來履險如夷，讓眾人刮目相看。六人十腿經過一座木板橋，須臾來到山門前，知客僧悟因趨前相迎，認出鄭莫睬，與他寒暄數句，問明來意，放眾人入內。鄭莫睬熟門熟路，引領眾人進寺，穿過鐘樓、鼓樓與蓮池。眾僧見到四個粗豪漢子抬著一條被漁網縛住的大漢，還有一位容貌絕美的女子隨行，甚感詫異，然而悟因未曾示警，這夥人看來並無惡意，南少林的規矩不如北少林嚴謹，戒備也不算森嚴，因此無人攔住他們盤問。

東禪寺是座遠近馳名的古剎，平時遊人香客即已絡繹不絕，今日適逢中秋，想必天大亮後進香者將蜂擁而至，鄭莫睬擔心人多口雜，不去客堂，領著明教眾人至天王殿旁一間較小的待客廳。他們放下三保，分別落座，韓待雪坐在上首，鄭莫睬屁股沒沾到椅面，即去參見可慈法師。一個沙彌入內奉茶，自報法名為洪濟，驚懾於韓待雪的美貌，不時偷眼看她，一個不留神，將熱茶傾倒在高福興的兩胯間。高福興又痛又怒，掄拳要打洪濟，遭韓待雪制止。他哼了聲，攆走洪濟，坐下來大生悶氣，不好意思當著韓待雪的面褪去褲子，只好用雙掌朝褲襠猛搧風。金剛奴與仇占兒衝著他笑，他則對二人怒目而視。

過了約莫一頓飯光景，腳步聲響，鄭莫睬伴隨一名精壯僧人走入待客廳來，向眾人引介，說是其恩師可慈法師。眾人起身向可慈法師打恭作揖，高福興下身給燙傷，衣褲仍然濕漉漉，舉止不免有些怪異彆扭。可慈法師不以為意，一一問訊答禮，態度和藹可親。三保受漁網束縛，且腿上有傷，站不起來，而心裡有事，坐在椅子上默默打量來人，本以為可慈法師年事已高，不意才四十出頭模樣。

眾人行禮後，可慈法師道：「方才莫睬告知小僧，要將這位馬施主留在敝寺，交由小僧照料，然而小僧職司甚低，專務看守藏經閣，這事還得請示過方丈才行。」高福興原就有氣，又枯等了好一陣子，甚覺不耐煩，粗聲粗氣道：「既是如此，和尚方才何不先去請示過方丈後再來呢？」他不知洪濟去向方丈告他狀，不提自己因貪看美女而不慎用熱茶澆他胯間，只說他無故欲逞凶打人，他是鄭莫睬帶進寺裡來的，而鄭莫睬是可慈法師所收俗家弟子，因此可慈法師給方丈傳去訓飭了好一會兒，可慈法師此刻只淡淡一笑，並不申辯。

韓待雪斥道：「福興不得無禮。」高福興滿臉不高興，漫應了聲「是」，一屁股坐回椅子。鄭莫睬隱瞞了眾人的明教身分，可慈法師見幾個粗豪中年漢子聽命於這位年輕貌美姑娘，暗暗稱奇，瞥了一眼高福興的褲襠，大致猜著方才發生何事，溫言道：「且容小僧先看過馬施主的傷勢後，才好稟報方丈。」金剛奴與仇占兒除去裹在三保身上的漁網，可慈法師伸出兩手，指搭三保雙手的寸、關、尺脈，看了看他的幾個傷處，和顏悅色道：「這位施主傷在關節，雖有礙一時行動，卻無性命之憂，實屬萬幸，阿彌陀佛。」他已察覺出三保年紀輕輕，內勁卻極為強勁，乃生平罕遇，且身有殘缺，不禁暗吃一驚，臉上倒是全然不動聲色。

韓待雪道：「那就有勞法師請示方丈。」可慈法師道：「是，小僧去了，勞請諸位施主稍待。」高福興道：「稍待還可以，久等可不行，我們幾個從昨日午時起到現在，除了唾沫外，啥也沒嚥下，這麼大一間寺院，香油錢定然撈了不少，竟也捨不得招待我們早齋，我們的肚子都快餓扁了。」他跟洪濟嘔氣，不肯喝茶，實是飢渴交迫。可慈法師歉然道：「本寺怠慢諸位，失禮之至，阿彌陀佛，小僧這就去喚沙彌洪業送些點心進來。」他離去後不久，果然有個面目清秀、舉止恭謹的沙彌捧進一個托盤，盤內盛著好一些水果素糕。那沙彌將水果素糕分派給眾人，還為眾人添加茶水，並餵食三保，完事後躬身退出，從頭至尾低眉順目，讓人頗生好感。

過了約莫一炷香光景，可慈法師返回，淡然道：「阿彌陀佛，我佛慈悲，方丈已應允收留馬施主，請諸位寬心，小僧定然善加照料馬施主，少則月餘，多則三月，馬施主即可痊癒。」韓待雪道：「謝天謝地，真是太好了！」秋波橫向三保，眼中柔情萬千，但未得回應，轉生悲苦。可慈法師續道：「然而礙於敝寺清規，等閒不留宿女客，今日為中秋佳節，香客眾多，恕敝寺抽不出人手招待諸位，山徑難行，請諸位早些下山去吧！」方丈已得悉泉州出了天大亂子，且這幫不速之客形跡可疑，擔心惹上事端，於是指示可慈法師下達逐客令。韓待雪對三保縱然萬分難捨，也不能壞了佛寺規矩，而三保態度決絕，對他們一直不理不睬。韓待雪強忍哀傷，隨眾人離去，一步三回顧，三保始終未看她一眼。

待他們走遠，可慈法師柔聲道：「馬施主心懷沉痛，悲憤難言，小僧看到馬施主第一眼時，即已感受到了，馬施主在此處可以釋懷，並且安歇。」三保抬眼看著可慈法師精壯堅毅、慈祥和藹的面容，宛如父親生前，強抑了十數年的深沉悲哀再也按捺不住，一股腦兒奔瀉而出，淚如泉湧，繼而嚎啕大哭，足足哭了一個時辰有餘，才像嬰兒般沉沉睡去。可慈法師一直守在三保身旁，不曾離開片刻，也沒勸慰半句，在他睡熟後，喚來洪業與洪濟，將他抬去一間客房安歇，自去向負責客堂的另一位知客僧悟果打了聲招呼。三保內功精湛，原本只要稍有動靜，即使在睡夢中，也能立時察覺，但此時此刻的他，仿如一艘飽經風浪摧殘後終於覓得避風良港的小船，任憑港外風浪滔天，也要沉浸在那久未感受到的靜謐安適之中，這或許是因為施加予他巨大壓力的戴天仇確定死亡，明教眾人也已離去，而彷彿慈父再世的可慈法師適巧出現，表達了關懷之意。

前幾個月，三保天天睡到日上三竿還不起身，在東禪寺次晨天未亮，一聽到叩鐘之聲便即醒轉，聞得僧人唱誦：

聞鐘聲，煩惱清，智慧長，菩提增；
離地獄，出火坑，願成佛，度眾生。
唵，伽囉帝耶娑婆訶。
妙湛總持不動尊，首楞嚴王世稀有。銷我億劫顛倒想，不歷僧祇獲法身。
願今得果成寶王，還度如是恆沙眾。將此深心奉塵剎，是則名為報佛恩。
伏請世尊為證明，五濁惡世誓先入。如一眾生未成佛，終不於此取泥洹。

大雄大力大慈悲，希更審除微細惑。令我早登無上覺，於十方界坐道場。
舜若多性可銷亡，爍迦羅心無動轉。

他這時煩惱未清，還頗想解手，無奈手腳受創，包紮後動彈不得，唯單腳可用，縱使武功再高強百倍，也絕對無法運用內力將尿脬子裡的尿液蒸發一盡，然而另有一件遠更難為情之事。可慈法師做完早課後入內，看出三保的窘迫，道：「阿彌陀佛，馬施主醒了，小僧即去吩咐沙彌來服侍施主解手、盥洗、用早齋。」他說完即要轉身離去，三保急道：「且慢！」可慈法師轉過身來，問道：「馬施主有別的吩咐嗎？」三保垂首赧顏道：「在下身有殘缺，小師父們年紀尚輕，見到了恐怕會大驚小怪，懇望法師體諒。」可慈法師心念一動，唸道：「欲練此功，必先自宮。」三保心頭劇震，抬眼望向可慈法師，道：「你……你讀了《斷絕祕笈》？」他還是擱不下自己對韓待雪的承諾，當初他將明教神功漢文譯本包裹得嚴嚴實實，甚至滴上火蠟，按下指印，然而究竟是誰拆封的，如今已不打算計較，也計較不了。

可慈法師緩緩搖了搖光頭，道：「小僧只看了首頁，便不忍再讀，將該祕笈妥善藏於敝寺藏經閣內極隱祕之處。」三保道：「如此甚好。少林武學博大精深，任何人稟賦才智再高，窮盡一生也研習不盡，即便有寺中僧人偶閱《斷絕祕笈》，斷不至於捨棄本門武功而甘冒奇險習練。」三保說出了他要鄭莫睬將《斷絕祕笈》託付可慈法師保存的用意。可慈法師道：「世人盛稱少林禪武合一，其實禪為根本，武屬末流，只怕有些同修捨本逐末。馬施主年紀輕輕即蓄積極深厚內力，想必是拜《斷絕祕笈》所賜，然而此物不祥，倘若外流，恐將為江湖帶來腥風血雨。小僧今日得見原主，也算機緣巧合，懇望馬施主同意小僧將該祕笈毀去，以永絕後患。」三保道：「不瞞您說，該祕笈另有正主，端賴該祕笈以求興復壯盛，在下僅是筆錄罷了，無權決定其存廢。」可慈法師道：「罷了，那麼小僧暫且勉力保管吧！」他頓了頓，又道：「小僧讓洪業來照料施主，他年紀雖輕，卻頗通曉事理，又從不說人閒話，請施主安心靜養。」三保誠心致謝，可慈法師自去安排不提。

東禪寺的療傷聖藥甚是靈驗，三保體質健壯，內力精強，靜養數日後，已可自行下床走動，再數日，雙臂亦可運使，雖非圓轉如意，總算無礙生活起居。其間可慈法師常來探視，交談之下，逐漸瞭解三保坎坷的一生，三保也頗願意向他傾訴。這一日他又到三保所居客房內，閒話幾句後，道：「馬施主因緣殊勝，曾跟從密教高僧習法，且以三寶為別名，算是與佛有緣，小僧敢問馬施主，可明三寶之義？」三保回道：「不就是佛、法、僧嗎？」可慈法師問道：「那麼何謂佛？何謂法？何謂僧？」三保道：「大雄寶殿供奉的那幾尊是謂佛，其所傳經書是謂法，奉法而行的出家眾是謂僧。」他見可慈法師哂而不語，道：「小子愚魯，還請法師開示。」

可慈法師道：「不敢。依小僧淺見，覺者之謂佛，正道之謂法，清淨之謂僧，施主所指，皆屬表相。《金剛經》云：『若以色見我，以音聲求我，是人行邪道，不能見如來。』其中實含深意，惟望施主善自體會。」他從僧袍內取出一卷經書遞給三保，續道：「世尊每每隨緣說法，此經是由其弟子中號為解空第一的須菩提請法而成，與中土的因緣甚深，因行世殘卷約五千言，故亦常與道家的《道德經》相提並論，施主在寺中左右無事，不妨奉讀之。」三保接過，見該經題名為《金剛般若波羅蜜經》，口中稱謝，心裡卻有些不以為然，因他畢竟是個穆斯林，多年來連《天經》的書皮也不曾見著，此時居然要閱讀佛經，未免說不過去。可慈法師理解其心思，不再多言，緩步離去。

接下來的日子，三保在寺內各處閒逛，藉以活動筋骨，可慈法師頗看重他，為他引見了一些僧侶。三保得悉，在可字輩諸僧中，可慈法師的年紀並非最長，因是棄嬰，於襁褓中便已入門，所以是可字輩首徒，地位並不如他自稱的那麼卑微低下，且他聰明穎悟，勤學苦練，武功與佛學修為皆堪稱可字輩第一，再過幾年，極有望接掌東禪寺方丈之位，而他為人十分謙遜隨和，眾僧樂得跟他親近，只是他對晚輩不忍責罰，待下過於寬鬆，許多事都自己一肩扛起，這讓老少諸僧對他迭發怨言，有事沒事便來跟三保這個異教徒說三道四。如此望重武林的名寺古剎、聲名昭著的禪修寶地，竟也不乏閒言碎語及人事傾軋，三保甚覺驚訝與厭煩。

更令三保難以承受的是，他原本以為自己將從此過著海闊天空、雲淡風輕的閒適日子，不料居然遭受極為猛烈的情緒反撲，交纏恩怨情仇的過去，頓失生活重心的現在，不知何去何從的未來，激發出他滿膺的憤懣，亟欲一洩而後快，純良仁愛的一面極力予以壓抑，桀驁不馴的天性絲毫不肯臣服，在內心裡不斷往返攻伐，此消彼長，此起彼落，相持不下，比今生遭遇的任何一場惡戰都來得凶險許多，深感痛苦不堪，於是求助於可慈法師。可慈法師引用《金剛經》經文，道：「如來說諸心，皆為非心，是名為心。所以者何？須菩提！過去心不可得，現在心不可得，未來心不可得。……諸菩薩摩訶薩，應如是生清淨心，不應住色生心，不應住聲、香、味、觸、法生心，應無所住，而生其心。」三保一聽，即明白字面上的意思，然而理解是一回事，做不做得到，則完全是另外一回事，反倒因為接觸佛法日深，心魔漸長，益發徨徨難受。

這一日午後，三保百無聊賴，躁鬱難耐，見到案頭的《金剛經》，翻閱了起來，讀至「凡所有相，皆是虛妄，若見諸相非相，則見如來」一句，念及自己一生苦多樂少，樂，果真短暫虛妄，苦，卻是真切深刻，舉凡喪親之痛，自宮之恥，離別之苦，受操弄欺瞞之無奈，在在刻骨銘心，且今生今世將永隨自己，無有絕期，不禁掩卷太息，驀然驚覺自己刺殺朱標、沐英、朱棡等人，固然是受到戴天仇的逼迫，但在內心極深處，恐怕也樂於遵從。自己是伊斯蘭創教先知穆罕默德的嫡裔，祖上曾受封為王，父祖襲封為侯，而朱元璋只不過是個偷牛吃的癩痢頭和尚，論起血統的尊貴，自己可要大大勝出，再想朱標、朱棡、朱棣、朱允炆的天資皆遠遠不如自己，何以得享榮華富貴，得抱嬌妻美眷，自己卻僅是供他們驅策役使的奴僕呢？更何況自己的諸多不幸，不正是拜其父祖所賜嗎？天下人皆負我，我何曾存心負過天下人，自己一家慘死，還被誆騙自宮，以練那勞什子的明教神功，從此斷子絕孫，那麼殺死朱元璋幾個兒子，便又如何呢？

三保內心由驚恐慚惶，驟變為理直氣壯，愈想魔念愈熾。正巧可慈法師走進，看三保手握經書，臉色瞬紅瞬青，雙眼滿布血絲，如欲噴出火來，原本俊朗可喜的面目，赫然變得猙獰可怖，知道他正陷於天魔交戰之中，遂口宣「阿彌陀佛」，誦偈曰：「一切有為法，如夢幻泡影，如露亦如電，應作如是觀。」三保反感陡生，惡念暴長，將經書用力往地上一擲，撩起下襬，拉下褲子，露出空蕩蕩的下身，聲色俱厲道：「你說，你說，這可是如露亦如電的夢幻泡影，我明日睡醒，那話兒就會長出來，我死去的父母姊妹也都將死而復生？你純是痴人說夢嘛！哈哈哈……啊嗚……」他內力深厚，忽作大笑，忽作狼嚎，震得山鳴谷應，寺內的鐘磬都響了起來，屋瓦不住答答答震動，灰塵瓦礫直墜不停。須臾，幾個僧人鑽了進來，見到屋內情景，不禁目瞪口呆。

三保拉上褲子，放下衣襬，輕蔑道：「好啊，慈、悲、喜、捨、苦、集、滅、道，東禪南少林寺可字輩八僧齊至，我馬和有何懼哉？」不由分說，發掌劈向諸僧，掌風甚是凌厲。八僧瞧出厲害，或閃或擋，可慈法師踏上一步，以南少林絕技玄空掌接下，只聽得啪啪、轟隆、乒乓、窸窣連響，磚牆被撞塌一面，屋瓦紛落，諸僧急退出房。三保大步流星走出，見八僧席地而坐，結為一陣，可慈居中，另有數十名悟字輩與周字輩的僧人手執刀槍棍棒，圍立於陣勢之後，俱是一臉茫然。他們本以為有大批強敵來襲，卻只看到三保一人，他還是在寺內養傷的賓客。

可慈法師低眉唸道：「佛告須菩提：『諸菩薩摩訶薩，應如是降伏其心：所有一切眾生之類，若卵生、若胎生、若濕生、若化生；若有色、若無色；若有想、若無想；若非有想非無想，我皆令入無餘涅槃而滅度之。如是滅度無量無數無邊眾生，實無眾生得滅度者。何以故？須菩提！若菩薩有我相、人相、眾生相、壽者相，即非菩薩。』」三保恚道：「又是佛，又是菩薩，你到底煩是不煩！釋迦老兒以王子之尊，有著嬌妻孝子，多的是隨從僕人，究竟真正吃過甚麼苦頭了？縱使有，還不都是自找的，跟一般人怎麼比！」隔空向可慈法師劈出一掌，其餘七僧各出一掌相抗。七僧任一人都接不下三保這排山倒海般的渾厚掌力，但他們結為七寶降魔陣，相互支援，勉可抵擋。三保怒甚，魔念激發潛能，一掌疊加一掌，竟如怒濤拍岸，後浪更勝前浪，七僧盡力抵禦，顆顆光頭冒出絲絲白氣，再這樣下去，別說降魔了，連自保都成問題，七僧中功力較弱者，勢必遭受重傷。

可慈法師語調平緩，繼續唸道：「佛告須菩提：『如是，如是！若復有人得聞是經，不驚、不怖、不畏，當知是人，甚為稀有。何以故？須菩提！如來說第一波羅蜜，即非第一波羅蜜，是名第一波羅蜜。須菩提！忍辱波羅蜜，如來說非忍辱波羅蜜，是名忍辱波羅蜜。何以故？須菩提！如我昔為歌利王割截身體，我於爾時，無我相、無人相、無眾生相、無壽者相。何以故？我於往昔節節支解時，若有我相、人相、眾生相、壽者相，應生瞋恨。』」三保哈哈狂笑，道：「釋迦老兒這話說得輕鬆自在，講的是他的前世，到底有誰親見來著？若你當場引刀自宮，我即罷手，而且從此皈依佛門。」

可慈法師霍地站起，後退出七寶降魔陣，從悟果手上取過戒刀，慨然道：「佛菩薩捨身飼虎、割肉餵鷹，禪宗二祖慧可大師斷臂求法，皆成為佛門美談，小僧若能渡化馬施主，區區是非之根，何足惜哉！」一褪除下身衣物，刀刃由下而上，一舉割除了自己的二卵與陽物。三保渾沒料到他真會動手，隔著可字輩七僧，待要搶救，已是不及，趁眾人驚呼錯愕，掠過諸僧，出手如風，點了可慈幾處穴道，減緩傷口血流，撕扯下自己的衣衫下襬，緊按住可慈的私處，垂泣道：「三保僅是一時戲言，可慈法師何須如此？」可慈痛得冷汗涔涔，強自忍耐，勉強露出笑容，道：「我佛慈悲，阿彌陀佛，惟願馬施主體念小僧心意。」這才暈死過去。

在場僧侶全驚呆了，不知所措，半晌後方始有人回過神來，急去上稟。方丈圓覺領著一群圓字輩高僧到來，還有幾個閉關中的本字輩老和尚得到風聲，紛紛放下禪修，湊過來探頭探腦，畢竟自釋迦牟尼創教以來，佛門中這種奇事恐怕絕無僅有，錯過了萬分可惜，而要修練至證果成道，出離三界，須歷百千萬億劫，其實並不差當前這一世。不過看歸看，木已成舟，根斷難續，諸多老僧武功再高，佛學再深，也全然無可奈何。圓覺方丈按照三保的指示，差弟子布置一間蠶室以照料可慈，寺中並無豬膽可敷覆可慈私處傷口，但東禪寺威震武林，自有其療創的靈丹妙藥。

可慈甘願當眾自宮，怪不了三保，況且放眼東禪寺上上下下裡裡外外，根本無人有救護這類傷患的經驗，還有賴三保協助，而打塌的客房原就年久失修，遲早崩壞，正好趁此機緣勸募修繕，憑東禪南少林寺的響亮名聲，勸募所得定然遠遠多於修繕所需，圓覺方丈與幾個管事的高僧商議後，沒打算在這時候驅離三保，又因他武功高強，氣宇軒昂，談吐不俗，尤其洪濟還密報他身懷極金貴腰牌，想必大有來頭，是以反倒厚待之。

三保住進寬敞雅致多了的客房，床上鋪的不再是髒兮兮的薄蓆，而是香噴噴的厚褥。翌晨洪業進來服侍他盥洗，漱口液由清水改為茶湯，刷牙子（即牙刷）從柳枝條換成木柄馬尾毛刷，青花瓷碟中的粉末香氣馥郁。三保好奇心大盛，問道：「這牙粉怎這麼香啊？」洪業道：「這是泉州首富王員外隨喜的牙香，不叫牙粉，用的是精磨的細海鹽，並非尋常的粗青鹽，再和以檀香、沉香、麝香等十多種香料，以及升麻、地黃、旱蓮等諸多藥材，可謂珍貴無比，若非最上等的貴客，等閒享用不到。」太子朱標、皇孫允炆、燕王朱棣、秦王朱樉的生活日用，皆未如此講究豪奢，三保大不以為然，道：「貴教不是口口聲聲說眾生平等嗎，香客怎還有上下等之分呢？」洪業道：「眾生皆平等，福報自有別，來世享洪福，今造諸善業。」三保呵呵笑道：「你們無論如何做，總能自圓其說。」遂不再追究。

他接連數日衣不解帶，悉心看護可慈，不免想起金剛奴與韓待雪照料自己的舊日情景，心裡百味雜陳，有些兒懊悔對他們不理不睬，畢竟陷害自己的，是明教幾個長老，與他們無涉。可慈昏迷三日後醒轉，能夠順利排尿，三保這才稍稍放下心來，依舊愧悔無限，時常前去探視。可慈於病榻中不忘向三保說法，但也明白三保塵緣未了，自己僅是聊盡人事。三保提起得信守然諾，皈依佛門，可慈告以須另待機緣。

一日清晨，三保見到寺中僧人練武，有些兒技癢，借了把劍，去到後山泉石相依、林密僧絕處，練起劍來，卻是思緒雜沓，內心紛亂，恨怨復萌，難以扼抑，反正空山寂寂，索性放任開來，劍隨意走，出招凌厲，勢夾勁風，掃落許多樹葉，忽聽得一蒼老聲音道：「落葉紛紛，一如煩惱，隨掃隨生，隨生隨掃。生而不增，掃而無少，任其紛紛，吃飽睡好。唉，你們這些年輕人，不管有無頭髮，都愛掄刀使劍，既然有那種閒工夫與多餘力氣，不幫老衲打掃也就罷了，竟然還來添亂子，弄得整條山徑滿是落葉。」三保循聲見到一把異常長大的掃帚，而那掃帚通體烏黑發亮，似是鑌鐵打造，拄著掃帚的是個極其矮小乾癟的老僧，身子恐怕還沒掃帚重，草庵洞壁上繪敘有鐵帚功，並標榜為少林七十二絕技之一，敢情這滿臉皺紋的瘦小老僧便是此道高手。三保不敢怠慢，劍尖朝下，上前幾步，唱了個肥喏，恭謹道：「小子馬和，誤入大師清修寶地，搗出亂子，著實愧惶無地，懇請寬宥，馬和願幫大師打掃山徑，聊贖罪愆。」

老僧道：「老衲只是個掃地僧，自受罰來此掃地後，便從未誦經禮佛，也從不打坐參禪，哪裡是甚麼大師呢？這裡也只是個尋常所在，人跡較為罕至而已，況且落葉多到令人心煩，掃之不盡，算不上甚麼清修寶地。不過你這小伙子要幫老衲掃地，那倒還不錯呀！」他咧開嘴笑，嘴裡一顆牙也無。三保道：「前輩是否允借掃帚一用？」老僧沉吟了下，道：「你愛使劍，劍法雖是馬馬虎虎，但劍身夠長，便繼續將就著用吧！」三保奇道：「用劍要如何清掃落葉，而劍長與這回事又有何關係？」老僧呵呵一笑，道：「凡事都得預想後果，你既然能用劍把葉子從樹枝上掃落，怎不能用劍清除落葉呢？」

三保道：「前輩教訓得是，小子當真魯莽無知，還請前輩示下。」老僧道：「老衲獨自打掃這條山徑也不知多少年了，頭一回有個幫手，咱們便玩個花樣，老衲用掃帚將落葉捲向你，你使劍串起葉片，如此豈不好玩！」這老僧童心未泯，三保不禁跟著玩心大起，長眉一軒，星目放光，興奮道：「好極！好極！只是小子劍法粗疏，串不了幾片，恐怕誤了前輩打掃山徑之務。」老僧道：「玩玩嘛，反正早已無人會來檢視老衲這地掃得如何。」他這話居然流露出寂寥落寞，又道：「你起碼得後退五丈。」三保與老僧原本相距丈許，依言後退五丈，邊走邊想：「這僧如此年老瘦小，如何能用如此沉重長大的鐵帚，把輕飄飄的枯葉捲掃到如此之遠呢？」卻見老僧將沉甸甸的鐵帚提離地面一尺許，憑空一撥，捲起一陣勁風，無數枯葉隨風撲面而來。三保猝不及防，退了一步，沒能舉劍穿葉，反倒讓葉子打得頭臉生疼，那老僧的內力實在強大得駭人，當世恐怕只有張三手真人差堪相比，連多杰老喇嘛也有所不及。

老僧道：「枉費你這麼大的個兒，竟是如此弱不禁風，要不再退五丈。」三保道：「那倒不必，再來！」提起真氣流轉全身，這與平常對敵大不相同，既要刺穿葉片，還得抵禦勁風，無法將大部分的內勁灌注在劍身上，而葉片飄忽不定，不易受力，是以當第二道挾葉勁風撲來時，僅串起三片，另劃破十數片。三保並不氣餒，心生一計，道：「再來。」老僧「嘿嘿」兩聲，依樣畫葫蘆，三保這回運起輕功，前趨後退，左進右擊，刺中二十多片，不免有些得意。老僧卻緩搖光頭，道：「這回不算數，你得站定不動，那才有意思。」三保道：「那好，再來。」記起清虛以快劍連刺戚開光的手法，有樣學樣，身子挺立不動，僅移動臂、肘、腕、指，劍上多串了八、九片葉子，比起清虛，自然遠遜，但也很不容易了，那老僧面無表情，不置可否。

又經過幾回，三保已能一舉刺穿二十多片葉子，劍身串得密密實實，便問：「敢問前輩，這些樹葉要丟哪兒？」那老僧道：「葉落歸根，你取下葉子，環撒在樹下吧！」三保道：「風一吹，葉子不就四處飄散了嗎？咱們忙了好一會兒，豈非白費力氣！」老僧哂道：「所以老衲才說『生而不增，掃而無少』嘛！」三保覺得又好氣又好笑，這老僧既是為了掃地而掃地，那麼何必怨怪自己掃落枝上的葉子呢？不跟他計較，依其吩咐，取下劍上葉串，撒在一株樹下，再與他習練劍刺飛葉之技，到了日暮時分，能夠一劍穿透三十來片樹葉，老僧這才放他離去。

當夜三保向可慈提起日間異事，可慈道：「這老和尚的歲數極高，沒人說得準他究竟幾歲，只知他比圓覺方丈高了整整五輩，屬智字輩，法號智障，屏障的障……」三保不敢置信，插嘴問道：「他怎會取這法號？」可慈道：「這法號有其來歷，而他修的是掃地法門。」三保更覺詫異，道：「貴教竟有這種法門！」可慈道：「我教法門號稱八萬四千，這僅是喻其多，實則無量無邊，無所不可入道，而掃地法門源自佛祖座下號稱義持第一的周利槃陀伽尊者。周利槃陀伽的華文譯為『繼道』，意思是『又在路上』，他有個哥哥名為摩訶槃陀伽，則是『大路』之意。」

三保道：「這對兄弟的名字倒也別致。」可慈道：「他們的母親兩回臨盆在即之際，按照當地習俗趕回娘家待產，但都未及到家便已分娩，哥哥生在大路邊，故名大路，後來弟弟也生在返家路上，遂名繼道。」三保恍然大悟，道：「原來如此。」想起足利勝的手下有叫田中、田邊、井上的，大概也是類似來歷。

可慈道：「哥哥摩訶槃陀伽十分聰慧，過目不忘，入耳成誦，先拜入佛祖門下，後來拉拔弟弟周利槃陀伽入門。佛祖傳給周利槃陀伽一首偈云：『身語意業不造惡，不惱世間諸有情，正念觀知欲境空，無益之苦當遠離。』並命大弟子阿難尊者教導他。經過百日，根性極鈍的周利槃陀伽竟連半首偈也記不住，阿難束手無策，向摩訶槃陀伽訴苦。摩訶槃陀伽覺得大失顏面，便呵斥弟弟，要將他趕回家去。周利槃陀伽不願意離開，在僧團住處外頭哭泣，佛祖聽見，出來查看，把他帶回僧團裡。佛祖神通廣大，早知周利槃陀伽的前世是個精通經藏的三藏法師，座下有五百弟子，而那三藏法師過於慳吝，連半首偈也不肯教導弟子，因此此生變得十分愚笨魯鈍，怎麼也記不住佛偈。既然如此，你猜佛祖怎麼著？」

三保道：「難道是要周利槃陀伽掃地？」可慈道：「正是。佛祖給周利槃陀伽一把掃帚，要他專務掃地，並在掃地時默唸掃帚二字，不過周利槃陀伽實在太笨，記得掃便忘了帚，記得帚便忘了掃，佛祖接著傳授周利槃陀伽調息觀想之法，周利槃陀伽勤加習練後，這才牢牢記住掃帚二字。佛祖為了消除周利槃陀伽的累世業障，變化出無量塵土，周利槃陀伽掃之不盡，卻毫無怨懟，從早到晚不斷掃著，終於掃到一心不亂，純然空明。一日，佛祖問周利槃陀伽，他成天孜孜不倦地掃，掃的究竟是甚麼。周利槃陀伽頓時開悟，明白自己掃的既是塵土，更是內心，於是證得阿羅漢果，從此辯才無礙。有首佛偈云：『掃地掃地掃心地，心地不掃空掃地，人人若把心地掃，無明煩惱皆遠離。』」三保道：「掃地看似微賤之務，竟有如斯大功德、大妙用，與明教、景教的尊者為卑者洗腳，實有異曲同工之妙。」他見可慈不解，稍作解釋。可慈道：「小僧當真孤陋寡聞，多謝馬施主惠告，看來不同的宗教都不乏可取之處，實在不該彼此攻訐。」

三保道：「正是如此。唔，智障老和尚又是怎麼開始掃地的呢？」可慈道：「據說智障老和尚年少時原本的法名是智通，卻十分愚笨魯鈍，堪比周利槃陀伽，每每記不住佛經經文，在一個初秋時節惹惱了他的師父。他師父說他智慧障而不通，不如將法號改為智障，還給了他一把鐵掃帚，並傳授他一套功法，命他到後山練功、掃地，直到樹木再無落葉為止，原意是掃到當年的冬季。不巧的是，他師父沒多久便染上惡疾而圓寂了，智障小沙彌不聽人勸，執意秉持師命，要掃到後山之樹永不再落葉為止，如此日復一日，年復一年，迄今恐怕已不下百年，當年的小沙彌也早已變成了老和尚。」三保心念一動，道：「智障老和尚或許不是不明白他師父的意思，只是想要繼續用掃地來緬懷其恩師，這何嘗不是一種寄託呢？」可慈嘆道：「唉，若果真如此，他未免痴得可以。」三保道：「『人生自是有情痴』，人出了家，到底還是個人，難道就脫離得了痴嗎？」可慈道：「『諸煩惱生，必由痴故。』學佛正是要戒除貪瞋痴。」

三保憶起龍樹菩薩之偈，道：「在下曾聽密教宗喀巴尊者誦過一偈，該偈是這麼說的：『淫慾即是道，恚痴亦如是，如此三事中，無量諸佛道。若有人分別，淫怒痴及道，是人去佛遠，譬如天與地。道及淫怒痴，是一法平等，若人聞怖畏，去佛道甚遠。淫法不生滅，不能令心惱，若人計吾我，淫將入惡道。見有無法異，是不離有無，若知有無等，超勝成佛道。』」可慈沉吟道：「這偈雖然含義深微高妙，但唯恐讓不肖之徒用來為本身的醜行劣跡開脫辯解，甚而鼓惑他人，因此修持不夠精深者，還是謹守戒律為宜。」三保道：「可慈法師所言極是，在下茅塞頓開。」他見夜已深沉，告辭離去。

三保一連數日續跟智障老和尚練劍，最終一出手可劍串百葉，且片片正穿葉心，幾乎分毫不差。智障老和尚沉吟道：「老這樣子玩，甚是無趣，咱們變變花樣吧，你可得留神了。」說完，提起鐵帚，先從左往右劃個半弧，再從右往左也劃了個半弧，兩道挾葉勁風分由兩側合襲三保。三保一驚，頓時手忙腳亂，失了準頭，只刺穿三十多片葉子，其中有些刺得歪斜，未正中葉心。他足足練了七日，才再能夠一劍透穿百餘片葉子的葉心。

這一日智障老和尚又玩起新花樣，身子躍起丈許，掄著鐵帚飛快轉了數圈，捲起一道高十數丈、寬逾兩丈的強勁旋風，酷似一條毒龍，疾往三保撲去。三保只見落葉、枯枝與土石從四面八方襲捲而來，身子直欲飄起，趕緊運起內力，使出千斤墜身法，才勉強站定，揮劍護住身子，舞得潑水不進，不致令飛沙走石、枯枝敗葉所傷，如此一來，再無餘力刺葉。

智障老和尚試了幾次，情況依舊，嘆道：「唉，你目前本事也就如此，真沒意思，不玩了。」將鐵帚扛在肩上，欺身向前，一把抓住三保提劍之手，逕往山頂走去。三保輕功本高，此時在智障老和尚的提攜下，更有如騰雲駕霧，雙耳呼呼風響，腳下景物飛快縮小，頃刻間來到山頂的一口大缸之前。智障老和尚放開三保，雙手拄著鐵帚，兩眼凝視大缸，愣愣出神。忽有鳥群飛過，發出啁啾之聲，他這才回過神來，緩緩說道：「老衲的恩師慧礙禪師很愛飛禽，常來這山頂賞鳥，一賞便是大半日。秋冬之交時，偶有靈鷲降臨，他老人家一看到，便像個孩子似地興高采烈，卻又深怕驚擾牠們，那副模樣真是好玩，我到現在還記得一清二楚。」他說到這兒，蒼老臉龐發出微微一笑，神情彷彿少年人。

他續道：「那時候師父常說我生具慧根，但我年少不懂事，一味貪玩，從不肯用心背誦枯燥乏味的佛經，任他如何苦口婆心勸說，我還是不當回事。後來他命我來山上掃地，明的是處罰，其實他會在考校我之餘，帶我上到這裡陪他賞鳥，在等待的當兒，他便講說佛經上的故事，還傳授我內功心法，一旦開始聽故事、練功夫，佛經也就不再那麼枯燥乏味了。」其自敘與可慈法師關於他的描述，實大異其趣，三保免不了有些感觸。

智障老和尚又道：「我有回忍不住問師父為何這麼喜愛靈鷲，他說佛祖修行說法之一的王舍城，受五山圍繞，以城東北之山最為高聳，該山之頂形似鷲頭，而且城南有座屍陀林，也就是天竺僧人圓寂後的棄屍之處，常有靈鷲降臨啄屍，飽食後便飛回該山之頂棲息，該山因此名為『耆闍崛』，即梵文『鷲頭』之意，華文或譯為『靈鷲』。佛祖在靈鷲山上講了《妙法蓮華經》、《佛說觀無量壽佛經》、《大品般若經》等等諸多經典，不過師父之所以喜愛靈鷲，並非為了佛經，而是另有原因，馬和小友，你且猜上一猜。」

三保想了下，道：「尊師希望自己圓寂後，屍身也可讓靈鷲啄食，正如天竺僧人一般，只是不解他為何會有如此希望，又為何未能如願。」他在西藏曾聽央金描述過天葬習俗，卻從未親眼目睹，此時方知，此一奇特葬禮其來有自，而且遠在閩南，約莫百年前，有個南少林和尚也冀求獲此葬禮，他並猜想，大缸之中應該藏著慧礙禪師的肉身。智障老和尚道：「中啊！你果然也頗具慧根，一猜即著，老衲當真沒看走眼。不過這事稍後再提，先說說當時師父接著所敘述的發生在王舍城的一樁逆倫悲劇。」

三保心裡奇道：「佛祖既是神通廣大，佛國聖地還能發生甚麼逆倫悲劇呢？」卻聽得智障老和尚娓娓道來：「佛祖尚在人世時，王舍城是摩竭陀國的都城所在，其王頻婆娑羅敬佛甚虔，還為佛祖及其弟子闢建了竹林精舍，讓他們頭一回得到安居之所。這個頻婆娑羅王直到有了些歲數，王后韋提希夫人才受孕，夫妻倆原本很是欣喜，沒想到有相師說這胎兒長大後將弒父篡位，所以稱之為『阿闍世』，華文譯為『未生怨』，也就是尚未出世便已跟生父結下了仇怨。頻婆娑羅王先前有回出遊獵鹿，一無所得，快快不樂，遇見一個修行人，忽然心生惡念，怪罪這個修行人驅趕走獵物，並下令殺死他。這個修行人自認無辜，受戮時大生瞋恚心，誓言來世必將報復。

頻婆娑羅王事後甚覺懊悔，供養修行人的遺體。」

三保不禁將這個修行人與慘遭歌利王割截肢體的釋迦牟尼前世相對照，隱然有了些許感悟，還來不及細辨，智障老和尚續道：「頻婆娑羅王聽了相師之言，回憶起這段不堪往事，信以為真，一時迷障心智，待男嬰一出生，把他從高樓上扔下，男嬰竟然沒死，只折斷一根手指，啼哭不已。頻婆娑羅王聽見男嬰的洪亮哭聲，驚為奇蹟，而且這男嬰畢竟是自己僅有的親生骨肉，再也下不了手，將男嬰取名為善見，小名婆羅留枝，意思是斷指，從此對兒子寵愛有加。善見太子年幼時，有回手指頭長了個惡瘡，夜裡痛得睡不著覺，頻婆娑羅王親自用嘴含著他長瘡的手指，善見太子才安然入睡，惡瘡流出臭膿汙血，頻婆娑羅王擔心弄醒寶貝兒子，也不嫌髒，涓滴都吞下肚去。

「善見太子本具善根，長大後也跟父母一般，甚為禮敬佛祖及僧團。阿難尊者的兄長，也就是佛祖的堂弟提婆達多，生得身材偉岸，相貌俊美，聰明穎悟，跟你這娃兒差不多，不過你心地好，他卻心懷不軌，藉機藉端以親近善見太子，刻意賣弄他從阿難尊者那兒學來的各種神通，善見太子佩服得五體投地，對他言聽計從。提婆達多得善見太子之助，勢力大增，逼迫佛祖將僧團交給他帶領，遭到佛祖嚴辭斥責。提婆達多瞋恚心大盛，設下毒計，回宮告訴善見太子其父原本要殺他之事，還慫恿他叛變。善見太子向臣下求證屬實，悲憤交加，迷失理智，率領親兵去向父王逼宮。頻婆娑羅王心中有愧，且愛子甚切，遜位給兒子。善見太子奪得王位，是為阿闍世王，既要殺父，又不願背負弒父的罪名，於是把頻婆娑羅王囚禁起來，打算讓他活活餓死，然後對外宣稱老王病故。母后韋提希夫人想出一個計策，先澡浴清淨，再用酥蜜和麨塗滿身軀，並把葡萄漿灌注在瓔珞中，進到牢房偷餵夫婿。頻婆娑羅王的肉身得到些許滋養，而且透過窗戶能遙見靈鷲山，心裡有所慰藉，經過三七二十一日，依然健在。

「阿闍世王探悉內情後大為惱怒，想殺死母親韋提希夫人，經大臣們苦諫而作罷，將韋提希夫人囚禁於深宮，同時封死頻婆娑羅王牢房的窗子，還打斷他的雙腿。韋提希夫人痛苦不堪，遙向靈鷲山作禮乞求，佛祖現身虛空中，為韋提希夫人講說離苦得樂的十六種觀想法。頻婆娑羅王終究餓死獄中，阿闍世王坐穩王位，釋放韋提希夫人，提婆達多成為國師，權勢如日中天，屢屢唆使阿闍世王謀害佛祖，但皆未能得逞。阿闍世王逐漸疏遠提婆達多，提婆達多受不了，以為遭到佛祖離間，怨恨日盛一日，終至喪心病狂，竟出手痛毆佛祖門下一位比丘尼至死，隨後逃離王舍城，不知所終。後來阿闍世王的幼子優陀耶的手指頭也長了個瘡，痛得大哭，阿闍世王親自為他吸吮出膿血，吐在地上，優陀耶看到，哭得更加厲害。韋提希夫人提起頻婆娑羅王為阿闍世王吞嚥膿血的舊事，阿闍世王感念父親的慈愛，悔恨不已，內心大受煎熬，全身發滿惡瘡，藥石罔效，發願誰能治好他，他便皈依誰。其後阿闍世王接受臣下之議，向佛祖誠心懺悔，佛祖為阿闍世王進入月愛三昧，放大光明，遍照阿闍世王身軀，其光清涼，消除鬱蒸。阿闍世王的惡瘡不藥而癒，他便依照諾言皈依佛祖，努力護持佛法，蒙佛授記，終將成為辟支佛。」

三保聽罷，心裡十分沉重，久久說不出話來。智障老和尚道：「當年我聽完這個故事，生出許多疑惑來，便如同你此刻一般，許久之後才領悟到，師父命我將法號改為智障，又演說這個故事，是教導我應當『初斷煩惱，後除智障，修菩提道，得成正覺』。」三保問道：「煩惱果能斷、智障真能除嗎？」智障老和尚道：「要斷煩惱，煩惱便在；欲除智障，智障即存。煩惱、智障及一切苦，皆源於無明。『無明有二種，世間出世間。世間無明行，聖賢已遠離。愚痴無妙解，不能如實知。依止此心識，法界諸嶮處。未能及本原，云何決定出。法身證涅槃，唯佛能了知。』人世間的是非善惡，也唯佛能了知，豈是肉骨凡胎的咱們等閒參得透的。阿闍世王弒父，卻得到善報，即便看似陰狠凶頑、罪大惡極的提婆達多，佛祖也為他授記，將來當能成佛，號天王如來，再說善士多貧寒困頓，惡人則多過得稱心快意，道理究竟為何？為名為利，為情為義，皆是愚痴，若能放下分別是非善惡之心，還有甚麼放不下的，自然不會再有痛苦、煩惱與智障。」

三保再次誦出宗喀巴所引述龍樹菩薩之偈，智障老和尚沉吟道：「差不多是這個意思。唔，師父將佛祖授予韋提希夫人的十六種觀想法變化成為一套內功心法，傳授給我。馬和小友，你的內功已頗具根基，路子跟本門內功又不甚相合，我便不轉傳予你。」道教是唐朝國教，以大唐宮廷武術為根基的明教護教神功，自然相近於道流，再融入摩尼教武學，而有別於佛門。三保道：「承蒙前輩行善巧方便，藉故事說法，小子終身受用，已是無上殊勝機緣了。」

智障老和尚點了點頭，又陷入沉思默想，一會兒後才道：「不知出於怎樣的因緣，某日師父正在此處傳法於我，一隻靈鷲突然摔落，牠身上沒甚麼傷，看起來應該是生病了。師父悉心照料牠，牠最終痊癒，師父卻染上惡疾，一病不起，圓寂前，命我將他的遺體用鐵掃帚打得稀爛，撒在這山頂上，以供養飛禽走獸。然而我對浩蕩師恩的執念過深，不願照做，反而怪罪靈鷲，拿著鐵掃帚拚命驅趕牠們，牠們從此不再降臨。我再以藥物鎮住師父的肉身，不使腐化，接著扛來一口大缸，將師父的遺體放進大缸裡，這麼一來，師父便能時時刻刻親近他喜愛的飛禽，而我也可以日日夜夜陪伴著他，如同他在世時一般。」他望著三保，幽幽說道：「馬和小友，老衲實在等得太久太久了，終於盼得你來到。」他將鐵帚交給三保，道：「老衲懇求你，先幫老衲完成恩師的遺願，再對老衲如法泡製，呵呵，老衲這麼一大把年紀了，依舊無法全然勘破。」

三保已先猜出他的用意，聞言不覺得驚訝，仍感到一陣淒楚，接過鐵帚，打破大缸，見破缸中有一中年僧人趺坐，面目宛若生人，威嚴之中帶有三分慈祥，不免想起亡父，遲遲下不了手。智障老和尚道：「這副臭皮囊本是地、水、火、風的四大假合，哪裡當真有個『我』存在，只不過因緣而生，緣盡即滅，來自天地，還於天地，再自然也不過了，明教的裸葬儀式，大概也是出於此種想法。馬和小友，動手吧！」三保兀自躊躇，忽聽得嘎嘎鳥啼，仰見一群靈鷲盤旋上空，不禁慨嘆怎有如此巧事，於是雙手連連揮動，用鐵帚條將慧凝禪師的筋肉劃得稀爛，再以鐵帚柄搗碎其骨骸，退至智障老和尚身旁。靈鷲降臨，啄食人肉，吞嚥碎骨，彼此爭搶，吃相甚不優雅。

三保回頭見到智障老和尚眼中含淚，面露微笑，一動也不動，趨近伸手探其鼻息與脈博，察覺他已氣絕身亡。他畢竟極為老邁，全仗渾厚無比的真氣吊住性命，這些日子耗損頗劇，今日猶甚，方才散盡殘餘，隨即油盡燈枯了。三保對智障老和尚的遺體行三跪九叩大禮，狠下心，拿起鐵帚，先把他開腸剖肚，挑出內臟，連同筋肉，攪得稀爛，再敲碎他的骨骸，只剩頭顱，猶豫一陣子，終究舉起鐵帚，正要劈落，突然聽到驚呼：「哎呀，你竟對老傢伙下此毒手！」回見洪濟睜大雙眼，手指向自己。可慈有事詢問三保，命洪濟找尋，洪濟恰好在這節骨眼兒來到，見到此情此景，驚駭莫名，話一說出，立即轉身，沒命地往寺裡奔去。

三保不慌不忙，先敲碎智障老和尚的頭顱，再抛下鐵帚、提劍追去，幾個縱躍便趕上洪濟，點了他的穴道，讓他跑不了，也說不出話來，然後緩緩抽出長劍，把劍鞘抛在地上。洪濟以為自己必遭不幸，嚇得屁滾尿流，緊閉起雙眼，不敢觀看。三保知道按照洪濟的為人，必定會對剛才所見大肆加油添醋，自己縱使跳到黃河也洗不清，但還是解釋道：「智障老和尚非我所殺，他先已氣絕，我遵照他的遺願，為他及其師慧礙禪師舉行天葬儀式，用他們的肉身供養靈鷲。你信也好，不信也罷，我自去了，劍還貴寺。」一說完，將長劍刺入地上，再為洪濟解開穴道，頭也不回，飄然下山，從知客僧悟因身旁一掠而過，悟因渾無所覺。

閩南罕見霜雪，但畢竟已近臘月，而日已將暮，一大片彤雲侵壓過來，山徑上冬風呼號，枝葉蕭條，別無行人，暗影漸盛，一派難言難喻、難描難繪的淒清景象。三保過去這十幾年來飽受欺矇，時時以報仇雪恨為念，刻刻受生離死別之苦，日子倒也不難打發，目下出得東禪南少林寺山門，竟覺天地蒼茫，不知何往，餘生苦長，不知何終，不禁停步在一株大樹前，仰頭望天，垂頭嘆了口長氣，忽然起了個怪異念頭，希望寺內僧人追出來打死自己。

「三保，是你嗎？你是我的三保嗎？」三保聞得銀鈴般的話語聲響，心頭劇震，顫聲道：「是雪兒嗎？」不意從大樹後轉出一位白髮蒼蒼的臃腫老嫗，她臉上覆著布巾，遮掩住容貌，但那兩道籠煙眉，一雙含情目，正是自己魂縈夢繫的伊人擁有的，絕不會錯認。三保大驚道：「雪兒妳……妳怎變得如此模樣？」韓待雪比三保年長四歲，現今年約三十，因仍是處子之身，未曾生兒育女，也罕事勞作，又練過內功，原比同齡女子看起來年輕許多，然而不過才約莫三個月沒見，居然已是一副龍鍾老態。

那老嫗扯下臉上布巾，露出麗色無雙的面容，果然是韓待雪，唯其玉容清損，雙頰凹陷，下巴尖尖，更惹人愛憐。韓待雪雙目蘊淚，嚶一聲，撲進三保懷裡，哽咽道：「我終於盼得你下山來了，我等得你好苦好苦，你的傷可已痊癒？」抬起頭望向他，既長且密的睫毛一刷，滾下兩行珠淚，劃過雪白清麗的面龐。三保見她如此模樣，一反中秋當日相別時的冷漠無情，以手指輕揩其淚，道：「我的傷已不礙事，妳怎會隻身在此？其他人呢？」韓待雪嘆道：「唉，一言難盡，先回我的住處，我再慢慢道來。」三保回頭看背後並無僧人追來，寺中也未傳出任何不尋常的動靜，也就摟著她的香肩，與她一同下山。

原來韓待雪那日見三保態度決絕，不禁柔腸寸斷，悲苦無限，竟爾一夜白首，卻仍執意等候三保，要問明其中緣由。高福興等人苦勸她不聽，發了幾頓脾氣，強索大光明聖印與無字龍鳳玉璽後離去。鄭莫睬的妻子已知曉他們的底細，唯恐娘家遭受牽連，以自己與兒子鄭南的性命來脅迫鄭莫睬反出明教，鄭莫睬無可奈何，只得留下一些錢財給韓待雪，然後攜妻挈子至福州投靠妻子娘家，再無消息。韓待雪隨便賃了間屋舍居住，日間就來東禪寺山門外不遠處企盼三保，知道自己美貌非常，恐怕引起歹人覬覦，因曾扮過老農婦，於是以布巾遮蔽面目，並在外衣之內填塞衣物，使身形變得臃腫，加上滿頭白髮，一般人若不仔細打量，便會誤以為她是個老嫗。

三保聽完她的敘述，嘆惋道：「雪兒受委屈了。」接著把戴天仇與明教諸長老合謀設計自己一事擇要說了，直聽得韓待雪痛心不已，既因三保一家子的不幸，也為明教諸長老之狠毒。韓待雪道：「三保，明教著實虧欠你太多太多了，雪兒即便粉身碎骨，也彌補不了。」三保溫言道：「雪兒切莫如此說，此事與妳毫無干係，全是諸位長老與戴爺……唔，戴法王安排的。」他不願再稱呼戴天仇「爺爺」。韓待雪道：「倘若先父還在世，絕容不得他們做出如此喪心病狂之事。」

三保已頗瞭解利令智昏，在上位者的心裡往往只有利害得失，仁義道德僅是嘴上功夫罷了，以宋襄公之仁義，反倒淪為千古笑柄，故對此言不置可否，又問：「對了，妳可見過光明月使？」韓待雪搖搖頭，道：「我繼任龍鳳姑婆時，月使已經失蹤，我從未見過他，全沒料到他竟然一直與戴法王暗通聲息，先前我錯怪蘇日使不選任新的月使，是想要獨攬大權，看來是戴法王從中作梗。」三保道：「戴法王被仇恨蒙蔽良知，障礙智慧，且對明教一味愚忠，其情堪憫，惟月使隱身暗處，居心叵測。話說回來，世間的恩怨情仇其實難解難分，我已分不清首惡元凶究竟是誰，或者各人各有其立場，並沒有誰當真是全然的善，或全然的惡。」他雖從龍樹菩薩之偈與智障老和尚引述的故事得到些許感悟，依舊無法盡除分別是非善惡之心。

韓待雪黯然道：「是啊，我明教上下一向視朱元璋為寇讎，但我在等候你的這些口子裡，每每聽得平民百姓的言談之中，對他的愛戴乃出於至誠。」三保向她提及過此事，因此不覺得驚訝，倒是回憶起錦衣衛藉著虐殺貪官亂黨來與民同樂，遭受虐殺者及其親友固然悲痛萬分，旁觀百姓卻樂在其中，此事雖屬荒謬絕倫，卻也頗耐人尋味。他心裡忽然閃過戴天仇曾吟喁的「已忍伶俜十年事，強移棲息一枝安」詩句，那時還年輕，不解其意，如今備嚐苦難，且與韓待雪聚少離多，感觸甚深，心念一動，道：「我與明教恩斷義絕，明教徒眾也背棄了妳，不如妳別再當龍鳳姑婆，我倆到海外尋覓一隱祕處所，從此閒雲野鶴，餘生盡寄滄海，不問世事。」

韓待雪眼中綻放出異樣光彩，顫聲道：「如此單純生活對於我倆來說，竟是莫大的福分，我韓待雪即便僅過上一年半載，縱九死而無憾。」三保擁她入懷，柔聲道：「傻丫頭，除非妳嫌棄我，不然我後半輩子時時刻刻都要跟妳廝守一起，永不分離。」他過去為刺殺朱元璋而活，此刻暗自立誓，從今以後，無論如何都要與韓待雪同生共死，長相左右。

（下集待續）

釀冒險69　PG2872

不全劍（貳）：泣血屠龍

作　　者　傅　羽
責任編輯　石書豪
圖文排版　蔡忠翰
封面設計　吳咏潔

出版策劃　釀出版
製作發行　秀威資訊科技股份有限公司
114 台北市內湖區瑞光路76巷65號1樓
電話：+886-2-2796-3638　傳真：+886-2-2796-1377
服務信箱：service@showwe.com.tw
http://www.showwe.com.tw
郵政劃撥　19563868　戶名：秀威資訊科技股份有限公司
展售門市　國家書店【松江門市】
104 台北市中山區松江路209號1樓
電話：+886-2-2518-0207　傳真：+886-2-2518-0778
網路訂購　秀威網路書店：https://store.showwe.tw
國家網路書店：https://www.govbooks.com.tw
法律顧問　毛國樑　律師
總 經 銷　聯合發行股份有限公司
231新北市新店區寶橋路235巷6弄6號4F
電話：+886-2-2917-8022　傳真：+886-2-2915-6275

出版日期　2023年3月　BOD一版
定　　價　420元

讀者回函卡

Printed in Taiwan

國家圖書館出版品預行編目

不全劍. 貳, 泣血屠龍 / 傅羽著. -- 一版. --
臺北市 : 釀出版, 2023.03
面；　公分. -- (釀冒險 ; 69)
BOD版
ISBN 978-986-445-783-0(平裝)

863.57　　112000895